Das Buch

Als er noch ein Kind war, kamen ihm seine Eltern oft wie Richard Burton und Liz Taylor vor. Sie waren das schillernde Paar in einer spießigen Umgebung: schön, erfolgreich, voller Leidenschaft – und ständig flogen die Teller durch die Luft. Der Ehekrieg tobte, bis ein tragischer Unfall ihm ein Ende setzte. Und mittendrin: er, Luis.

Zwanzig Jahre später, Luis lebt schon lange in einem anderen Land und einem anderen Leben, lässt ein Zufall die Erinnerung an seine Jugendjahre wieder aufleben: In einer Berliner Galerie sieht er das von ihm gefälschte Gemälde, das auf fatale Weise mit dem Tod seiner Mutter verknüpft war.

Luis, ein Meister der Verdrängung, hatte damals alle Familienbande radikal gekappt. Sein Vater war eine Enttäuschung, einer, der sich am Whiskyglas festhielt und von der Bärenjagd träumte. Die unerwartete Wiederbegegnung mit dem Gemälde wirkt wie ein Wink des Schicksals, sich endlich der Vergangenheit zu stellen, die ihn, seine Beziehungen und vor allem ihr Scheitern stärker bestimmt, als er sich eingestehen will. Und so beginnt für Luis eine Erinnerungsreise zu seinen Anfängen, zu seinen drei wichtigen Beziehungen und seinen Versuchen, den richtigen Rhythmus für sich in der Welt zu finden. Eine Reise, an deren Ende er – vielleicht – den richtigen Takt finden wird ...

Der Autor

Linus Reichlin, geboren 1957, lebt als freier Schriftsteller in Berlin. Für seinen in mehrere Sprachen übersetzten Debütroman »Die Sehnsucht der Atome« erhielt er den Deutschen Krimi-Preis 2009. Sein Roman »Der Assistent der Sterne« (KiWi 1169) wurde zum Wissenschaftsbuch des Jahres 2010/Kategorie Unterhaltung gewählt. Über seinen Eifersuchtsroman »Er« schrieb der Stern »Spannend bis zur letzten Minute«. 2014 erschien »Das Leuchten in der Ferne« (KiWi 1369), ein Roman über einen Kriegsreporter in Afghanistan – »das ist große Literatur, und dann auch noch spannend erzählt« (FAZ). Zuletzt erschien von ihm der Roman »Manitoba« (Galiani Berlin).

Linus Reichlin

In einem anderen Leben

| Roman

Kiepenheuer & Witsch

Verlag Kiepenheuer & Witsch, FSC® N001512

1. Auflage 2016

Verlag Galiani Berlin
© 2015, 2016 Verlag Kiepenheuer & Witsch GmbH & Co. KG, Köln
Alle Rechte vorbehalten. Kein Teil des Werkes darf in irgendeiner Form
(durch Fotografie, Mikrofilm oder ein anderes Verfahren) ohne schriftliche
Genehmigung des Verlages reproduziert oder unter Verwendung
elektronischer Systeme verarbeitet, vervielfältigt oder verbreitet werden.
Umschlaggestaltung: Rudolf Linn, Köln, nach dem Originalumschlag von
Manja Hellpap und Lisa Neuhalfen, Berlin
Umschlagmotiv: Ausschnitt aus einer Werbung für Bootsmotoren,
Magazin von Evinrude, OMC, 1960
Lektorat: Esther Kormann
Gesetzt aus der Adobe Garamond
Satz: Buch-Werkstatt GmbH, Bad Aibling
Druck und Bindung: CPI books GmbH, Leck
ISBN 978-3-462-04954-1

Für Regina

I | FÜRSTENLAND

Es ist für mich eine merkwürdige Vorstellung, dass meine Eltern sich kennenlernten. Für mich waren sie ja immer schon da, als Ursache für meine Existenz. Ihr Vorhandensein glich dem der Sonne und des Mondes. Jedoch gab es eine Zeit, in der sie nichts voneinander wussten. Nichts führte sie zwangsläufig zusammen, sie hätten einander genauso gut knapp verpassen und sich nie begegnen können: dann wäre ich jetzt nicht hier, als zufällig Lebender. An der ganzen Sache gibt es überhaupt nichts Zwingendes, und so ist es ein kleines Wunder, wie jeder Zufall. In meinem Fall ereignete sich das Wunder in einem Strandbad am Luganersee, an einem warmen Sommertag in den Fünfzigerjahren. Auf dem *Bikini-Atoll* wehte der heiße Wind der Atompilze den Leuten die Haare aus der Stirn und Elvis, damals noch irgendein Sänger, bändigte in der Garderobe seine Haare mit Brillantine. In einem Strandbad also sah meine Mutter meinen Vater zum ersten Mal, einen Burschen, der ihr gefiel, sie sagte später, wegen seiner weißen Badekappe. Ihr fiel schon auf, dass er viel rauchte, filterlose Zigaretten, eine nach der anderen. Die Gier fiel ihr schon auf. Aber viele rauchten damals viel, warum auch nicht, die wirkliche Gefahr für die Gesundheit ging von den Atombomben der Russen aus. Mein

Vater rauchte vor und nach dem Baden, und irgendwann muss ihm das braun gebrannte hübsche kleine Mädchen aufgefallen sein: ihre Blicke. Sie war wirklich klein, kaum eins fünfzig groß, *una bellezza* aus dem Tessin mit haselnussfarbenen Augen, schwarzen Haaren – und frech. Vermutlich sprach *sie* ihn an, *eine tolle Badekappe trägst du da* – ich weiß nicht, ob man schon *toll* sagte. Aber ich bin ziemlich sicher, dass sie den ersten Schritt machte – auf ihr Unglück zu, muss man im Nachhinein sagen. Ihr gefiel der falsche Mann an einem sonnigen, warmen Tag, an dem der See glänzte und die Birken im Wind flirrten, nur eine einzige Wolke stand am Himmel. Wahrscheinlich bot er ihr eine Zigarette an, aber sie rauchte nicht. Mag sein, er behauptete, das Segelboot am Steg gehöre einem Freund von ihm.

Meine Mutter besaß schon etwas Lebenserfahrung, sie war mit achtzehn allein nach Amerika gereist, auf einem Frachtschiff. Von ihrer Abreise existiert ein Zeitungsfoto, denn ihr Tessiner Heimatdorf nahm an dem Abenteuer Anteil, auf der ersten Seite der Lokalzeitung wurde darüber berichtet. Auf dem Foto sieht man ein hübsches Mädchen, rundes Gesicht, hoher Haaransatz, das schüchtern in die Kamera lächelt und mit beiden Händen sein Portemonnaie festhält, darin das Geld und der Reisepass.

In Amerika lernte meine Mutter Ted Kennedy kennen und tanzte mit ihm auf einem Fest. Die spätere Berühmtheit Kennedys führte zu einer Fokussierung der Erinnerungen meiner Mutter an ihre Amerikareise auf diesen Tanz mit Kennedy und auf ihren Eindruck, er trage einen Apfel in der Hose. Sie sagte, *ich war so naiv damals, ich dachte, er hat einen Apfel in der Hose.* Sie schilderte Kennedy als netten, aber langweiligen Tanzpartner, außerdem linkisch, er sei ihr auf die Füße getreten. Wenn ich Ted Kennedy später in den Nachrichten sah, gehörte ich zu den wenigen, die über seine *Ausstattung* Bescheid wussten. Ein Apfel mag nach nicht viel klingen, aber für eine Zeugung hätte es gereicht – jedoch wäre dann nicht ich geboren worden, sondern ein anderer.

Mir wurde sozusagen mein Vater zugeteilt, der Bursche mit der weißen Badekappe. Ein Jahr nach ihrer Rückkehr aus Amerika tanzte meine Mutter eng mit ihm, und er war offenbar nicht linkisch, nicht langweilig, und Obst war auch da. Kurz nach dem ersten Tanz zeugten die beiden mich auf dem Sofa seiner Großmutter in einer Ortschaft namens Engelberg. Das Sofa ist mir bekannt. Mit vier oder fünf Jahren saß ich selbst einmal darauf während eines Besuchs bei meiner Urgroßmutter. Ich saß auf meinem Zeugungsort, einem braunen Sofa mit quietschenden Sprungfedern, an die Farbe, das Quietschen und den muffigen Geruch erinnere ich mich.

Meine Eltern heirateten jung, sie war erst zwanzig, er drei Jahre älter. Eine Kinderhochzeit fast noch, jedenfalls gingen sie mit wenig Erfahrung in die Ehe, und schon schrie ein Kind in der Wiege. Mein Vater hatte soeben erst sein Studium der Zahnheilkunde abgeschlossen, und da junge Zahnärzte Wanderarbeiter sind, die dorthin gehen, wo eine Assistentenstelle vakant wird, zogen die beiden in ein, man muss sagen belangloses Städtchen im sogenannten *Mittelland.* Der Chef meines Vaters war ein *Romand,* ursprünglich aus Genf stammend, aus den Rebhügeln am

Lac Léman, ihn begleitete das Ploppen der Korken süffiger Weißweine. Am späteren Nachmittag wechselte er zu Cognac. Er brauchte eine ruhige Hand, um die biegsame Nadel der Betäubungsspritze am Zahnhals entlang unter dem Fleisch hindurch zu jenem Punkt zu führen, den Zahnärzte suchen.

Dieser Mann, so behauptete meine Mutter später, habe meinen Vater das Trinken gelehrt. Sie hasste ihn. Sie sah in ihm, dessen Name mir nicht mehr einfällt, den Ursprung. Mit ihm begann ihrer Meinung nach alles. Ich bin allerdings nicht sicher, ob mein Vater einen Mephisto brauchte, um das Trinken zu lernen.

Eine der ersten Erinnerungen meines Lebens ist die, wie mein Vater schwankt. Er steht spätnachts im Dunkel der schmalen Toilette gegenüber von meinem Zimmer. Er dreht sich zu mir um und schwankt. Dieses Schwanken und die Dunkelheit sind mir gleichermaßen unverständlich. Ich sehe, es ist mein Vater, aber ich kann ihn nicht mit seinen beängstigenden Bewegungen in Verbindung bringen. Verstehe nicht, warum er schweigt. Warum er mich nur anschaut aus dem Dunkeln heraus, in dem er sich versteckt, so kommt es mir vor. Etwas stimmt nicht mit ihm, aber auch mit mir nicht: Warum bin ich wach um diese Zeit? Warum bin ich aus meinem Bett gestiegen, jetzt, da alles dunkel ist? Ich kenne die Nacht noch nicht gut, sie ist noch fremd für mich, ich staune vielleicht sogar darüber, dass man jetzt überhaupt wach sein kann.

Man muss ja seine Eltern erst einmal kennenlernen. Sie sind zwar von Anbeginn an da, aber was weiß man schon über sie, wenn man klein ist? Wenn man Glück hat, braucht man als kleines Kind nichts über sie zu wissen. Man fühlt sich dann einfach wohl, ohne etwas über sie zu wissen, fühlt sich geliebt, aufgehoben und dergleichen. Mir sagte einmal ein Arzt, *ein gesundes Herz spürt man nicht*. Wenn man Glück hat, verhält es sich mit den Eltern genauso. Der Vater steht dann nicht schweigend in einer dunklen Toilette und schwankt, als sei er krank. Er starrt einen nicht an und verliert sein Gleichgewicht. Es ist dann kein Rätsel um ihn. Manche Leute, wenn sie Pech haben, verbringen ein Leben damit, ihre Eltern kennenzulernen. Es ist ein Prozess, der nicht immer zu einem Ende kommt.

Von einer Schiffsreise, die meine Eltern ohne mich unternommen hatten, als ich fünf war, kehrten sie mit der Erzählung zurück, der Kapitän des Kreuzfahrtschiffes habe sich anlässlich des *Captain's Dinner* öffentlich über ihre Ähnlichkeit mit Richard Burton und Elisabeth Taylor geäußert, und die anderen Passagiere hätten dem zugestimmt. Auf den Fotos jener Kreuzfahrt, die sie durchs Mittelmeer geführt hatte, einschließlich der arabischen Länder, aus denen mein Vater krumme Dolche mitbrachte, sieht man: Sie waren tatsächlich ein gut aussehendes Paar. Mein Vater im blauen *Blazer* mit goldfarbenen Knöpfen, er trägt dazu eine weiße Hose mit scharfer Bügelfalte und weiße Lederschuhe. Meine Mutter mit *Turmfrisur,* falschen Wimpern und einem roten Seidenkleid, dazu italienische Lackschuhe mit Schleife. Es besteht auch durchaus eine Ähnlichkeit meiner Mutter mit Elisabeth Taylor, während die meines Vaters mit Burton weniger offensichtlich ist.

Jedenfalls hüteten meine Eltern das Kompliment des Kapitäns wie eine Urkunde, die ihren Anspruch auf *Glanz* bestätigte. Ein Dasein als Hausfrau und Zahnarzt in einem unbedeutenden, mittelländischen Städtchen füllte sie nicht aus. Die Hälfte ihrer inneren Landkarte bestand noch aus Wildnis, aus geheimnisvollen Dschungeln, namenlosen Wüsten und glitzernden Städten oder besser: die noch unerforschten Seelenräume meines Vaters bestanden aus Wildnis, die meiner Mutter aus glitzernden Städten und Cocktailpartys. Mein Vater sehnte sich nach Nashörnern, auf die er seinen Fuß setzen konnte, und meine Mutter trug, wenn sie in dem kleinen Städtchen zum Markt ging, um Kartoffeln zu kaufen, bis zum Ellbogen reichende weiße Handschuhe und im Winter einen Pelzmantel aus Leopard, den mein Vater gern selbst für sie geschossen hätte.

Er war ein attraktiver Mann: das markante Kinn, die großen, braunen Augen, elegante Postur, die Proportionen stimmten. Er zog sich gut an, ihm stand, was er trug, und er hatte Stil. Die anderen Männer im Städtchen im Mittelland trugen Hosen und Hemd, damit sie nicht gerade nackt waren. Nicht so er, er kleidete sich absichtsvoll, um eine Wirkung zu erreichen. Und er verstand sich auf diesen Kapitänsblick, der den Frauen gefällt. Er konnte in die Ferne blicken, als wisse er genau, ohne jeden Zweifel, wohin die Reise führt. Und sie führte zu den Wasserbüffeln, den Nashörner und Löwen, und ins *Wilde Kurdistan,* später zu den *Tonton Macoute* in Haiti. Jedoch war es eine Reise, die er allen nur vortäuschte, am erfolgreichsten sich selbst.

Mein Vater war ein häuslicher Mensch, und, wie gesagt, zugleich von der Sehnsucht nach Abenteuern erfüllt. Er holte sich folglich die Attribute des Abenteuers nach Hause. Er dekorierte das Wohnzimmer mit alten Musketen, einem Bärenfell, Schwertern und Hellebarden. Das Bärenfell lag vor seinem *Miller Chair,* es war ein vollständiges Fell mit Kopf und Zähnen – den aufgerissenen Mund konnte man unterschiedlich interpretieren: Der Bär brüllte, aber man hätte auch sagen können, er gähnte.

Bei einem Maskenball zu Fasching verkleideten sich meine Eltern als Marc Anton und Kleopatra, also als Burton und Taylor im Film *Kleopatra.* Sie gewannen den ersten Preis und nahmen ihn sehr ernst. Es war eine mit Goldfarbe angepinselte Banane – eine *Früchteschale,* es sollte ja, da Fasching, witzig sein – und auf der Schale stand, *1. Preis Maskenball des Fastnachtsvereins.* Eine Weile stand die goldene Frucht auf der Kommode im Flur, bis meine Mutter sie meinem Vater an den Kopf warf. Es war die Zeit, in der sie begannen, sich in der Manier ihrer Vorbilder zu streiten. Es wurde geschrien, es wurden Türen zugeknallt, ich floh in mein Bett und drückte mir die Ohren zu. Meine Mutter stürzte in mein Zimmer, *hab keine Angst,* sagte sie, *er kommt nicht hier rein.* Sie versteckte seine Whiskeyflaschen in der Kiste mit meinen Spielsachen, strich mir über den Kopf und verschwand wieder, um Türen zuzuwerfen.

Man kann sagen, sie waren in ihren Rollen als Burton und Taylor am überzeugendsten, wenn mein Vater trank und meine Mutter ihm vergiftete Beleidigungen an den Kopf warf. Sie stritten sich auf glamouröse Weise, laut,

15

unerbittlich, perfid und gut aussehend. Mein Vater stand barfuß, mit offenem weißen Hemd und einem Whiskeyglas in der Hand in der Küche und lachte überlegen, während meine Mutter in einem hellblauen *Babydoll* ihm die Fetzen des Fotos einer Frau ins Gesicht warf, das sie in seiner Nachttischschublade entdeckt hatte.

Ich merke: Ich erzähle nicht chronologisch. Wie könnte ich es aber auch, da doch in meiner Empfindung die Geschehnisse damals in der Art von *Bombenanschlägen* sich ereigneten. Man weiß: die Grundlage für solche Anschläge ist gegeben. Man weiß, es wird wieder geschehen, da es schon vorher oft geschehen ist. Wenn es dann geschieht, unterscheidet es sich kaum vom Anschlag zuvor und dem vor dem zuvor. In der Erinnerung wird einer wie der andere.

Es ereignet sich immer plötzlich. Etwa bei einem Abendessen, bei dem man soeben noch zu dritt *Risotto con funghi* gegessen hat, und man spricht vielleicht über die letzte Folge von *Was bin ich?* mit Robert Lembke – und völlig unvorhersehbar kommt es zur Explosion. Plötzlich wirft sie das Besteck auf den Teller, steht auf und schmeißt die Esszimmertür zu. Und er grinst, und sagt mit Wilhelm Busch, *richte itzo deinen Blick dorthin in die Kellerhöhle.* Das heißt, ich soll ihm aus dem Keller Wein holen. Aber hat er nicht schon genug getrunken? Doch, und ich kann das auch schon früh beurteilen, schon mit sechs Jahren, und je älter ich werde, desto besser. Aber wer bin ich, meinen Blick nicht in die Kellerhöhle zu richten? Also gehe ich, aber meine Mutter hält mich auf, verlangt, ich solle den Schlüssel zum Vorhängeschloss des Kellers in meinem Zimmer verstecken. Und dann ruft sie, damit er's hört: *Der hat schon genug gesoffen!*

Danach die übliche Eskalation. Schreie. Verfluchungen. Türschmettern. Und so weiter. Ich in meinem Zimmer im Bett, mir die Ohren, die verfluchten Ohren zudrückend, die Ohren, die ich nicht taub kriege, die mich alles hören lassen, was sie im oberen Stock brüllen.

Es chronologisch zu erzählen würde nicht der empfundenen Wirklichkeit entsprechen. Es geschah nicht nacheinander, es geschah *immer wieder.* Geschah es nicht, wartete man darauf. Geschah es, wartete man, bis es aufhörte. Danach wartete man wieder darauf, dass es erneut geschah. Ewige Wiederkehr. Ich könnte die Ereignisse folglich, selbst wenn ich es für richtig hielte, schwerlich auf eine Zeitlinie packen. Es war eben keine Linie, es war ein Kreis. Die Ereignisse erlangten ihre Bedeutung nicht dadurch, *wann* sie geschahen, das spielte keine Rolle.

Manchmal geschah auch lange Zeit nichts, so lange, dass ich aufhörte, darauf zu warten. Das waren die glücklichen Zeiten.

Man könnte vielleicht sagen: es gab frühe und spätere Jahre. In den frühen Jahren lebten, wie gesagt, Richard Burton, Elisabeth Taylor und ich in einem gemieteten Einfamilienhaus in einem belanglosen Städtchen. Ich habe den Wellensittich vergessen. In dem Haus lebte außer uns noch der Wellensittich. Er hing in einem an der Decke befestigten Käfig im Wohnzimmer, an der Stelle, die später der Fernseher einnahm. Ich fütterte den Wel-

lensittich mit *Jod-S11-Körnchen,* er sollte keinen Kropf
bekommen. Ich fütterte ihn vorsichtig, denn er war verstört. Er hing ja im Wohnzimmer und konnte sich, wenn
es wieder zu einer *Explosion* kam, nicht wie ich wenigstens in ein eigenes Bett flüchten. Er war den Explosionen
unmittelbar ausgesetzt. Mag sein, sein Käfig bekam auch
den einen oder anderen fliegenden Teller ab. Es wurde
ja viel Geschirr zerbrochen von meiner Mutter, meistens
eben im Wohnzimmer, und so wurde der Wellensittich
bissig. Einmal hackte er mir seinen gelben Schnabel in
den Finger. Seitdem scheuchte ich ihn, bevor ich das Kä-
figtürchen öffnete, auf die oberste Stange, von wo aus er
mit gesträubtem Gefieder zusah, wie ich ihm die gesunden Körner ins Näpfchen schüttete.

Dann kam das Fernsehen. Es war eine neue Erfindung,
und man brauchte, um daran teilzuhaben, einen *Apparat.* Eines Tages, als ich aus der Schule zurückkam, war
der Käfig mit dem Wellensittich verschwunden, und an
seinem Platz stand jetzt der Apparat der Marke *Philips.*
Mein Vater hatte den Wellensittich ins *Empire*-Zimmer
gehängt, ein im napoleonischen Stil möbliertes Zimmer,
in dem meine Mutter selbst Staub wischte, aus Angst, unsere Putzfrau könnte die Brokatbezüge der Sessel beschä-
digen.

Im Fernseher sahen wir zum ersten Mal die *Beatles.* Sie
standen auf der Gangway eines Flugzeugs und winkten.
Ich spürte sofort, es hatte etwas mit mir zu tun. Etwas mit
meinem Leben. Mag sein, ich merkte, als ich die Beatles
winken sah, zum ersten Mal überhaupt: Es gab so etwas
wie *mein* Leben. Ich hatte noch nie ein Flugzeug gesehen,

ich wusste nicht mal genau, was das war, wo die standen. Sie standen jedenfalls oben, und winkten, sie trugen
Anzüge mit Krawatten – aber ihre Haare! Wie Mädchen!
Es war der Kontrast, der mich faszinierte: diese Anzüge
von Männern, aber Mädchenhaare. Meine Mutter steckte
mich Ostern und Weihnachten, zu welcher feierlichen
Gelegenheit auch immer, in solche Anzüge und schnürte
mir den Hals mit einer Krawatte zu. Ich hasste diese Anzüge, der Stoff kratzte an der Innenseite der Schenkel, der
Hemdkragen scheuerte, die Krawatte drückte, es waren
nicht *meine* Kleider, meine Mutter wollte es. Aber jetzt
wollte ich auch etwas. Ich wollte diese Mädchenhaare.
Wenn schon Anzug, dann mit Mädchenhaaren. Die Beatles brachten mich auf die Idee, etwas zu verändern im
Rahmen des Möglichen.

Wir zogen zusammen mit dem Fernsehgerät in ein anderes, etwas größeres Städtchen im sogenannten *Fürstenland*. Mein Vater eröffnete dort eine eigene Praxis und
stellte einen Assistenten an. Der Wellensittich folgte uns
nicht, er war kurz nach seiner Umhängung ins *Empire*-
Zimmer gestorben, vergoldete Voluten vor Augen.
    Wir lebten jetzt in einer *Attikawohnung,* aber nicht
mehr als Taylor, Burton und Kind, sondern als Beatle und
modernes Ehepaar. Mein Vater kaufte sich eine Schallplatte
von *Simon and Garfunkel,* meine Mutter Jeans. Das bedeutete: sie musste schlanker werden. Es fiel zum ersten Mal
das Wort *Diät.* Sie hungerte sich aus den Seidenkleidern
der Taylor in die engen Schlaghosen. Das Wort Diät hörte
ich bald täglich mehrmals aus ihrem Mund. Auch mein
Vater wechselte die Garderobe. Keine Hemden, keine Bla-

zer mehr: jetzt Rollkragenpullover und Cordhosen. Er kaufte sich *Segeltuchschuhe.* Er ließ sich die Haare halb übers Ohr wachsen, meine waren schon auf den Schultern angekommen. Meine Mutter trug, wenn sie zum Markt ging, rote *Gogo*-Stiefel, und auf dem gläsernen Tisch der *Polstergruppe* lag die *Bunte,* darin Berichte über Gunther Sachs und Brigitte Bardot, zu denen meine Eltern übergelaufen waren. Im Herzen noch Burton und Taylor, gaben sie sich nach außen jetzt jünger als sie waren und nahmen sich an Sachs und Bardot ein Beispiel, die beide im selben Alter waren wie sie, aber modern wirkten.

Auf dem Schminktisch meiner Mutter stand ein Styroporkopf, über den sie früher ihre brünetten, halblangen Taylor-Perücken gehängt hatte: jetzt hingen da lange blonde Haare. Meine Mutter setzte sich die Perücke zum ersten Mal auf einer Faschingsparty auf, es gibt ein Foto davon: sie als Bardot, mit überschminkten Lippen, in einem *Minirock,* dazu die Perücke mit nicht ganz mittigem Scheitel. Diesmal gewann sie aber keinen Preis, nicht einmal den dritten. Die Bardot gelang ihr nicht, niemand nahm sie ihr ab.

Mag sein, sie fühlten sich heimatlos in jener Zeit, in die sie sich mit Ach und Krach hinübergerettet hatten. Sie verkleideten sich als Sachs und Bardot wie Ureingeborene das Christentum annehmen, wenn es nicht mehr anders geht. Es gab ja auch viel Gutes in der neuen Zeit. Meine Mutter ging jetzt einfach in Jeans einkaufen, manchmal sogar ungeschminkt, sie sagte, es sei ihr egal, was die Leute denken. Aber dachten die Leute denn etwas? Nein. Die anderen Frauen zeigten sich jetzt ja auch in Jeans und ungeschminkt auf der Straße. Das Wort *läs-*

sig kam auf. Mein Vater hörte sich, wenn er betrunken war, *Bridge over troubled water* an, ein Lied, das für ihn als Mann die Entsprechung zu ungeschminkt war. Ein Mann musste jetzt nicht mehr hart sein, es war im Gegenteil unerwünscht. Ein Mann durfte jetzt seiner Frau auch eine Brücke sein, wenn *pain all around* war und *tears in your eyes,* wenn sie *weary* war und sich *small* fühlte.

Aber mein Vater blieb ein Großwildjäger. Er tarnte sich nur als *Bridge over troubled water.* Ihm war die melancholische Männlichkeit eines Burton nach wie vor näher als die nicht ganz greifbare eines Sachs, und auch meine Mutter verstellte sich. Sie wollte nicht *lässig* sein, sondern begehrt, nicht selbstständig sein, sondern getragen werden wollte sie, und zwar nicht von einem Mann, der sich niederlegte. Das Einzige, das sie an der Emanzipation wirklich interessierte, war ein eigenes Auto.

Wie zwei Emigranten saßen sie da. Meine Mutter in der Polstergruppe, mein Vater in seinem *Miller Chair.* Sie wussten nicht recht, wo und was und warum. Er trank, sie auch in letzter Zeit, nicht so viel wie er, aber doch genug. Sie stritten sich über Tage. Dann Stille. Danach eine Art Versöhnung. Mein Vater begann von Gott zu sprechen, und meine Mutter von einem *Mini Cooper.* Mein Vater drehte *Bridge over troubled water* auf volle Lautstärke, meine Mutter riss die Schallplatte unter der Saphirnadel weg und warf sie von der Dachterrasse in den Vorgarten hinunter, wo sie stecken blieb wie ein Pfeil.

Ich erinnere mich, wie ich mit fünfzehn in meinem *Einzelzimmer* im unteren Stockwerk der Attikawohnung saß und meine spanische Gitarre spielte, mit dem Daumen, wie Richie Havens in Woodstock. Man musste dazu die Gitarre so stimmen, dass jeder Bund einen Akkord ergab. Richie Havens zeigte mir: Man kann auch Gitarre spielen, wenn man's nicht kann. Allerdings beeindruckte er mich nicht. Havens kam mir alt vor, ich fand ihn nicht attraktiv, vor allem: Er verkündete mir nichts. Ganz anders Marc Bolan. Ich stand total auf ihn, und er verkündete mir, es gebe nichts Erstrebenswerteres als zu werden wie er. Bolan spielte aber nicht auf *spanischen* Gitarren, nur auf elektrischen, ich brauchte also unbedingt eine solche.

In dem kleinen Provinzstädtchen war es aber gar nicht so einfach, Marc Bolan zu werden. Es gab nur eine Musikalienhandlung, das *Musikhaus Felix*. Immerhin wurden dort inzwischen nicht mehr ausschließlich Akkordeons, Waldhörner und Geigen angeboten, sondern neuerdings tatsächlich *Elektro-Gitarren* oder besser *eine* Elektrogitarre. Ich entdeckte sie auf dem Schulweg im Schaufenster des *Musikhauses*: Es war eine hellblaue Gitarre mit weißem Schlagbrett, einem Tremolo-Hebel und komplizierten Knöpfen. Sie kostete. Aber das Geld lag bei uns zu Hause herum, und zwar in einer Schublade der *Wohnwand*, in der auch der Fernseher stand. Mein Vater holte sich einmal wöchentlich aus der Bank ein Bündel und legte es in diese Schublade. Das Bündel war nicht für mich gedacht. Aber ich hatte im Lauf der Zeit herausgefunden: Er merkt es nicht, wenn ich einen oder zwei Scheine daraus wegziehe. Dass er's nicht merkte, lag unter anderem an der kleinen Bar in der Wohnwand. Mein Vater klappte die Lade der Bar täglich mehrmals hinun-

22

ter, um sich Whiskey einzugießen der Marke *White Label.* Dabei sah er jeweils hinter den Flaschen in der verspiegelten Rückwand der Bar sein Gesicht.

Mit dem Geld aus dem Bündel rannte ich über Stock und Stein zum *Musikhaus,* mir flatterten die geklauten Scheine in der Hand. Jedoch kam ich zu spät. Ein anderer Marc Bolan war mir zuvorgekommen. So knapp waren damals die Ressourcen.

Herr Felix benötigte drei Monate für die Bestellung einer neuen Gitarre, und als sie endlich mir gehörte, gründete ich unverzüglich eine Band, eben nochmals *T. Rex.* Für *T. Rex* musste man nur zwei Leute sein, nämlich Marc Bolan und Mickey Finn, der die *Congas* spielte. Den Part des Mickey Finn übernahm Roland, mein damals bester Freund, der etwas von Musik verstand, er war Orgelschüler in der *Sankt-Peter*-Kirche. Er konnte Noten lesen, er genoss meinen Respekt. Die Orgel spielte er auf Druck seines Vaters, er war offen für anderes. Da er *Bongos* besaß, fragte ich ihn, ob er mein Trommler sein wolle. Er war einverstanden.

Es passte ihm aber von Anfang an nicht, dass ich mit dem Daumen spielte.

Das sind keine Akkorde, sagte er.

Meiner Meinung nach waren es aber Akkorde. Sie klangen wie Akkorde, denn ich hatte nun auch die Elektrogitarre nach der Methode des Richie Havens auf den Bund gestimmt. Wenn ich mit dem Daumen alle sechs Saiten drückte, erklang folglich ein Akkord.

Und wie willst du so eine Septime spielen?, fragte Roland.

Er behauptete, in *Hot Love,* dem Stück von *T. Rex,* das

wir einübten, komme eine *Septime* vor. Er sagte, Havens sei ein Stümper, deswegen höre man ja auch nichts mehr von ihm.

Ich kaufte mir im *Musikhaus Felix* eine Akkordtabelle, und binnen drei Tagen beherrschte ich die für *Hot Love* nötigen Akkorde, einschließlich der Septime.

Roland saß mit seinen Trommeln zwischen den Knien auf meinem Bett, während ich auf der Elektro-Gitarre die Akkorde knetete. Man hörte, da mir ein Verstärker fehlte, nur seine Bongos und meinen Gesang und das Türknallen meiner Mutter. Normalerweise stritten sie sich erst abends, aber man konnte nie wissen. Es gab im Grunde kein *normalerweise*. Die Türen knallten, und Roland fragte, *hörst du das?*

Das ist nur der Wind, sagte ich.

Das klingt aber nicht wie Wind, sagte er und begann zu horchen. Man hörte etwas scheppern, und dann ein hohes, falsettartiges Geschrei: Das war meine Mutter. Sie hielt den Ton eine Weile, bis ihr, da es ein sehr hoher Ton war, die Stimme versagte.

Ist das deine Mutter?, fragte Roland.

Wir brauchen einen Verstärker, sagte ich, *so kann ich nicht spielen.*

Ich bestellte im *Musikhaus Felix* einen Verstärker der Marke *Fender,* bezahlte ihn mit dem Geld aus der Schublade.

Aber der Verstärker löste nicht das Problem, dass Roland Ohren hatte. Bei ihm zu Hause durften wir nicht üben, seine Eltern waren dagegen. Also saß er in meinem

Zimmer, und es war nur eine Frage der Zeit, bis er es mitbekam. Vernünftigerweise hätte ich niemanden zu mir nach Hause einladen dürfen, und ich lud ja auch sonst niemanden ein: aber Roland war wichtig. Ich wollte unbedingt eine Band! Es war ein Risiko, es war aber auch Rebellion: Das sollten sie mir nicht kaputt machen.

Wir übten *Ride A White Swan.* Laut. Ich drehte den Verstärker jeweils ziemlich auf, aus Lust an der Lautstärke, aber auch, um Roland taub zu machen, falls es oben losging. Er hämmerte auf seine Bongos, und ich brüllte den Songtext, da ich kein Mikrofon besaß. Mir war am wohlsten, wenn wir dauernd spielten. Roland, dem die Hände wehtaten, verlangte nach Pausen. Dann spielte ich allein weiter, bis mir selbst die Finger schmerzten. Notgedrungen musste ich nun aufhören, und es wurde still. Ich horchte nach oben.

An manchen Tagen, eigentlich meistens: nichts. Ganz normaler Haushalt. Mutter kocht, Vater sitzt vor dem Fernseher. Wenn sie sich an Samstagen – meistens übten Roland und ich samstags – morgens schon stritten, rief ich ihn an und lud ihn aus, mit unterschiedlichen Begründungen: ich sei krank, der Verstärker sei kaputt und so weiter. Manchmal war es vorhersehbar, aber üblicherweise eben nicht. Es konnte *immer* passieren, es gab kein Schema, nichts, wonach man sich hätte richten können. Oft geschah es, wenn man's nicht erwartete.

Es war also, wie gesagt, nur eine Frage der Zeit, bis Roland es mitbekam. Das war an einem Sonntagnachmittag. Es regnete, es blitzte draußen, wir spielten *Ride A White Swan,* wir hatten den Song noch immer nicht im

Griff, oder ich nicht – und plötzlich stand meine Mutter im Zimmer. Sie hatte die Tür, ohne anzuklopfen, aufgerissen, und nun warf sie sie wieder zu und presste sich dagegen. Atmete, als sei sie über Hürden gelaufen. Sie blickte uns an, sie bemerkte erst jetzt, dass Roland bei mir war. Aber ihr fehlte der Atem für einen Gruß oder eine Erklärung oder eine Notlüge, die auch keinen Sinn gemacht hätte. Ich hörte meinen Vater schon kommen, mein Zimmer war nämlich zum Flur hin nur durch eine dünne Trennwand gesichert, eine Wand aus verputztem Holz, die nun zitterte, als mein Vater sich meiner Tür näherte. Gegen die meine Mutter sich stemmte. Sie holte Atem und schrie durch die Tür, *hau ab! Sein Freund ist bei ihm! Sie machen hier Musik! Lass sie in Ruhe!*

In den nächsten Wochen erfand Roland kuriose Ausreden, um nicht mehr bei mir üben zu müssen. Er mied mich auch sonst, als sei ich ansteckend. Schließlich erfuhr ich: Er spielte jetzt mit anderen. Als ich ihn darauf ansprach, sagte er, *du kannst den Takt nicht halten. Du bist immer einen Sechzehntel zu schnell.* Einen Sechzehntel! Ich hörte den Begriff zum ersten Mal. *Manchmal sogar einen Achtel!,* sagte er. Und mir fehle *das Gefühl.* Ich würde *hölzern* spielen. Er spielte, wie gesagt, die große Kirchenorgel, das mächtige Instrument, dessen Basspfeifen über mir aufragten, wenn ich ihm auf der Empore der *Sankt-Peter*-Kirche manchmal zuhörte. Er spielte Bach, Händel, all diese Namen, er spielte oben auf den Tastaturen, und gleichzeitig trat er mit den Füßen die Bassnoten auf den Pedalen. Mich beeindruckte die Komplexität seiner Bewegungen, er spielte mit dem ganzen Körper und las die Noten so fließend wie ich einen Artikel in der *Bravo* über *Petting*. Ein *hölzern* aus seinem Mund war ein Verdikt, das ich ernst nahm, obwohl ich es ihm mit einem *du bist ja nur neidisch* vergalt – das *neidisch* bezog sich auf ein Mädchen, das sich für mich entschieden hatte und nicht für ihn, sie hieß Sonja und roch beim Küssen nach Milch.

Spielte ich also wirklich zu schnell? Gar einen *Achtel?* Ein Achtel schien mir viel zu sein, viel zu schnell. Aber konnte man das nicht in den Griff bekommen, so wie die Septime? Ich hatte die Akkorde gelernt, warum sollte es mir nicht gelingen, sie nun auch nicht zu schnell zu spielen? Ich kaufte mir ein Metronom und schrummte, allein in meinem Zimmer, zu dessen Takt die Songs, die wir geübt hatten. Bei *Hot Love* hinkte das Metronom meinen Akkorden immer den Bruchteil eines Taktes hinterher. Dasselbe geschah bei *Ride A White Swan* und allen anderen Songs von *T. Rex,* die ich beherrschte. Ich erreichte den nächsten Takt immer eine Spur schneller als das Metronom. Wochenlang strengte ich mich an, die Akkorde im exakten *Ticktack* zu setzen, *Tick* E-Dur, *Tack* E-Dur, *Tick* A-Dur, *Tack* A-Dur, *Tick* E-Septime, *Tack* E-Septime, *Tick* H-Septime und so weiter. Manchmal gelang es mir, immer aber nur vorübergehend, stets fiel ich irgendwann wieder in *mein* Tempo.

Ich merkte, es ging um ein *inneres* Tempo. Ich tickte beim Spielen innerlich zu schnell, nie zu langsam, immer zu schnell. Ich ahnte, ich würde den Takt nie aus mir selbst heraus halten können. Ich würde immer von außen getaktet werden müssen, aber selbst das half ja nur vorübergehend. Selbst wenn mir ein Schlagzeuger den Takt eingehämmert hätte, wäre ich ihm mit der Zeit davongeeilt, wie dem Metronom. Denn der *Achtel zu schnell* steckte in mir drin und ließ mich den richtigen Takt gar nicht hören, wenn das Metronom aus war. Ohne Metronom stimmte es für mich, ich war sicher, jetzt spiele ich im Takt. Mit anderen Worten: Ich war takttaub. Ein takttauber Musiker. Ich hörte etwas nicht, das die anderen sehr wohl hörten. Roland hatte es gemerkt, andere würden es merken.

Ich liebte die Musik, ich sehnte mich danach, Musiker zu sein und Lieder zu komponieren – aber Sehnsucht und Liebe waren Wünsche. Ich konnte es mir wünschen, bis ich schwarz wurde. Das Metronom tickte und tackte mich wie mit einer Ohrfeige links und einer Ohrfeige rechts in die Wirklichkeit meiner verfluchten Takttaubheit. Marc Bolan werden! Das konnte ich vergessen! Es reichte nicht einmal für Schlagermusik. Es gab keinen Musikstil, der einen *Achtel zu schnell* tolerierte, in der Musik blieb diese Not immer eine Not, es gab keine avantgardistischen *Wir-spielen-zu-schnell-Bands*.

Als ich begriff, dass meine Leidenschaft für die Musik durch meine Takttaubheit zu etwas Lächerlichem wurde, konnte ich den Anblick meiner Elektrogitarre nicht mehr ertragen. Ich wollte sie zerschmettern, aber das brachte ich nicht übers Herz. Stattdessen zerschnitt ich mit einer Kneifzange die gespannten Saiten, eine nach der anderen, es war, als würde man einem Tier die Sehnen durchtrennen.

Tot und nicht tot

Ich war sechzehn, als mein Vater meiner Mutter einen *Mini Cooper* kaufte, sie hatte ihn sich für ihre Unternehmungen gewünscht. Sie war, wie gesagt, im Tessin aufgewachsen, in der *Sonnenstube* der Schweiz. Sie konnte sich nicht an die zähen Nebeltage des *Fürstenlandes* gewöhnen, an das lastende Grau, die Lichtlosigkeit. Ihre Sehnsucht nach Sonne machte sie zu einer Beobachterin des Himmels. Sie erkannte die Hoffnungsschimmer in der Wolkendecke und saß schon draußen auf der Terrasse, *bevor* die Wolken sich dann tatsächlich lichteten. Eingehüllt in eine karierte Wolldecke streckte sie ihr Gesicht dem Licht hin. Andächtig und still saß sie da, sie bekam dann etwas Pflanzliches, sie verwertete jeden Sonnenstrahl und wandelte ihn um in Milde. Wenn sie zwischendurch die Augen einmal öffnete, war ihr Blick sanft und versonnen.

In den Bergen war das Wetter im Winter freundlicher, hier schien über dem Nebel die Sonne oft über Wochen jeden Tag: dieser Verlockung konnte meine Mutter nicht widerstehen. Es zog sie hinauf. Sie fuhr mit der Eisenbahn, danach mit dem *Postauto* in die Höhe, um sich zwei Stunden auf einer Bank in den Voralpen zu sonnen. Doch mit Zug und Bus dauerte die Reise unverhältnismäßig lange für den kurzen Genuss, außerdem war ein Zweitwagen ohnehin überfällig, da standesgemäß für eine Zahnarztgattin.

Mein Vater erfüllte ihr den Wunsch also unverzüglich, auch weil sie ihn in einer Phase der friedlichen Koexistenz geäußert hatte. Sie stritten sich ja nicht permanent, dazu hätten ihre Kräfte nicht ausgereicht. Es gab längere Zeiten der Ermattung, der Versöhnung, der Erholung, sogar der Zärtlichkeit. In diesen Phasen war mein Vater empfänglich für ihre Wünsche, mehr noch: Er beschenkte sie überraschend mit einer brillantenbesetzten Halskette oder Ähnlichem.

Die Reisezeit in die Berge verkürzte sich für meine Mutter nun um zwei Stunden, mit dem *Mini* war es nur noch ein Katzensprung. Sie fuhr um acht Uhr morgens los, erreichte um zehn schon ihr *Bänklein* in den Voralpen, von dem aus sie mit von der Bergsonne gerötetem Gesicht zufrieden hinunterschaute auf das Nebeldach über den Tälern. Bis in den Nachmittag hinein saß sie auf ihrem Bänklein, plauderte ab und zu mit einem Bauern, der vorbeikam, und machte sich so ihre Gedanken über dieses und jenes.

So stellte ich mir das jedenfalls vor.

Als sie mich aber einmal mitnahm, um mir zu zeigen, wie schön es dort oben war, verbrachten wir den Tag keineswegs auf einem Bänklein, sondern auf der Terrasse eines Bergrestaurants am Fuße eines *Idiotenhügels*. Wir schmorten zusammen mit anderen Sonnenanbetern bei lauwarmem Weißwein und gepfeffertem Bündnerfleisch in der Wintersonne, die wegen der Höhenlage einem schnell den Kopf weichkochte. Ein Glas Weißwein verschaffte mir schon einen Schwips, meine Mutter erledigte den Rest der Flasche allein. Sie kannte alle Kellner mit Namen, woraus ich schloss, dass es das Bänklein, von dem sie mir immer erzählte, zwar möglicherweise gab, es aber bei ihren Ausflügen eine Nebenrolle spielte.

Sie fuhr offensichtlich in die Berge, um an der Sonne zu trinken. Mir war früher schon ab und zu ihr Weinatem aufgefallen, mit dem sie aus den Bergen zurückkehrte, aber damals war sie noch mit Zug und Bus hin- und vor allem zurückgefahren. Ich hatte keinen Anlass zur Sorge gehabt. Aber jetzt besaß sie den Mini mit neunzig Pferdestärken. Und sie fuhr gern schnell mit ihm, sie nannte es *den Motor ausreizen*. Sie fuhr nüchtern in die Voralpen und betrunken wieder nach Hause, den Motor ausreizend. Ich sprach sie auf der Heimfahrt von unserem Ausflug darauf an, aus Sorge, sie könnte eines Tages in einer der engen Kurven die Leitplanke durchbrechen und über die verschneiten Kuhweiden fliegen. Es waren Bergstraßen: eng, unübersichtlich und in den Schattenlagen vereist.

Ich trinke ein Glas Wein, und schon machst du mir Vorwürfe!, sagte sie. *Wie wär's, wenn du mal deinen Vater bitten würdest, weniger zu trinken? Aber das traust du dich ja nicht!* Sie fuhr, um mir zu zeigen, dass sie die Straße *in- und auswendig* kannte, wie sie es ausdrückte, noch schneller. Wenigstens hupte sie manchmal vor einer besonders tückischen Kurve.

Wie gesagt, ich war sechzehn, das heißt, ich machte mir *im Moment* Sorgen. Gleich nach der Rückkehr von unserem Ausflug, als der Mini wieder sicher in der Tiefgarage stand, dachte ich wieder ausschließlich an Karin, in die ich verliebt war. Ich machte mir wieder ausschließlich Sorgen, die sie betrafen. Ich hatte ihr kürzlich zu ihrem Geburtstag *Maggie May* von Rod Stewart geschenkt, damals mein Lieblingslied, und da ich seither von ihr nichts gehört hatte, befürchtete ich, sie habe das Geschenk vielleicht missverstanden. Es ging in dem Song um einen jungen Mann, der eine ältere Frau verlässt – und Karin war ein Jahr älter als ich. In dem Lied wurde die Frau nicht gerade schmeichelhaft besungen, *the morning sun, when it's in your face, really shows your age.* Ich hoffte, Karin bezog es nicht auf sich. Und wenn es nicht das war, machte ich mir aus anderen Gründen Sorgen. Sie war größer als ich: störte sie das? Sie war Deutsche, aus Berlin: konnte sie überhaupt einen Schweizer lieben?

Meine Liebe zu Karin erzeugte beständig neue Sorgen. Ich empfand Besorgtheit und Liebe damals sogar als identische Gefühle. Die Quelle meiner Besorgtheit war sowohl was meine Mutter wie Karin betraf, die Liebe – nur liebte ich meine Mutter anders als Karin. Das mag trivial klingen, war aber damals für mich eine neue Erkenntnis: Es gab mehrere Arten der Liebe, und sie unterschieden sich grundlegend. Es gab aufregende und weniger aufregende, dringende und weniger dringende Liebe – und die zu meiner Mutter war weniger aufregend und dringend als die zu Karin.

Mag sein, ich unternahm aus diesem Grund nichts: weil ich Karin dringender liebte, *anders.* Mag sein, deswegen ließ ich den Dingen ihren Lauf.

Meine Mutter sagte, *morgen fahre ich in die Berge,* und ich dachte, *hoffentlich passiert ihr nichts.* Aber ich dachte es zwischen zwei Gedanken an Karin. Ich dachte es beiläufig, bevor ich mit Herzklopfen den Finger ins Loch der Wählscheibe steckte, um Karins Telefonnummer zu wählen. Ich wollte Karin sehen und sie zu diesem Zweck ins Kino einladen.

32

Ins Kino mit Karin. Ihr dort den Arm um die Schulter legen. Und dann, wer weiß. *Das* beschäftigte mich. Sie küssen, wenn wir sitzen. Sie also nicht auf mich hinabschaut, wie es im Stehen der Fall gewesen wäre wegen ihrer *deutschen* Körpergröße. Wir dachten damals alle: Sie ist so groß, weil sie Deutsche ist. Erst hinter all diesen Gedanken ganz klein der an meine Mutter, die betrunken Auto fährt. *Ihr wird schon nichts geschehen.* Und dann, nach dem Kuss, Karin meine Liebe gestehen. Oder besser vorher?

Ich könnte zu meiner Entlastung sagen: Ich hätte sowieso nichts ausrichten können. Selbst wenn ich mir nicht nur momentane, sondern erwachsene Sorgen gemacht hätte, Sorgen, die zum Versuch führen, die Ursache zu beseitigen: Was hätte ich schon tun können? Meine Mutter am Fahren hindern? Mit meinem Vater sprechen, damit er meiner Mutter ins Gewissen redete? Er fuhr ja selbst zweimal die Woche betrunken vom *Restaurant Landhaus,* seiner Stammkneipe, nach Hause – eine Zeit lang ohne Führerschein, weil er mit eins Komma neun Promille erwischt worden war. Ich konnte mit meinem Vater nicht über Alkohol sprechen, eher mit dem Papst über den Unterschied zwischen *Necking* und *Petting.*

Aber das war es nicht. Es ging nicht darum, dass ich selbst beim besten Willen nichts hätte tun können: Sondern ich versuchte es gar nicht erst. Ich beließ es bei einem *fahr vorsichtig,* letztlich, weil ich Karin auf eine Weise liebte, die einem *mehr* gleichkam, mehr als meine Mutter. Darüber darf man sich nicht täuschen: *anders* bedeutet eben *mehr.* Meine Mutter war etwas Selbstverständliches in meinem Leben, Karin nicht. Mir stand jetzt aber der Sinn nicht nach Selbstverständlichem, ich hatte den Kopf nicht frei dafür. Und das bedeutete: Niemand unternahm auch nur den Versuch, es zu verhindern.

Es geschah an einem Tag, an dem ich mich mit Karin nach der Schule am Weiher traf. Nach jenem Kinobesuch. Nach einem geglückten Kuss während einer Schlägerei von Bud Spencer und Terence Hill in *Zwei Himmelhunde auf dem Weg zur Hölle*. Wir küssten uns zum Knallen der Fäuste – unser gemeinsames Lachen, weil die Geräuschkulisse so kurios war, machte die Küsse zu etwas Nebensächlichem.

Beim Treffen am Weiher trug ich meine *David-Bowie*-Schuhe, rosafarbene Plateau-Schuhe aus Glanzleder, mit weißen Gummisohlen und Zehn-Zentimeter-Absätzen: Ich war damit etwas größer als Karin. Sie stammte, wie gesagt, aus Berlin, einer Stadt, von der ich im Geschichtsunterricht gehört hatte. *Bombennächte. Todesstreifen.* Ich fand es sonderbar, dass dort überhaupt noch Menschen lebten. Vor einem Jahr war Karin an unserer Schule aufgetaucht, selbst den Turnlehrer um eine halbe Haupteslänge überragend. Sie war eine Attraktion und weckte den Neid der anderen Mädchen, die sie *Giraffe* nannten. Wir Jungs verstanden auf den ersten Blick, worin dieser Neid begründet war. Mit Karins Größe hatte es nichts zu tun. Sondern sie war anders. Eleganter als die anderen Mädchen, womit innere Eleganz gemeint ist, Geschmeidigkeit der Bewegung aus innerer Ruhe – aber so dachten wir natürlich nicht. Wir merkten nur einfach: Die hat was. Wir mussten hinschauen, und wir mussten Vergleiche ziehen, bei denen die anderen Mädchen schlecht abschnitten. Karin war selbstbewusster, weiblicher, und sie scherte sich nicht um Mode. Sie trug ihr Haar kurz, nicht mal bis zur Schulter, was damals als *vorbei* galt. Sie trug flache Schuhe, keine Stiefel, sie trug Stoffmäntel, keine afghanischen Lammfellmäntel, sie benutzte richtiges Parfüm und nicht *Patschuli*. Sie brauchte nicht schön zu sein, sie war es auch nicht, jedoch hübsch durchaus mit ihrem kastanienfarbenen Haar, ihren grünen Augen. Kastanien, Äpfel, ihr heller Teint: Schneewittchen. Wie auch immer, sie berührte in mir alles, das berührt werden konnte. Warum sie sich mit mir einließ, ich wusste es damals nicht. Es interessierten sich alle Jungs für sie, aber sie traf sich an jenem Tag mit mir am Weiher, und ich brachte ihr *Ich liebe dich* auf Schweizerdeutsch bei.

I ha di gärn.

Ich. Ha. Dich. Gern.

Nein: I. I ha di gärn.

I. Ha. Die. Gern.

Als sie es sagte, spürte ich: Ich hatte noch ein anderes Herz. Nicht nur das, das schlug, noch ein anderes.

Wir küssten uns am Weiher in beißender Kälte. Ich spürte Karins Zungenspitze in meinem Mund, eine kühle Zunge oder besser: kalt und warm zugleich, wie eine raffinierte Nachspeise. Wir küssten uns unter der Hochnebeldecke, die seit Tagen auf dem Städtchen lag wie der Deckel auf dem Topf. Die Enten im Weiher verharrten reglos, mit aufgeplustertem Gefieder auf den eisfreien Stellen, und Karin warf ihnen die Reste eines Brötchens zu. Sie behauptete, in Berlin gebe es keine Enten. Danach küssten wir uns wieder, spazierten Arm in Arm um den Weiher herum, schweigsam vor Glück.

Und in diesem Moment, als ich glücklich war wie nie zuvor, fuhr meine Mutter über der Nebeldecke, tausend Höhenmeter weiter oben, in ihrem Mini Cooper aus einer der engen Kurven hinaus ins Leere. Sie flog über die verschneiten Kuhweiden, die Vorderräder drehten sich noch in der Luft, die Hinterräder standen schon still, die Motorhaube neigte sich langsam nach unten, und die Windschutzscheibe wurde weiß, als die Kuhweide von unten herauf auf meine Mutter losraste.

Als ich, noch mit Karins Küssen auf den Lippen, nach Hause kam, mit dem Gefühl, dass etwas besiegelt worden war und von nun an eine Verbindung bestand, die mich um einen anderen Menschen erweiterte, sodass ich letztlich nicht mehr allein war – als ich glücklich, richtig glücklich nach Hause kam, war meine Mutter nicht da. Sie war nicht in der Küche, nicht im Wohnzimmer: dort nur mein Vater. Ich dachte: Sie ist schon im Bett. Das wäre nichts Ungewöhnliches gewesen. Nach der Rückkehr von ihren Ausflügen in die Berge legte sie sich manchmal gleich ins Bett, also in ihr Bett, sie schlief ganzjährig im Gästezimmer, auch in Friedenszeiten, wenn sie sich keine Gefechte lieferten.

Mein Vater, wie gesagt, war da, aber ich fragte ihn nicht etwa, *ist Mama schon im Bett?* So etwas hätte ich ihn nie gefragt. Wir sprachen miteinander nicht über Alltägliches, wir sprachen überhaupt nicht viel miteinander. Wir gingen miteinander sehr höflich um, wir redeten höflich hundert Worte die Woche, die Hälfte davon entfiel auf *Hallo* und *Tschüs, Gute Nacht* und solcherlei.

An jenem Tag saß mein Vater wie immer in seinem *Miller Chair,* wo sonst, er trank seinen *White Label* in Gesellschaft des Bären, der ermattet, alle viere von sich streckend, flach vor dem Sessel lag und mit seinen Glasaugen glotzte. Mein Vater schaute sich im Fernsehen eine Schlager-Sendung an. Ich erinnere mich an eine Liedzeile, die ich hörte, während ich in der Küche Frankfurter Würstchen warm machte: *Warum denn gleich aufs Ganze gehen, die Hälfte ist doch auch ganz schön.*

Ich aß, auch das war nicht ungewöhnlich, die Frankfurter Würstchen im Esszimmer allein. Mein Vater aß nicht, wenn er trank. Das heißt, ich weiß nicht, wann und was er aß, ich erinnere mich nicht, ihn während seiner Trinkphasen je etwas essen gesehen zu haben. Wenn er nicht auf *White Label* war, aßen wir abends hin und wieder zu dritt, im *Kreis der Familie.* Aber drei machen keinen Kreis, drei sind ein Dreieck, ein spitzwinkliges. Oben meine Mutter, unten ich und mein Vater, der jeweils wenig aß, ohne erkennbaren Genuss. Meistens aber aßen meine Mutter und ich zu zweit, das war gleichfalls kein Kreis, es war ein Gegenüber, das eines Kochs und eines Gastes. Meine Mutter kochte gern und gut, und ich war der Gast, der ihre Gerichte testete, worüber sie manchmal vergaß, selber zu essen.

Wie findest du die Sauce?

Super.

Ich habe diesmal den Rosmarin angeröstet. Man darf ihn nur nicht verbrennen lassen, sonst wird er bitter. Ist er bitter?

37

Nein, es schmeckt wirklich gut.

Das freut mich, Spätzchen.

Ich erinnere mich: Zwei Tage vor ihrem Unfall nannte sie mich zum letzten Mal *Spätzchen*. Ich mochte es nicht mehr. Ich war meiner Meinung nach zu alt, um noch so genannt zu werden. Zum Glück schwieg ich, zum Glück ließ ich sie es ein letztes Mal sagen, ohne ein *Bitte nenn mich nicht mehr so.*

Ich aß also an jenem Abend im Esszimmer allein die Frankfurter Würstchen, ohne Hunger, ich aß sie automatisch, ich konnte an nichts anderes als an Karin denken. Ihr Veilchenduft. Ihr grünes Lächeln. Ihr *I ha die gern.* Die Verbindlichkeit, mit der sie es gesagt hatte.

Ich glühte vor Glück.

Und in diesem Moment schnitten Feuerwehrmänner oben in den Bergen bei einbrechender Dunkelheit die Tür des Mini Cooper mit Schneidbrennern auf. Sie schnitten meine Mutter heraus, sie trennten Fleisch von Blech. Sie mussten sie zwischen dem Motorblock, der sich in den Fahrerraum geschoben hatte, und dem Lenkrad *heraushebeln.* Sie verletzten dabei ihren Arm, und es floss noch mehr Blut, aber das spielte keine Rolle, man rechnete nicht mit ihrem Überleben.

Nach den Würstchen ging ich in mein Zimmer, hörte mir fünf oder sechs Mal *Maggie May* an, onanierte mit innerem Blick auf Karins Mund und ihre Brüste, die ich am besten aus dem Turnunterricht kannte, wenn sie ihr rotes *Turnleibchen* trug. Danach erledigte ich Hausaufgaben, dann ins Bett. Nicht einmal im Schlaf erreichte

38

mich etwas, irgendeine Ahnung, ein ungutes Gefühl, ein Traumfetzen, in dem meine Mutter mir zuwinkte – nein. Nichts. Ist das nicht ungeheuerlich? Dass man glücklich ist und zufrieden schläft, während zur selben Zeit jemand, den man liebt, stirbt? Fast stirbt?

In jener Nacht: ein Poltern. Ich schlug die Augen auf und sah: da ist jemand. Ich setzte mich im Bett auf, knipste die Nachttischlampe an. Da stand mein Vater. Oder besser: Er versuchte zu stehen. War das jetzt etwas Neues? Er kam sonst nie in mein Zimmer, weder am Tag noch in der Nacht, ich hatte es für eine stille Vereinbarung gehalten. Bisher hatte er sich dran gehalten. Nun aber schwankte er bei mir herum. In seinem blauen Morgenmantel, den Lederpantoffeln, dem gestreiften Pyjama, in der Hand sein halb volles Whiskeyglas. Mit einer fahrigen Bewegung strich er sich die Haare aus der Stirn, die ihm dort klebten. Dabei verlor er sein Gleichgewicht. Er stützte sich auf mein Bücherregal, ein Buch fiel heraus und blieb aufgeblättert liegen.

Sie ist tot, sagte er, *deine Mutter ist tot.*

Aber er sagte es nicht in diesen klar verständlichen Worten, er sagte es, als wälze er einen Stein im Mund. Er redete wie seine Patienten, wenn sie nach der Extraktion eines Weisheitszahns mit dicker Backe aus seiner Praxis kamen. Er redete so gottserbärmlich beschissen undeutlich, dass ich verstand, *deine Mutter ist tot.* In Wirklichkeit sagte er, *deine Mutter ist* nicht *tot.* Er kommt mitten in der Nacht in mein Zimmer und sagt, *deine Mutter ist nicht tot.* Er ist zu besoffen, um mir die Nachricht von ihrem Unfall in einer logischen Abfolge zu überbringen. Ich höre, sie ist tot, und dann höre ich, sie hatte einen Unfall, und dann höre ich, sie ist nicht tot. Ich erinnere mich, ich schreie ihn an. Zum ersten Mal überhaupt schreie ich ihn an, ich kündige ihm die Höflichkeit auf, auf die wir uns geeinigt haben. Ich schreie ihn an und gebe ihm zu erkennen, dass ich ihn nicht respektiere, dass seine Schwäche mich anwidert, und nicht erst seit heute. Ich springe aus dem Bett, packe ihn am Kragen seines Morgenmantels und sage etwas Entsetzliches zu ihm. Etwas, das ihn fällt. Es bricht ihn entzwei, und nun liegt er auf dem Boden, das Whiskeyglas dreht sich einmal um die eigene Achse. Er liegt unter mir, und ich blicke in seinen hohlen Mund. Weint er? Er will weinen, aber es kommen keine Tränen. Es kommt nur ein Geräusch aus seinem hohlen Mund, ein merkwürdiges, fast tonloses, kaum noch menschliches Geräusch.

Ich hörte, meine Mutter sei tot und nicht tot: beides stellte sich als wahr heraus.

Ich erinnere mich, mein Vater und ich holten sie an einem strahlenden Frühlingstag in der Klinik ab. Die Spatzen zwitscherten in den Thujahecken, ich sah sie hinter den ergrünenden Knospen herumgeistern. Ihr Zwitschern kam mir vor wie Hohn. Über den knirschenden Kies schob ich den Rollstuhl mit meiner Mutter, sie hatten hier nicht einmal asphaltierte Wege! Man musste einen Rollstuhl über Kies schieben! Meine Mutter war schwer im Stuhl auf dem Kies, und was, wenn sie zur Seite kippte, weil hier alles so uneben war?

Aber sie blieb aufrecht im Stuhl sitzen. Wie es der behandelnde Arzt uns versprochen hatte, als wir sie abholten.

Er attestierte ihr eine noch vorhandene *Körperspannung.*
Er wertete es als *gutes Zeichen* und sprach von *Funktio-*
nen. Er schien mit diesen Funktionen zufrieden zu sein,
mehr erhoffte er sich nicht, uns überließ er es, den Rest, so
muss man sagen, zu vergessen und fortan mit den *Funk-*
tionen zu leben, die meine Mutter nun ausmachten. Wir
sollten, empfahl er uns, regelmäßig mit ihr sprechen, also
mit der für das Hören zuständigen Funktion. Er ermahnte
uns, uns nicht durch ihre Teilnahmslosigkeit täuschen zu
lassen: *Ich bin sicher, sie hört und versteht, was Sie sagen.*
Das hieß, er war nicht sicher. Seine Ermahnung war eine
Aufforderung an uns, zu glauben, er speiste uns mit etwas
Religiösem ab, er, ein Arzt! Das hieß, es gab keine Hoffnung, die Medizin war mit ihrem Latein am Ende, und
nun kamen Glauben und Trost ins Spiel.

Die Diagnose lautete Schlaganfall. Ob der Schlaganfall
Ursache oder Folge des Unfalls gewesen war, konnte der
Arzt nicht abschließend beurteilen. *Eher Ersteres,* sagte er
und klopfte mir zum Abschied auf die Schulter.

Unter dem Gezwitscher der Vögel versuchten mein Vater und ich, meine Mutter aus dem Rollstuhl ins Auto
zu heben, auf den Rücksitz. Es war für mich schwierig, meine Mutter auf diese Weise zu berühren, sie unter
den Armen zu fassen, sie hochzustemmen, sie unter den
Knien zu fassen, ihren Kopf zu stützen, ihre Haare im
Gesicht zu haben, ihren Speichel an der Wange zu spüren und darüber nicht zu vergessen, dass das *sie* war, nicht
einfach nur ein *Rest* oder ein sperriges Gewicht.

Aber wer war das – *sie?* Konnte ein Leib sie sein? Und es
war ja nicht einmal mehr ihr mir vertrautes Gesicht, ihr

mir vertrauter Körper. Es war nur mehr das, was ohne sie übrig geblieben war von ihr. Und man sah, dass etwas für immer verloren war. Es schien, als hätte ihr Geist früher ihrem Körper eine gewissermaßen innere Fülle verliehen, und nun, da er weg war, blieb etwas Geschrumpftes zurück. Es mag merkwürdig klingen, aber ich wusste nicht, wie trauern. Sie lebte, war aber dennoch nicht mehr da, und jedes Mal, wenn mich eine Trauer wie über den Tod eines Menschen überkam, stockte ich, denn ihre Hand war ja noch warm, und sie saß aufrecht im Rollstuhl. Tat ich ihr nicht unrecht, wenn ich um sie trauerte, als sei sie tot?

Mein Vater trauerte, indem er sich in die Krankenakte verbiss. Da ihm die medizinischen Fachbegriffe geläufig waren, sagte er, *so was wie das hier schreibe ich, wenn ich einem Patienten den falschen Zahn gezogen habe.* Er verdächtigte den Notarzt, meine Mutter nach dem Unfall falsch behandelt zu haben. Am Nachmittag, wenn er noch nüchtern war, blieb es ein Verdacht, der sich aber am Abend, mit *White Label,* zur Gewissheit auswuchs: *Diese verfluchten Stümper!* In den folgenden Tagen rief er den Notarzt, er hieß Bruckmann, jeden Abend an, auf seiner Privatnummer, bis Bruckmann eine Telefonsperre einrichtete. Mein Vater warf den Hörer auf und rief, *das ist ein Geständnis! Dieser verfluchte Hurensohn! Ich schwöre bei Gott, ich bringe ihn vor Gericht!* Jeden Tag schwor er mir, Bruckmann vor Gericht zu bringen, *das wird mir der Sauhund büßen!* Er entdeckte in der Krankenakte immer neue Beweise für Bruckmanns Dilettantismus, die manische Beschäftigung mit der Akte bot ihm unerschöpfli-

che Möglichkeiten der Flucht vor meiner im Rollstuhl
aufrecht dasitzenden, schweigenden, ins Leere blicken-
den Mutter, um die sich nun Frau Gruber kümmerte, die
Pflegerin.

Frau Gruber, deren Händedruck mir die Luft aus den
Lungen presste. Raue Hände mit kurzen, stumpfen Fingern. Kleine, schöne graublaue Augen hinter einer dick-
randigen Hornbrille, der Blick klug und stechend. Sie arbeitete in einer geblümten Haushaltsschürze. Trug dazu
währschafte Sandalen mit vielen Schnallen, ihre kurz ge-
schnittenen grauen Haare schienen aus Holz geschnitzt.
Sie kam frühmorgens ins Haus, band sich ihre Schürze
um, und dann ging es los. Sie stammte aus einer Bünd-
ner Bergbauernfamilie und konnte zupacken, ihre Arme
waren weiß und kräftig. Am ersten Tag ihres *Amtsantritts*
blieb der Außenaufzug, mit dem man vom unteren Stockwerk der Attikawohnung, in dem sich die Schlafzimmer
befanden, ins obere fahren konnte, wegen eines Defekts
stecken – Frau Gruber ließ sich davon nicht beirren. Sie
trug meine Mutter eigenhändig die dreißig Treppenstu-
fen ins Wohnzimmer hoch und fand noch Atem, mir zu-
zurufen, ich solle ihr nicht im Weg stehen, sondern gefälligst den Rollstuhl rauftragen. Ich trug ihn hoch, aber
ihrer Meinung nach nicht schnell genug, sie nahm ihn
mir ab mit der Bemerkung, *das kommt vom Coca-Cola.*
Am Abend ihres ersten Tages bei uns legte sie ein Stück
Hühnerfleisch in ein Glas Coca-Cola und sagte, *schau's
dir morgen früh an, Luis, dann siehst du, was das Zeug mit
dir anrichtet!* Sie wusch meine Mutter mit kaltem Wasser,
wie ich eines Tages feststellte, und als ich dagegen pro-

testierte – die Gänsehaut war ja unübersehbar –, schaute Frau Gruber mich mitleidig an: *Wie um Himmels willen willst du die Rekrutenschule überstehen?* Als sie die *Hausbar* meines Vaters entdeckte, die Bar in der Wohnwand, stellte Frau Gruber meinem Vater mit Blick auf die vielen Flaschen eine einfache, einleuchtende Frage, *wozu brauchen Sie so viel Schnaps?*

Frau Gruber richtete für meine Mutter einen Platz hinter der gläsernen Schiebetür ein, die auf die Dachterrasse führte. Von hier hatte man Blick auf das in Betontöpfen vegetierende *Immergrün,* und hinter der gemauerten Brüstung der Terrasse sah man nichts als Himmel, denn wir wohnten hoch oben in unverbauter Lage. Mir wäre es nie in den Sinn gekommen, meine Mutter ausgerechnet hier zu platzieren, denn ich empfand den Anblick des Immergrüns als trostlos.

Kann schon sein, aber es ist der hellste Platz in der Wohnung, sagte Frau Gruber. Das war mir nie aufgefallen. Jedoch hatte sie recht. Jetzt bemerkte ich es auch: selbst an trüben Tagen war es hier noch hell. Und meine Mutter liebte, wie gesagt, Helligkeit – es schien, als habe Frau Gruber das gespürt.

Um den Platz, der eigentlich keiner war, nur eben die Stelle vor der Terrassentür, wohnlicher zu machen, trug Frau Gruber das Marmortischchen hierher, das sonst draußen auf der Terrasse stand. Sie stellte eine Vase mit Blumen darauf und eine Schale mit Äpfeln und Bananen.

Von nun an rollte sie meine Mutter jeden Morgen zu diesem *Plätzchen* ans Licht und las ihr den *Grünen Hein-*

rich von Gottfried Keller vor. Meine Mutter saß aufrecht, aber mit auf die Schulter gelegtem Kopf da, den Mund einen Spalt offen, die Unterlippe hing. Wenn es nötig war, unterbrach Frau Gruber ihre Lesung und tupfte meiner Mutter einen Speichelfaden vom Mund. Manchmal brannte eine Kerze auf dem Tischchen, es war wirklich ein gemütliches Plätzchen geworden, ich hatte Lust, es zu zerstören. Es reizte mich, das Marmortischchen umzuwerfen, die Vase, falls nicht bereits in Scherben, zu zertrümmern, gleichfalls die Früchteschale zu zerschmettern und danach den *Grünen Heinrich* aus dem Fenster zu schmeißen.

War denn nicht ich eigentlich schuld an ihrem Unfall? Ich hatte doch im Bergrestaurant gesehen: Sie trinkt. Ich war Zeuge geworden: ein Glas nach dem anderen. Danach ihr gerötetes Gesicht, die schwere Zunge, wenn sie sprach. Ich war dabei gewesen, als sie angetrunken zu schnell in die Schlangenkurven der Bergstraße fuhr. Mir waren sämtliche Zutaten des Unglücks bekannt gewesen. Ich hatte mir zwar Sorgen gemacht, aber den Dingen ihren Lauf gelassen. Kam es nicht einer fahrlässigen Tötung nahe?

Jeden Tag erinnerte mich der Anblick meiner Mutter daran, dass ich es nicht verhindert hatte. Mit jedem Tag wuchs mein Gefühl, schuld zu sein. Bald ertrug ich es nicht mehr, sie zu sehen, in ihrem Rollstuhl, mit dem halb offenen Mund, den Kopf auf die Schulter gelegt, dieser entleerte Blick.

Ich mied sie. Ging an den beiden, wenn sie an ihrem *Plätzchen* saßen, vorbei, ohne hinzuschauen. Leider war es unumgänglich, an ihnen vorbeizugehen auf dem Weg in die Küche.

Komm, setz dich ein bisschen zu uns, sagte Frau Gruber.

Keine Zeit. Hausaufgaben. Eine Verabredung. Will nur schnell in die Küche und so weiter. Bald ertrug ich auch Frau Gruber nicht mehr. Sah in ihr eine Abgesandte meiner Mutter, ihr Sprachrohr. Frau Gruber sagte im Namen meiner verstummten Mutter, *jetzt komm doch mal her. Nimm ihre Hand. Jetzt komm schon! Nimm ihre Hand, sie freut sich darüber. Sie ist traurig, weil du sie nie anschaust.*

Ach ja? Und woher wollte sie das wissen! Meine Mutter war nicht traurig, sie war zu Trauer oder sonst irgendeinem Gefühl gar nicht mehr in der Lage – wegen mir. Weil ich nichts unternommen hatte.

Jeden Tag dieses *komm her.* Manchmal wurde sie auch deutlicher. Sagte, *ich weiß, es ist schrecklich für die Angehörigen. Es ist sehr, sehr schwierig, damit umzugehen. Man möchte davonlaufen. Aber leider ist das genau das Falsche.*

Mir half schließlich die Wut. Die Wut über meine Mutter, die mich in diese Lage gebracht hatte durch ihr verantwortungsloses Verhalten! Mag sein, ich war schuldig, aber sie doch wohl noch ursächlicher als ich. *Sie* hatte gesoffen da oben in den Bergen, *sie* war zu schnell gefahren. Ursächlich war sie verantwortlich für ihren Zustand. Ich erinnere mich, ich schlug in meinem Zimmer mit den Fäusten auf mein Kissen ein. Ich warf das Kissen an die Wand, trampelte auf ihm herum, schließlich hackte ich mit der Spitze meines Geometriezirkels auf das Kissen ein, denn es musste etwas zerstört werden. Etwas, das mir vertraut war, mein Kissen, auf dem ich jede Nacht schlief.

Ich brauchte ein Bild für das, was mit meiner Mutter geschehen war. Und das Bild war mein mit Federn übersätes Zimmer und mehr noch die leere, zerfetzte Kissenhülle. So war es: unwiderruflich verloren. Unrettbar zerstört.

Komm her, Luis, sagte Frau Gruber.

Und jetzt konnte ich. Jetzt setzte ich mich zu ihr und zu meiner Mutter.

Nimm ihre Hand.

Ich tat es. Ich nahm die Hand. Sie war kühl, leicht, sie wog nur so viel wie die Haut, die Knochen und die Handmuskeln. Es fehlte die Kraft, die eine lebendige Hand schwerer wirken lässt als sie ist.

Meine Mutter roch seit dem Unfall anders, und ich sah nun deutlicher als zuvor, wie dünn ihr Gesicht geworden war. Ihre Lippen: verschwunden. Ihre Haare fahl und glanzlos, wie verstaubt. Ihre Hand nicht nur leblos, sondern unpersönlich, es hätte irgendeine Hand sein können. Mir fiel auf, sie trug ja den Granatring nicht.

Sie könnte sich mit dem Ring verletzen, sagte Frau Gruber.

Sie hatte diesen Ring immer getragen, seit ich denken konnte, ihre Hand war ohne ihn nicht vollständig. Wenn sie mich früher zu Bett brachte und mir vor dem Gutenachtkuss über die Stirn strich, spürte ich auf der Haut einen in die Wärme eingebetteten kühlen Streifen von ihrem Ring.

Meine Mutter hatte ein Recht auf diesen Ring, fand ich, Verletzungsgefahr hin oder her. Ich fand ihn in ihrer ledernen Schmuckschatulle in ihrem Schlafzimmer. Er lag in einem mit rotem Samt ausgelegten Ringfach, und als ich ihr den wuchtigen, dunkel funkelnden Ring an den Finger steckte und dann ihre Hand umschloss und die kratzigen Granatsteine auf der Haut spürte, war *etwas* wieder wie früher: Es war wieder die Hand meiner Mutter.

Der van Os I

Es muss jetzt das Bild erwähnt werden. Es hing im Flur im oberen Stockwerk der Wohnung, über einer antiken Bauerntruhe. Ein Gemälde des niederländischen Landschaftsmalers Jan van Os, *Winterliche Landschaft*. Mein Vater hatte es ein Jahr zuvor während der *Ölkrise* gekauft, ohne es mit meiner Mutter vorher zu besprechen.

Sie war außer sich, als er ihr den Preis nannte: zweihunderttausend Franken.

Du bist nicht mehr bei Trost!, schrie sie. *Dich sollte man entmündigen!*

Ich weiß genau, was ich tue!, sagte er. *Ohne Öl keine Wirtschaft. Es bricht alles zusammen. Papiergeld ist schon bald überhaupt nichts mehr wert. Jetzt muss man Kunst kaufen! Kunst verliert nie an Wert! Man muss jetzt in Sachwerte investieren!*

Meine Mutter schlug Türen zu, riss sie wieder auf und rief, *du gibst das Bild zurück! Sofort! Sonst mache ich es!*

Du wirst mir noch dankbar sein, sagte er, *wenn es kein Benzin mehr gibt!*

Du verstehst doch überhaupt nichts von Kunst!, sagte meine Mutter. *Das Bild ist wahrscheinlich nicht einmal echt!*

Mein Vater fuchtelte mit einem Echtheitszertifikat vor ihrem Gesicht herum, sie zerriss es.

Sie stritten sich mehrere Wochen lang wegen des Bildes, das zumindest in dieser Hinsicht eine Wertanlage war, wenn man Unglück als Wert betrachtet, als Standbein einer Ehe.

Ich kannte unsere Vermögensverhältnisse nicht genau. Aber zweihunderttausend waren bestimmt viel, und es machte auch mir Angst, so viel Geld auf so kleinem Raum konzentriert zu sehen – das bisschen Bild zwischen einem verschnörkelten, vergoldeten Rahmen. Was, wenn ein Brand ausbrach?

Fängst du jetzt auch noch damit an?, sagte mein Vater. *Das ist doch versichert! Geh zu deiner Mutter und sag ihr, es ist versichert! Wenn es verbrennt, zahlt die Versicherung.*

Es war also wenigstens versichert, aber immer noch war es nur ein Bild und kein Haus.

Wenn schon, dann ein Haus! Oder Gold!, rief meine Mutter.

Ich gab ihr recht, auch ich hätte in ein Haus oder in Gold mehr Vertrauen gehabt. Ich konnte mir gar nicht vorstellen, wer, wenn die Wirtschaft wegen den Arabern zusammenbrach, ein so langweiliges Bild kaufen sollte. War überhaupt irgendein Bild zweihunderttausend Franken wert? Vielleicht ein Picasso, ja, von Picasso hatte ich gehört, aber Jan van Os? Wer war das, und was machte sein Bild so teuer? Konnte man den Preis in dem Bild irgendwie erkennen?

Auf der *Winterlichen Landschaft* ist eine gespreizte, blattlose Eiche zu sehen, es ist Winter, und zwei Fischerboote liegen schief im Eis, in dem sie festgefroren sind. Zwei schneebedeckte Bauernkaten wachsen aus der Erde wie die Eiche, nur ein Kamin, aus dem Rauch aufsteigt, unterscheidet sie von etwas natürlich Gewachsenem. Ein Bauer, mit einem Reisigbündel auf dem Rücken, nähert sich mit hölzernem Schritt einem Steg, der über einen Bach oder eine kleine Flussader führt. Aber dann erkennt man: Das andere Ende des Stegs ist ja mit zwei Brettern verbarrikadiert! Der Steg ist nur dazu da, zu enden. Er führt nirgendwohin. Man versteht nicht mehr, warum der Bauer ihn überqueren will. Es gibt nichts zu überqueren: Der Bauer läuft mit seinem Reisigbündel munter auf einen toten Punkt zu.

Ich sagte mir: Es ist ein altes Bild, daher so teuer. Logischerweise würde es also täglich, da älter werdend, noch teurer werden. Und wenn die Araber *so weitermachten* und es irgendwann überhaupt kein Öl mehr gab, konnte man es vielleicht gegen eine Menge Brennholz eintauschen. Das beruhigte mich ein wenig.

Ich begann, mich an das Bild zu gewöhnen. Jeden Morgen, bevor ich mir in der Küche ein Frühstück zusammensuchte, das ich meistens auf dem Schulweg aß, blieb ich eine Weile vor der *Winterlichen Landschaft* stehen. Die schalkhafte Melancholie des Bildes hatte etwas Anheimelndes. Es war schön, einem anderen beim Scheitern zuzusehen, und verlockend, Parallelen zu ziehen. Der Bauer, der mit seinem geschulterten Reisigbündel zuversichtlich auf den Steg zuging, der keiner war und der nirgendwo hinführte, hätte mein Vater sein können. Mein Vater gefiel sich ja als *Kapitän,* der genau wusste, wohin die Reise ging. *Ich weiß genau, was ich tue!* Der Bauer auf dem Bild schien sich das ebenfalls einzubilden.

Es faszinierte mich, dass man in dem Gemälde überhaupt etwas *Persönliches* entdecken konnte. Dass es offen war für ein *Hineindenken*. Im Nachhinein halte ich allerdings gerade das Gegenteil für verblüffender: So oft schaute ich mir das Bild damals an ohne die geringste Ahnung, welche Bedeutung es in meinem Leben noch bekommen würde. Ich konnte es natürlich nicht wissen, wie auch? Dennoch, wenn ich daran zurückdenke, sehe ich mich blind vor dem Bild stehen. Blind für das eigene Schicksal. Munter und blind, wie der Bauer auf dem Bild.

Es begann damit, dass Frau Gruber das *Plätzchen* vor der Terrassentür, wo sie und meine Mutter den Tag jeweils verbrachten, verschönern wollte. Sie fand, es fehle hier ein Bild, gerade so eins wie das, das im Flur hänge und dort sowieso nur verstaube. Also hängte sie die *Winterliche Landschaft* im Flur ab, schlug an der kahlen Wand neben der Terrassentür einen Nagel ein, *et voilà!*, sagte sie. Es stimmte, ich fand es auch: Das *Plätzchen* wurde gemütlicher dadurch. Frische Schnittblumen in der Vase auf dem Marmortischchen, Äpfel, Pfirsiche in der Früchteschale, eine Bienenwachskerze und nun das Bild des Jan van Os.

Es ist ein schönes Bild, sagte sie, *es gefällt deiner Mutter.*

Mir gefällt es, sagte ich. *Aber meiner Mutter – da bin ich mir nicht so sicher.*

Doch, doch, sagte Frau Gruber.

Sie hat das Bild nie gemocht, sagte ich.

Das war früher, sagte Frau Gruber und büschelte die Schnittblumen in der Vase.

Meine Mutter saß im Rollstuhl, über ihr an der Wand das Bild. Ihr Kopf ruhte, wie immer, auf ihrer linken

Schulter, der Mund halb offen, die Augen nach oben gedreht. Es schien, als schaue sie schräg zum Bild hinauf. Aber dieser Eindruck entstand, weil jetzt das Bild dort hing. Früher hatte sie in derselben Haltung die leere Wand angeschaut.

Mein Vater kehrte an jenem Tag betrunken aus der Praxis zurück. Das war neu. Üblich war: Wenn er trank, ging er nicht zur Arbeit. Wenn er aber zur Arbeit ging, trank er üblicherweise erst am Feierabend. Jetzt aber offenbar auch während der Arbeit. Ich fragte mich, wie lange sich seine Patienten das gefallen ließen.

Die Umhängung des Bildes entging ihm nicht. Er sagte, *das gehört nicht hierhin.* Das war aber alles, er wirkte beschäftigt.

Kurz darauf sah ich ihn vor der Aufzugstür stehen, er hatte sich umgezogen, *fein gemacht,* er trug einen beigen Anzug und klimperte mit den Autoschlüsseln. Ich wusste, er fährt ins *Landhaus,* um seinen Rausch zu vervollständigen.

Fahr mit dem Taxi, sagte ich, und er sagte, *der Mohr hat seine Schuldigkeit getan, der Mohr kann gehen.* Also hielt ich den Mund. Ich wunderte mich, überhaupt etwas gesagt zu haben. Wenn er betrunken war, kam es nicht oft vor, dass ich mit ihm sprach. Aber ich wollte es, nach allem, was geschehen war, wenigstens gesagt haben, *fahr mit dem Taxi.*

Ungewöhnlich früh kehrte er zurück, kurz nachdem Frau Gruber meine Mutter ins Bett gebracht und sich für heute verabschiedet hatte. Ich stand in der Küche und strich mir ein Butterbrot. So sah ich, wie er die *Winterliche Landschaft* abhängte und sie in den Flur trug.

Das hängt jetzt hier!, sagte er. *Das bleibt jetzt auch hier hängen! Die alte Schachtel hat hier nichts zu bestimmen!*

Am nächsten Tag, einem Samstag, hätte ich ausschlafen können. Jedoch klopfte Frau Gruber schon früh an meine Tür. Es musste etwas Außergewöhnliches geschehen sein, sie hatte mein Zimmer noch nie betreten, schon gar nicht, wenn ich noch im Bett lag. Sie entschuldigte sich, aber es sei dringend. Sie erzählte mir Folgendes: Sie habe meine Mutter vorhin wie üblich zum *Plätzchen* geschoben. Meine Mutter habe bemerkt: Das Bild hängt nicht mehr hier. Kurz darauf habe meine Mutter sich erbrochen, und nicht nur einmal.

Haben Sie den Arzt gerufen?, fragte ich.

Ich glaube, sie braucht keinen Arzt, sagte sie. *Sie braucht das Bild.*

Sie behauptete, meine Mutter erbreche sich gewissermaßen aus Protest, weil das Bild nicht mehr am *Plätzchen* hänge. Dieses Bild scheine ihr viel zu bedeuten.

Ich muss sagen, die Attitüde der Gruber als *Prophetin*, die als Einzige die spärlichen Lebenszeichen meiner Mutter richtig deuten konnte, ging mir auf die Nerven. Warum sollte meine Mutter ausgerechnet an der *Winterlichen Landschaft* hängen? Sie hatte sich dieses Bildes wegen wochenlang mit meinem Vater gestritten, da sie dessen Anschaffung ja für eine unverzeihliche Torheit hielt, für eine Schnapsidee, für die Verschleuderung unseres Vermögens. Abgesehen davon: Was hätte ihr denn an dem Bild gefallen sollen? Es war ein Winterbild. Und sie mochte den Winter nicht. Ihre Ausflüge in die Berge waren Ausflüge zur Sonne gewesen, nicht zum Schnee. Sie

53

hatte den Schnee und die Kälte substrahiert, bis nur noch Sonne und Weißwein übrig blieben. Eine *Sommerliche Landschaft* mit Pinien, Olivenbäumen und dem glück-verheißenden blauen Meer am Horizont: An ein solches Bild hätte sie ihr Herz gehängt. Aber doch nicht an dieses!

Auf meinen Einwand, wenn meine Mutter sich nicht gut fühle, dann bestimmt nicht wegen dieses Bildes, sagte Frau Gruber, *dann schau sie dir jetzt an!*

Sie lag in ihrem Zimmer auf dem Bett, auf einer blauen Plastikplane, die Frau Gruber ausgelegt hatte. Bäuchlings lag meine Mutter darauf, und unter ihrem Gesicht floss grünlicher Schleim hervor. Es ging ihr nicht gut, das konnte auch ich sehen – aber nicht den Zusammenhang mit dem Bild.

Hörst du mir nicht zu?, sagte Frau Gruber. *Es ging ihr wie immer. Bis ich sie hinaufbrachte. Es ging ihr gut. Bis sie sah, dass das Bild nicht mehr dort hängt. Genau in dem Moment fing es an. Halt ihren Kopf hoch, damit sie nichts verschluckt. Ich muss jetzt mit deinem Vater ein Wörtchen reden.*

Sie klopfte an seine Schlafzimmertür. Vergeblich. *Herr Doktor,* sagte sie und klopfte lauter, *ich muss mit Ihnen sprechen. Ihrer Frau geht es nicht gut.*

Ich stützte die Stirn meiner Mutter, damit der Schleim auf die blaue Plastikplane fließen konnte. Durch die offene Tür sah ich nun den *Doktor* in seinem blauen Morgenmantel mit dem aufgestickten Fantasiewappen auf der Brusttasche, wie er vor Frau Gruber in ihrer geblümten Schürze stand. Sie bat ihn, das Bild wieder ans *Plätzchen* hängen zu dürfen. Er sprach von *Wertanlage.* Von *Aus-*

bleichen. Behauptete, das Gemälde würde an dem hellen Platz bei der Terrassentür Schaden nehmen, es müsse an einem dunkleren Ort hängen. Als Frau Gruber sich von diesen Argumenten nicht überzeugen ließ, sagte er, *und außerdem hasst meine Frau das Bild. Sie will es nicht sehen! Meine Frau will dieses Bild nicht sehen, das schwöre ich Ihnen bei Gott! Es geht ihr schlecht, weil Sie es ihr aufgezwungen haben! Sie hasst mich! Deswegen tut sie mir das an!*

Am Nachmittag rief Frau Gruber den Arzt, Doktor Schleher. Er untersuchte meine Mutter, die sich in regelmäßigem Rhythmus übergab, exakt alle dreißig Minuten – was kein Zufall sei, behauptete Frau Gruber.

Doktor Schleher diagnostizierte etwas zu den Symptomen Passendes, ich wurde mit einem Rezept in die Apotheke geschickt. Zum Glück war Karin nicht da. Sie war mit ihren Eltern übers Wochenende nach Berlin geflogen. Ich war, ohne recht zu wissen warum, froh, dass sie weg war. Sie sollte mit diesen Dingen, die hier geschahen, nicht in Berührung kommen, vielleicht war es das.

Die Medikamente wirkten nicht. Mitternacht war vorbei, und meine Mutter erbrach noch immer Schleim, der manchmal grünlich, manchmal farblos war. Einmal kam mein Vater ins Zimmer, verstreute Asche auf den Fußboden und lallte, *Gottes Zorn ist fürchterlich.* Er schien zu weinen, eine Träne, vielleicht brannte ihm aber auch nur der Rauch in den Augen. Danach verschwand er in seinem Zimmer und drehte das Radio laut.

So, jetzt reicht es mir!, sagte Frau Gruber. *Ich hänge jetzt das Bild wieder auf! Ob's deinem Vater passt oder nicht!*

Sie hängte es energisch, mit einem *jetzt wollen wir doch*

einmal sehen! im Flur ab und wieder an die Wand neben der Terrassentür. Ich hielt es für Aberglauben, aber wenn sonst nichts half …

Danach hievten wir meine Mutter vom Bett in den Rollstuhl, im Aufzug nach oben erbrach sie sich erneut. Wir schoben sie an ihr *Plätzchen*. Frau Gruber zündete Kerzen an, die sich in den dunklen Fensterscheiben weihnachtlich spiegelten.

Nun warteten wir, ob mit meiner Mutter etwas geschah.

Sie schien das Bild anzuschauen, jedenfalls war ihr Gesicht ihm zugewandt, die Augen standen offen, das ließ sich mit Sicherheit sagen. Aber nicht, ob diese Augen *sahen*. Es war kein Blick darin, kein Zentrum. Wenn ich meiner Mutter in die Augen sah und die *Begegnung* suchte, war es, als blicke man in etwas Leeres. Ihr Blick war durchlässig. Jetzt schien mir zwar, sie entspanne sich, aber vielleicht entspannte nur ich mich, weil sie sich nicht mehr erbrach, aus welchen Gründen auch immer.

Siehst du?, sagte Frau Gruber. *Es geht ihr besser. Weil sie das Bild wieder sieht.*

Frau Gruber nickte in ihrem Sessel neben dem Marmortischchen ein, die Brille rutschte ihr über die Nase, ich nahm sie ihr vorsichtig ab. Wie schwer diese Brille war! Ich wollte noch eine halbe Stunde Wache halten, schlief dann aber gleichfalls ein, auf dem Stuhl neben meiner Mutter.

Im Morgengrauen weckt mich Frau Grubers Schnarchen. Meiner Mutter war der Kopf nach hinten in den Nacken gerutscht, aber wie um die veränderte Kopflage auszugleichen, hatte sich ihr Blick gesenkt und war wiederum auf das Bild gerichtet. Ich hätte jetzt schwören können, sie schaute die *Winterliche Landschaft* eben doch an. Mir schien, es war jetzt sogar ein wirklicher Blick, also lebendig.

Wenn sie aber das Bild anschaute, wenn sie es wahrnahm, dann vielleicht auch mich. Behutsam schob ich mein Gesicht in die Blickrichtung meiner Mutter. Doch es geschah etwas Merkwürdiges: Etwas erlosch in ihren Augen. Jedenfalls glaubte ich, ein Erlöschen zu bemerken, und erst, als ich mich entfernte und ihr den Blick auf das Bild nicht mehr verstellte, kehrte dieses Lebendige in ihre Augen zurück, das ich so gern für mich gehabt hätte. Aber ihr Blick galt dem Bild und nur ihm. Frau Gruber hatte recht gehabt. Meine Mutter wollte dieses Bild sehen, oder besser: *nur* dieses Bild. Davon war ich von dieser Stunde an überzeugt.

Krokusblüte

Inzwischen war ein Jahr vergangen und etwas Neues entstanden, ein Kreis der Familie, bestehend aus Frau Gruber, meiner Mutter und mir. Ich sagte früher, drei seien kein Kreis, das empfand ich jetzt anders. Ich saß gern mit den beiden am *Plätzchen,* unterhielt mich mit der Gruber über dieses und jenes oder hörte zu, wenn sie meiner Mutter neuerdings aus Meinrad Inglins *Schweizerspiegel* vorlas. Das Gesicht meiner Mutter war dabei stets der *Winterlichen Landschaft* zugewandt. An manchen Tagen fehlte ihr die Kraft für einen Blick, dann standen ihre Augen einfach nur offen, und es war schwer zu sagen, ob sie schaute. Meistens jedoch konnte ich in ihren Augen eine Bündelung ihrer Lebenskraft oder Wahrnehmung erkennen, etwas Zielgerichtetes. Sie nahm das Bild jedenfalls auf irgendeine Weise wahr, denn sie reagierte nun auf jede es betreffende Veränderung. Es hing an der lichtabgewandten Wand und war anfällig für die abendliche Dunkelheit, die immer als Erstes das Bild verschattete. Wenn wir es dann versäumten, schnell genug das Licht anzuzünden, wurde meine Mutter unruhig. Ihre beweglichsten Körperteile waren die Augenlider und die Zunge, und unter Unruhe muss man sich ein hektisches Zwinkern vorstellen und ein *Züngeln* – sie schob dann die Zungenspitze zwischen den Lippen hin und her. Dies geschah, wenn sie das Bild nicht mehr sehen konnte – sobald wir das Licht anknipsten, beruhigten sich Augenlid und Zunge.

Ich begann, mit meiner Mutter zu reden. Mag sein, sie hörte es nicht, aber ich. Sie war ja beides: tot und auch nicht. Mit ihr nicht zu sprechen hieß, sie als Lebende aufzugeben und als Tote zu betrachten. Das hatte ich lange Zeit getan. Indem ich jetzt aber mit ihr redete, empfand ich sie auch wieder als Lebende.

In Frau Grubers Abwesenheit, wenn sie ins Städtchen fuhr, um einzukaufen, erzählte ich meiner Mutter manchmal von Karin. Ich erzählte ihr, wie sehr ich Karin liebte, und nach anfänglichem Zögern sprach ich auch von unserem Vorhaben, miteinander zu schlafen, in zwei Wochen, wenn ihre Eltern nach Berlin fuhren, um Verwandte zu besuchen. Ich vertraute meiner Mutter meine

Angst vor jenem Tag an, mein kaltes Bauchweh bei der Vorstellung, dann etwas, das ich tun wollte, tun zu müssen. Ich gestand meiner Mutter, Karin über meine Erfahrungen belogen zu haben, und ich erzählte ihr von meiner Scham, als Karin antwortete, *dann werde ich also die einzige Jungfrau von uns zweien sein.* Wen außer meine Mutter hätte ich in diese Winkel meines Herzens blicken lassen können? Ich musste mir ihr gegenüber keinerlei Grenzen der Ehrlichkeit auferlegen, ihr konnte ich alles erzählen. Ihr Unfall bekam dadurch endlich einen Sinn: Ohne ihn hätte ich ihr dies alles doch niemals anvertraut. In gewisser Hinsicht war ich meiner Mutter in jener Zeit so nahe wie vorher nie. Es war natürlich eine *Einbahnnähe,* aber ich bedauerte das nicht, da die stille Teilhaberschaft meiner Mutter ja gerade die Voraussetzung für das Entstehen dieser besonderen Nähe war.

Ein paar Tage, bevor Karins Eltern verreisten, erschien Kurt, ein Mitschüler, den ich aus verschiedenen Gründen bewunderte, der aber nie so recht mein Freund sein wollte, mit dicker Backe im Unterricht. Kurt saß eine Bank vor mir, und während der Lateinstunde hörte ich ihn zu Raffael, seinem Banknachbarn, sagen, er *verrecke* fast vor Schmerzen und müsse um drei Uhr zum Zahnarzt.

Dann richte meinem Vater schöne Grüße aus, sagte ich nach vorn.

Kurt drehte sich zu mir um, *ich bin nicht mehr bei deinem Vater. Ich gehe zu Notter. Dein Vater ist ja nie da.*

Wie meinte er das, *nie da?* Ich fragte nicht nach, ich wollte nicht von Kurt etwas erfahren müssen, das ich nicht wusste. Aber warum ging er neuerdings zu Notter?

Notter war der andere Zahnarzt im Städtchen, die Konkurrenz. Kurts Familie gehörte jedoch zum Patientenstamm meines Vaters. *Stamm* war das richtige Wort: Die Patienten des Städtchens gehörten entweder zu Notters Stamm oder zu dem meines Vaters. Das Territorium war seit Jahren hälftig aufgeteilt. Ein Zahnarztwechsel war unüblich, ja geradezu verpönt.

Dein Vater ist ja nie da – er verließ doch aber wochentags jeden Morgen um acht Uhr die Wohnung. Er trank neuerdings während der Arbeit, aber er fuhr in die Praxis und kehrte um fünf Uhr zurück. Warum also *nie da*?

Es ließ mir keine Ruhe, und so fuhr ich nach Schulschluss mit dem Moped durch strömenden Regen zur Praxis meines Vaters in die Bahnhofstraße. Dort traf ich nur Fräulein Eisenring an, die langjährige Zahnarzthelferin. Mein plötzliches Auftauchen in der Praxis brachte sie in Verlegenheit. Auf meine Frage, wo mein Vater sei, antwortete sie, *aber er ist doch krank.*

Seit wann?, fragte ich.

Aber das wissen Sie doch! Früher hatte sie mich immer geduzt, jetzt dieses abwehrende *Sie.*

Seit wann arbeitet er nicht mehr?, fragte ich.

Fräulein Eisenring zog ein Taschentuch hervor und tupfte sich die Tränen von den Augen. Ich erfuhr: Mein Vater arbeitete seit einem halben Jahr nur noch sporadisch.

Ich weiß schon gar nicht mehr, was ich den Leuten sagen soll. Er hält die Termine nicht mehr ein, ich weiß nie, ob er kommt oder nicht, meistens kommt er ja nicht. Und wenn er kommt, trinkt er. Er trinkt jetzt immer so viel, so kann er doch nicht arbeiten!

Aber er hatte doch einen Assistenten! Ich fragte, *und Herr Ludovic? Kann denn nicht er die Patienten meines Vaters übernehmen?*

Herr Lalovic, sagte sie. *Nein, Ihr Vater hat ihn doch entlassen. Schon vor einem Jahr. Nach dem Unfall Ihrer Mutter. Warum, weiß ich nicht. Es gab überhaupt keinen Grund. Herr Lalovic war immer so nett und zuverlässig. Er war sehr beliebt bei den Patienten. Aber seit dem schrecklichen Unfall Ihrer Mutter ist Ihr Vater ... er ist ein ganz anderer Mensch geworden. Er tut mir so leid! Das mit Ihrer Mutter, das hat ihm das Herz gebrochen! Er war früher so ein heiterer Mensch.*

Ein heiterer Mensch? Mir war unverständlich, wie sie zu diesem Urteil kam. Es gab keine Eigenschaft, die mein Vater weniger besaß als Heiterkeit. Aber ihre Fehleinschätzung war wohl auch der Grund, weshalb sie in der Praxis noch ihren Dienst versah, obwohl mein Vater ihr, wie sie mir gestand, seit drei Monaten das Gehalt nicht mehr ausbezahlte.

Ich fuhr nach Hause, inzwischen war es Abend geworden. Mein Vater saß in seinem *Miller Chair* vor dem Fernseher und trank *White Label*. Ich grüßte ihn im Vorbeigehen. Wenn es eine Instanz in ihm gegeben hätte, an die ich mich hätte wenden können, hätte ich ihn auf Fräulein Eisenrings Geständnis natürlich angesprochen. Aber es gab keine Instanz. Ich ging über das Bärenfell an meinem Vater vorbei ohne jede Hoffnung. Ich traute ihm nichts mehr zu. Nicht einmal mehr den Willen zum Trinken. Ich war sicher, er trank, weil das Trinken einfach *geschah*. Der Whiskey trank *ihn*, der Fernseher schaute *ihn* an. Der *Miller Chair* stand da, also saß mein Vater gehorsam darauf, er war das, was der Sessel brauchte. Der blaue Morgenmantel trug *ihn,* die Lederpantoffeln benötigten Füße, also steckte mein Vater sie hinein. Der Bär hatte *ihn* erlegt und beobachtete nun mit seinen Glasaugen, wie sein Opfer ausblutete. Es hatte keinen Sinn, mit meinem Vater über sein Leben zu sprechen: Sein Leben entzog sich seinem Einfluss. Man kann ein Leben nicht ändern, wenn es einem nicht gehört.

Im Esszimmer flößte Frau Gruber meiner Mutter Kartoffelsuppe ein, auch für mich stand ein Teller bereit.

Du siehst bleich aus, sagte Frau Gruber. *Ist etwas?*

Nein, sagte ich und aß.

Dann erzählte ich es ihr aber doch, obwohl es nicht ungefährlich war. Ich erzählte es ihr, um zu erfahren, ob sie es schon wusste und ob sie vorhatte, uns zu verlassen. Ich wollte von ihrer Kündigung nicht überrascht werden. Ich wollte *jetzt* wissen, wie lange Frau Gruber bereit war, auf ihr Gehalt zu verzichten. Dass sie noch hier war, gab mir Hoffnung, sie hatte offenbar auch in finanziellen Dingen ein dickes Fell. Ich erzählte ihr, mein Vater arbeite nicht mehr und bleibe seiner Praxisgehilfin den Lohn schuldig seit drei Monaten.

Frau Gruber seufzte. *Manche Menschen stehen neben ihren Schuhen, da kann man nichts machen,* sagte sie.

Und Sie?, fragte ich. *Ich meine, bekommen Sie Ihren Lohn?*

Ja, und nicht erst im Himmel, sagte sie, *dein Vater ist Gott sei Dank überversichert.* Sie wurde rot, was nicht zu ihr passte: log sie?

Zwei Tage danach, an einem Samstagnachmittag, war es so weit. Karin und ich hatten auf diesen Tag gewartet:

nun war er gekommen. Ihre Eltern in Berlin. Die Wohnung sturmfrei. Wir zogen uns Rücken an Rücken in Karins Zimmer aus, es war kühl im Zimmer, ich fröstelte. *Zur Ente sprach der Enterich: Im kalten Wasser steht er nich,* kam mir in den Sinn. Wir drehten uns um und waren nackt. Wir wagten nicht hinzusehen und schlüpften schnell unter die Decke und lagen nebeneinander still. Ich erinnere mich: Es war ein Bettbezug mit Blumenmuster. Rote Rosen. Gelbe Tulpenkelche. *Bestäubung,* kam mir in den Sinn. Auch dachte ich an meinen Vater, der kein Geld mehr verdiente. Alles Mögliche kam mir in den Sinn, das hier nichts zu suchen hatte. Ich wollte zu Karin schon sagen, *tut mir leid,* aber als ich mich zu ihr hindrehte, um es ihr zu sagen, schlang sie ihre Arme um mich, und zum ersten Mal spürte ich die Hände einer Frau auf meinem nackten Rücken, und jetzt begriff ich erst, was daraus alles noch entstehen konnte.

Es war so schön, wie es sein kann, wenn man vor Erwartung, Angst und Erregung zittert. Am schönsten fand ich es, als es vorbei war und ich es als Erinnerung besaß, die mich glücklich machte, wann immer ich sie hervorholte. Am glücklichsten war ich, als ich es noch am selben Tag meiner Mutter erzählte. Ich konnte es ihr erzählen, ohne mein Glück zu verschwenden. Glück, wenn man darüber spricht, verliert immer etwas von seiner Kostbarkeit, es sei denn, man erzählt es jemandem, der das, was man ihm anvertraut, nicht kommentiert, auch nicht in Gedanken. Ich erzählte meiner Mutter, Karin habe gesagt, *daran werde ich jetzt immer denken, mein ganzes Leben lang.* Ich sagte, Karin sei die Frau, auf die ich gewartet habe. Ich fühlte mich, während ich es erzählte, sehr erwachsen. Und ich wollte mein Glück mit meiner Mutter teilen: Ich strich ihr übers Haar. Ihr Zustand gestattete mir auch diese Zärtlichkeit, niemals hätte ich das getan, wäre sie gesund gewesen.

In der Nacht dann weckte mich um halb drei die Türklingel. Zwei Polizisten in Lederjacken und mit knackenden Funkgeräten am Gürtel hielten meinen Vater an beiden Armen. Sein rechtes Auge war blau verquollen, es sah aus, als hätte ihm jemand eine Pflaume darauf geschmiert. Ihm fehlte außerdem ein Schuh. Die Polizisten erklärten mir, er sei zusammengeschlagen worden, *nichts Ernstes, nur ein Veilchen.* Er beschimpfte sie, *ihr Hurensöhne! Ihr verfluchten Hurensöhne!* Sie beherrschten sich, packten ihn nur etwas fester als nötig und führten ihn in sein Schlafzimmer, in dem es nach Urin stank, was mich beschämte. Ich betrat sein Schlafzimmer selten, Frau Gruber gar nie, *ich bin für deine Mutter zuständig. Nicht für ihn.*

Die Polizisten stießen ihn aufs Bett, man kann sagen, sie warfen ihn hin. Er rief, *euch Halunken mache ich vor Gericht fertig! Vae victis!* Sie verstanden *fick dich!* und drohten ihm ihrerseits mit einer Klage, bevor sie mich mit angewiderten Gesichtern mit ihm allein ließen. Was erwarteten sie? Dass ich mich um ihn kümmerte? Ihm ein Handtuch mit Eiswürfeln brachte, damit er seine Pflaume kühlen konnte? Ich betrachtete solcherlei absolut nicht als meine Aufgabe, so wenig wie Frau Gruber. Er tat mir leid, so wie er in diesem Zustand jedem leidgetan hätte, ich empfand ein sehr allgemeines Mitleid. Das war natürlich ein Schutz, ich musste mich schützen, um mein

Leben nicht am Ende nach ihm auszurichten. Also ließ ich ihn allein, *tschüs, schlaf gut.*

Ich legte mich wieder in mein Bett und ja, ich schlief schon nach einer halben Stunde wieder ein. Ich verhielt mich wohl ähnlich wie Zivilisten im Krieg. Was soll man tun, wenn jede Nacht Bomben fallen: jammern? Rausgehen und die Flugzeuge mit Besenstielen vertreiben? Nein. Was man aber tun kann, ist, trotz der Bomben ein Leben zu führen. Nach drei oder vier Nächten im Keller, wenn die Glühbirne flackert und Staub von der Decke rieselt und man die Erschütterungen im Mund spürt, lernt man, einzuschlafen, obwohl nebenan die Toten liegen oder in meinem Fall ein Vater mit zerquetschtem Auge. Es ist wichtig, sich an chronischen Schrecken zu gewöhnen. Es ist wichtig, ein *normales* Leben zu führen. Mir stand am nächsten Tag eine Lateinprüfung bevor, und am Abend war ich mit Karin zum Kino verabredet: *Das* war mein Leben. Mein Vater hatte ein Leben, und ich hatte eins, bei einer Vermischung hätte ich nur den Kürzeren gezogen. Er war für sein Leben selbst zuständig. Allerdings bedeutete das in seinem Fall: niemand war zuständig. Da er sich nicht um sein Leben kümmerte, öffnete niemand die an ihn adressierten Mahnungen, niemand bezahlte die Rechnungen, niemand ging arbeiten.

Kurz vor meinem siebzehnten Geburtstag drohte uns der Vermieter die Zwangsräumung an. Er teilte es mir am Telefon mit, ich solle es meinem Vater ausrichten. Die schriftliche Ankündigung folge. Ich erfuhr: Mein Vater bezahlte die Attikawohnung seit fünf Monaten nicht mehr.

Ich musste, um es ihm mitzuteilen, nun also sein

Schlafzimmer betreten. Am helllichten Tag lag er hinter zugezogenen Vorhängen in seinem Pyjama auf dem Bett, sein *Hosenstall* stand offen. In der Bettdecke zählte ich drei Brandlöcher, aber da waren bestimmt noch mehr. Ich wunderte mich, noch nicht verbrannt zu sein.

Er lag da, still, schlief er?

Schläfst du?, fragte ich. Er grunzte etwas.

Ich ging wieder hinaus. Ich beschloss, auf den Brief des Vermieters zu warten. Damit ich etwas in der Hand hatte.

Der Brief lag am nächsten Tag im Briefkasten, den nun ich öffnete mit dem Schlüsselchen, das neben der Tür des Aufzugs hing.

Wieder betrat ich das Schlafzimmer. Er lag noch so da wie gestern. Nur rauchte er jetzt. Überall Asche, Zigarettenstummel, leere *White Label*-Flaschen, er umgab sich mit Leerem und Ausgedrücktem und Verbranntem. Ich sagte, es sei ein Brief des Vermieters gekommen, in dem er uns die Zwangsräumung androhe. Ich streckte ihm den Brief hin. Er nahm ihn, mit der Zigarette im Mund warf er einen Blick darauf und sagte, *der macht mir keine Angst.*

Was hätte ich jetzt tun sollen? Ihn auffordern, endlich aus dem versifften Bett zu steigen und Verantwortung zu übernehmen? Steh auf! Geh arbeiten! Hör auf zu saufen! Ich sah seine Zehennägel: wie die eines Tiers. Als brauche er Krallen, mit denen er sich im Spannteppich verankert, um nicht zu stürzen auf dem Weg zur Toilette. Die Nägel krümmten sich schon, verfärbten sich schon ins Gelbliche. Sie ließen mich verstummen. Was denn auch sagen zu jemandem mit Tierfüßen?

Der macht mir keine Angst, sagte er. Und dann: *Geh jetzt ins Bett.* Es war elf Uhr vormittags.

Unternimm etwas, sagte ich dann doch, ohne jede Hoffnung.

Das schwöre ich bei Gott, sagte er.

Was? Was schwörst du bei Gott?

Es ist Sonntag, sagte er. *Morgen gehe ich in die Praxis. Aber am Sonntag soll man ruhen.*

Es war Dienstag.

Du musst die Miete bezahlen, sagte ich.

Das kannst du getrost mir überlassen. Ich werde das erledigen.

Am Montag. Am Montag gebe ich dem Kaiser, was des Kaisers ist. Ich entrichte Charon den Obolus!

Manchmal fragte ich mich, warum er oft Versatzstücke humanistischer Bildung von sich gab. Hing es mit meiner Mutter zusammen, die ihn, mir gegenüber, oft für seine Bildung gelobt hatte? *Er ist ein sehr gebildeter Mann. Er weiß viel.* Mir erschloss sich nie, wie sie darauf kam.

Wie viel schuldet er Ihnen?, fragte ich Frau Gruber, die im Badezimmer gerade meine Mutter mit einem Schwamm wusch, mit kaltem Wasser, die Zunge meiner Mutter zuckte protestierend zwischen ihren Lippen. *Und bitte, sagen Sie jetzt nicht wieder, dass er Ihnen den Lohn noch bezahlt.*

Sie drückte den Schwamm aus. *Zwei Monate geht es noch,* sagte sie. *Aber dann, ich weiß nicht. Ich kann doch deine Mutter nicht allein lassen.*

Sie konnte nicht, würde es aber tun müssen, und dann? Es würde alles gleichzeitig zusammenbrechen. Frau Gruber weg, die Wohnung weg. Wir würden aus der Attikawohnung ausziehen und meine Mutter in einem Pflegeheim unterbringen müssen. Bezahlte das die Krankenkasse? Wohl schon, aber bestimmt auch nur, wenn mein Vater seine Beiträge bezahlte. Bezahlte er sie noch? Das hielt ich für unwahrscheinlich: Wovon denn? Und wo war eigentlich das *Vermögen?* Ich hatte immer angenommen, wir seien reich oder zumindest wohlversorgt. Mein Vater hatte doch früher gut verdient, wo war denn das jetzt alles? (Viele Jahre später erst erfuhr ich zufällig von Cecille Nigg, einer *Barmaid* des *Restaurant Landhaus.* Mein Vater hatte ihr ein Einfamilienhaus gekauft. Ein Haus mit sechs Zimmern, in hübscher Umgebung gelegen ein paar Kilometer außerhalb des Städtchens. Er hatte eine Geliebte, wer weiß, seit wann schon. Und sie ertrug ihn, weil er sie mit unserem Vermögen bestach. *Dein Vater ist ja nie da.* Ja, weil er, wenn er halbwegs ausgehfähig war, zu Cecille Nigg fuhr und mit ihr in dem Haus, das er ihr geschenkt hatte, eine *Zweitehe* führte. Derweil ließ er die Praxis vor die Hunde gehen und verwandelte das letzte Geld, das noch da war, in Pelzmäntel und Brillantringe für Cecille Nigg.)

Der Vermieter hatte meinem Vater, was die Zwangsräumung betraf, in seinem Brief ein Ultimatum gestellt: Das Datum rückte näher. Ich machte mich schon gefasst, meine Bücher, die Gitarre, meinen Plattenspieler in Kisten packen zu müssen und wohin dann gehen?

Aber drei Wochen vor Ablauf des Ultimatums geschah etwas Merkwürdiges. Ein Wunder. So kam es mir damals vor: ein mit Wundern verwandtes Ereignis. Denn mein Vater *unternahm* etwas. Zunächst verließ er, nach

Wochen der Verfaulung, sein Schlafzimmer. Ich hörte, er duschte. Ich hörte, er föhnte seine Haare. Danach erschien er im Wohnzimmer: In einem roten Rollkragenpullover und weißen Hosen, Kleidungsstücken, die er sich während seiner *Gunther-Sachs-Zeit* gekauft hatte. Und er wirkte ernst, auch ein wenig schüchtern. Er hustete in die Hand. Alles Anzeichen von Nüchternheit. Ich hörte ihn mit dem Vermieter telefonieren. Hörte, er bat um drei Wochen Aufschub, danach würde er die Schulden begleichen. Er schwor es dem Vermieter nicht bei Gott – ein weiteres Anzeichen für einen klaren Kopf. Er rief den Vermieter um drei Uhr nachmittags an, um diese Zeit war er schon lange nicht mehr nüchtern gewesen.

Nach dem Telefonat setzte mein Vater sich in den *Miller Chair,* mit seinen frisch gewaschenen Haaren und den sauberen Kleidern war er ein neuartiger Anblick. Die Zigarette nahm er mit zwei Fingern aus dem Mund, und er drückte sie in der Mitte des Aschenbechers aus. Frau Gruber und ich beobachteten dieses Kunststück der Feinmotorik von unserem *Plätzchen* aus. Sie las meiner Mutter gerade Dürrenmatts *Verdacht* vor. Sie las unkonzentriert, immer wieder glitt ihr Blick zu meinem Vater, der uns vorkam wie eine Krokusblüte, die sich nach einem langen, düsteren Winter plötzlich aus der Erde schiebt, um zu leuchten. Wie er da saß, so ernsthaft und still! Und sein Rasierwasser roch zu uns hinüber. Er stand auf, kam auf uns zu, warf einen Blick auf meine Mutter, die in ihrem Rollstuhl die *Winterliche Landschaft* anschaute, und sagte, *es geht ihr gut. Das freut mich.* Wir hörten es und staunten. Noch mehr dann über das Glas Wasser, mit dem er aus der Küche zurückkehrte. Er schaltete den Fernseher ein und setzte sich mit dem Glas Wasser zurück in seinen *Miller Chair.*

Die Uhr rückte vor. Die Sonne ging unter. Wir knipsten das Licht an, damit meine Mutter das Bild sehen konnte. Der Zeiger stand bald auf neun, jedoch trank mein Vater immer noch keinen Whiskey. Frau Gruber brachte meine Mutter zu Bett, und wie üblich verabschiedete sie sich danach. Ich blieb oben im Wohnzimmer sitzen, da es mir unter den so wundersam veränderten Umständen falsch erschien, meinen Vater jetzt allein zu lassen. Er schaute fern, ich las beim *Plätzchen* die *Bravo.*

Um elf stand er aus dem *Miller Chair* auf, zog sich den Pullover straff wie Captain Kirk in *Raumschiff Enterprise,* und schaute zu mir hinüber. Ich wusste: gleich wird etwas geschehen, das alles erklärt.

Ich muss ein Wort mit dir reden, sagte er. Wollte aber nicht hier mit mir reden, sondern im Esszimmer. Er füllte zuvor in der Küche sein Glas erneut mit reinem Wasser.

Wir setzten uns an den Esstisch. Mein Vater schwitzte, das entging mir nicht. Es gab keinen äußeren Grund dafür: warm war es im Esszimmer nicht. Er strich sich den Stirnschweiß mit der Hand in die Haare.

Du bist jetzt ein Mann, sagte er. *Du bist jetzt alt genug, um zu verstehen, dass unsere Familie eine schwierige Zeit durchmacht. Wir haben Schulden, das sage ich dir ganz ehrlich. Das kann jedem einmal passieren. Schulden sind nichts, wofür man sich schämen muss. Und wir sind noch besser dran als viele andere. Denn ich habe für solche Zeiten vorgesorgt. Ich habe das Bild gekauft. Ich habe es als Wertanlage gekauft für Notzeiten. Deine Mutter machte mir Vorwürfe deswegen. Aber jetzt können wir alle froh sein, dass ich es gekauft habe. Es ist ein sehr wertvolles Bild. Du brauchst dir keine Sorgen zu machen. Ich werde es verkaufen und unsere Schulden bezahlen. Ich sage dir das, damit du weißt, dass ich für unsere Familie immer sorgen werde.*

Das war alles. Er strich sich über den Mund und stand auf: Ende der Depesche. Deren Inhalt war: Er sorgte für die Familie, indem er das Wertvollste verkaufte, das uns geblieben war, und vor allem das für meine Mutter Wertvollste. Hatte er das nicht begriffen? Merkte er nicht, wie viel ihr das Bild inzwischen bedeutete? Ich war aber noch aus einem anderen Grund enttäuscht: Ich hatte auf eine Veränderung gehofft. Auf einen Satz wie, *ich habe einen Fehler gemacht, ich werde wieder arbeiten, ich werde mit dem Trinken aufhören* – solchen Unsinn hatte ich von ihm zu hören gehofft, Unsinn, weil es töricht gewesen war, ihm so viel Mut zuzutrauen.

Er stand schon an der Tür, als ich sagte, *damit bin ich nicht einverstanden.* Ich hatte es laut und deutlich sagen wollen, jedoch geriet es mir leise, er hörte es nicht.

Ich finde, das ist keine gute Idee, sagte ich mit festerer Stimme. *Mama hängt sehr an dem Bild. Sie schaut es sich jeden Tag an. Immer. Sie schaut nichts anderes an als dieses Bild. Gibt es denn keine andere Möglichkeit?*

Wie redete ich nur! Es gab doch eine andere Möglichkeit: Hör auf zu trinken, geh endlich wieder arbeiten! Aber ich brachte es nicht über die Lippen. Er schaute mich mitleidsvoll an.

Lass dir doch von der Gruber nichts einreden, sagte er. *Die bildet sich das alles doch nur ein. Sie ist eine einfache*

Frau. Aber du. Du kannst doch nicht im Ernst diesen Un-
sinn glauben. Deine Mutter hat das Bild gehasst. Von An-
fang an. Was glaubst du, wie oft sie mich geplagt hat wegen
diesem Bild! Weil sie es nicht hier haben wollte. Und jetzt soll
es plötzlich ihr Ein und Alles sein? Glaub doch nicht solchen
Blödsinn. Deine Mutter wird froh sein, wenn das Bild weg
ist. Wenn sie es endlich nicht mehr sehen muss. Glaub mir,
diese Frau quält deine Mutter nur mit dem Bild. Das weiß
ich. Ich bin immer noch ihr Mann. Und das werde ich auch
immer bleiben. Das schwöre ich dir!

Er schwor es, da heute nur Wasser durch seine Kehle geronnen war, zwar nicht bei Gott, nur mir schwor er es. Aber das genügte. Nun wusste ich: Er bleibt nur nüchtern, um das Bild zu verkaufen, danach wird er wieder saufen. Er hat nicht vor, sich zu ändern, im Gegenteil, der Verkauf des Bildes soll es ihm ermöglichen, mit seiner Verfaulung fortzufahren.

Ich schwieg, im Wissen, dass er gar nicht in der Lage war, anders zu handeln. Man kann, wie gesagt, ein Leben nicht ändern, das einem nicht gehört. Er ging, und ich blieb im Esszimmer am Tisch sitzen, auf dem das noch halb volle Wasserglas meines Vaters stand. Ich konnte den Anblick nicht ertragen. Ich warf das Glas an den Geschirrschrank. Wie zum Hohn zerbrach es nicht.

Der van Os II – Karins Idee

Am nächsten Abend fuhr ich mit dem Moped zu Karin, obwohl wir nicht verabredet waren. Ihre Eltern waren bedauerlicherweise zu Hause, sie fühlten sich verpflichtet, mich zum Abendessen einzuladen, zu dem sie sich gerade niedergesetzt hatten. Karin behauptete, sie habe keinen Hunger, ihr Vater sagte, *doch, doch. Jetzt wird erst mal gegessen.* Immerhin war er nüchtern, das imponierte mir.

Wir aßen Aufschnitt und Käse, die Standuhr tickte, das Besteck klirrte, Karins Vater versuchte herauszufinden, ob ich etwas von Fußball verstand. Ihre Mutter prüfte über den Rand der Teetasse hinweg, ob wir zusammenpassten, rein äußerlich, was laut Meinung vieler nicht der Fall war. Karin bekam von ihren Freunden und ich von meinen oft zu hören, *ihr passt irgendwie nicht zusammen.* Wir wussten nicht genau, woraus sie das schlossen. Wir waren beide dunkelhaarig und schlank. Sie war zwar etwas größer als ich, und ihre Augen waren grün, meine kastanienbraun – lag es daran? Das hielten wir für unwahrscheinlich, und irgendwann hörten wir nicht mehr hin. Mag sein, es nagte trotzdem weiter.

Wir aßen also endlos, so kam es mir vor, und Karin berührte unter dem Esstisch meinen Fuß. Wir redeten bei Tisch nicht miteinander, wir sahen uns während des Essens auch nie an, wir aßen schweigend unsere Teller leer, ich in Gedanken an das gestrige Gespräch mit meinem Vater, dessen Tragweite mir erst jetzt bewusst wurde. Meine Mutter ohne das Bild, sie würde den Verlust nicht verwinden, irgendetwas würde geschehen, irgendetwas Schlimmes. Mir stiegen, ich konnte es nicht verhindern, die Tränen in die Augen. Ausgerechnet jetzt, vor Karins Eltern und ihrer kleinen Schwester, raubte mir eine sonderbare Erschöpfung die Selbstbeherrschung, eine, wie mir schien, jahrelange Anstrengung wollte jetzt beendet werden durch einen Schwall von Tränen. In meiner

73

Angst, im nächsten Moment loszuheulen, erzählte ich plötzlich einen Witz.

Was ist gelb und kann schießen?

Als das Essen endlich vorbei war, war ihrem Vater nach einem Kartenspiel zumute. Wie rührend: Er wollte Karten spielen! Was für ein normaler Vater das doch war! Unter anderen Umständen hätte es mich vielleicht gereizt, ihn beim Kartenspielen zu betrachten, mich an seiner Gewöhnlichkeit zu laben und die Kaffeetassen zu zählen, die er im Verlauf des Abends trank.

Aber ich musste jetzt mit Karin allein sein. Ich gab ihr unter dem Tisch mit dem Fuß ein Zeichen, und sie sagte, *wir hören lieber noch ein bisschen Musik.*

Aber es gibt noch Kekse, sagte die Mutter, wir überhörten es.

Karin ließ die Tür ihres Zimmers einen Spalt offen, damit nicht der Eindruck entstand, *wir hätten etwas vor.* Sie spielte auf ihrem Plattenspieler *Maggie May* ab, mein Geschenk an sie, in einer Lautstärke, die uns das Flüstern ersparte.

Ist etwas passiert?, fragte sie.

Ich nickte.

Wir saßen mit angezogenen Knien auf ihrem Bett, in dem wir miteinander geschlafen hatten, wir saßen am oberen Bettende, ihre Mutter, die vor dem Türspalt patrouillierte, konnte uns hier nicht sehen.

Ich erzählte Karin von dem Bild, dazu musste ich aber ausholen, denn sie wusste fast nichts. Ich war ihr gegenüber mit Berichten aus der Attikawohnung bisher umgegangen wie mit einer toxischen Substanz: Ich wollte sie damit gar nicht erst in Berührung kommen lassen. Nur das Nötigste erzählte ich ihr. Karin wusste vom Unfall meiner Mutter, von Frau Gruber und ein wenig auch vom *Problem* meines Vaters. Ich hatte es immer als Problem bezeichnet, ohne ihr die Problematik im Detail zu schildern. Ihr diesbezüglicher Kenntnisstand war der, dass mein Vater *manchmal gern zu viel* trank. Nun gestand ich ihr: Er trank *immer zu viel* und keineswegs gern, und er arbeitete nicht mehr. Ich erzählte ihr von dem Gemälde, das für meine Mutter so wichtig war, *sie liebt es,* sagte ich, *sie schaut es sich den ganzen Tag an. Es ist alles, was sie hat.*

Meine Hilflosigkeit: Was sollte ich tun? Mein Vater verkaufte das Bild aus einer Not heraus, die er selbst heraufbeschworen hatte, und die er hätte beseitigen können, wenn er endlich sich selbst als Ursache begriffen hätte. Meine Wut über ihn, da ich machtlos war. Meine Scham über mein nur geflüstertes *damit bin ich nicht einverstanden.* Ich wünschte, ich hätte es geschrien. Hätte das aber etwas bewirkt? Für mich ja, aber nicht, was das Bild betraf. Es gehörte ihm, er konnte damit tun und lassen, was er wollte – und außerdem: Die fälligen Mieten mussten bezahlt werden. Und Frau Grubers Gehalt. Dennoch: Ich war nicht einverstanden. Wusste aber nicht, was ich dagegen hätte tun können.

Aber Karin wusste es.

Ich erinnere mich, sie strich mir mit der Hand die Tränen von den Wangen, sie sagte, *du kannst doch so gut zeichnen. Du hast mich viel besser gezeichnet als dieser Maler.*

Mit *diesem Maler* meinte sie einen Straßenporträtisten aus Avignon. Während eines Sommerurlaubs hatte sie sich auf Wunsch ihrer Eltern von ihm zeichnen lassen. Als ich Karin zum ersten Mal in ihrem Zimmer besuchte, fiel mir das Porträt auf, eine Pastellzeichnung – ich machte die schmeichelhafte Bemerkung eines Sechzehnjährigen, *ja, man sieht, dass es du bist.* Kurz darauf warf ihre jüngere Schwester, aus Absicht oder nicht, beim Spielen einen Ball gegen das Bild, und es zerriss. Karin erzählte es mir, und ich merkte: Das Porträt hatte ihr viel bedeutet. Da sie wiederum mir viel bedeutete, damals aber noch nicht ganz klar war, ob das auf Gegenseitigkeit beruhte, bot ich ihr an, das Porträt zu ersetzen. Also sie zu zeichnen.

Das Zeichnen war etwas, worin ich mich sicher fühlte. Ich konnte es einfach, schon immer. Was ich zeichnete, gelang mir, in den Augen der anderen. Die anderen hielten es für etwas Besonderes, es begann in der Grundschule. Die Lehrer lobten meine Zeichnungen, sprachen von Talent. Ich sah: Es war etwas, das ihnen Freude bereitete. Ich merkte: Sie drückten ein Auge zu, wenn ich im Turnunterricht versagte. Danach hängten sie wieder eine meiner Zeichnungen an die Wandtafel, als Beispiel für die *Sportskanonen,* die mich zuvor auf dem Sportplatz überrundet hatten. Oder die den *Felgaufzug* am Reck beherrschten. Das Zeichnen brachte mir also Vorteile.

Aber ich zeichnete nur auf Aufforderung, von mir aus hatte ich kein Bedürfnis dazu. Ich zeichnete nie *für mich.* Ich spürte nicht dieses Verlangen, das jene kleine Spielzeuggitarre in mir weckte. Meine Tante Antonia hatte sie mir zu Weihnachten geschenkt, als ich sieben war, eine Gitarre aus Plastik mit nur drei Saiten. Ich erinnere mich: Tante Antonia entlockte der Gitarre Klänge, indem sie den Finger auf die Saiten drückte und, wie ich feststellte, jeweils dieselbe Saite, die sie drückte, mit dem Daumen zupfte. Sofort wollte ich das auch können.

Perfiderweise besaß ich aber für die Musik kein Talent, ich spielte, wie gesagt, immer einen *Sechzehntel,* gar einen *Achtel* zu schnell, obwohl ich die Musik liebte. Das Zeichnen liebte ich nicht, mir schlug das Herz nicht höher dabei, es war eine kühle Verrichtung. Infolgedessen fiel mir beim Zeichnen auch nichts ein, wenn einmal etwas anderes als *Abzeichnen* verlangt wurde. Mir fehlte die zeichnerische Fantasie, woher hätte sie auch kommen sollen? Lust erzeugt Fantasie, und ich empfand beim Zeichnen keine Lust. Ich wurde unwillig, wenn ich etwas erfinden musste, dann stockte mir die Hand.

Bei einem Porträt jedoch wurde mir keine Fantasie abverlangt. Es war Abzeichnen, deswegen schlug ich Karin damals vor, für sie ein neues Porträt von ihr zu zeichnen, um ihr den Verlust zu ersetzen. Ich zeichnete einfach, was ich vor mir sah: Karins Gesicht. Es war ihr peinlich, mir Modell zu sitzen, sich meinen Blicken auszusetzen. Folglich zeichnete ich sie mit ihrem verlegenen Lächeln, obwohl es mich störte, da es ja nur etwas über die Bedingungen des Gezeichnetwerdens aussagte und nichts über Karin selbst. Sie war sonst nicht schüchtern, aber ich zeichnete sie als Schüchterne. Es störte mich, aber mir fehlte die Gabe, mir ein *anderes* Lächeln vorzustellen, jenes, das ich an ihr so mochte, und es in ihr Gesicht, wie ich es vor mir sah, zu übertragen anstelle des schüchternen. Oder besser: Ich konnte mir dieses andere Lächeln zwar vorstellen, es aber nicht zeichnen, denn ich sah es nicht. Aus demselben Grund war es mir auch nicht möglich, in dem Porträt meine Gefühle für Karin auszudrücken, und weiß Gott, ich hatte Gefühle. Aber nichts davon kam auf dem Papier an, da ich ja meine Gefühle nicht in ihrem Gesicht sah. Das Ergebnis war ein Dokument von Karins Gesicht zum Zeitpunkt, in dem ich sie abzeichnete. Es war so wenig ein Porträt, wie das des Straßenmalers in Avignon eins gewesen war. Aber es war nicht schlechter als jenes, sogar ein bisschen besser in der Ausführung, und es gefiel Karin, was mich glücklich machte.

Du kannst doch so gut zeichnen, sagte Karin also, und wir blickten beide auf meine Porträtzeichnung, die in einem hellen Holzrahmen aus Bescheidenheit etwas versteckt neben dem Kleiderschrank hing. *Du könntest doch vielleicht das Bild einfach abmalen. Dann macht es nichts, wenn dein Vater es verkauft. Deine Mutter hat das Bild ja trotzdem noch.*

Die Idee kam mir vermessen vor: Ich sollte das Bild eines richtigen Malers nachmalen? Noch dazu ein Ölbild? Ich kam mit Wasserfarben zurecht, mit *Neocolor,* Ölkreiden, mit Linoleum-Schnitten, mit allem, womit man es in der Schule zu tun bekam – aber richtige Ölfarben? Auf einer Leinwand? Und, wie gesagt, es war das Bild eines Kunstmalers, das zweihunderttausend Franken kostete.

Warum denn nicht?, sagte sie. *Du konntest mich zeichnen. Dann kannst du doch auch ein Bild zeichnen.*

Ich dachte darüber nach. Vielleicht hatte Karin recht. War ein Bild nicht etwas, das ich, da ich es ja sah, auch abzeichnen konnte? Wie ein Gesicht, das ich sah, oder eine Landschaft? Und ich konnte *alles* abzeichnen, das hatte ich unter Beweis gestellt. Im Zeichenunterricht hatte ich einmal mit Wasserfarben den Weiher unseres Städtchens abgemalt. Ich malte einfach, was ich sah: den in der Sonne glänzenden Teich, die Entenweibchen, denen die Kücken wie an einer Schnur aufgereiht über das Sonnenfell des Wassers folgten, die in Blüte stehenden alten Kastanienbäume und den glatzköpfigen Mann, der mit übereinandergeschlagenen Beinen auf der Parkbank saß und Zeitung las. Meine damalige Lehrerin erbat sich von mir hinterher die Erlaubnis, meine Aquarellzeichnung im Lehrerzimmer aufhängen zu dürfen, was will man mehr? Sie sah auf meinem Bild offenbar genau das, was sie selbst gesehen hatte, und die Übereinstimmung beglückte sie. Warum sollte mir das bei der *Winterlichen Landschaft* nicht auch gelingen? Warum sollte ich nicht auch einen Bauern abmalen können, der mit einem Reisigbündel unterwegs war zu einem Steg, den es nicht gab, und im Hintergrund ein paar schneebedeckte Fischerhütten, ein paar schwarze, in den grauen Himmel verkrallte Bäume, im Eis feststeckende Fischerkähne?

Merkwürdig, dass es Karin war, die mich auf diese Idee brachte. Viele Jahre später gab es einen Moment, in dem ich dachte, *die, die uns lieben, bringen uns in Bedrängnis.* Aber das ist natürlich Unsinn. In Bedrängnis bringt uns das Leben. Wie hätte ich denn wissen sollen, welche Folgen ihre Idee einst haben würde? Ein Zusammenhang zwischen ihrer Idee und den späteren Ereignissen entstand überhaupt erst lange nach dem Auftauchen der Idee. Und es hätte auch keineswegs so kommen müssen: Zufälle ließen im Nachhinein Zusammenhänge entstehen, wo früher keine gewesen waren.

Also war es eine gute Idee. Eine wunderbare. Es war die rettende Idee, wie ich meiner Mutter den Verlust des Bildes ersparen konnte.

Meine letzte Erinnerung an jenen Abend ist die, wie ich Karin aus Dankbarkeit und in einer Aufwallung auf die Lippen küsste, und augenblicklich klopfte ihre Mutter an die Tür und fragte, *wollt ihr jetzt nicht doch ein paar Kekse?*

Der van Os II – Höhungen

Es sah nach einem Wettlauf aus. Am Morgen des nächsten Tages nämlich reiste mein Vater ab, ohne Erklärung wohin, er sprach von *einigen Tagen* und verschwand, nach *Aqua di Selva* duftend. Ich vermutete: Er verreiste, um den Verkauf des Bildes zu organisieren. Ich wusste nicht, wie viel Zeit mir blieb, ging von wenig aus, und es war ein Ölgemälde. Es musste also schnell gehen.

Ich hatte, wie gesagt, noch nie in Öl gemalt, es stellte mich vor handwerkliche Probleme. Was benötigte man alles? Nun, sicherlich Farbe, Pinsel, eine Leinwand. Aber Farbe welcher Art? Welche Pinsel? Wie hatte Jan van Os überhaupt gemalt, vor mehr als zweihundert Jahren?

Ich war sicher, es gab niemanden, der dieses Bild besser kannte als meine Mutter, folglich niemanden, der schwieriger zu täuschen war. Sie *lebte* mit und vielleicht *in* diesem Bild seit langer Zeit. Es genügte nicht, einfach abzumalen, was auf dem Bild zu sehen war: auch die *Beschaffenheit* musste ich imitieren. Die Patina, den Gelbstich des Firnisses, die Textur der Pinselstriche, die Tonalität der Farben. Meine Mutter wurde ja inzwischen schon unruhig, wenn eine Fliege über das Bild krabbelte. Erst kürzlich war das geschehen, und ihre Zunge war zwischen den Lippen hervorgetreten in heftigem Protest – gegen eine Fliege! Ich vermutete, sie nahm das Bild absolut ernst. Der Maler hatte versucht, die Wirklichkeit möglichst perfekt zu imitieren, und meine Mutter empfand es als Wirklichkeit. Als ihre Wirklichkeit. Als Wirklichkeit, deren Merkmal die Unveränderbarkeit war. Jede Veränderung, und sei es die durch eine Fliege, die über das Bild krabbelte, störte meine Mutter, denn die Fliege gehörte nicht zum Bild, nicht zu *ihrer* Wirklichkeit. Das bedeutete, sie würde sich nur von einer perfekten Kopie überzeugen lassen, die sich in nichts vom Original unterschied oder besser: von ihrer Welt.

Ich kaufte mir ein Buch, *Grundlagen der Ölmalerei.* Ferner: *Flämische Malerei des Barock.* Van Os war nicht mehr Barock, aber sie hatten in der Buchhandlung nichts anderes. In den *Grundlagen* las ich: Man brauchte eine Staffelei und eine Palette, sowie Leinöl, Terpentin, Lappen, Marderpinsel, Pigmente.

Das kostete. Ich plünderte die Geldschublade meines Vaters. Früher, wie gesagt, lagen darin jeweils dicke Geldbündel: jetzt nur noch ein paar einzeln herumliegende Scheine. Es reichte knapp für die benötigten Materialien. Jedoch nicht mehr für eine Leinwand. Machte aber nichts: Denn in den *Grundlagen* stand, man könne bemalte Leinwände wieder benutzen, indem man die Malschichten mit Azeton und Petroleum entferne.

Mir kam der *alte Schinken* in den Sinn, ein Bild, das in unserem Keller lagerte, zusammen mit anderem Gerümpel, wohl ein vergessenes Erbstück, dessen Existenz mir verborgen geblieben wäre, wenn ich früher, mit zwölf oder dreizehn, in besonders lauten Streitnächten, wenn meine Mutter Teller warf und mein Vater *du Schwein!* rief, nicht manchmal im Keller übernachtet hätte, um meine Ruhe zu haben. Ich holte das alte Bild in mein Zimmer, es war in der Zeit schwarz geworden, man erkannte unter der Patina aber noch den Schäfer, der mit angewinkeltem Bein unter einem Baum lag. Azeton war im Badezimmerschrank noch vorrätig, meine Mutter hatte sich damit vor ihrem Unfall den Nagellack entfernt. Auf das Petroleum verzichtete ich, es ging auch ohne. *Sie zerstören dann aber unter Umständen die Grundierung,* stand im Buch. Dann eben ohne Grundierung.

Während des Unterrichts – ich stand kurz vor dem Abitur – las ich unter der Schulbank die *Flämische Malerei des Barock.* Es stand einiges über die Techniken der *Alten Meister* drin, ich lernte: Sie *bauten* ihre Gemälde auf. Schicht auf Schicht. *Unterzeichnung. Untermalung. Obere Farbschicht. Lasuren.* Sie malten von unten nach oben, *fett auf mager.* Ich bezweifelte, dass van Os zu den *Alten Meistern* zählte, er kam im Buch jedenfalls nicht vor, da, wie gesagt, auch nicht Barock. Wie auch immer: Ich ging davon aus, dass auch er von unten nach oben und fett auf mager gemalt hatte, es schien ja eine überzeugende Methode zu sein.

Tagsüber also bereitete ich mich auf das Abitur vor, und abends wartete ich, bis Frau Gruber meine Mutter zu Bett gebracht hatte. Meine Mutter war *eine gute Schläferin,* wie Frau Gruber es nannte, nachts konnte man sie unbeaufsichtigt lassen. Frau Gruber verließ also unsere Wohnung gegen neun Uhr abends, und wenn die Tür ins Schloss fiel, ging ich nach oben, hängte die *Winterliche Landschaft* ab und trug sie die Treppe hinunter in mein Zimmer. Ich stellte das Bild auf den Schreibtisch, in einer geraden Sichtachse zur Staffelei, und bis tief in die Nacht übertrug ich das Bild im Schein meiner Nachttischlampe auf die alte Leinwand, mit den Marderhaarpinseln und den sämigen Ölfarben, von unten nach oben und fett auf mager.

Ich empfand es als Arbeit. Als etwas, das getan werden musste. Ich zeichnete ab, weil es erforderlich war. Ich trank Bier dazu, rauchte viel, hörte *Blood On The Tracks* von Dylan. Ich war *nicht einverstanden.* Auch deswegen malte ich das Bild ab. Es sollte, wenn mein Vater das Original verkaufte, gleich danach an derselben Stelle am *Plätzchen* hängen. Und er sollte davorstehen und sich, ja, dumm vorkommen. So stellte ich es mir vor. Dass er sich dumm vorkam.

Andererseits bezahlte ich einen Preis für diese Genugtuung. Eben den, dass ich malen musste. Und da half kein Bier, kein Dylan: Ich hätte, anstatt zu malen, meiner Meinung nach mit einer Band im *Jugendzentrum* auftreten und auf der Gitarre endlose Soli spielen sollen, das

Endlose galt in der Musik damals als besonders raffiniert. Warum konnte ich so gut malen, aber den Takt nicht halten? Ich fand es manchmal einfach nur Scheiße. In manchen Nächten malte ich mit solchem Widerwillen! Dann musste ich mich dazu ermahnen, nicht so egoistisch zu sein, schließlich tat ich es für meine Mutter. Es war doch schön, etwas für sie zu tun.

Und trotzdem –

Mein Vater war vor einigen Tagen schweigend von seiner Reise zurückgekehrt, schweigend, aber mit seinem Grinsen. Er verstand sich auf dieses etwas blöde Grinsen: Ich war sicher, er grinste, weil er einen Käufer für das Bild gefunden hatte. Am Tag seiner Rückkehr sah ich ihn mittags auf der Toilette sitzen, und bevor er mit dem Fuß die Tür zustieß, trank er einen Schluck aus seinem Whiskeyglas.

Er war zum *White Label* zurückgekehrt, die Zeit des Zusammenreißens war vorbei: auch das deutete ich als Zeichen für den bevorstehenden Verkauf des Bildes.

Kurz darauf verschwand er wieder für einige Tage. Heute weiß ich: Er trank bei Cecille weiter, seiner *Barmaid,* in dem Haus, das er ihr geschenkt hatte.

Um ein oder zwei Uhr nachts, wenn mir vor Müdigkeit der Pinsel ausrutschte, trug ich das Original wieder nach oben und hängte es an seinen Platz, damit meine Mutter es am nächsten Morgen sich wieder anschauen konnte.

Ich kam mit meiner Kopie nur langsam voran, merkte, ich hatte das Bild unterschätzt. Es war komplexer als erwartet. Van Os spielte mit dem Wetter, es zeichnet sich in dem Bild ein Umschwung ab. Die tiefgrauen Schneewolken ziehen sich am Horizont zurück, und die Wolken öffnen sich. Es ist das bleiche Blau eines winterlichen Himmels zu sehen, wer weiß, vielleicht scheint bald die Sonne. Jedoch steht es nicht fest. Es ist nur eine vage Hoffnung. Das war mir früher nicht aufgefallen, jetzt aber, als ich mich in das Bild hineinlebte, bekam das Wettergeschehen eine große Bedeutung. Möglicherweise ließ sich damit sogar erklären, warum meine Mutter dieses Bild, obwohl es den Winter zeigte, zu ihrer Welt gemacht hatte: Wegen der aufreißenden Wolken und dem dahinter sich zeigenden Blau eines Sonnentages, der wie ein Versprechen war. Ich erinnerte mich, wie sie an Nebeltagen oder bei trübem winterlichem Grau jeweils den Himmel beobachtet hatte in der Hoffnung auf eine Öffnung, auf das Erscheinen von Farbe und Licht. Vielleicht liebte sie das Bild, weil diese besondere Wetterstimmung sie an ihre früheren Glücksgefühle erinnerte oder an ihre Sehnsucht, eine Hoffnung möge sich erfüllen.

Es war jedenfalls schwierig, die Wetterstimmung abzumalen, die sich, was das Licht betraf, auf jede der drei Ebenen des Bildes auswirkte. Im Vordergrund (Steg, Bauer mit Reisigbündel, kahle Bäume) dominierten dunkle Erdfarben, im Mittelgrund übernahmen die Bauernkaten mit dem aus den Schornsteinen aufsteigendem Rauch eine Mittlerfunktion zwischen Horizontale und Vertikale und dem dunklen Vordergrund und dem helleren Hintergrund, also der *Wetterbühne* – aber das Wetter spielte sich eben auch ganz hinten am Horizont ab, wo der Kirchturm eines anderen Dorfes in das Licht getaucht war, das durch die aufgerissene Wolkendecke fiel. Dieses Licht erreichte den Vordergrund nicht und auch nicht die zwei kleineren Katen im Mittelgrund, jedoch diesen winzigen, weit entfernten Kirchturm schon. Es war vertrackt, und um es kurz zu machen: Ich stieß an meine Grenzen. Oder besser: an die Grenzen dessen, das durch reines Abmalen erreicht werden kann. Denn das Wettergeschehen diente keinem dekorativen Zweck, sondern spiegelte das Motiv des Bildes: den ahnungslosen Bauern, der auf den nirgendwohin führenden Steg zuläuft. Das Wetter stellte den Bauern ebenso dar wie die Figur es tat, nur auf eine dynamischere und tiefgründigere Weise. Ich merkte, dass ich das Bild zuerst ganz und gar verstehen musste, um es abmalen zu können. Ich wischte alles wieder weg und begann noch einmal von vorn.

Am Ende reichte mein Verständnis des Bildes gerade knapp, um eine widerspruchsfreie Kopie herzustellen, mit Betonung auf *knapp*.

Rein zeitlich gesehen schaffte ich es knapp nicht. Drei Wochen nach Beginn des Abmalens erschien mein Vater in Begleitung eines Mannes, nicht viel älter als ich. Sein Schnurrbart war noch nicht weiter gediehen als meiner, ein Fläumchen, das Großes vorhatte. Er trug Manschettenknöpfe: wie altmodisch! Dann dieser förmliche, dunkle Anzug, die polierten Schuhe. Aber kein Wunder, es ging ja um Malerei. Mein Vater, der sich in einem letzten Akt der Verstellung gleichfalls *in Schale geworfen* hatte, machte Frau Gruber und mich mit dem Herrn bekannt: Herr Glanz. *Rechte Hand* – an diesen Begriff, den mein Vater benutzte, erinnere ich mich, jedoch nicht mehr an den Namen des Galeristen aus Basel, als dessen rechte Hand Herr Glanz fungierte.

Meine Mutter saß in ihrem Rollstuhl am *Plätzchen,* wie immer den Kopf auf die Schulter gelegt, wie immer mit halb geöffnetem Mund betrachtete sie das Bild. Nun versperrte aber die *rechte Hand* ihr den Blick darauf. Herr Glanz schob sich zwischen sie und das Bild, um es aus der Nähe zu begutachten. Er nahm von meiner Mutter keine Notiz, mag sein, aus Befangenheit, seine Gründe waren mir egal, ich fand es unerhört.

Frau Gruber klappte das Buch zu, aus dem sie meiner Mutter vorgelesen hatte, *Stiller* von Max Frisch, und sie sagte, *wissen Sie eigentlich, was Sie Ihrer Frau antun, Herr Doktor?*

Meine Frau ist sehr krank, erklärte mein Vater Glanz. *Sie merkt nichts mehr. Leider.*

Das tut mir leid, sagte Glanz, ihm wurde heiß. Man sah's an den roten Ohren. Er machte eine Bemerkung über das Bild, *sehr schöne Arbeit* oder so etwas. Er zog eine Lupe hervor und streifte mit ihr quer über das Bild.

Sie ist betrunken Auto gefahren, sagte mein Vater. *Mit eins Komma neun Promille.*

Mit eins Komma neun Promille war aber er damals Auto gefahren, als sie ihn erwischten und ihm den Führerschein entzogen.

Ich glaube, Sie verwechseln da etwas, Herr Doktor, sagte Frau Gruber. Sie nannte ihn *Herr Doktor,* wenn sie ihn nicht mehr ertrug, wie gerade jetzt. Sie sprach das *Doktor* dann aus wie *Häuptling* oder *Kaiser.* Sie wollte ihn damit an sein hochstaplerisches Praxisschild erinnern, auf dem er sich als *Dr. med. dent.* bezeichnete, obwohl er nicht promoviert hatte, was ihr offenbar zu Ohren gekommen war. Vielleicht habe ich es ihr erzählt, ich weiß es nicht mehr.

Ich verwechsle nichts!, sagte mein Vater. *Aber Sie verwechseln etwas. Sie verwechseln, wer hier der Herr im Haus ist und wer der Diener.*

Der Diener, wiederholte Frau Gruber und schüttelte den Kopf. Mit einem kräftigen Ruck zog sie die Terrassentür auf. *Ich glaube, hier braucht jemand frische Luft!*

Meine Mutter, da Herr Glanz ihr den Blick auf das Bild verstellte, wurde bereits unruhig, ihre Zunge erschien, ihr Augenlid zuckte.

Ich möchte mir gerne die Rückseite ansehen, sagte Glanz, sein Blick wanderte, um Zustimmung bittend, von meinem Vater zu Frau Gruber, er war nicht sicher, wer hier das Sagen hatte.

Ja, nehmen Sie ihr das Bild nur weg!, sagte Frau Gruber. *Aber schauen Sie nicht mich an! Schauen Sie den Herrn Doktor an! Er weiß genau, was er damit anrichtet!*

Das, sagte mein Vater, *das macht der Alkohol aus Menschen. Meine Frau war früher die schönste Frau der Stadt! Das sagen alle. Aber jetzt muss sie sich von fremden Leuten vorschreiben lassen, was gut für sie ist und was nicht. Sie hat getrunken, das weiß hier jeder! Der Alkohol richtet die Menschen zugrunde. Lassen Sie sich das eine Warnung sein*, sagte er zu Glanz, *diesen Ratschlag gebe ich Ihnen mit auf den Weg.*

Ich verstehe, sagte Glanz. Er hustete in seine Hand. Er hängte das Bild ab, und nun zog eine flackernde Erregung über das Gesicht meiner Mutter, in Wellen. Es war wie Brandung: Auf ein Wellental folgte ein Brecher, auf einen kurzen Moment der Ruhe erneute Erregung.

Es ist alles in Ordnung, sagte Glanz nach kurzer Besichtigung der Rückseite des Bildes, es konnte ihm jetzt nicht schnell genug gehen. *Das Bild ist in einem guten Zu-*

stand. *Es wird dann alles so wie besprochen vonstattengehen.*
Die letzten Worte sprach er schnell aus, um sie vor dem
Hustenanfall noch auszusprechen. Er wandte sich ab und
hustete in seine Ellbeuge. Zog ein dunkelblaues Taschentuch hervor, hustete nun dort hinein.

Ich habe sie geliebt, sagte mein Vater. *Ich habe diese Frau
geliebt. Ich habe ihr nie etwas angetan. Und ich tue ihr auch
jetzt nichts an!*

Herr Glanz zog einen kleinen Apparat aus der Tasche
und gegen die Fensterscheibe gedreht, damit man's nicht
sah, inhalierte er, der Apparat zischte leise.

Mein Vater verzog sich, setzte sich in seinen *Miller
Chair* und starrte in den Rachen des Bären, während Frau
Gruber sich um Herrn Glanz kümmerte, sie sprach vom
Kutschersitz, ob er ihn kenne. Er nickte und stützte sich
mit den Armen auf den Oberschenkeln ab wie ein Sprin-
ter nach dem Rennen.

Es blieb mir überlassen, Herrn Glanz, als es ihm besser
ging, zur Tür zu bringen. Als er mir die Hand schüttelte,
bevor er hinauseilte, warf er mir noch einen Blick zu, in
dem ich die Frage las, *wie hältst du es hier bloß aus?*

Am nächsten Tag holte der Angestellte einer Transport-
firma das Bild ab. Sie hatten einen Großen, Dicken geschickt, als gehe es um ein Klavier. Er rückte in schweren
Schuhen und einem blauen Overall an. Frau Gruber bat
ihn, noch einen Moment zu warten, das Bild noch nicht
abzuhängen.

Sie rollte meine Mutter weg, brachte sie hinunter in ihr
Zimmer. *Wie lange brauchst du noch?,* fragte sie.

89

Gestern, gleich nach dem Besuch des Glanz, hatte ich ihr von der Kopie erzählt. Vor Freude hatte sie mir eine Ohrfeige verpasst. Nun, es war natürlich von ihr als Zärtlichkeit gemeint, aber es fühlte sich wie eine Ohrfeige an, als sie mir die Hand auf die Wange legte, sie war auch zupackend, wenn sie zärtlich sein wollte. *Oh mein Gott, Luis, du bist ein guter Junge!* Wir hatten allerdings nicht damit gerechnet, dass das Bild so schnell abgeholt werden würde.

Noch einen Tag, sagte ich und dachte, *mindestens.*

Ich hatte nämlich die *Höhungen* noch nicht aufgetragen, denn ich hielt mich streng an die *Grundlagen der Ölmalerei.* In dem Buch wurde die Von-dunkel-zu-hell-Technik propagiert, also malte ich von den dunklen Farbtönen schichtweise nach oben, bis nur noch das Hellste fehlte, der Schnee auf den Dächern der Bauernkaten und den Ästen.

Ein Tag. Dann werde ich sie solange im Zimmer behalten, sagte Frau Gruber. *Wenn sie nicht sieht, dass das Bild weg ist … hoffen wir das Beste.*

Der Transporteur streifte sich nun weiße Handschuhe über, hängte die *Winterliche Landschaft* ab, verpackte sie in Schutzfolie und schwitzte dabei.

Ich machte mich sofort an die Höhungen. Jedoch fehlte mir nun die Vorlage. Ich musste das Weiß für den Schnee auf den Bauernkaten aus der Erinnerung anmischen. Glücklicherweise hatte sich mir das Bild inzwischen *eingebrannt,* ich konnte eine schier fotorealistische Erinnerung abrufen. Dennoch: Es war der schwierigste Teil. Denn ich merkte: Die Erinnerung an das Weiß trog mich. Es war eine vereinfachte Erinnerung, die nicht die diffuse Lichtstimmung des Himmels berücksichtigte, aus der das Weiß im Grunde bestand. Ich musste mich noch einmal durch das ganze Bild durchdenken, um das richtige Weiß zu mischen.

Derweil begann meine Mutter, sich zu erbrechen. Ich konnte es mir nicht erklären, denn sie wusste ja nichts vom Abtransport des Bildes. Aber es war, wie es war: Sie lag in ihrem Schlafzimmer auf der blauen Plastikplane, die allein durch ihre Beschaffenheit den Eindruck eines Notfalls weckte. Sie lag da wie damals, als mein Vater das Bild in den Flur umgehängt hatte. Diesmal erbrach sie sich in einem anderen Rhythmus: alle zwanzig Minuten und viel heftiger. Ihr Körper krümmte sich auf der Plane zusammen.

Das kann doch aber nichts mit dem Bild zu tun haben?, fragte ich.

Du fragst die Falsche, sagte Frau Gruber. *Ich habe so etwas noch nie erlebt. Ich weiß nur: Das Bild ist weg, und jetzt geht es ihr nicht gut.*

Die ganze Nacht malte ich. Alle zwanzig Minuten, später unregelmäßiger hörte ich aus dem Zimmer meiner Mutter die Geräusche. Um neun Uhr am nächsten Morgen war ich endlich fertig. Ich eilte mit dem Bild hinauf in den oberen Stock, hängte es ans *Plätzchen.* Es war noch ungefirnisst, aber das konnte ich später nachholen.

Danach half ich der Gruber, meine Mutter in den Rollstuhl zu heben.

Ich werde sie später waschen, sagte Frau Gruber, da meine Mutter klebrig war und roch, das Gesicht verkrustet von Erbrochenem. *Und wenn es nicht besser wird, muss sie ins Krankenhaus. Aber jetzt wollen wir erst einmal sehen.*

War es fahrlässig, was wir taten? Wir hofften auf ein Bild! Wir brachten meine Mutter im Rollstuhl nach oben, im Aufzug, rollten sie vor meine Kopie. Sie konnte sich nicht einmal mehr aufrecht im Rollstuhl halten, sie kippte zur Seite vor Erschöpfung, ich stützte sie – und musste an *Lourdes* denken, an jene vor Verzweiflung Verwirrten, die sich von Wasser Heilung versprachen. Nun, wir erhofften uns Heilung von einem Bild! Und siehe, das Licht der Morgensonne bestrahlte das Bild! Die noch frische Farbe glänzte, *mein* Schnee auf den Bauernkaten und den Ästen der Bäume reflektierte das Morgenlicht. Es sah schön aus, aber besaß es auch eine Wirkung?

Meiner Mutter sank das Kinn auf die Brust. Sie schlief ein. Es war unmöglich zu sagen, ob sie das Bild überhaupt bemerkt hatte. Aber sie schlief. Das hieß: Immerhin erbrach sie sich nicht mehr.

Jetzt warten wir ab, sagte Frau Gruber und schlief ihrerseits ein, da gleichfalls erschöpft von der langen Nacht.

Am nächsten Morgen lag das Kinn meiner Mutter auf ihrer Schulter. Und ihre Augen waren schräg hinaufgerichtet zu dem Bild. Ihre Zunge strich unentschlossen zwischen den Lippen hin und her. Daran änderte sich in den nächsten zwei Stunden nichts. Aber: Sie erbrach sich nicht mehr.

Siehst du, sagte Frau Gruber. *Es ist dir auch wirklich gut gelungen. Es sieht genauso aus wie das Echte. Du hast Talent.*

Aber es schien, als traue meine Mutter dem Bild nicht. Ich bildete mir ein, sie blicke es misstrauisch an.

Nach einer Weile rutschte ihr der Kopf in den Nacken. Das war früher auch vorgekommen. Nun aber blieben ihre Augen nicht, wie sonst, auf das Bild gerichtet. Sondern sie blickte an die Decke.

Dies änderte sich den ganzen Tag bis zum Abend nicht. Sie trank, nahm die Kartoffelsuppe an, sogar ein halbes Frankfurter Würstchen aß sie, sie kaute und blickte aber an die Decke. Sie ignorierte das Bild. Mir schien: demonstrativ.

Es lag, wie sich herausstellte, am fehlenden Firnis. In der Nacht trug ich den Schlussfirnis auf und trocknete das Bild für einige Stunden im Backofen. Zuvor war das Bild matt gewesen, es hatte etwas gefehlt. Aber nun, am andern Tag, als das Bild *vollständig* und vom Original nicht mehr zu unterscheiden war, nahm meine Mutter es an. Sie saß in der üblichen Haltung davor, aufrecht, die Wange auf der Schulter, die Augen auf das Bild gerichtet. Es war nun alles wieder wie früher.

Es kehrte Ruhe ein.

Mein Vater? Keine Ahnung, wo er steckte. Er war am Tag, an dem Herr Glanz das Original begutachtet hatte, ohne Mitteilung verschwunden. Seither keine Nachricht.

Wie gesagt, es kehrte Ruhe ein.

Diese Ruhe übertrug sich auf mich, sie war mein Lohn. Ich verbrachte Stunden damit, einfach dazusitzen und meine Mutter anzuschauen, die sich mein Bild anschaute. Ja, ich nannte es mein Bild, oder besser: unser Bild. Und mit *uns* meinte ich meine Mutter, mich und Jan van Os. Denn niemand kannte dieses Bild jetzt so gut wie wir drei. Der eine von uns war schon lange tot, aber ich hatte ihn während des Abmalens schätzen gelernt, er war hintersinnig und klug und bescheiden. Er prahlte in dem Bild nicht mit seinem Können, er untertrieb sogar, indem er das Komplexe einfach aussehen ließ. Es hätte ihn bestimmt sehr gefreut zu erfahren, dass eine Frau, die geistig tot schien, nun in seinem Bild lebte. Er hatte es wahrscheinlich für irgendeinen holländischen *Pfeffersack* gemalt, der sich an der Dummheit des Bauern ergötzte. Eine Auftragsarbeit, die nun, Jahrhunderte später, eine neue Bedeutung erlangte und zum Zentrum eines Lebens wurde.

Eine Woche nach der Heilung meiner Mutter durch das Bild tauchte mein Vater wieder auf, wir waren gerade beim Essen, wir drei, und nun stieß der Vierte zu uns, in einem weißen Anzug mit gelber Krawatte. Der Anzug war im Schritt feucht. Als Frau Gruber es bemerkte, sagte sie, *die Toilette ist am Ende des Flurs, zweite Tür links.* Er war vom Aufzug her gekommen, sein Weg zum Esszimmer hatte ihn also am *Plätzchen* vorbeigeführt, jedoch schien er das Bild noch nicht bemerkt zu haben. Eine Weile stand er breitbeinig vor uns, sein Kopf wackelte. Er schaute uns an, sagte kein Wort, mag sein, er konnte gerade nicht sprechen, da zu betrunken. Umständlich drehte er sich um, touchierte den Türpfosten und verschwand. Ich sah ihn durch die Küche gehen, dann am Bild vorbei, das ihm aber wieder nicht auffiel. Er bog um die Ecke ins Wohnzimmer, es sah aus, als würde eine seitliche Böe ihn wegwehen.

Mach dir keine Sorgen, sagte Frau Gruber. Machte ich mir Sorgen? Ich war angespannt, das schon, aber es war weniger eine bange als eine schadenfreudige Erwartung: Wie würde er reagieren, wenn er merkte, das Bild war wieder da? Ich war gespannt darauf, sein Gesicht zu sehen. Mir klopfte das Herz, aber nicht vor Angst. Nein, nur, weil ich es kaum noch aushielt. Wann endlich bemerkte er das Bild!

Erst am nächsten Tag war es so weit. Es war ein Sonntag, wir saßen alle drei am *Plätzchen,* Frau Gruber hatte Kekse gebacken, wir tranken Tee dazu. Gegen Mittag erschien mein Vater im Morgenmantel, eine Zigarette im Mund, mir fiel das Loch in seinen Lederpantoffeln auf. Sein großer Zeh hatte sich durchs Leder gebohrt. Meine Mutter saß vor dem Bild, hinter ihr stand nun also mein Vater, er sagte zu mir, *richte itzo deinen Blick dorthin in die Kellerhöhle.* Mit diesem Wilhelm-Busch-Zitat hatte er mich früher immer in den Keller geschickt, ihm eine neue Flasche *White Label* zu holen – früher. Seit Jahren aber nicht mehr. Wie kam er darauf, dass ich ihm seinen Schnaps holte, wie damals als kleiner Junge! Die Wahrheit ist: Ich hätte es wahrscheinlich getan. Warum? Um nicht mit ihm diskutieren zu müssen. Ich wollte mich nicht mit ihm auseinandersetzen. Ich hätte ihm die Flasche geholt, um möglichst wenig mit ihm zu tun zu haben. Mag sein, da gab's noch andere Gründe – aber egal. Es kam ja nicht dazu. Denn kaum hatte er *richte itzo deinen Blick* gesagt, fiel sein Blick auf das Bild.

Nun geschah etwas Merkwürdiges: Er starrte das Bild an, mit der Zigarette im Mund. Was ich nicht erwartet hatte: Diesen Ausdruck von Angst in seinem Gesicht.

Er blickte weg, dann wieder hin. Ohne ein Wort verschwand er in der Küche. Die Küche schien ihm aber nicht der richtige Ort zu sein, er kam gleich wieder heraus und ging, ohne das Bild noch einmal anzuschauen, ins Wohnzimmer. Jedoch fand er auch dort keine Ruhe, kehrte zurück, schaute das Bild wieder an, wie um sich zu vergewissern, dass es immer noch da war. Nun verstand ich: *Delirium tremens.* Dem *Säuferwahn* galt seine Sorge. Er hatte befürchtet, sich die *Winterliche Landschaft,* die er doch verkauft hatte, einzubilden, weiße Mäuse zu sehen. Doch nun gewann er wieder Vertrauen in seine Wahrnehmung. Triumphierend sagte er, *das Bild hängt wieder da!* Er schaute uns an, und da wir nicht widersprachen und seine Wahrnehmung also bestätigten, lachte er: *Habt ihr gedacht, ich merke das nicht?* Er sagte, wir seien debil, wenn wir glauben, dass das funktioniere. Das sei *Vertragsbruch.* Wir hätten uns des Vertragsbruchs schuldig gemacht. Er werde jetzt die Galerie anrufen, und wir könnten froh sein, wenn er nicht auch noch die Polizei anrufe. Mir warf er vor, ich sei ein Verräter. *Du machst doch alles, was die sagt!* Er zeigte auf Frau Gruber. *Deinem eigenen Vater stößt du den Dolch in den Rücken!* Und so weiter.

Ich sagte kein Wort. Ich saß da, bestürzt darüber, wie schlimm es um ihn stand. Frau Gruber war es, die ihm empfahl, sich zu beruhigen. *Keine Angst, Herr Doktor, das ist nicht das echte Bild. Ihr Sohn hat es gemalt. Sie können ihm dankbar sein. Er hat Ihrer Frau damit einen großen Gefallen getan. Im Gegensatz zu anderen hier weiß Ihr Sohn nämlich, wie wichtig dieses Bild für Ihre Frau ist.*

Es dauerte lange, bis er es begriff. Frau Gruber erklärte es ihm geduldig dreimal, viermal. Die Repetition tat ihre Wirkung: Je öfter er es hörte, desto mehr glaubte er es. Ja, er glaubte jetzt, dass es nicht das Bild war, das er Herrn Glanz verkauft hatte, sondern ein anderes. Aber als ich endlich auch etwas sagte, nämlich, *ja, ich habe es gemalt. Es ist eine Kopie. Ich habe das Bild abgemalt,* sagte er nur ein Wort: *Du?*

Frau Gruber hatte ihm wiederholt erklärt, ich habe das Bild gemalt. Jetzt, da er dieses *Du?* sagte, merkte ich: Das hatte er einfach ausgeblendet. Wenn Frau Gruber *Ihr Sohn* sagte, hörte er offenbar *jemand* hat das Bild gemalt. Bis ich nun selbst die Urheberschaft beanspruchte. Nun schaute er mich an und sagte dieses *Du?* Er glaubte es mir durchaus. Sein *Du?* hieß nicht: Ich glaub's dir nicht. Es hieß: Niemals hätte ich *dir* das zugetraut, und ich tu's auch jetzt nicht. Er sagte, *Du?* als mittags schon Besoffener, als einer, der gestern in seinen weißen Anzug gepisst und der mein Bild zuerst für eine Halluzination gehalten hatte – man sollte meinen, ein solches *Du?* aus dem Mund eines Vaters, der froh sein musste, wenn er sich beim Treppensteigen nicht die Nase brach, lässt einen kalt, da es von einem *Unmündigen* ausgesprochen wird, dessen eigene Unzulänglichkeit jedes Urteil über andere disqualifiziert. Aber so war es eben nicht. Mir steckte sein *Du?* mitten im Herz.

Die Flucht

Ein halbes Jahr später bestand ich das Abitur, und ich erinnere mich, ich blieb nachts auf dem Heimweg von der Abiturfeier in einer stillen Straße stehen, an deren Ende eine einzige Straßenlampe gelbes Licht streute. Und ich dachte, *wohin jetzt?* Was studieren? Wofür sich entscheiden? Angenommen, diese Straßenlampe war das Ende des Lebens – auf welchem Weg darauf zugehen? Direkt, einfach dem Bürgersteig folgend? Oder auf Umwegen, links in eine dunkle Seitenstraße einbiegen, vorbeigehen an den um diese Zeit erloschenen Fenstern der Einfamilienhäuschen, in denen Kinder in ihren Betten lagen? Heiraten? Familie gründen? Selbst in einem solchen Häuschen leben, in dem um Mitternacht schon kein Licht mehr brannte? Eine scharfe Mondsichel stand über den offenen Lagerhallen der *Filzfabrik,* in denen die Ballen gestapelt wurden, auf denen wir als Kinder herumgeturnt waren. Aber *wir,* das gab es nicht mehr, dieses *wir* hatte sich gerade heute Abend auf der Abiturfeier aufgelöst. Die einen wollten Wirtschaft studieren in der nächstgrößeren Stadt, die anderen in der übernächsten Stadt Medizin, einer reiste nach Israel in einen *Kibbuz,* ein anderer packte seinen Rucksack für Indien, er wollte erst mal einfach nur billig kiffen. Wir hatten auf der Feier getanzt zu *Locomotive Breath,* das Lied lief mir auf meinem Nachhauseweg nach.

> *Tadaram tamm tamm tamm*
> *in the shuffeling madeness*
> *tadaram tamm tamm tamm of*

the locomotive breath
tadaram tamm tamm tamm
runs the all time loser
tadaram tamm tamm tamm
headlong to his death.

Das konnte passieren, wenn man nicht aufpasste.

Tadaram tamm tamm tamm
God stole the handle
and the train won't stop going
no way to slow down.

Aber worauf genau aufpassen? Was vermeiden, um nicht zu enden wie der *all time loser?* Wen um Rat fragen?

Und später dann, gegen Ende der Feier, *A Whiter Shade of Pale.* Die Pärchen – die, die schon vorher eins waren, und die, die sich kurz vor der Zerstreuung in alle Winde noch zusammengetan hatten an diesem Abend – tanzten Bauch an Bauch.

And so it was that later
As the miller told his tale
That her face, at first just ghostly,
Turned a whiter shade of pale.

Zu diesem Lied hatte ich mit Karin früher getanzt im *Jugendzentrum,* und ich hätte es auch an diesem Abend, besonders an diesem, gerne getan. Aber ich saß mit den anderen herrenlosen Jungs im Schneidersitz am Rand des Tanzfelds, beobachtete die eng Tanzenden, die sich schläfrig umeinander drehten, die Füße langsam vor und zurück schiebend. Sie drehten sich aufreizend langsam, so als hätten sie etwas gefunden und nun alle Zeit der Welt. Roland, der mich in meiner Zeit als Marc Bolan mit meiner Takttaubheit konfrontiert hatte, war auf dem Sprung in die Musikhochschule, ins *Konservatorium.* Ihm leuchtete eine Zukunft als Pianist oder Komponist oder Dirigent. Er konnte es sich aussuchen, hatte sogar ein Stipendium zugesprochen bekommen wegen *besonderer Begabung.* Mich tröstete, dass er bei uns Herrenlosen saß. Er gefiel den Mädchen nicht, war linkisch, hager, trat ihnen beim Tanzen auf die Füße. Einen Apfel, wie meine Mutter bei Ted Kennedy, spürten sie bei ihm wohl nicht, eher nur eine Pflaume, das sah man beim Duschen nach dem Turnunterricht. Jetzt drehte er uns mit seinen langen, dünnen Pianistenfingern einen *Dreiblättrigen.* Es war ein perfekter Dreiblättriger mit schönem Häubchen. Ich mochte Haschisch nicht, ich zog diesem diffusen Rauschzustand die klare Richtung des Biers vor. Wenn man Bier trank, wusste man genau, wohin die Reise ging, man konnte einfach aufsitzen, und es ging los. *Shit* hingegen verlangte: Tu was mit dem Rausch. Shit war wie einer dieser Lehrer, die einen zur Selbstständigkeit erziehen wollten, die sich aber im Grunde einfach um ihre Verantwortung herumdrückten. Ich rauchte ein paar Züge aus Rolands Joint, er sagte, es sei *Goldener* aus Marokko. Ich inhalierte flach, da ich schon fünf oder sechs Flaschen Bier intus hatte – und was sagt das Murmeltier zum Murmeltierjäger? *Shit auf Bier, das rat ich dir!*

Ich erinnere mich, ich entschied mich, auf direktem Weg nach Hause zu gehen, auf die Mondsichel zu, die über der Filzfabrik stand, auf die einzelne Straßenlampe zu, die das Ende der Straße markierte, und rechts von mir befand sich ein Bahngleis.

Tadaram tamm tamm tamm.

Ich dachte an Karin. Sie studierte seit drei Monaten in Zürich *Veterinärmedizin,* wie sie es nannte, und seither sahen wir uns nur noch an den Wochenenden. Deswegen hatte ich auf der Feier nur gesoffen und gekifft, anstatt mich mit ihr zu *A Whiter Shade of Pale* unendlich langsam zu drehen. Im Gegensatz zu Roland war ich nicht herrenlos. Aber eben doch allein. *My bonney is over the ocean, my bonney is over the sea.*

Veterinärmedizin. Das hieß, sie wollte Katzen, Hunde, Meerschweinchen heilen. Ich erinnere mich, sie sagte es mir an einem Schneetag auf der Eisbahn, in der Pause, als die *Eispflegemaschine* streifenweise über die gesperrte Bahn fuhr.

Ich muss dir etwas sagen. Ich gehe nach Zürich. Im Frühjahr. An die Uni.

Noch bevor sie *an die Uni* sagte, umarmte sie mich oder besser: meine Winterjacke. Wir waren so dick eingepackt, wir umarmten Kleidung. Wie Astronauten hielten wir uns fest. Es war bitterkalt, die Tränen auf ihrer Wange kristallisierten. Erst hinterher im Restaurant tauten sie auf, als wir heißen Tee tranken. Das heißt, sie trank Tee und ich einen *Kaffee Fertig,* einen Kaffee mit Kirschschnaps. Draußen war es dunkel, winterlich schwarz mit Flocken, die vor dem Fenster schwebten, und unten auf der Eisbahn gleißten die Scheinwerfer.

Ich komme jedes Wochenende zu dir, sagte sie. Sie sagte *zu dir,* nicht *nach Hause.* Ich erinnere mich, ich wusste einfach nicht, was ich sagen sollte. Sie ging weg. Sie ging einfach weg. Sie sagte, *bitte schau mich an. Bitte.* Ich schaute sie nicht an, ich konnte nicht. Am Tisch gegenüber ein Mann mit einer roten Wollmütze, er aß eine Wurst und schmatzte. Er rieb sich mit dem Handrücken die Nase trocken und schmatzte weiter, als gäbe es nur ihn auf der Welt. Vielleicht war es ja so: Er hatte niemanden. Niemanden, der ihn enttäuschte, niemanden, der ihn verließ. Er war frei.

Ich nicht. Ich liebte Karin in diesem Augenblick wie noch nie zuvor. Ich spürte die Liebe körperlich, als Schmerz in der Herzgegend. Als Klammer. Es war nichts Schönes, es war beängstigend und schrecklich, ich wollte mich nur noch in Sicherheit bringen.

Sie sagte irgendetwas, ich weiß nicht mehr was. Aber ich erinnere mich: Ich stand auf und sagte, *schön für dich. Tschüs. Genieß es.* Sie lief mir nach, auf den Stufen, die hinunter zur Eisbahn führten. Sie hielt mich mit ihren Fäustlingen am Arm, und ich sehe ihr Gesicht vor mir, ihr weißes Gesicht mit den grünen Augen, und ihr verlässlicher, verbindlicher Blick, die schwarzen Locken unter ihrer Fellmütze. Ihr Atem, der immer so gut roch, ich liebte es, ihren Atem einzuatmen.

Und dann lagen wir auf einem Schneehaufen, den die Eispflegemaschine hier aufgehäuft hatte. Sie lag über mir, ich warf sie ab, lag auf ihr, wir rollten den Schneehaufen hinunter, Bauch an Bauch, Stirn an Stirn. Im Rollen hielten wir uns aneinander fest, und ich erinnere mich an mein Vertrauen in dieses Festhalten. Wenn wir uns nicht losließen, konnte uns nichts geschehen, dachte ich.

Aber im Frühjahr zog sie nach Zürich, daran änderte sich nichts. Um einander nicht loszulassen, telefonierten wir jeden Tag, manchmal schrieben wir uns Briefe, die meistens zu spät ankamen. Meistens stand Karin am Freitagabend am Bahnhof, bevor mein Brief vom Dienstag sie erreichte. Auf das Wiedersehen am Freitag folgten die Abschiede am Sonntag. Anfangs lief ich jeweils noch ein Stück weit neben dem Zug her, wenn er sich in Bewegung setzte, später gewöhnten wir uns an die Abschiede wie an eine chronische Krankheit. Wir gingen jetzt sachlicher damit um, jedoch empfand ich diese Sachlichkeit als Verlust. Wenn wir uns an die Trennung gewöhnten, was dann? Das durfte nicht geschehen, und so kam die Idee einer gemeinsamen Reise im Sommer auf.

Diese Idee gab uns Halt. Wir hatten jetzt ein Ziel, auf das wir trotz der Trennung gemeinsam hinleben konnten. Wir entschieden uns für London, da es damals die Sehnsuchtsstadt war, und das Zentrum der Sehnsucht war die *Carnaby Street.*

An den Samstagen, nachdem wir in Karins Zimmer mucksmäuschenstill miteinander geschlafen hatten – ihre Eltern waren leider sehr häuslich –, besprachen wir die Details unserer Reise, immer wieder aufs Neue, obwohl im Grunde alles schon besprochen war. Eigentlich ging es nur darum, ein *Interrail*-Ticket zu kaufen, dann loszufahren. Dann Carnaby Street. Dann Buckingham Palace. Dann Piccadilly Circus. Und so weiter. Aber der Sinn unserer Gespräche war es, bereits zu reisen. Bereits dort zu sein. Es waren *Hochzeitsgespräche.* Wir malten uns unsere gemeinsame Zukunft aus, in immer neuen Farben. Wir waren schon längst in London, und wenn sie am Sonntagabend wieder nach Zürich fuhr, blieben wir dennoch zusammen wegen London.

Die Reise kostete aber natürlich. Für Karin war das kein Problem, ihr Vater unterstützte sie mit einer nicht unerheblichen monatlichen Apanage. Ich wusste nicht genau, welchen Beruf er ausübte, irgendetwas mit *Geschäften,* und offenbar liefen sie nicht schlecht.

Bei mir sah es anders aus. Mein Vater bezahlte mit dem Geld aus dem Verkauf der *Winterlichen Landschaft* zwar die Miete und Frau Grubers Gehalt. Aber Taschengeld erhielt ich keins mehr, und als ich meinen Vater darauf hinwies, in einem Moment, in dem er mir ansprechbar schien, sagte er, *Geld bekommt man nicht geschenkt. Man bekommt es durch harte Arbeit. Im Schweiße deines Angesichts sollst du dein Brot essen!* Ja natürlich: Im Schweiße deines Angesichts – wie hatte ich das nur vergessen können! Er selbst beließ es bei Schwüren, er werde, sobald er wieder *gesund* sei, in der Praxis wieder *nach dem Rechten* sehen. Mit *gesund* meinte er die Bandscheiben. Er behauptete neuerdings, unter Rückenschmerzen zu leiden. Sie zwangen ihn zu tagelanger Bettruhe, für die es nun eine plausible Erklärung gab: Er *musste* im Bett liegen, wegen der Bandscheiben. Er lag nicht zum Vergnügen dort, *wie ihr immer denkt,* sondern weil es nicht anders ging, und er trank *wegen der Schmerzen ab und zu ein Gläschen.*

Die Bandscheiben waren seine beste Idee seit Langem. Er ließ sich von Doktor Schawalder, einem Saufkumpan aus dem *Landhaus,* den *Bandscheibenvorfall* sogar diagnostizieren. Als Doktor Schawalder das nachmittags um zwei Uhr verdunkelte Schlafzimmer meines Vater verließ, sagte er zu mir, *schrecklich, das mit deiner Mutter. Sie war früher eine so schöne Frau. Sic transit gloria mundi, mein Junge. Aber dein Vater wird schon wieder. Er ist ein zäher Kerl. Bald steht er wieder auf den Beinen.*

Nun, er stand tatsächlich auf den Beinen: Immer abends, wenn er, vom Tagesschlaf erholt, ins *Landhaus* fuhr, um auf dem Barhocker seinen Bandscheibenvorfall auszukurieren. *Ich brauche Bewegung,* sagte er. Und er drückte sich die Hand in den Rücken und humpelte frisch rasiert zum Aufzug.

Das Gymnasium war nun also, wie gesagt, zu Ende. Endstation. Einen nächsten Zug gab es für mich nicht, da ich mich ja noch für keine Studienrichtung entschieden hatte. Ich hockte im Wartesaal ohne die geringste Ahnung, wann und wie es weiterging.

Ich hing durch.

Ich schlief bis in den hellen Tag, aß dann mit Frau Gruber und meiner Mutter zu Mittag, leistete nachmittags den beiden Gesellschaft, hörte Frau Grubers Lesungen aus *Der Richter und sein Henker* zu, betrachtete meine Mutter bei der Betrachtung des Bildes und zählte die Stunden bis zur nächsten Ankunft Karins am Bahnhof.

Mag sein, ich wäre *versumpft,* wenn mich nicht unsere Reise nach London gezwungen hätte, Geld zu verdienen. Mindestens fünfhundert Franken. Wir wollten zwei Wochen bleiben, und es hieß, England sei teuer.

Frau Gruber, der ich von der Reise erzählte, berichtete mir kurz darauf, im *Migros,* einem Supermarkt, werde eine Aushilfe gesucht.

Ich bewarb mich also beim Filialleiter um die Stelle,

und da er ein ehemaliger Patient meines Vaters war, riet er mir zunächst davon ab, *das ist nichts für Sie.* Die Vorstellung, den Sohn eines Zahnarztes zu beschäftigen, war ihm unangenehm, er verstand außerdem nicht, warum ich es nötig hatte. Ich behauptete, ich wolle mein eigenes Geld verdienen und nicht von dem meines Vaters abhängig sein. Das leuchtete ihm dann ein, mehr noch: Diese Einstellung gefiel ihm. Er stellte mich ein, und ich schleppte um fünf Uhr früh Gemüsekisten vom Lieferwagen in den Kühlraum, Kisten mit Fleisch, Kisten mit Dosen, alle Kisten, die man sich vorstellen kann. Herr Brun, so hieß der Filialleiter, empfand mit der Zeit eine gewisse Befriedigung dabei, den Sohn eines Zahnarztes ehrliche Arbeiten verrichten zu sehen. Eines Tages sagte er, *du hast sicher schon von Che Guevara gehört.* Er drückte mir eine Broschüre in die Hand, *das solltest du einmal lesen.* Es war das Programm der *Partei der Arbeit.* Ich wusste, das waren Kommunisten, und ich war wie sie gegen den Vietnamkrieg und so weiter. Ich wollte hier aber nur Kisten schleppen, um mit Karin nach London zu fahren, und ich schleppte die Kisten auch wirklich tadellos, ich trug manchmal drei auf einmal in den Kühlraum, ich leistete wahrlich meinen Beitrag zum Kommunismus.

Man sah jetzt auf der Straße junge, aus den Nestern gefallene Vögel. Es vergingen Mai und Juni mit Kistenschleppen und dem Einräumen von Dosen in die Regale und mit Herrn Bruns *Kapitalismuskritik.* Ich hatte nun vierhundertfünfzig Franken verdient, speckige, dicke Geldscheine, die ich in einer alten Zigarrenkiste in meinem Zimmer aufbewahrte. Auf dem Deckel der Kiste klebte das Emblem der Firma, ein Indianer mit Federbusch: Wie abenteuerlich doch das Geldverdienen war!

Ich erinnere mich, zwei Tage vor unserer Abreise lagen Karin und ich im Bett ihres Zimmers, an einem dösigen Nachmittag und bei offener Tür. Ihre Eltern waren endlich wieder einmal samt der kleinen Schwester nach Berlin gefahren, da Sommerferien. Wir liebten uns, endlich nicht mucksmäuschenstill, sondern so, wie uns der Schnabel gewachsen war. Hinterher liefen wir nackt in der Wohnung herum. Ich saß mit meinem nackten Arsch auf dem Stuhl ihres Vaters am Esstisch, Karin kochte nackt Spaghetti in den Töpfen ihrer Mutter und schrie kurz auf, als ein heißer Wassertropfen ihr an die Brust sprang. Ich band ihr die Kochschürze ihrer Mutter um, und um uns der Wohnung vollständig zu bemächtigen, schliefen wir nach dem Essen noch einmal miteinander, im Bett der Eltern.

Danach schauten wir uns auf dem mit hellbraunem Cordstoff bezogenen Sofa *Bonanza* an. Wir teilten uns die Erdnüsse aus einer Schale, draußen war es noch hell. Es war Sommer, unser Sommer, und er hatte erst begonnen. Die Amseln machten *Zippzippzipp,* die Luft war lau, und wir würden für zwei Wochen zusammen sein, zwei Wochen jeden Tag zusammen, vierzehn Tage lang ohne die kalte Stimme im Lautsprecher am Bahnhof am Sonntagabend, *auf Gleis eins Abfahrt des Schnellzuges nach Zürich, nächster Halt Winterthur.* Ich musste nur noch einmal in die Attikawohnung, um meinen Rucksack zu packen und das Geld aus dem Indianerkistchen zu holen.

Als ich anderntags die Wohnungstür zum unteren Stock der Wohnung aufschloss, fiel er mir sofort auf: der Geruch. Im dunklen Flur *stand* er, um mir mitzuteilen, dass meine Mutter sich wieder erbrach. Wegen des Bildes vermutlich, irgendetwas war damit geschehen. Schon wieder das Bild! Wieder diese bedrückende Atmosphäre! Von einem Moment zum anderen: völlige Erschöpfung. Ein absolutes *Nicht-mehr-Können.* Nicht mehr wollen. Widerwille, auch nur daran zu denken, was geschehen sein mochte – egal, was wieder geschehen war, was es auch war: mit nichts wollte ich noch etwas zu tun haben. Nur eins wollte ich: weg. Sofort wieder zurück zu Karin. Den Geruch empfand ich als Schlinge um meinen Hals, an der ich wie ein entlaufenes Pferd in den Stall zurückgezerrt werden sollte. Zum ersten Mal aber bäumte ich mich auf, gegen alle. Nicht nur gegen meinen Vater, auch gegen die anderen, gegen alles hier.

Nur weg!

Aber ich brauchte meine Kleider und das Geld, und so schlich ich durch die säuerlichen Schwaden zu meinem Zimmer, Frau Gruber sollte mich nicht hören. Aus dem Zimmer meiner Mutter die Geräusche: das Würgen, das Husten. Es machte mich wütend, weil es mich aufhielt, weil es meinen Willen brach, nur meine Kleider zu holen und dann zu verschwinden. Was konnte meine Mutter denn dafür! Wenigstens nachschauen wie es ihr ging musste ich doch. Durch den Türspalt sah ich ihre nackten Füße auf der blauen Plane, sehnige, kleine weiße Füße mit Zehen, die sich zusammendrängten, so als steckten sie noch in den eleganten engen Schuhen, die meine Mutter früher trug.

Was zum Teufel ist jetzt wieder los!, fragte ich, rief es fast. Frau Gruber antwortete ebenso ungehalten, *frag deinen Vater!* Sie wischte die Plane mit einem Handtuch trocken und warf es in einen Wäschekorb. Ich erfuhr: Mein Vater hatte gestern meine Kopie der *Winterlichen Landschaft* abgehängt und war damit ohne jede Erklärung verschwunden. Heute Morgen war er zurückgekehrt, ohne das Bild.

Ich fragte, was er damit gemacht habe.

Ich weiß es nicht! Der Herr Doktor redet ja nicht mehr mit mir! Wahrscheinlich hat er es verkauft. Zutrauen würd' ich's ihm.

Meine Mutter auf der Plane, Schleim hervorwürgend.

So schlimm war es noch nie, sagte Frau Gruber, *ich musste Doktor Schleher anrufen. Er hat ihr etwas gespritzt, aber es wirkt nicht. Wenn es heute Abend nicht besser wird, muss sie ins Krankenhaus, sonst dehydriert sie mir.* Das Gesicht meiner Mutter war merkwürdig schief, der Mund schief, ein Auge zu, das andere halb offen, alles wie verschoben.

Ich wandte mich ab. Ging in mein Zimmer. Stopfte in Eile – denn von nun an war ich ein Flüchtender – die nötigsten Kleider in den Rucksack, steckte das Geld ein und beschloss, nicht noch einmal ins Zimmer meiner Mutter zurückzukehren. Sondern zu verschwinden, ohne Abschied. Ich war sicher, Frau Gruber würde mich bitten, das Bild noch einmal zu malen. Ich hatte es einmal getan, warum nicht ein zweites Mal. Wenn sie mich darum bat, wie konnte ich dann Nein sagen? Also war es besser, es kam gar nicht erst zu dieser Bitte.

Das Bild noch einmal malen: Das kam nicht infrage.

109

Vielleicht später, aber nicht jetzt. Denn ich fuhr morgen mit Karin nach London. Abfahrt am Bahnhof hier: 17.40. Dann Nachtzug nach Paris, Abfahrt 19.34. Von Paris 9.20 weiter nach Calais. Dann die Fähre über den Ärmelkanal. Dann von Dover weiter nach London. Dann ein Hotel suchen. Dann zur Carnaby Street. Dazu gab es keine Alternative. Die Gedanken an meine Mutter verscheuchte ich. Ich durfte jetzt nicht an sie denken. Aber hatte ich das nicht schon einmal getan: nicht an sie gedacht? Als sie betrunken in den Bergen herumfuhr, und ich es wusste? Ja, schon möglich, aber ich konnte jetzt so wenig tun wie damals. Hatte ich nicht schon genug getan? *Der Mohr hat seine Schuldigkeit getan, der Mohr kann gehen* – dieses aus dem Mund meines Vaters lächerliche Zitat kam mir in den Sinn. Jetzt durfte ich's auch mal sagen, nicht wahr? Ich fand, ich hatte nach all den Jahren in der Attikawohnung ein Recht auf *Abhauen*.

Ich war schon an der Tür, als plötzlich mein Vater in seinem blauen Morgenmantel die Treppe hinunterkam – die Muskete in der Hand. Die alte, beschissene Muskete, die sonst immer oben im Wohnzimmer über den Schwertern, arabischen Dolchen und dem ganzen Kram an der Wand hing. Konnte man damit noch schießen? Nein. Bestimmt nicht. Es war eine antike Muskete mit Steinschloss.

Was willst du damit?, fragte ich.

Ich verteidige nur mein Haus, sagte er. Ich dachte, *jetzt ist er übergeschnappt.* Er lief mit einer Muskete herum und hatte *Bridge over troubled water* oben im Wohnzimmer grotesk laut gedreht, sogar hier unten dröhnte das Lied noch.

Und wo ist das Bild?, fragte ich. *Was hast du mit dem Bild gemacht!*

Verkauft habe ich es. Verkauft!

Wem? Wem hast du es verkauft?

Dem Kaiser von China.

Hast du es einem Kunsthändler verkauft?

Er lachte.

Ja, aber nicht dem … dem ich es schon mal verkauft habe. Ich bin doch nicht blöd! Ich habe es einem anderen Händler verkauft. Einem in Genf habe ich es verkauft. Ich hab denen gesagt, hier, kauft es oder kauft es nicht, dann verkaufe ich es einem anderen.

Er hatte also tatsächlich mein Bild verkauft. Es ließ mich verstummen. Was hätte ich sagen sollen? Vor mir stand ein Betrunkener, der mit einer alten Muskete herumfuchtelte, weil er sein Haus verteidigen musste, und der das Bild, das ich für meine Mutter gemalt hatte, verhökert hatte, wahrscheinlich für hundert Franken, denn mehr war die Kopie nicht wert. Was also gab es zu sagen? Dass er das Bild nicht hätte verkaufen dürfen, schon allein deswegen nicht, weil es mir gehörte? Aber an *was* in ihm appellieren? An seinen Verstand? Den hatte er sich weggesoffen. An sein Herz? Ich war nicht sicher, ob er eins hatte. An sein Gewissen?

Dann sagte er, *hundertvierzigtausend Franken haben sie mir dafür bezahlt, die Idioten!*

Natürlich glaubte ich es ihm nicht. Wer würde denn so viel für eine Kopie bezahlen?

Das glaube ich dir nicht, sagte ich, um nun doch etwas zu sagen.

Ja, du!, sagte er. Wieder dieses *Du*, diesmal mit Ausru-

111

fungszeichen, trotzdem von derselben Art. Er behauptete, er habe eine Quittung. *Da kannst du dann sehen, dass ich nicht lüge.*

Er zeigte sie mir, oben im Wohnzimmer. Es war mehr als eine Quittung: ein Kaufvertrag. Auf dem Briefpapier einer Genfer Galerie, deren Namen ich damals gleich nach dem Lesen vergaß aus Schreck über die im Vertrag aufgeführte Summe:

Fr. 140 000.–

Mehrmals las ich die Zahl.

Fr. 140 000.–

Allmählich entschlüsselte ich die Botschaft, die ich, da sie so absurd war, erst durch die Zahl begriff: Nämlich er hatte ihnen meine Kopie der *Winterlichen Landschaft* als Original verkauft. Anders war der Kaufpreis ja nicht zu erklären. Sie dachten, das Bild sei echt, ein echter van Os, und mein Vater hatte nicht widersprochen. Das hieß: Er hatte mein Bild für einen Betrug benutzt.

Ich erinnere mich nicht mehr, was ich sagte. Weiß nur noch: Ich stand mit geschultertem Rucksack, das Geldbündel aus der Indianerdose in der Tasche, mit dem Kaufvertrag in der Hand auf dem Bärenfell im Wohnzimmer. Und offenbar sagte ich etwas, denn er antwortete. An seine Antwort erinnere ich mich. Er sagte, *und wer bezahlt die Rechnungen? Du etwa? Womit willst du denn die Rechnungen bezahlen! Du bist ein Gammler, das wissen alle. Du studierst nicht einmal. Aber ich bin nach Genf gefahren. Mit meinen Rückenschmerzen! Jetzt sage ich dir einmal etwas: Ich habe vor Schmerz auf die Zähne gebissen, um für dich und deine Mutter Geld zu verdienen! Ein Mann muss seine Pflicht*

*tun! Als pater familias! Du mit deiner Kopie! Kopie! Für dich
ist es eine Kopie! Aber die haben es nicht gemerkt, diese Trottel. Ich habe sie überlistet. Wie Odysseus den Polyphem!*

Ich machte einen Schritt an ihm vorbei. Den Schritt hinaus. Mit meinem Rucksack, dessen Gewicht mir Kraft
gab. Es war ein besonderer Moment. Er kam mir schon
damals universal vor, als ein Moment, den ich mit vielen
teilte, die ihn vor mir erlebt hatten: Man geht in der Gewissheit, nie zurückzukehren, und man lässt dabei jemanden im Stich. Ein letztes Abschiednehmen von meiner
Mutter hätte daran nichts geändert.

Ich öffnete die Tür der Attikawohnung und trat durch
sie hinaus ins kühle, nach Zitrone riechende Treppenhaus. Ich benutzte nicht den Aufzug, ich ging jede einzelne Stufe hinunter, alle fünf Stockwerke, vorbei an den
Türen der anderen Wohnungen, auf den polierten Stein-
stufen stieg ich hinunter ins Erdgeschoss.

Dort begegnete ich dem Hausmeister, der an einem
der Briefkästen das Namensschild eines neuen Mieters
anbrachte. Er sah mich mit Rucksack und sagte, *soso, ver-
reist der junge Herr Maiwald? Wo geht's denn hin?*

Weg, sagte ich.

Auf der Straße steckte ich die Daumen unter die Gurte
des Rucksacks und ging schnell, fast rannte ich. Der Tag
war warm unter einer Wolkendecke, aus der manchmal
fette Tropfen in den Straßenstaub fielen, dann stieg ein
Ozonduft von der Straße auf. Ich lief auf die braunen,
geziegelten Dächer der Altstadt zu, auf Karin, die dort
auf mich wartete. Die Spatzen piepsten in den Büschen
am Straßenrand, und am Horizont hellte es auf. In der

Nähe der Filzfabrik tauchte ich in den süßlichen Geruch
ein, den die Filzballen verströmten, auf denen ich in der
Kindheit herumgeklettert war. Es war ein unvergleichli-
cher Geruch, nichts auf der Welt riecht so wie zu Ballen
gepresster Filz.

Karin öffnete die Wohnungstür, und ich erinnere mich,
ich sagte, *hier bin ich.* Ich sagte es ausatmend. Mit dem
Gefühl, anzukommen, jedoch als *Geflüchteter,* als einer,
der Unterschlupf sucht und dessen Glück nun davon ab-
hängt, ob man ihm diesen gewährt. Ich zitterte innerlich und betrachtete alles in der Wohnung mit anderen
Augen.

Wir setzten uns auf das hellbraune Sofa und studierten
einen Stadtplan von London, den Karin gekauft hatte.
Ich sah durch den Stadtplan hindurch meine Mutter auf
der blauen Plane, und hinter der Mutter Frau Gruber in
ihrer geblümten Arbeitsschürze, und hinter ihr meinen
Vater mit der Muskete – erst unter diesen Schichten sah
ich den *Buckingham Palace.*

Ist etwas?, fragte Karin. *Hat dein Vater wieder getrunken?* Sie spürte immer, wenn etwas war, aber das Ausmaß
konnte sie nicht ermessen, und ich hielt es für besser so.
Ich war gegangen, geflohen, und ich wollte nicht das, was
ich hinter mir gelassen hatte, hierherbringen. Ich wollte
es draußen lassen wie einen nassen Hund. Ich sagte, *ja,
leider. Aber lass uns jetzt nicht davon reden.* Kein Wort von
dem Bild, obwohl es mich beschäftigte. Das würde aufhören, wenn ich nicht davon sprach und nicht mehr daran dachte.

Ich legte *Blood on the tracks* von Bob Dylan auf, wegen meines Lieblingslieds darauf, *Shelter from the storm.* Früher hatte ich es wegen der Assoziationen an heroische Einsamkeit gemocht, die es in mir weckte. Aber jetzt suchte ich in dem Lied Schutz, und in Karins Armen, in denen ich es mir anhörte.

> *I came in from the wilderness*
> *a creature void of form*
> *»Come in«, she said*
> *»I'll give you*
> *shelter from the storm«*

II | NANGKARI

Nach der Rückkehr aus London zog ich zu Karin mit nichts als meinem Rucksack, darauf nun ein Aufkleber mit dem roten *Rolling Stones*-Mund, gekauft in der Carnaby Street – mit diesem noch von London erzählenden Rucksack voll schmutziger Wäsche zog ich gleich nach unserer Ankunft am Bahnhof bei ihr ein. Ich hatte das Thema *wohin* erst auf der Rückreise angesprochen, und natürlich sagte sie sofort, *du kannst bei mir wohnen, wenn du willst.* Sie fügte hinzu, *fürs Erste.*

Wenn es dir nichts ausmacht?, sagte ich. Mag sein, sie war sich nicht sicher, ob es ihr etwas ausmachte.

Ich kann nicht zurück, sagte ich.

Das verstehe ich, sagte sie. *Du kannst bei mir bleiben, es macht mir wirklich nichts aus. Die Wohnung ist groß genug für zwei.* Von Freude war nicht die Rede.

Als ich dann in ihrer Wohnung meinen Rucksack auspackte, schaute sie mir dabei zu, auf dem Küchenstuhl sitzend, die Teetasse mit beiden Händen umfassend, mir schien, sie beobachtete mich wie einen Zeitschriftenvertreter, den sie aus Mitleid in die Wohnung gelassen hatte, und der ihr nun sein Sortiment präsentierte.

Sobald ich einen Job habe, suche ich mir etwas Eigenes, sagte ich.

Vielleicht hast du es ja schon gefunden. Ich finde es schön, dass du bei mir wohnst. Endlich! Ihr Bekenntnis machte es mir leichter, sie zu fragen, wo ich meine Unterwäsche verstauen konnte. Sie räumte für mich ein Regal in dem schmalen Wandschrank frei, dazu musste sie ihre eigene Unterwäsche *komprimieren,* und in den frei gewordenen Raum quetschte ich meine, die ungewaschenen Socken und so weiter. Nun lag also unsere Unterwäsche nebeneinander im Regal – und wir schauten es uns an und schwiegen befangen.

Komm, das stecken wir in die Wäsche, sagte sie und holte meine Socken wieder raus.

Später fragte sie, *und deine anderen Kleider?*

Ich hatte ja bei meiner Flucht aus der Attikawohnung nur für zwei Wochen gepackt, ein Notgepäck.

Ich hole sie nächste Woche, sagte ich. Aber eigentlich war für noch mehr meiner Kleider kein Platz in Karins Schrank, so wenig wie in der Wohnung für mich.

Es war eine von einem Kastanienbaum verschattete, winzige Wohnung, nur wenig größer als mein Zimmer in der Attikawohnung. Dunkel und eng gehörte sie mehr dem Baum als uns. Wenn man das Fenster öffnete, konnte man nach seinen Blättern greifen, aber wollte man das? Bei Wind wischten die Blätter über die Fensterscheiben, man kam sich vor wie ein im Geäst hausendes Tier. Früher, als Besucher, war mir das egal gewesen, jetzt als Bewohner störte es mich von der ersten Stunde an. Während nicht ich, sondern Karin meine Socken wusch – das war damals so selbstverständlich wie Atomtests –, dachte ich an die Weite der Attikawohnung. Zwei Stockwerke!

Neun Zimmer! Dieser räumliche Überfluss hatte mich wahrscheinlich, mehr als mir bisher bewusst gewesen war, für manches entschädigt, das ich in der Wohnung erlitt. Oder besser: Es hatte mir manches erspart. Raum verdünnt Elend. Die nächtlichen Streitausbrüche, das Türknallen meiner Mutter, ihre Verhöhnungen, *du Schlappschwanz!*, das manchmal ins Irre kippende Gelächter meines Vaters, die bedrückende Verzweiflung der beiden: In einer kleineren Wohnung hätte ich ihr noch viel weniger entgehen können. In einer kleinen Wohnung wäre alles unausweichlicher und unmittelbarer gewesen, grausamer und spitzer. In einer kleinen Wohnung hätte das Elend sich verdichtet und durch diese Verdichtung zu noch größerem Elend geführt. Denn nicht nur ich hätte den Geschehnissen weniger ausweichen können, auch meine Eltern nicht. Sie hätten sich auf kleinem Raum gestritten, folglich physischer. Mein Vater war nie körperlich gewalttätig geworden, aber wer weiß, ob das wirklich an seinem Charakter lag, wie ich vermutet hatte, oder nicht einfach am verschwenderischen Wohnraum.

Wir schliefen in Karins schmalem Bett, im Halbschlaf verwechselte ich ihre Arme mit meinen, wir verwuchsen miteinander, um im Bett Platz zu finden. Es stellte sich heraus: Karin redete im Schlaf. Sie war überhaupt eine unruhige Schläferin. Als ich sie darauf ansprach, behauptete sie dasselbe von mir. Sie sagte, ich würde schnarchen und im Schlaf Laute von mir geben. Das sei ihr schon im Hotel in London aufgefallen.

Was für Laute?, fragte ich.

Du stöhnst.
Na ja, das könnte an dir liegen.
Nein. Du stöhnst, als würdest du schlecht träumen.

Träumte ich schlecht? Damals noch nicht.

Wir waren in jener Zeit, anfangs, beide glücklich. Wir schliefen in dem kleinen Bettchen, wir aßen an dem kleinen Tischchen in der Kochnische Spaghetti, die Ränder unserer Teller stießen aneinander, und wenn wir gleichzeitig zum Glas griffen, berührten sich unsere Hände. Bei Regen klatschten die Tropfen auf die Blätter des Kastanienbaums, bei Sonne tanzten lichte Flecken auf dem Fußboden, abends das Schattenspiel der Blätter an der Wand.

Wir tranken Chianti aus bauchigen, mit einem Bastmantel umhüllten Flaschen, für die auf dem Tisch nicht genügend Platz war, wir stellten sie auf den Boden. Karin trank ein Glas, ich in derselben Zeit drei. Ich sah keinen Grund, nach dem dritten aufzuhören, also trank ich vier oder fünf. Betrunken war ich nie, ich kannte mein Maß. Es waren kleine Gläser, geeicht auf 0,1 Liter. Nach fünf Dezilitern wurde ich vielleicht ein wenig glücklicher oder entspannter. Es mochte schon sein, dass man mir eine Veränderung anmerkte, das ist ja wohl der Sinn des Weins. Aber es kommt auf die Art der Veränderung an, nicht wahr? Ich fühlte mich in der Welt aufgehobener, wenn ich ein paar Gläser trank, ich begann sie zu lieben für die kleinen Schönheiten, die sie bereithielt. Das Geräusch der Schritte von jemandem im oberen Stock, das Knarren des Holzes, die angeschnittene Tomate auf dem Küchenbrett, die im gelblichen Licht der Dunstabzugshaube glänzte, Karins Gesicht, wenn sie über etwas nachdachte, das Rauschen des Kastanienbaums – um die Melancholie der Dinge zu erkennen und sich daran zu erfreuen, ist ein Innehalten nötig, und wenn ich Wein getrunken hatte, hielt ich inne und bemerkte, was mir zuvor entgangen war.

In der ersten Zeit ließ mich Karin so viel trinken, wie ich wollte. Aber von Anfang an *beobachtete* sie es. Sie beobachtete, wie ich mein Glas nachfüllte, und oft, wenn ich über etwas sprach, hatte ich den Eindruck, dass mein Glas sie mehr interessierte als was ich sagte.

Du hast deine Kleider noch nicht geholt, sagte sie eines Abends.

Ich hole sie nächste Woche.

Das sagst du jede Woche.

Ich kann jetzt noch nicht, sagte ich und trank unter ihrem besorgten Blick mein Glas leer.

Aber möchtest du denn nicht wissen, wie es deiner Mutter geht?, fragte sie.

Es geht ihr nicht besser, wenn ich sie besuche.

Woher willst du das wissen? Sie würde sich doch bestimmt freuen, dich zu sehen.

Was für eine alberne Bemerkung! Karin wusste doch, wie es um meine Mutter stand. Wie konnte sie da von *Freude* reden!

Meine Mutter kann sich nicht mehr über etwas freuen, Karin.

Du weißt, wie ich es meine, sagte sie. *Sie spürt doch, wenn du da bist. Das hast du mir selbst einmal erzählt.*

Dann hab ich's eben erzählt.

Was zum Teufel wollte sie von mir! Warum ließ sie mich damit nicht in Ruhe! Ich griff nach der Chiantiflasche, die neben mir auf dem Boden stand, und goß mir ein, ohne sie anzublicken. Ich wusste ja, was ich zu sehen bekommen würde, wenn ich sie jetzt anblickte. Die Flasche gluckerte in die Stille hinein. Es war ein Gluckern wie ein Plappern, *gluck gluck gluck, plapper plapper plapper.*

Ich verstehe einfach nicht, sagte Karin, *warum du sie nicht wenigstens einmal besuchst. Nur einmal. Du musst ja nicht lange bleiben. Besuch sie, wenn dein Vater weg ist. Du möchtest doch wissen, wie es ihr geht. Erzähl mir nicht, dass das nicht stimmt. Es plagt dich doch, nicht zu wissen, wie es ihr geht.*

Nein, eben nicht. Nein, es plagte mich nicht. Es war mir nicht gleichgültig, wie es ihr ging, aber es plagte mich nicht, es nicht zu wissen. Was mich plagte war die Vorstellung, die Attikawohnung wieder betreten zu müssen, die dort hausenden Gerüche wieder zu riechen, die dort hausenden Geräusche wieder zu hören, schlimmstenfalls meinem Vater mit seiner Muskete noch einmal zu begegnen. Ich wollte von allem nichts mehr wissen. War das nicht mein gutes Recht, nach all den Jahren der Teilhaberschaft am Unglück meiner Eltern? Hatte ich mir nicht das Recht erworben, jetzt ein eigenes Leben zu führen und Erinnerungen zu sammeln, die mir behagten, und jene anderen Erinnerungen, die mir nicht behagten, fortzujagen? Ich wollte sie loswerden wie Läuse oder Flöhe, denn sie waren durchaus eine Art Ungeziefer. Und vergessen hieß alles vergessen, auch meine Mutter und Frau Gruber, alles, was mich erinnerte, musste vergessen werden.

Wenn einer zwanzig Jahre im Gefängnis war und dort

schlimme Dinge erlebt hat, sagte ich zu Karin, *und er ist entlassen worden – glaubst du, er kehrt dann ein Jahr später ins Gefängnis zurück, um einen Wärter zu besuchen, der als Einziger immer gut zu ihm war? Nein, das tut er nicht. Denn der Wärter, sosehr er ihn auch schätzt, gehört zum Gefängnis. Und der Betreffende will jetzt vor allem eines nicht mehr: Er will nichts mehr von dem Gefängnis wissen.*

Ja, schon möglich, sagte Karin. *Aber das heißt dann auch, dass er immer noch nicht frei ist.*

Ich erinnere mich, ich beendete das Gespräch, indem ich Lou Reed auflegte, *Love is here to stay.*

> *She likes her novels long*
> *he's into comic books*
> *They're gilt-edged polymorphous urban*
> *but somehow it works*
> *'Cause love is here*
> *here to stay*

Ich legte meinen Arm um sie und küsste sie, um ihr den Mund zu verschließen.

Sie ging morgens zur Uni, lernte die Därme von Kühen und Hunden auswendig, und sie schnitt tote Katzen auf. Sie erzählte mir, ihr gefalle daran, dass es nicht tragisch sei. Als Tierärztin komme man in denselben Genuss wie ein Arzt. Man könne Schmerzen lindern, Krankheiten aufspüren und heilen, Leben retten oder einem Wesen das Sterben erleichtern. Eine Kuh sei ein genauso komplexer Organismus wie ein Mensch, die Diagnosestellung nicht weniger anspruchsvoll und interessant, und eine Kuh von einem Leiden zu befreien sei durchaus auch befriedigend.

Aber wenn sie bei einer Operation sterbe, sterbe eben nur ein Tier.

Karin wollte also Ärztin werden, aber nicht in tragische Situationen geraten. Sie hatte sich das gut überlegt und sich für die Veterinärmedizin entschieden, was mir weise erschien, jedoch auch ein wenig feige.

Ich musste mich nun auch für etwas entscheiden. Ein Job, ein Studium, irgendetwas. Ich konnte nicht länger Tag für Tag in der Kastanienbaumwohnung herumsitzen und die Blätter zählen, bis Karin aus der Uni zurückkam. Es tat mir nicht gut, die Langeweile erzeugte unerwünschte Gedanken. Ich dachte zum Beispiel an die *Winterliche Landschaft,* an die Nächte, in denen ich die Kopie malte, die mein Vater verkauft hatte. Wahrscheinlich hing das Bild jetzt in irgendeiner Kunsthandlung zum Verkauf aus, als echter Jan van Os und zum Preis eines solchen – eine groteske Vorstellung. Und meine Mutter? Hatte sie den Verlust des Bildes überwunden oder lag sie immer noch auf der blauen Plastikplane, mit offenem Mund, grünlichen Schleim erbrechend? Jetzt hätte ich doch Zeit gehabt, das Bild noch einmal zu kopieren! Ich hätte mir Farben, eine Leinwand besorgen und das Bild noch einmal malen können. Aber nein, wie denn, ohne Vorlage! Das war doch ganz unmöglich. Allerdings: Es gab doch bestimmt Fotografien des Gemäldes in irgendwelchen Bildbänden über flämische Landschaftsmalerei. Andererseits: Wie es dann anhand eines Fotos maßstabsgetreu kopieren? Ich musste aus der Wohnung raus, musste etwas tun. Ich konnte nicht vergessen, wenn ich hier rumhockte und mich zur Beute meiner Erinnerungen machte.

Mir schien es das Beste zu sein, mich nach einer Kunstschule umzusehen, denn Malen konnte ich schon. Das ersparte mir die Mühe, es lernen zu müssen. Mir schwebte in jener Zeit ein leichtes Leben vor, ich nahm mir die Spatzen zum Vorbild. Sie fliegen nur, wenn es denn sein muss. Lieber aber hüpfen sie. Am liebsten in Büschen, dort von Ästchen zu Ästchen. Müssen sie fliegen, so fliegen sie nie in große Höhe. Man sieht sie nicht am Himmel kreisen wie die Schwalben und Möwen. Schon auf der Dachrinne wird ihnen schwindlig. In der Höhe werden sie kleinlaut, aber in den Büschen zwitschern sie dann wieder überschwänglich.

Ich entschied mich fürs Malen, oder besser: fürs Abzeichnen, fürs Hüpfen, nicht fürs Fliegen, nicht für die Musik, die ich liebte, in der ich mich aber so plump anstellte wie die Spatzen beim Fliegen. Ich konnte, wie gesagt, beim Gitarrespielen den Takt nicht halten, dazu brauchte es keines Beweises mehr. Selbst beim Mitsingen von Songs, die mir in Fleisch und Blut übergegangen waren, etwa *Simple Twist of Fate* von Dylan, erreichte ich jedes Mal schneller das Ende der Zeile als Dylan, nach hundertmaligem Mitsingen noch, es war *unheilbar*. Nichts nützte. *There's no cure, no remedy.* Selbst forciert langsames Singen, Dehnung der Silben, unnatürlich langes Pausieren zwischen den Takten brachten mich nicht in einen synchronen Rhythmus mit Dylan. Ich sang *immer* schneller als er. Aber schlimmer noch: Manche Rhythmen, wie etwa beim Song *Black Dog* von *Led Zeppelin*, jagten mir Schauder über den Rücken: Ich verstand nicht, wie ein Mensch fähig sein konnte, so komplexe Rhythmen so exakt zu schlagen wie der Drummer Jon Bonham. Diese Welt war unerreichbar für mich. In der Musik war mir der Platz des *Bewunderers* zugewiesen worden aufgrund meiner Rhythmus-Behinderung. Für mich hätte man bei Konzerten einen Stuhl eigens für Rhythmus-Behinderte vor die Bühne stellen müssen, gekennzeichnet mit einer rot durchgestrichenen *Snare-Drum* auf der Stuhllehne.

Blieb also nur das Malen, oder besser: das *Abzeichnen*. Das konnte ich. Ich zeichnete makellos ab, vielleicht so makellos, wie Jon Bonham den Takt schlug, wenn man an meine Kopie der *Winterlichen Landschaft* dachte. Also schrieb ich mich an der *Kunstgewerbeschule* ein. Die Entscheidung beruhte nicht auf einer Liebe zur Malerei, sondern auf Vernunft und Faulheit. Mein Herz klopfte nicht schneller deswegen, völlig ungerührt füllte ich das Anmeldeformular aus.

Die Aufnahmeprüfung bestand ich anstrengungslos, denn es wurde im Wesentlichen *Zeichnen nach der Natur* verlangt. Zwar musste man auch ein Thema gestalterisch umsetzen, nämlich *Eile* – das brachte mich einen Moment aus der Fassung, da ich unmöglich etwas zeichnen konnte, das ich nicht sah. Mit Leichtigkeit hätte ich einen Hundertmeterläufer zeichnen können, wenn einer im Prüfungsraum vor meinen Augen um die Bankreihen gesprintet wäre. Es gab hier aber nichts sich in Eile Befindendes. Alle saßen still da und zeichneten. In meiner Not erinnerte ich mich an die Spatzen, die sich allerlei einfallen lassen, um nicht fliegen zu müssen. Ich zeichnete einfach den die Prüfung beaufsichtigenden Lehrer ab, wie er an seinem Pult saß, untätig, die Hände gefaltet, die Füße unter dem Pult gekreuzt. Darunter schrieb ich *Eile.*

Diese vermeintlich originelle Kontrastierung des Themas wurde mir dann in der Beurteilung hoch angerechnet.

Das fünfte Glas

Nun war ich also Kunstschüler.

Das freut mich so für dich!, sagte Karin, als ich ihr von der bestandenen Aufnahmeprüfung erzählte. Sie wollte mir zur Feier des Tages einen Schokoladenkuchen backen, ich fand es rührend, aber es kam mir auch irgendwie kindisch vor. Meinen Vorschlag, im *Africana,* meiner Stammkneipe, ein Bier zu trinken, lehnte sie ab. Sie mochte das *Africana* nicht, die Musik war ihr zu laut. Ich saß am Küchentischchen und schaute Karin dabei zu, wie sie in einer Schüssel die Zutaten zusammenrührte, sie trug eine blaue Kochschürze und sagte, sie freue sich schon, meine Zeichnungen zu sehen.

Welche Zeichnungen?, sagte ich.

Die du in der Schule machst, sagte sie.

Ich zeichne nicht gern, sagte ich. Sie lachte.

Du bist ein verrückter Kerl, sagte sie und strich mir durchs Haar. Sie stand vor mir, und ich sah den Mehlstaub auf ihrer Kochschürze. Überhaupt diese Kochschürze! Ich löste die Schlaufe der Schürze, und während der Kuchen im Ofen war, schliefen wir miteinander. Ich erinnere mich: Es war linkischer Sex.

129

Danach stellte sie den Schokoladenkuchen auf den Tisch und zwei Teetassen.

Mit Tee kann man nicht anstoßen, sagte ich.

Ja, aber für Wein ist es noch zu früh, sagte sie. Was meinte sie mit *zu früh?* Es war sechs Uhr abends.

Ich hab die Aufnahmeprüfung bestanden, sagte ich, obwohl es mir nicht darum ging. Die Aufnahmeprüfung war mir gleichgültig wie überhaupt die Kunstschule und das Malen. Ich wollte nur, wenn ich schon Schokoladenkuchen essen musste, dazu wenigstens ein Glas Wein trinken. *Darauf möchte ich jetzt mit dir anstoßen.*

Ich holte die Gläser, die wir für Wein benutzten, es waren keine richtigen Weinkelche, sondern kleine Wassergläser, dickwandig.

Auf die Kunst!, sagte ich und hob mein Glas.

Sie stieß mit mir an, trank aber nur einen kleinen Schluck und wurde schweigsam. Unsere Gabeln machten auf den Tellern spitze, trockene Geräusche, als wir den Kuchen aßen.

In der Kunstschule zeichnete ich mich schnell in eine komfortable Position, die ich mit einer Mitschülerin namens Ruth Heller teilte. Wir waren die beiden Besten, auf je eigene Weise. Sie war kreativ, *ausschließlich* kreativ, ich war ausschließlich Abzeichner, darin aber unübertroffen. Beim Aktzeichnen imitierte ich die Wirklichkeit bis ins Detail, und obwohl ich der Wirklichkeit damit nichts hinzufügte, sondern sie im Gegenteil um ihr Geheimnis beraubte, überzeugte ich Lehrer und Mitschüler gleichermaßen. Ruth Heller fand meine sklavische Wiedergabe der Wirklichkeit natürlich lächerlich und entdeckte darin den *Krückstock.* Sie selbst zeichnete vollkommen krückenlos. Beim Aktzeichnen tanzte ihre Hand mit dem Kohlestift über das Papier. Sie zeichnete ausgesprochen nicht nach der Natur. Auf ihren Aktzeichnungen war das Modell nicht zu erkennen. Aber man wurde als Betrachter entschädigt durch etwas anderes. Durch etwas, das es vielleicht ohne das Modell nicht gegeben hätte, das sich aber dennoch von der Vorlage vollkommen befreit hatte. Ein Blick auf ihre Zeichnungen veränderte den Blick auf die Wirklichkeit, so war das. Nun, ich gönnte es ihr. Wenn ich sie um etwas beneidete, dann um die Übereinstimmung von Talent und Leidenschaft. Offenbar liebte sie es, zu tun, was sie am besten konnte, während es bei mir eine Angelegenheit der Vernunft war.

Ich erinnere mich, eines Tages ließ uns Brauchle, unser Lehrer, eine Radierung Rembrandts kopieren, *Selbstbildnis mit aufgerissenen Augen.* Von meiner Arbeit war er begeistert, er hängte mein Bild als leuchtendes Beispiel an die Wandtafel. Ich fand es schön zu sehen, wie er sich freute, aber mir selbst bedeutete die Zeichnung nichts. Es hätte die eines anderen sein können. Ich brachte sie nicht mit mir in Verbindung. Sehen war keine Kunst, zu malen, was man sah, noch weniger. Wenn es ein Talent war, *tant pis,* ich konnte damit nichts anfangen. Es war nicht mein Wunschtalent. Ich hätte es sofort eingetauscht gegen ein besseres Rhythmusgefühl.

An jenem Tag gingen Ruth Heller und ich nach Unterrichtsschluss zufällig nebeneinander durch die Aula auf das zweiflügige Portal der Schule zu, schweigend, jeder seiner Wege gehend. Wir sprachen nie viel miteinander, ich aus Befangenheit nicht, sie aus anderen Gründen. Aber an jenem Tag sagte sie unvermittelt, *eines Tages wirst du zum letzten Mal durch diese Tür gehen. Und dann wirst du merken, dass man in der Kunst mit Pedanterie nicht weit kommt.*

Ich erzählte es Karin, als wir am Abend in der Kochnische saßen: Ruth Heller halte mich für einen Pedanten, das habe sie mir heute gesagt.

Das kann dir doch egal sein, sagte Karin.

Es ist mir auch egal, sagte ich. *Ich finde es sogar amüsant. Gerade, weil es mir egal ist.*

Mein Glas war leer, ich goss mir Chianti nach, zum vierten Mal. Karin hatte mitgezählt, und als ich die Flasche absetzte, nahm sie sie an sich. Mit der Handfläche trieb sie den Korken tief in den Hals und verstaute die Flasche im Küchenschrank. Sie räumte sie weg, als handle es sich um Rattengift und als sei ich ein Kind.

Sie ist jedenfalls sehr talentiert. Wahrscheinlich das größte Talent der Schule, sagte ich. Ich sagte es, weil ich von Ruth reden wollte. Und von Ruth wollte ich reden, weil Karin die Flasche in den Schrank gestellt hatte. Ich ertrug das nicht. Ich wollte nicht einmal darüber reden, so sehr missfiel es mir. Also sprach ich von Ruth.

Brauchle hält sie für ein Genie. Und wahrscheinlich ist sie das auch.

Nicht jeder kann ein Genie sein, sagte Karin und wischte mit der Hand Krümel auf dem Tisch zusammen. Ihre Bemerkung und dieses *Krümelwischen:* beides kam mir gleichermaßen kleinlich vor. *Nicht jeder kann ein Genie sein* – so etwas konnte nur jemand sagen, der die Gläser zählte, die ein anderer trank. Jemand, der zaghaft und ängstlich war und sich vor der Verantwortung scheute, Menschen zu heilen. Der lieber Tieren den Bauch aufschnitt, weil damit nicht das Risiko verbunden war, selber zu leiden. Karin, die Tierärztin!

Ja, sagte ich, *nicht jeder kann ein Genie sein. Gab es eigentlich in der Geschichte der Veterinärmedizin jemals ein Genie? Ich meine, wie Sauerbruch oder Robert Koch?*

Karin strich über dem Ausguss mit dem Finger das *Zusammengekrümelte* aus ihrer Handfläche.

Das ist es, was ich meine, sagte sie leise.

Und was meinte sie? Ich hatte keine Ahnung.

Sie blickte in den Ausguss und sagte, *du veränderst dich, wenn du getrunken hast.*

Ach so, ich veränderte mich!

Das höre ich aber zum ersten Mal, sagte ich.

Ich trank mein viertes Glas leer, meine Lust auf ein fünftes war unbändig.

Und wie verändere ich mich deiner Meinung nach? Zertrümmere ich die Wohnung?

Ich finde einfach, dass du zu viel trinkst, sagte sie mit dieser leisen Stimme, die etwas im negativen Sinn Aufreizendes hatte, aufreizend, wie wenn jemand beim Essen schmatzt. *Du trinkst jeden Abend vier Gläser. Das ist fast ein halber Liter.*

Ja, ich habe schon gemerkt, dass du mitzählst!, sagte ich. *Und? Was passiert nach vier Gläsern? Wie verändere ich mich? Das nimmt mich jetzt wunder. Was passiert deiner Meinung nach mit mir nach dem dritten Glas? Oder nach dem vierten? Ich weiß ja nicht, ab wann genau ich mich verändere.*

Sie schaute mich an und sagte, *ich merke es an deinem Blick.*

An meinem Blick also, sagte ich.

Ja, wie du mich ansiehst. Dein Blick wird kalt. Du solltest das einmal selber sehen. So, wie du mich jetzt anschaust. Mit diesem kalten Blick. Ich weiß dann nicht, ist es wegen mir? Oder weil du getrunken hast?

Oder vielleicht, weil du meine Gläser zählst?, sagte ich. Und mag sein, ich hatte einen kalten Blick – mag sein.

In jener Zeit nistete sich in meinen Schlaf ein immer wiederkehrender Traum ein oder besser: eine mit Traumelementen durchmischte Erinnerung, ich erwähnte sie bereits einmal. Als ich fünf oder sechs war, wachte ich einmal nachts auf, und aus irgendeinem Grund stieg ich aus dem Bett und blickte aus meinem Zimmer hinaus in den Flur. Es war völlig still. Ich sah meinen Vater in der Toilette am Ende des Flurs stehen. Es brannte in der Toilette kein Licht, ich sah ihn dennoch, halb versteckt war er und still. Kein Laut. Aber er beobachtete mich. Dann ein Plätschern. Ein Plätschern, wie wenn ich pisste. Pisste er? Aber wenn, dann nicht in die Toilette, denn er stand ja mir zugedreht hinter der offenen Tür. Ins Waschbecken? Auf den Boden? Er schwankte, als sei er krank, als müsse er stürzen. Dies genügte, mehr wollte ich nicht wissen. Ich eilte zurück in mein Bett und versteckte mich unter der Decke. Ich versteckte mich, ohne zu wissen wovor genau. Vor ihm? Nein, warum denn? Er war mein Vater, tat mir nichts, hatte mir nie etwas getan. Dennoch mein Gefühl: *besser, du versteckst dich!* Und die Decke: untauglich. Kein ausreichendes Versteck.

Und nun, Jahre später, kehrte dieses zersetzende Gefühl der Schutzlosigkeit in einem Traum zurück. Darin sehe ich meinen Vater in der dunklen Toilette, mehr noch in der *heimlichen* Stille schwanken. Zu seinen Füßen ein kleiner, weißer Hund, von dem ich nicht weiß: will er mir etwas? Ich frage den Vater: *Soll ich dir Oxtail-Suppe bringen?* Die Suppe soll ihn stärken, denn ich befürchte, er könnte die Kontrolle über den Hund verlieren, und dann würde der mich beißen.

Aus diesem Traum, den ich in manchen Nächten sogar zweimal träumte, erwachte ich jedes Mal steif und mit heftigem Puls, sowie mit einer physischen Abneigung gegen Karin, die neben mir in dem schmalen Bett lag und schlief. In dem Traum war nämlich Karin mein Vater. Mein Vater sah zwar aus wie er, und im Traum gab es keinerlei Hinweise auf Karin, aber *sie* war mein Vater, das klärte sich jedes Mal nach dem Erwachen. Ohne diese Vermischung wäre es einfach nur ein unangenehmer Traum gewesen, den ich morgens beim Aufstehen in den Kissen zurückgelassen hätte.

Doch Karin war in den Traum verstrickt, und wenn wir gemeinsam frühstückten, bevor sie an die Uni und ich zur Kunstschule fuhr, nahm ich ihr den Traum übel. Es ist schwierig, mit jemandem zu frühstücken, von dem man nachts zweimal sehr ungut geträumt hat. Natürlich versuchte ich, Traum und Karin voneinander zu trennen, jedoch erfolglos. Auch psychologisches *Einmaleins* machte es nicht besser: Ihr *Gläserzählen* als Ursache für ihren Auftritt in meinem Traum. Die simple Verknüpfung Alkohol – Vater – ich – Alkohol – Streit – Karin – Vater.

Aber war es so einfach? Vielleicht, so überlegte ich mir, besaß der Traum ja keine eigene Bedeutung. Vielleicht war seine wahre Botschaft die Wiederholung. Ich träumte ihn, wie gesagt, fast jede Nacht, und begonnen hatte es nach dem ersten Streit wegen des fünften Glases. Aber war es ein *erster* Streit? Zwischen Karin und mir schon, aber dieser erste Streit zwischen ihr und mir war für mich doch eigentlich nur die Fortsetzung jener endlosen Streitereien zwischen meiner Mutter und meinem Vater. Streit war der *Soundtrack* meiner Kindheit, und ursächlich war es dabei stets um zu viele Gläser gegangen. Nun wiederholte sich das, oder besser, es setzte sich fort. Wenn Karin die Chianti-Flasche in den Schrank stellte, mir die Flasche also *wegnahm,* tat sie dasselbe wie meine Mutter, die den *White Label* meines Vaters in meiner Spielsachen-Kiste vor ihm versteckte. *Wegnehmen* und *verstecken,* das alte Spiel. Streit wegen des Versteckens, hässliche Gedanken, verletzende Worte: Es setzte sich fort. Meine Lust, mehr zu trinken als mir erlaubt war, und Karins Tränen, ihr Satz, *wenn du trinkst, gefällst du mir nicht mehr.* Sie weinte jetzt manchmal, wenn ich mit angeblich kaltem Blick an dem kleinen Küchentischchen saß in der winzigen Kochnische, in der unerträglichen Enge, dauernd stieß man mit dem Ellbogen gegen irgendein Hindernis, hier konnte man kaum atmen, ohne etwas umzustoßen. Sie verbarg ihr Gesicht in den Händen und sagte diesen Satz, *wenn du trinkst, gefällst du mir nicht mehr.* Und ich dachte hässliche Gedanken, *du mir auch nicht mehr, ohne ein Wenn.* Karin und ihre Rettungsversuche! Denn darum ging es ihr ja wohl: Sie wollte mich retten. Aber ich kannte diese Rettungsversuche und hatte sie satt. Meine

ganze Kindheit hindurch war ich Zeuge der Rettungsversuche meiner Mutter geworden, und nun, fast nahtlos,
nur wenige Monate, nachdem ich aus der Attikawohnung
geflohen war, rasteten die Zahnräder wieder ein, und der
alte Mühlstein drehte sich weiter, und ich saß vor meinem leeren vierten Glas an dem Puppentischchen und
sagte, *du ahnst gar nicht, wie satt ich das alles habe!*

Ich träumte also jede Nacht von *Fortsetzung.* Aber ich
hatte, fand ich, Anrecht auf etwas Neues. Das stand mir
zu – wem, wenn nicht mir! Und ich fand, es gab, neben
dem Anrecht auf etwas Neues, auch eines auf Amnesie.
Mir stand es auch zu, zu vergessen.

Aber Karin verunmöglichte es mir.

Sie sagte eines Abends, *du willst doch nicht so werden wie dein Vater.* Wie hätte ich ihn vergessen können,
wenn sie mich mit ihm verglich! Noch dazu fahrlässig
verglich. Ich trank gern, ja, das stimmte, aber eben gern.
Ich trank, weil mir das Leben gefiel und noch besser gefiel mit Wein. Ich erinnere mich, wir spazierten an einem
kühlen Herbsttag bei fahler Sonne am See, das Sonnenlicht konnte sich in den gelben Blättern der Bäume kaum
halten, auch auf den Wellen des Sees war es nur zu Gast.
Man hatte den Eindruck, ein kleiner Windstoß aus Norden genügt, um das Licht in den Winter zu blasen. Karin
hakte sich bei mir unter, manchmal legte sie den Kopf auf
meine Schulter. Wir setzten uns auf eine Bank, sie brach
altes Brot entzwei und fütterte die Tauben und Enten,
schließlich die herbeigleitenden Schwäne.

Und ich versuchte, es ihr zu erklären.

Ich fand, der Moment war günstig. Ich versuchte ihr zu

erklären, dass ihre Befürchtung, ich könnte so werden wie mein Vater, es mir schwer mache, zu vergessen.

Und ich möchte es wirklich vergessen, sagte ich. *Ich möchte ein Glas Wein trinken können, ohne mit ihm verglichen zu werden.*

Ja, sagte sie. *Dann trink aber auch nur eins.*

Nein, darum geht es nicht, sagte ich. *Ich möchte auch eine Flasche trinken können, ohne dass du mich mit ihm vergleichst. Diese Flasche trinke nämlich ich und nicht er. Ich trinke sie aus anderen Gründen als er. Du sagst, dass ich mich verändere, wenn ich trinke. Das mag ja sein. Aber ich weiß nun mal aus Erfahrung, dass es auf den Grad der Veränderung ankommt. Die Veränderung, die du vielleicht bei mir feststellst, ist nichts gegen die Veränderung, die ich bei meinem Vater erlebt habe. Und weil ich das miterlebt habe, werde ich* nie *zu viel trinken, auch wenn es dir so vorkommen mag. Du musst mir die Weinflasche nicht wegnehmen, Karin. Du musst auch meine Gläser nicht zählen. Das tut mein Vater für mich, verstehst du? Er zählt jedes Glas von mir, und er verhindert, dass es eins zu viel wird.*

Es ist ein so schöner Tag, sagte Karin. *Und du redest vom Trinken. Merkst du das?*

Ich merkte: Es hatte keinen Sinn. Sie verstand nicht. Ihr fehlten die Voraussetzungen, es zu verstehen, ihr fehlten, wenn man so will, die schlechten Erfahrungen. Ihre Eltern hatten jeweils zu Silvester ein *Gläschen* getrunken. Übers Jahr die größte Entgleisung: die Tasse Kaffee vor dem Schlafengehen. Ihr Vater, wie sie mir einmal erzählte, *kämpfte* mit sich selbst, um nicht so viel Kaffee zu trinken. Denn er schlief schlecht, wenn er nach neun Uhr abends noch Kaffee trank, dennoch hatte er sich manchmal nicht in der Gewalt und trank die Tasse doch. Für mich klang es rührend: liebe Menschen. Nett. Mag sein, etwas langweilig, wie auch nicht? Aber weiter konnten Welten nicht voneinander entfernt sein. Wie hätte Karin je verstehen können, womit ich fertigwerden musste? Für sie war ich gewissermaßen der komplizierte, unverständliche Rhythmus von *Black Dog*.

Ich begann, auszugehen. Abends, nach dem Essen mit Karin in der Kastanienbaumwohnung, sagte ich, *komm doch mit!*, und ging dann allein ins *Africana*. Karin fühlte sich in Kneipen nicht wohl. Sie rauchte nicht, also war es ihr zu rauchig. Musik: zu laut. Trinken: ein Gläschen, danach kein Grund mehr, länger sitzen zu bleiben. Sie blieb zu Hause, und ich traf mich im *Africana* mit Leuten aus der Kunstschule, ich trank zur Musik von *Police* und *The Clash* und dem ganzen pubertären Mist, wie ich fand, auf mein Maß hin. Ich trank genauso viel, wie meine Erlebnisse in der Attikawohnung es mir gestatteten.

Wenn ich weit nach Mitternacht aus dem *Africana* in die Kastanienbaumwohnung zurückkehrte, war Karin noch wach, *immer*. Ich wusste: Wenn ich die Tür aufschließe, knipst sie, im Bett sitzend, die Nachttischlampe an und überprüft meinen Zustand. Es war chronisch. *Jedes Mal* saß sie aufrecht im Bett und studierte mich wie die Gedärme der Kaninchen, die sie an der Uni sezierte, *bestimmen Sie die Todesursache.*

Putz dir wenigstens die Zähne, sagte sie beispielsweise.

Danach legte ich mich zu ihr ins Bett, wohin sonst, wir

hatten kein Sofa. Hätten wir eins gehabt, hätte ich es dem Bett vorgezogen. Wir schliefen jetzt Rücken an Rücken, nicht mehr Bauch an Bauch.

Immer war sie noch wach, wenn ich heimkehrte. Das letzte Bier im *Africana* vor der Sperrstunde trank ich schon mit Beklemmung, und dann kam ich nach Hause, und sie studierte mich. Neben dem Bett stapelten sich die Bücher, die sie jetzt dauernd las. Die Bücher türmten sich, die Bücher flüsterten, *während du dich betrinkst wie dein Vater, werden wir von Karin gelesen.* Sie las, während ich im *Africana* war, Turgenjew, Tolstoi, Gogol, und sie las weiter, wenn ich da war. Die Wochenenden verbrachte sie lesend auf dem Bett, Pfefferminztee trinkend, und am Ende eines dicken Russen angelangt, schlug sie den nächsten Russen auf der ersten Seite auf, um wieder beständig zu lesen. In irgendeinem dieser Bücher ging es um einen Trinker, und sie wollte mir die Geschichte vorlesen.

Was meinst du?, sagte sie. *Wir zünden Kerzen an, du trinkst ein Glas Wein und ich einen Tee, und ich lese dir vor. Jeden Abend ein Kapitel. Oder nur ein paar Seiten, wie du willst.*

Ich schwieg.

Das wäre doch gemütlich, sagte sie.

Später weinte sie wieder. Sie räumte die Kochnische auf, weinend, sie putzte mit einem Lappen die Spüle, dann hielt sie inne, starrte in die Spüle, um mich nicht ansehen zu müssen. In dieser Schuhschachtel von Wohnung konnte man, wenn man dem Blick des anderen ausweichen wollte, nur an die Decke starren oder in die Spüle.

Sie sagte leise, *warum sprichst du nicht mit mir? Warum ist das so schwierig für dich?*

Hätte ich sagen sollen, *ich ertrage dein Unglücklichsein nicht? Ich ertrage dein Weinen nicht, weil mir, wenn ich dich weinen sehe, einfällt, dass ich meine Mutter nie weinen sah?*

Ich sah sie in all den Jahren nie weinen, war das nicht sehr merkwürdig? Und warum musste ich jetzt daran denken? Ich wollte nicht darüber nachdenken, tat es aber dennoch. Weinte sie in ihrem Zimmer, verbarg sie es vor mir? Das hielt ich für unwahrscheinlich, denn sie war sonst auch nicht zimperlich, wenn es darum ging, mich in die Streiterei zu verstricken, etwa indem sie nachts in meinem Zimmer Schutz vor meinem Vater suchte. Schutz wovor eigentlich? Er schlug sie nie, das kann ich mit Sicherheit sagen. Er bedrohte sie zwar einmal mit einem seiner arabischen Schwerter, grinsend ließ er die Spitze vor ihrem Gesicht kreisen. Aber weder sie noch mich schlug er jemals, dazu fehlte ihm allein schon die physische Überlegenheit. Er war von elegantem Wuchs, zwar groß, aber nicht kräftig, schon mit fünfzehn hätte ich ihn leicht niedergerungen, wäre es nötig gewesen. Selbst meine Mutter, trotz ihrer südländischen Größe, hätte es mit ihm aufnehmen können. Wovor suchte sie also in meinem Zimmer Schutz, warum verbarrikadierte sie sich bei mir, warum weckte sie einen zehnjährigen Jungen mitten in der Nacht und schob seinen Schreibtisch, darauf noch die Schulhefte mit den Hausaufgaben, an die Tür? Und warum, wie gesagt, nie Tränen? Geschrei, Gebrüll, *du elender Versager!* und so weiter, aber nie Tränen.

Warum eigentlich *elender Versager?*

Hätte ich auf Karins Frage, warum ich nicht mit ihr sprach, antworten sollen, *weil du mich an all das erinnerst, wenn du unglücklich bist?* Beispielsweise rief Karin die Erinnerung wach, wie ich mich, wenn nachts im oberen Stockwerk der Attikawohnung das Unglück zu toben begann, mit meinem Kissen aus der Wohnung schlich, im Pyjama. Ich drückte im Treppenhaus den Liftknopf. Mit einem Rumpeln öffnete sich die Tür des Aufzugs, barfuß betrat ich ihn und fuhr hinunter ins Kellergeschoss. Ich setzte dort unten, wo es kühl war und vollkommen still, die Zehen auf die Querstreben der aus schmalen Latten gezimmerten Tür unseres Kellerabteils und kletterte über die Latten hinein. Ich räumte das Gerümpel aus dem untersten Regal, verstaubte Zeitschriften, Badminton-Schläger mit Löchern in der Bespannung, eine Gartenschere, einen Plastikeimer mit Erdkruste, und bereitete mir auf den Holzbrettern mein Bett für den Rest der Nacht. In der muffigen, unterirdischen Luft und in Gesellschaft schwarzer Spinnen, die in den Ecken hingen, lag ich mit angezogenen Beinen auf dem blanken Holz. Es war unbequem und dennoch wunderbar. Denn hier unten, im Keller, der im Kriegsfall als Luftschutzbunker diente, war das Unglück fern. In Kriegszeiten geht es nämlich nur darum: sich vom Unglück zu entfernen.

Aber ich konnte in der Kastanienbaumwohnung nicht nur Geschehnisse nicht vergessen, an die ich mich noch erinnerte. Nein, Karin rief durch ihr *du willst doch nicht so werden wie dein Vater* sogar verschüttete Erinnerungen wieder wach, sie beschwor Vergessenes wieder ins Leben. Ich tat ihr schrecklich Unrecht, wenn ich sie dafür *kalt* ansah, sie konnte ja nicht wissen, was sie anrichtete. Aber sie richtete es eben an.

Ich erinnerte mich plötzlich wieder an ein Ereignis, das ich vergessen hatte, weil es so lange zurücklag und am Rande meines Erinnerungshorizonts stattgefunden hatte, dort, wo die frühesten Erinnerungen siedelten. Eines Nachts, als ich aus dem *Africana* nach Hause kam und Karin die Nachttischlampe anknipste und in einem roten Pyjama aus dem Bett stieg und sagte, *so geht es nicht weiter,* überfiel mich die Erinnerung an meinen Vater, wie er mit rotem Hinterkopf im Bett liegt. Das Rote ist Blut, wie hätte ich das aber damals wissen sollen, ich war vier Jahre alt.

Ich sehe das Rote zwischen seinen schwarzen Haaren, es sieht schön aus. Er machte Geräusche, die ich zum ersten Mal höre. Aber ist es überhaupt mein Vater? Ich bin nicht sicher. Würde mein Vater solche merkwürdigen Geräusche machen? Er liegt auf dem Bauch und macht diese Geräusche. Und dann blicke ich aus dem Fenster und sehe in der Ferne eine lange Reihe von Lichtern. Sie gleiten ruhig und stetig durch die Dunkelheit. Es ist Nacht, aber das wusste ich nicht oder hatte noch keinen Begriff davon. Ich schaute zum ersten Mal in der Nacht zum Fenster hinaus. Und ich sehe diese Lichter. Es sind Lichterpaare, ein friedlicher Zug von jeweils zwei Pünktchen. Das gefällt mir, es ist wunderschön. Wie wenn das Christkind klingelt, und plötzlich leuchtet alles, die Kerzen! Die Kerzen, wie sie brennen! Die Stille, das Licht, die Wärme.

Warum jetzt diese Erinnerung? Und woher, so fragte ich mich, kannte ich die Hintergründe? Ein Schlag auf den Kopf mit dem Telefonhörer aus Bakelit. Ich erinnerte mich an den Telefonhörer, er liegt neben meinem Vater auf dem Bett. Meine Mutter hatte ihm den Hörer über den Schädel geschlagen. Aber woher wusste ich das? Sie musste es mir später einmal erzählt haben. Aber das kam mir andererseits unwahrscheinlich vor. Hatte ich es gesehen?

Nebenbei gesagt glaube ich, dass kleine Kinder, solange sie nur Zeugen des Schrecklichen werden, ohne selbst die Opfer zu sein, mehr ertragen, als man denkt, und zwar, weil für sie *alles* neu ist, das Schreckliche wie das Schöne, der blutende Vater und die Lichter, diese Lichter! Angenommen, meine Mutter hätte meinen Vater vor meinen Augen erschossen. Dann hätte ich mich sicherlich wegen des Knalls erschreckt, aber andererseits hätte mir wohl auch die gelbrote Mündungsflamme Eindruck gemacht und der strenge, aber nicht unangenehme Geruch des Pulvers. Ich wäre einfach über alles sehr verwundert gewesen. Ich hätte völlig unvoreingenommen gestaunt, über das Platzen des Schädels meines Vaters nicht mehr als über die blitzende, das Zimmer magisch erleuchtende Flamme. Ich hätte die Flamme vermutlich gern noch einmal gesehen.

Ein andermal in jener Zeit überfiel mich eine Erinnerung, während Karin duschte. Wir hatten miteinander geschlafen, das kam, trotz allem, immer noch vor, und ich lag nackt auf dem Bett, rauchte eine Zigarette und wartete, bis ich mit Duschen an der Reihe war. Der Aschenbecher stand neben dem Bett auf dem Stapel mit Karins Rus-

144

sen, zuoberst Turgenjews *Erste Liebe,* darauf der Aschenbecher. Als ich mich nun aus dem Bett beugte, um die Zigarette auszudrücken, fiel mein Blick auf einen Zettel, der in Turgenjew steckte, vermutlich als Lesezeichen, und dieser Zettel löste die Erinnerung daran aus, wie ich frühmorgens ins Wohnzimmer komme. Wie alt war ich? Acht vermutlich, denn ich konnte, wie man gleich sehen wird, schon *Schnürchenschrift* lesen. Es ist ein Schultag, und meine Eltern schlafen noch, jedenfalls sind sie nicht da. Ich bereitete mir offenbar mit acht schon allein mein Frühstück zu, häusliches Elend erzieht zur Selbstständigkeit. Und nun sehe ich im Wohnzimmer überall diese kleinen Zettelchen. Das Zimmer ist übersät davon. Jemand hat sie sorgfältig hingestellt. Sie lehnen an den Buchrücken im Bücherregal, dort mehrere, in jedem Regal eins. Eins lehnt an der napoleonischen Kaminuhr, ein anderes steht am Fensterrahmen auf dem Sims, zwei lehnen an der gelben Jugendstilvase, ein anderes wurde in die Ecke des Fernsehbildschirms geklemmt und so weiter. Es sind kleine, weiße Zettelchen, etwas größer als eine Streichholzschachtel, und auf allen stehen in Schnürchenschrift zwei Wörter: *Du Schwein!*

Es ist die Schrift meines Vaters, ich kenne sie, weil er in meinen Schulheften manchmal etwas unterschreiben muss.

Du Schwein!
Du Schwein!
Du Schwein!

Auf allen Zettelchen steht nur das.

Ich sammelte die Zettelchen, eins nach dem anderen, still ein. Denn sie waren *nicht richtig.* Sie mussten weg.

Und während ich sie einsammelte, wurde ich zum ersten Mal in meinem Leben nachdenklich. Es war eine noch ungeübte, gedankenlose Nachdenklichkeit. Ich konnte die Frage, die die Zettelchen aufwarfen, noch gar nicht formulieren. Ich dachte nicht, *was ist hier eigentlich los?* Vielleicht ist *nachdenklich* auch das falsche Wort. Ich wurde vielleicht eher auf eine besondere Weise *still.* Das Leben fühlte mir auf den Zahn, und beladen mit einem Wissen, das ich mit niemandem teilen konnte, machte ich mich bedrückt und still auf den Weg zur Schule.

Zitate

Karin hatte gesagt, *so geht es nicht weiter,* aber es ging weiter. Sie saß auf dem schmalen Bett, las einen Russen, während ich mir im Bad die Haare kämmte, die ich immer noch schulterlang trug, obwohl ich damit im *Africana* mittlerweile ethnologische Blicke auf mich zog von jenen, die jetzt den Ton angaben, den *Punks.* Man schwingt im Leben nur einmal synchron mit dem Lebensgefühl einer Epoche, und dieses Mitschwingen ist von kurzer Dauer: maximal sieben Jahre. Danach beginnt man von *früher* zu reden, und wenn man's selbst nicht sagt, denken es die anderen.

Ich kämmte mir also, wie gesagt, im Bad die langen Haare, *Bois du rose,* um die Farbe zu erwähnen, und danach zog ich meinen Lammfellmantel an und sagte, *ciao, ich bin im Africana.*

Ich möchte dir etwas vorlesen, sagte Karin. *Aus dem*

Buch, das ich gerade lese. Die Dämonen *von Dostojewski.*
Es dauert nicht lange.

Ich erinnere mich an ihre Füße auf dem Bett, sie trug unter der Jeans durchsichtige schwarze Strumpfhosen – ihre schönen, schmalen Füße bestrumpft auf der weißen Bettdecke, und ich dachte, *warum bleibe ich nicht hier.*

Meine Hand lag schon auf der Türklinke, ich sagte, *was willst du mir denn vorlesen?*

Nur eine kurze Stelle, sagte sie.

Na gut, sagte ich.

Ich konnte mich damals nicht sogleich blutend losreißen, las sie mir vor, *von allem, womit ich seit meiner Kindheit verwachsen war, von allen Hoffnungen, für die ich mich begeistert, und von allen Tränen meines Hasses.*

Ich hörte es und schwieg.

Karin blätterte ein paar Seiten um.

Es stimmt wohl, las sie, *dass die ganze zweite Hälfte des menschlichen Lebens in der Regel nur aus den angehäuften Gewohnheiten der ersten Hälfte besteht.*

Sie blickte mich an.

Ja, sagte ich, denn ich begriff sehr wohl, worauf sie hinauswollte. *Dann muss man eben die erste Hälfte vergessen.*

Karin und ihre Dostojewski-Zitate! Es kam mir vor, als habe sie meine Vergangenheit gefressen, um sie mir jetzt unverdaut vor die Füße zu spucken.

Am nächsten Abend sah ich ihr zu, wie sie die Spaghetti entzweibrach, weil unser Kochtopf zu klein war, und das Knacken bestätigte mein Gefühl: Es musste zuerst etwas zerbrechen, erst dann konnte das Neue beginnen. Und *neu* hieß: keine Fortsetzung, keine Erinnerungen, keine

Zeugenschaft. Das kam nämlich noch hinzu: Karin war eine Zeugin. Sie kannte meine Geschichte, ich hatte ihr ja alles gestanden, damals, an jenem Abend, nachdem mein Vater die *Winterliche Landschaft* verkauft und meine Mutter auf der blauen Plane alle dreißig Minuten Schleim hervorgewürgt hatte. Ihre Mitwisserschaft plagte mich jetzt aber, man kann nicht auf dem neuen Schiff die Segel hissen, wenn am Ufer jemand steht und ruft, *erinnerst du dich noch, wie du letztes Mal gekentert bist?*

Karin rieb Parmesan über meine Spaghetti, die Flocken schneiten den Teller zu.

Ich sagte, *danke, das reicht.*

Sie rieb aber weiter, war sie taub?

Das genügt, danke, sagte ich lauter.

Aber du magst es doch mit viel Parmesan, sagte sie.

Ja, aber nicht mit so viel.

Sonst willst du immer viel.

Ja, aber jetzt nicht mehr!, rief ich.

Die Redback

Mir gefiel, wie Ruth Heller im Klassenzimmer unter ihrem Pult mit dem Fuß wippte, im Rhythmus einer pochenden Ungeduld. Was bietet mir das Leben als Nächstes? Wie lange muss ich darauf noch warten? Ihr Fuß in diesen engen schwarzen Stiefeln, die auf und ab wippenden schmalen Spitzen. Mir gefielen ihre Lippen, wenn sie auf dem Pausenhof rauchte, ihr Mund wurde dann zu einer kleinen, roten Pflanze, aus der eine glimmende Blüte hervorragte. Mir gefiel ihre Beweglichkeit. Selbst wenn

148

sie nur dasaß, geschah etwas. Man hatte den Eindruck, sie war auf alles gefasst, auf alles neugierig, in ständiger innerer Bewegung. Aber es war nicht Unrast, es war *Alertheit.* Ich sah sie in der Farbe Rot, dem Rot von Warnschildern.

Ihr Bett, als ich es zum ersten Mal sah, war zerwühlt, der Bettbezug *getigert,* die roten Kissen winzig, dafür zahlreich: Als wir miteinander schliefen, kamen sie uns dauernd auf fast einfallsreiche Weise in die Quere. Der Sex mit Ruth war anders als mit Karin, anstrengender, könnte man sagen, um das *große Erleben* bemüht. Mit der Zeit gewöhnte ich mich daran, wie man sich an Bergwanderungen gewöhnt oder ans Hantelstemmen, wenn man es nur regelmäßig macht.

Das Grandiose an meiner Affäre mit Ruth: Ich träumte den Traum nicht mehr. Er verschwand aus meinen Nächten. Auch die Erinnerungen: weg. Ruth, die keine Ahnung von der Attikawohnung hatte. Ruth: die keine Mitwisserin war. Ruth: das Neue. Unbeschriebenes Blatt. Einen Satz wie, *du willst doch nicht werden wie dein Vater,* hätte sie mangels Vorwissen gar nicht sagen können, selbst wenn ich in ihrem Bett eine Flasche Wein auf ex getrunken hätte.

Wunderbar.

Aber wie es Karin sagen? Wenn ich von Ruth in die Kastanienbaumwohnung zurückkehrte, saß ich jeweils benommen wie nach einer langen Reise am kleinen Küchentisch und wunderte mich über mein gutes Gewissen. Keine oder nur geringe Schuldgefühle. Mit gutem Appetit aß ich Karins Speisen, ich stillte den Hunger, den ich aus Ruths getigertem Bett mitbrachte, und da ich verliebt war, wurde ich redselig und erzählte Karin allerlei Geschichten aus der Kunstschule. Ich war witzig, ich brachte Karin zum Lachen, seit Langem wieder einmal. Auch sie war gelöster als zuvor, sie wurde in der Entspannung wieder hübsch. Ich nannte sie im Überschwang *Schneewittchen,* und sie setzte sich auf meinen Schoß und sagte, *weißt du noch, wie du mir damals am Weiher* Ich liebe dich *auf Schweizerdeutsch beigebracht hast?* Und sie sagte es auf Schweizerdeutsch und blickte mich an, warm, zögernd, schließlich verunsichert, weil ich ihre Liebeserklärung nicht erwiderte.

Ich hatte keine Ahnung, wie ich damit umgehen sollte. Keine Ahnung, wie man so etwas macht. Ich lag nachts neben Karin wach und übte die Sätze.

Karin, ich muss dir …

Karin, du hast vor Kurzem selbst gesagt, es geht so nicht weiter.

Karin, ich habe eine Frau kennengelernt, die nichts von mir weiß.

Eine an sich verrückte Idee Ruths ersparte es mir, zumindest vorläufig, einen dieser Sätze auszusprechen. Ruths Mutter stammte aus Australien, und üblicherweise, so erfuhr ich, besuchte sie zu Weihnachten ihre Eltern, die eine Farm in der Nähe von Alice Springs besaßen. Dieses Jahr verhinderte dies aber eine Knieoperation, und da Ruth ihre Großeltern ohnehin schon lange nicht mehr gesehen hatte, würde sie nun also stellvertretend für ihre Mutter Anfang Dezember nach Australien reisen, für drei Wochen.

Komm doch mit!, schlug Ruth vor, und natürlich begeisterte mich die Vorstellung. Aber erstens: Wie sollte ich Karin eine dreiwöchige Abwesenheit plausibel begründen? Zweitens: Die Weihnachtsferien der Schule begannen erst kurz vor Heiligabend, ich hätte also die Schule zwei Wochen lang schwänzen müssen. Drittens: Der doch bestimmt sehr teure Flug. Die zwei letzten Einwände – den ersten erwähnte ich Ruth gegenüber nicht – ließ sie nicht gelten. Die Kunstschule sei ohnehin Zeitverschwendung, sie bezog mich freundlicherweise in ihr *für Leute wie uns* mit ein. Und was den Flug betreffe, so werde sie ihren Vater bestimmt davon überzeugen können, ihn mir zu *spendieren*. Er mache sich ja nur schon Sorgen, wenn sie nachts allein in der Straßenbahn fahre, und dann ohne Begleitung nach Australien?

Ruth behielt recht: Ihr Vater erklärte sich tatsächlich bereit, mir den Flug zu bezahlen unter der Bedingung, mich vorher kennenzulernen. Also trank ich an einem Sonntagnachmittag mit Ruths Eltern in deren Einfamilienhaus am Rand von Zürich Tee. Die Mutter war blass aus Angst vor der bevorstehenden Operation, und als sie vernahm, dass mein Vater Zahnarzt war, stellte sie mir, als wäre er Chirurg und ich folglich auch, medizinische Fragen, hauptsächlich zur Anästhesie. Der Vater, im Autohandel tätig, dem *Swimmingpool* und der etwas geschmacklosen aber teuren Einrichtung nach offenbar erfolgreich, ging vom Tee zum Bier über und war sehr erfreut, mich in seiner eigenen Geschwindigkeit trinken zu sehen. *Passen Sie auf meine Tochter gut auf!*, sagte er mit schon schwergängiger Zunge.

Die Reise stand damit fest. Das hieß, ich musste das erste und schwierigste Problem lösen. Ich erinnere mich, es lag Schnee auf den Blättern des Kastanienbaums, und es war in der kleinen Wohnung kalt. Karin saß in einer blauen, wollenen Strickjacke auf dem Bett und las *Die toten Seelen*. Der Titel bedrückte mich, in Hinblick auf die lange Flugreise, die mir bevorstand: mein erster Flug überhaupt. Ich rauchte in der Kochnische eine Zigarette und wartete auf den richtigen Moment zur Lüge. Karin blickte manchmal von ihrem Buch auf und lächelte mir zu. Sie kam mir so redlich und gut vor, und ich fand sie auf eine besondere Weise betörend hübsch, hübsch aus Redlichkeit und Reinheit oder besser: Unschuld. Verglichen mit mir war sie vollkommen unschuldig in diesem Moment, und sie jetzt zu belügen war niederträchtig, als würde ich einem Blinden das Bein stellen. Ich erinnere mich, ich zögerte es hinaus, nie war die Gelegenheit richtig, schließlich wurde es Mitternacht, und wir legten uns schlafen. Ich erinnere mich an ein fatales Gefühl der Zärtlichkeit für Karin, als ich im Dunkeln neben ihr im Bett lag, meine Hand auf ihrem Bauch, der sich in den ruhigen Atemzügen des Einschlafens hob und senkte. Ich küsste, als sie schlief, ihr Haar, und am nächsten Morgen, gleich nach dem Erwachen, sagte ich schnell, bevor ich es mir anders überlegen konnte, *ich fahre übrigens am nächsten Freitag heim. Ich besuche meine Mutter. Und ich werde bis Neujahr dort bleiben, um mit ihr Weihnachten zu verbringen und Silvester.*

Karin war überrascht, aber sie freute sich, sie hatte mich ja oft genug an mein Versäumnis erinnert und mir vorgeworfen, nie meine Mutter zu besuchen, und jetzt besuchte ich sie gleich drei Wochen lang.

Aber so lange?, fragte sie dann doch. *Ich meine, es freut mich für deine Mutter, dass sie dich endlich wieder einmal sieht. Übernachtest du denn bei deinem Vater?*

Ja, sagte ich. *In der Wohnung da.*

Ich dachte, du willst nicht mehr in die Wohnung? Du sagtest doch, du hältst es da nicht mehr aus? Und jetzt schläfst du gleich drei Wochen lang dort?

Es geht eben nicht anders. Mir brach, obwohl es jetzt frühmorgens noch kälter war als gestern Abend, der Schweiß aus. *Ich möchte richtig viel Zeit mit meiner Mutter verbringen. Ich habe sie jetzt so lange nicht mehr gesehen.*

Ja, das verstehe ich, sagte Karin mit einem Zögern in der Stimme. Nicht nur hinterging ich Karin, sondern auch meine Mutter, wenn man es genau nahm. Und ich nahm es genau: Ja, ich betrog gerade beide.

Von da an wollte ich nur noch weg. Ich zählte die Tage bis zum Abflug. Ich ertrug Karins Redlichkeit nicht mehr, ihre Unbescholtenheit, ihre liebevollen Blicke, die am allerwenigsten. Sie strich mir durchs Haar und bedauerte, dass wir Weihnachten und Neujahr nicht zusammen feiern konnten. Das wäre aber auch ohne Australien nicht der Fall gewesen, denn schon lange stand fest, sie würde über die Feiertage mit ihren Eltern nach Berlin zu den Verwandten reisen. Dennoch bedauerte sie es jetzt, als wäre es, wenn ich nicht *meine Mutter besucht* hätte, möglich gewesen. Zuerst zählte ich, wie gesagt, die Tage, dann die Stunden. Als es endlich so weit war, musste ich ihr ausreden, mich zum Bahnhof zu begleiten, denn mein Zug fuhr ja woandershin, nicht ins Städtchen, sondern zum Flughafen.

Nein, ich hasse Abschiede auf Bahnhöfen, sagte ich, den Rucksack schon geschultert. Nun wollte sie *unbedingt* mitkommen, ich sagte *bitte, Karin!* Ich umarmte sie, aber es war mehr ein Festhalten, um sie daran zu hindern, mir zu folgen. Danach fluchtartiges Verlassen der Wohnung, aber mit Innehalten. Im Hausflur drehte ich mich noch einmal um, sie stand barfuß auf den kalten Fliesen vor der offenen Tür und hob merkwürdig langsam, wie schläfrig die Hand. Es war kein eigentliches Winken, mehr ein letztes, trauriges Zeichen. Ich nahm nicht den Aufzug, über die Treppe floh ich, da dies schneller ging, ich nahm zwei Stufen auf einmal. Draußen empfing mich ein Schneegestöber aus grauem Himmel, fette Flocken, die mein Gesicht benetzten, als ich zur Haltestelle der Straßenbahn eilte und mich aber immer wieder umblickte, ob Karin mir nicht vielleicht doch folgte. Die Flucht endete erst drei Stunden später im startbereiten Flugzeug, als die Türen verschlossen wurden, da erst atmete ich auf wie einer, der entronnen ist.

Ruth mischte während des Flugs Whiskey mit Cola, ich trank Bier. Ich erinnere mich, wir fingerten aneinander herum unter der roten Decke von *Qantas Airways,* und Ruths Atem roch nach Whiskey. Ich fand es erstaunlich, dass mich das nicht störte. Es war ein gutes Zeichen.

Es war wunderbar.

Mir war der Geruch von Whiskey sonst zuwider. Alles im Zusammenhang mit Whiskey war mir zuwider. Aversion selbst gegen die Begriffe: *Single Malt, Scotch, Bourbon,* lächerliche Euphemismen für *Saufen.* Die prahlerischen Markennamen: *Johnny Walker, Jack Daniel's, Jim*

Beam – biederste Männlichkeit, dümmliche Sehnsucht nach Stärke. In Wirklichkeit hieß *Walker* Schwäche, *Daniel's* Selbstbetrug, *Beam* Feigheit, und der gemeinsame Nenner war Verfaulung und Kotze.

Bei Ruth aber störte mich der Whiskeygeruch nicht, war das nicht ein Zeichen beginnender Heilung? Schlossen sich jetzt nicht Wunden, mit denen ich keineswegs ein Leben lang herumzulaufen beabsichtigte? Beim Küssen atmete ich den Whiskeygeruch sogar absichtlich ein, im Sinne einer Impfung, ich ergriff die Chance, mit dem beschissenen Whiskey Frieden zu schließen.

Dass es mich bei Ruth nicht störte, hing wohl mit ihrer *Unkenntnis* zusammen. Ruth hatte mich ein paar Mal das Übliche gefragt, um sich einen groben Eindruck über meine Vergangenheit zu verschaffen: Wo bist du aufgewachsen? Hast du Geschwister? Und so weiter. Ihre Fragen reichten nicht tief, aber selbst wenn sie an einem lückenloseren Bild meiner Vergangenheit interessiert gewesen wäre, hätte sie natürlich nicht von sich aus gefragt: Ist dein Vater ein Trinker? Wie hätte sie darauf kommen sollen? Ich musste sie also über meine Vergangenheit nicht belügen, es reichte, sie ihr zu verheimlichen.

So war das, und ich muss sagen, ich genoss es sehr, endlich mit einer Frau zusammen zu sein, die von den Geschehnissen in der Attikawohnung nicht die geringste Ahnung hatte. Folglich erinnerte sie mich auch nicht an das, wovon sie nichts wusste. Sie saß neben mir im Flugzeug nach Australien im Glauben, ich sei als Sohn eines Zahnarztes in einem kleinen spießigen Städtchen aufgewachsen mit der Langeweile als größtem Problem. Und da sie das glaubte, war es nun auch so. Es war, als sei nie etwas geschehen.

Ich blickte in der Nachtzone des Fluges durch das Bullauge und sah in der Tiefe drei einzelne Lichter, umgeben von randloser Dunkelheit. Wer dort lebte, musste zum Himmel blicken, in die Sterne, um andere Lichter zu sehen, und zwischen den Sternen, als einzigen Beweis für die Anwesenheit anderer Menschen, sah er das Blinken der Positionslichter unseres Flugzeugs. Und wenn er an diesen einsamen Ort gezogen war, um zu vergessen, was er anderswo erlebt hatte, und um niemanden mehr um sich zu haben, der über seine Vergangenheit Bescheid wusste, so war dies eine kluge Entscheidung gewesen. Denn es sind die *Mitwisser,* die einem das Vergessen schwer machen.

Alice Springs, das Städtchen mit Flughafen, wo wir nach einem Inlandflug von Sydney aus landeten, lag fernab jeder anderen Siedlung in der Mitte eines verdorrten Landes, von dem der Rauch von Buschfeuern aufstieg. Es gab Häuser, das schon, sogar Tankstellen und einen Supermarkt, jedoch wirkte es wenig überzeugend. Alice Springs war mehr eine Behauptung oder, wenn man so will, ein Wunsch. In Wirklichkeit gab es hier eigentlich nichts außer strohfarbenem Buschgras, verbrannten Sträuchern, Bäumen mit kohlschwarzer Borke und solche, deren Rinde schneeweiß leuchtete: *Ghost Trees,* Eukalyptus, dessen Samenkapseln, wie mir Ruth erklärte, sich nur im Feuer der Buschbrände öffneten, sie keimten im Feuer. Ihre Großeltern hatten uns am Flughafen abgeholt, nun fuhren wir in einem Geländewagen an gebackenen Hügeln vorbei, an rußigen Felsen, darüber ein knallblauer, vogelloser Himmel. Weiße Kakadus, die aber nur niedrig flogen und nicht weiter als bis zu den nächsten vom Feuer abgenagten Ästen eines Strauchs. Irgendwo, nach drei Stunden Fahrt dann die Farm am Ende einer rötlichen Schotterpiste, noch lange nach unserer Ankunft konnte man den von den Rädern aufgewirbelten Staub sehen, der in der glühenden Luft hing. Die Farm wie ein Gebilde, das nicht Menschen, sondern eine den Menschen kurz zuzwinkernde Natur gebaut hatte. Alles behelfsmäßig, einiges von Nutzen, einiges nur Schrott, alte Reifen, ein mit dem roten Staub der Gegend patinierter Kühlschrank, der müde, mit offener Tür, sich an einen Eukalyptusbaum lehnte.

Hier in der Einöde, dreihundert Wüstenkilometer abseits von Ärzten, wurde ich fünf Tage nach unserer Ankunft nachts gebissen, als Ruth und ich uns im Gästehaus liebten. Das Gästehaus lag dem Haupthaus gegenüber am anderen Ende des Hofs, es war eigentlich nur ein dünn ummauertes einzelnes Zimmer mit Dach und einem Bett, das sich, wenn man sich zu zweit hineinlegte, in der Mitte zu Boden senkte. Schlafen war darin möglich, man musste aber todmüde sein. Sex war bequemer im Stehen oder auf dem Fußboden, und am fünften Tag, wie gesagt, als wir auf dem Fußboden *rumalberten,* wie Ruth das jeweils nannte, biss mich etwas in die rechte Wade.

Am nächsten Morgen fühlte ich mich wie ausgeschabt. Dazu fremdartige Schmerzen in den Fußsohlen und im Bein, ein glühendes Prickeln, als würde *innen* etwas brennen. Außerdem Übelkeit, Kopfschmerzen. Ich frühstückte noch mit Ruth und ihren Großeltern in der Küche des Haupthauses, der Geruch des gebratenen Schweinespecks war unerträglich. Später, als wir zum Stall gingen, denn wir wollten ausreiten auf den braunen Pferden, die Ruths Großvater züchtete, genügte allein die Erinnerung an den Geruch des Schweinespecks, und ich erbrach mich vor meine eigenen Füße.

Ruths Großmutter entdeckte die geschwollene Stelle an meiner Wade, sie sagte, *das gefällt mir verdammt gar nicht,* und schickte mich ins Bett.

Mit infernalen Bauchschmerzen und tobendem Herz lag ich in der Mulde der Matratze. Wenn ich mich aufrichtete, um in den Eimer zu kotzen, den sie mir hingestellt hatten, wurde mir schwindlig, und ich spie daneben.

Ich erinnere mich, Ruth sagte, *sie haben den Arzt angerufen. Der Arzt ist bestimmt bald hier.*

Ein Arzt kam aber nicht.

Mir ging es immer schlechter, ich hatte das klare Gefühl einer Krankheit zum Tod. Ich merkte: Es ist etwas Vernichtendes. Ich spürte, wie schwach mein Körper war, grundsätzlich, und wie verletzlich. Ich spürte ganz deutlich: Meine Widerstandskraft ist begrenzt, und das hier übersteigt sie.

Sie zogen Ben zurate, einen der Aborigines, die für Ruths Großvater arbeiteten. Ich hatte ihn, vor dem Biss, ein paar Mal auf der Farm gesehen, wie er die Pferde striegelte oder mit einer Schaufel in den Stall schlurfte. Einmal sah ich ihn aus einem Plastikkanister trinken, der Farbe nach war es kein Wasser.

Noch nie hatte ich ein so urtümliches Gesicht gesehen, vor allem solche Augen. Ein Mann wie aus den verbrannten Felsen gestiegen, die ich auf der Herfahrt gesehen hatte, ein Mensch aus Staub und Hitze geformt, seine Augen zentrumslos wie ein Nachthimmel, dabei ebenso ruhig und lebendig zugleich, ein kalter Glanz wie von Mondlicht. Er war alt, aber wie alt genau, war schwer zu schätzen, sechzig, achtzig, beides war plausibel. Er besah sich die Einstichstelle an meiner Wade, das bläulich verfärbte Hügelchen, das harmlos aussah, in dem aber ein sonderbar ernsthafter Schmerz rumorte.

Eine Redback, sagte Ben mit einer Pause zwischen *Red* und *Back.* Es klang für mich nach einer Schlange. Aber sie erklärten mir, es sei eine Spinne. Sie sagten allerdings nicht: *nur* eine Spinne. Ich wartete auf das *nur,* aber es kam nicht. Ich fragte Ruths Großmutter, ob es eine Giftspinne sei. Sie sagte, ich solle mir keine Sorgen machen, Ben sei ein *Nangkari.* Sie übersetzte es mit *Naturarzt,* sprach von *pflanzlichen Heilmitteln,* mit denen die Eingeborenen seit Jahrtausenden Spinnenbisse heilten, *die wissen Bescheid, glaub mir, mein Junge.*

Ich musste also anfangen zu glauben, so schlimm stand es um mich. Weil kein richtiger Arzt verfügbar war oder nicht rechtzeitig eintreffen würde, lag mein Leben jetzt in den Händen eines seit Jahrtausenden Spinnenbisse heilenden Schamanen, der übrigens nach Fusel roch.

Ein besoffener Schamane als Arztersatz.

Glücklicherweise erschwerten mir die Schmerzkrämpfe bald das Denken, die Einsicht in meine aussichtslose Lage ging in Konvulsionen verloren. Ich war jetzt zu krank für Befürchtungen. Lag da in meinem eigenen Schweiß, ich lief förmlich aus, wartete auf den nächsten Schmerzschub, weinte, zitterte am ganzen Leib. Ich erinnere mich, einmal, in einem klaren Moment, dachte ich darüber nach, ob mein Körper zitterte, um nicht zu sterben, oder ob er zitterte, weil er starb.

Danach keine zusammenhängende Wahrnehmung mehr –

Als ich einmal zu mir kam, blickte ich in eine dunkle Schale, aus der mir ein widerlicher, bitterer Geruch in die Nase stieg. Jemand drängte mich zu trinken. Ruth? Ich wusste es nicht. Es war einfach jemand. Jemand drückte mir die Nase zu. Dies wiederholte sich einige Male, bis sich mein Geist aufhellte und ich erkannte, dass es Ben war, der mir die Schale hinhielt und die Nase zudrückte, und Ruth war es, die mich aufforderte, zu trinken. Das Gebräu fühlte sich in meinem Mund an wie flüssige Wespen. Das Bedürfnis, es auszuspucken, war übermächtig, aber andererseits spürte ich, es war in dem Gebräu etwas drin, das ich brauchte. Mit der Zeit trank ich es sogar gierig, danach erbrach ich alles wieder, trank erneut die bittere Schale leer, und nach vier Tagen, wie mir später gesagt wurde, konnte ich das Gebräu zum ersten Mal bei mir behalten.

Es ging mir besser. Ruths Großmutter hatte recht: Sie wussten Bescheid. In Bens Gebräu war etwas, das das Vernichtende, das sich in meinem Körper ausgebreitet hatte, neutralisierte. Ich spürte das ganz deutlich: Das Gebräu strömte durch meinen Körper und verwandelte das Gift in etwas Unschädliches.

Dann jene Nacht. Die Nacht, in der Ben mir etwas sagte, dem ich keinerlei Bedeutung beimaß, da ich es mit meinem gegenwärtigen Leben nicht in Verbindung bringen konnte.

Ich lag im Bett, noch erschöpft aber genesend, neben mir Ruth, sie schlief in Kleidern, und auf dem Boden vor dem Bett saß Ben, den Rücken an die Wand gelehnt, er rauchte. Plötzlich, aus dem Blauen heraus und ohne mich anzublicken, sagte er, ganz beiläufig, *eines Tages musst du deinen Teufel auf einen Berg tragen. Und du musst ihm deinen letzten Schluck Wasser geben. Nur so kannst du ihn besiegen.* Ich war nicht sicher, ob er überhaupt mit mir sprach. *Meinst du mich?,* fragte ich.

Hier muss das nur einer tun, sagte er. Dann stand er auf und blieb einen Moment in einer arthritischen Haltung stehen. Langsam, jedem Gelenk Zeit lassend, sich ans Stehen wieder zu gewöhnen, richtete er sich ganz auf und ging.

Ich hielt es damals für das spirituelle Geraune eines Naturheilers, der aber gerade sein pflanzenkundliches Wissen unter Beweis gestellt und vermutlich mein Leben gerettet und folglich alles Recht der Welt hatte, jetzt ins Esoterische abzuleiten. Ich nahm es nicht ernst und vergaß es sofort.

Trennung und Tod

Ruth und ich kehrten nach drei Wochen Australien Anfang Januar nach Zürich zurück, aus der Savanne in den Schnee, aus sechsunddreißig Grad im Schatten nach un-

ter null, ich mit einem roten Fleck an der Wade von der
Redback und Ruth verliebt. Auf der Zugfahrt vom Flughafen in die Innenstadt gestand sie mir, sie habe mich
vorher, vor unserer Reise, zwar auch schon sehr gemocht,
aber jetzt ..., sagte sie und flüsterte mir die Worte ins
Ohr. Worte, die in mir einen kleinen Taumel auslösten.

Am Hauptbahnhof verabschiedeten wir uns nach langer Umarmung, dann eilte sie mit ihrem Koffer durch
den Schnee davon, und bevor sie in ihre Straßenbahn
stieg, drehte sie sich zu mir um, wir winkten uns, und ich
stieg in meine und fühlte mich einsam.

Ich fuhr zu Karin, um ihr die Wahrheit zu sagen über
Ruth und mich.

Während der Fahrt suchte ich nach den richtigen Sätzen. Es erinnerte mich ans Angeln. Ich fuhr damals gelegentlich mit einem Freund zum Angeln, und wenn wir
eine Forelle an Land zogen, bemühten wir uns redlich,
sie mit einem einzigen, genau platzierten Schlag auf den
Hinterkopf zu töten. Mit einem Holzstock. Es war uns
sehr wichtig, die Forellen schnell zu töten. Aber dieser
eine erlösende Schlag gelang mir nie, und das lag an der
Forelle. Sobald ich in der Hand ihre kühle, glatte Haut
und die Energie ihres Leibes spürte, ihr unbändiges Zu-
cken, wurde ich nervös vor Mitleid und Scham. Und man
tötet schlecht, wenn man dabei Mitleid empfindet. Ich
schlug mit dem Holzstock daneben, aufs Rückgrat oder
auf die Rippen, nie traf ich auf Anhieb die richtige Stelle.
Die Forelle konnte froh sein, wenn ich nur vier Schläge
brauchte. Daran erinnerte ich mich, während ich nach
den richtigen Worten suchte.

Ohne sie gefunden zu haben, stand ich schließlich vor der Tür der Kastanienbaumwohnung. Hörte von drinnen das Geräusch des Staubsaugers. Sollte ich klopfen? Klingeln? Oder einfach reingehen, wie früher? Ohne zu klopfen, ohne zu klingeln?

Ich klopfte und ging dann rein. Karin stand mit dem Rücken zu mir, staubsaugte eine Ecke, sah mich, stellte den Staubsauger ab. Kein Lächeln. In die merkwürdige Stille hinein sagte ich, *hallo!* Das sagte ich sonst nie zur Begrüßung. Ruth sagte jeweils *hallo,* und nun sagte ich es auch. Ich lächelte, Karin nicht. Dann die Umarmung: kalt. Meinem Begrüßungskuss wich Karin aus, sie sagte, *ich dachte, du kommst erst morgen.* Sie kannte doch aber das Datum meiner Rückkehr.

Der Kastanienbaum drückte seine verschneiten Blätter an die Fensterscheibe, dieser Schneebaum, dieser Lichtfresser.

Ich stellte meinen Rucksack ab, mit dem Gefühl des Vorläufigen, wie in einem Hotelzimmer.

Karin jetzt in der Kochnische, sie setzte Teewasser auf. Ich fragte sie, wie es ihr gehe, sie sagte, *gut.* Ich sagte dieses und jenes, aber es kam kein Gespräch in Gang, obwohl ich doch drei Wochen weg gewesen war! Keinerlei Wiedersehensfreude bei ihr. Ahnte sie etwas? Fast hoffte ich es, sie wäre dann vorbereitet gewesen.

Es war dunkel in der Wohnung, nein düster, ich knipste das Licht an, aber die Düsterkeit blieb.

Karin in der Kochnische, beschäftigt mit kleinen Handlungen, sie wusch die Teetasse unter dem Wasserstrahl aus, die Tasse rutschte ihr aus der Hand, polterte im Ausguss.

Und? Wie geht es deiner Mutter?, fragte Karin. Ich hatte meine Abwesenheit ja mit einem Besuch bei meiner Mutter begründet. Mir schien, sie stellte die Frage unwillig, höflichkeitshalber. Sie zog die Geschirrschublade auf, es klirrte.

Na ja, sagte ich, *es geht ihr wie immer. Nicht gut und nicht schlecht.*

Nicht gut und nicht schlecht, wiederholte sie. *Ja, das stimmt ja auch irgendwie.*

Ja, sagte ich. Wie meinte sie *irgendwie?*

Sie stellte zwei Teetassen auf den Tisch, Teelöffel, alles mit mehr Geräusch als nötig. Die Teelöffel drehten sich auf dem Tisch, so nachlässig warf sie sie hin. Sie holte aus dem Küchenschrank eine Packung Schokoladenkekse, riss die Packung auf und biss einen Keks entzwei.

Wir setzten uns an den kleinen Küchentisch. Wie eng hier alles war, nein wie beengend! Die Wohnung *erzeugte* Enge.

Warst du jeden Tag bei ihr? Bei deiner Mutter?

Ja sicher, sagte ich.

Sie schaute mich an, mit einem merkwürdig unpersönlichen Blick.

Du bist braun, sagte sie. *Warst du in den Bergen?*

Ja, sagte ich, *nur ein, zwei Tage.* In diesem Moment entschloss ich mich, ihr nichts von Australien zu sagen. Von Ruth ja, aber nichts von der gemeinsamen Reise, drei Wochen mit einer anderen Frau in Australien: Das wollte ich Karin ersparen.

Und du riechst nach Bier, sagte sie. Sie schaute auf die Uhr. Der Zeiger stand auf drei. *Trinkst du jetzt schon so früh?*

Ich hatte auf der letzten Etappe des Flugs Bier getrunken, nach Bordzeit um zehn Uhr morgens, Ruth wieder ihren Whiskey/Cola. Wir hatten darüber gewitzelt: wegen der Zeitverschiebung war's nach unserer inneren Uhr jetzt Zeit für den Abend-Drink – also her mit dem *Grog*, wie die Australier Drinks jeder Art nannten. Wir fanden es beide lustig, morgens zu trinken, weil für uns Abend war – und nun dieses puritanische *trinkst du jetzt schon so früh?* Dazu Karins Blick, als sehe sie mich in den Fußstapfen meines Vaters. Als führe mich jedes Glas Bier direkt in sein Elend. Ihr Satz verursachte mir Atemnot. Eine *innere* Atemnot. Ich dachte, *hier gehe ich ein.*

Mir surrte der Kopf, einen Moment lang wurde mir schwindlig. Ich fixierte den Einschaltknopf der Dunstabzugshaube, es war ein schwarzer Kippschalter, von dem etwas Beruhigendes ausging.

Und wie war's in Berlin?, fragte ich, als der Schwindelanfall vorüber war. Sie hatte ja die Neujahrstage mit ihren Eltern bei Verwandten in Berlin verbracht.

Es sei ganz nett gewesen, sagte sie. Das war alles. Dann kam sie wieder auf meine Mutter zu sprechen.

Hast du sie auch am letzten Montag besucht?, fragte sie.

Heute war Sonntag. Am letzten Montag waren Ruth und ich nach meiner Genesung vom Spinnenbiss ausgeritten, auf zwei sehr zahmen, ja gelangweilten Pferden ihres Großvaters.

Ja, auch am Montag, sagte ich. *Warum?*

Nur so, sagte Karin. Sie aß, fiel mir auf, schon wieder einen Keks.

Der Teekessel pfiff.

Karin goss das heiße Wasser in den blauen Teekrug, und es war, als kehre ihr Gesicht zu ihr zurück. Jedenfalls ihr besonderes Gesicht, wenn sie den Teekrug mit Wasser füllte: andächtig fast, die Lider gesenkt, sie wirkte dabei immer nachdenklich. So oft hatte ich das schon gesehen, jetzt sah ich es vielleicht zum letzten Mal.

Wir nippten am Tee. Karin aß den dritten Keks, dann einen vierten, ja, ich zählte mit. Denn sie aß sonst nie so viele Kekse, schon gar nicht so viele so schnell.

Wann es ihr sagen? Ich wartete auf den richtigen Moment, das hieß, ich übertrug dem Zufall die Entscheidung.

Da sie schwieg, fragte ich sie wieder nach Berlin, nach ihrem Weihnachtsfest, wie es gewesen sei und so weiter. Sie antwortete wiederum einsilbig, schließlich gar nicht mehr. Ich stellte eine Frage über das Wetter in Berlin, und sie schwieg. Ich stellte eine weitere Frage, sie schwieg. Ich fragte sie, was los sei. Sie steckte sich den sechsten Keks in den Mund, kaute darauf herum, schaute an mir vorbei, über meine Schulter, und sagte, *am Dienstag hat mich Frau Grüter angerufen. Diesen Dienstag.*

Sie griff in die Kekspackung, die knisterte.

Wer ist Frau Grüter?, fragte ich.

Habe ich Grüter gesagt? Nein, ich meinte Frau Gruber.

Nun brachte ich kein Wort mehr hervor, der Mund wie verbleit. Von der Brust her kroch mir eine kalte Hitze übers Gesicht.

Frau Gruber, sagte Karin. *Die Pflegerin deiner Mutter.*

Ich hörte es und schwieg, schon ganz vom Unglück verschlungen. Eine lange Zeit geschah nichts. Alles stand still. Schließlich fragte ich, *warum?* Als ich wieder sprechen und *warum* fragen konnte, wusste ich es aber schon. Ich kannte schon den Grund für Frau Grubers Anruf. Es gab ja nur ein denkbares Ereignis für Frau Grubers Suche nach mir. Ja, Suche. Ihrem Anruf bei Karin musste eine Suche vorangegangen sein. Denn Frau Gruber wusste ja nicht, wo ich wohnte. Seit ich aus der Attikawohnung abgehauen war, hatte ich mich nicht mehr gemeldet. Sie hätte sich die Mühe, mich zu suchen, nicht gemacht, wäre es nicht absolut dringend gewesen. Und absolut dringend ist der Tod.

Deine Mutter ist gestorben, sagte Karin. Sie aß einen weiteren Keks. Ich sah die Krümel auf ihren Lippen, sie schob sie sich mit dem Finger in den Mund. Ich sah ihr helles Gesicht, wie ein fahler Mond. Ein Totengesicht, noch Augen, aber der Blick schon leer.

Ich wusste nicht, was ich empfand. In Australien hatte ich von Buschfeuern hohlgefressene Baumstämme gesehen, nur noch eine verkohlte, halbrunde Schale war übrig geblieben, und darin war nichts mehr und daraus konnte auch nichts mehr entstehen.

Sie ist am letzten Montag gestorben, sagte Karin. *Du solltest jetzt Frau Gruber anrufen. Wegen der Beerdigung. Die Beerdigung ist morgen.*

…

Frau Gruber, sagte Karin, *rief mich an und wollte dich sprechen. Ich sagte ihr, du seist nicht da. Du seist zu Hause bei deiner Mutter. Sie sagte, nein, du seist nicht hier. Und ich Trottel dachte noch, es sei ein Missverständnis. Ich vertraute dir. Ich vertraute dir sogar jetzt noch, als sie sagte, du seist nicht bei deiner Mutter. Ich sagte, ich sei ganz sicher,*

167

dass du dort seist! Ich konnte mir einfach nicht vorstellen, dass du –

Sie stand vom Tisch auf, ging ins Bad, verriegelte die Tür, drehte den Wasserhahn auf, damit ich ihr Weinen nicht hörte, jedoch hörte ich es trotzdem. Ich hörte es *in* mir. Wie hatte ich sie nur so hintergehen können? Warum ihr diesen Schmerz zufügen nach all den Jahren, ich bereute. Ich bereute von ganzem Herzen, aber meine Reue war mir nicht geheuer. Ich versuchte, durch Reue mich der Verantwortung zu entledigen: Ein reuevoller, also guter Mensch konnte dies doch gar nicht wirklich getan haben, und wenn doch, so war er durch die Reue nun nicht mehr derselbe, die Schuld traf nun den Falschen. Einen Reumütigen zu bestrafen war grausam. Nun machte ich mir Vorwürfe, weil ich nur an mich dachte, und nicht an Karin, und ich versuchte, an sie zu denken. Aber meine Mutter war tot! Und ich spürte nichts. Kein Schmerz, keine Trauer, nur eine Leere. Wieder standen mir die vom Feuer leer genagten Baumstämme Australiens vor Augen. Warum empfand ich keinen Schmerz? Was stimmte mit mir nicht? Die Beerdigung! Zur Beerdigung immerhin kam ich nicht zu spät. An der Beerdigung wenigstens konnte ich noch teilnehmen, das war ein gar nicht zu überschätzendes Glück. Es hätte viel schlimmer kommen können. Wäre meine Mutter nur einen Tag früher gestorben, hätte die Beerdigung heute stattgefunden, am Tag meiner Rückkehr. Also ohne mich. Ich hätte bei meiner Ankunft im Städtchen nur noch ein bereits zugeschüttetes Grab vorgefunden, einen ewigen Vorwurf.

Ich rief Frau Gruber an, von Karins Telefon aus, das nun nicht mehr mein Telefon war, ein fremdes Telefon. Ich war hier bereits nur noch ein Gast, im Aufbruch begriffen. Dies war aber jetzt nebensächlich. Ich war rechtzeitig zur Beerdigung zurückgekehrt: das allein zählte.

Schön, dass du dich auch einmal meldest, Luis!, sagte Frau Gruber.

Ihre vertraute Stimme, herb, laut, herzlich, eine Hilfe in der Not. Dieser eine, erste Satz von ihr genügte: endlich konnte ich weinen. Ich weinte über meine Mutter, über Karin, mag sein, ich weinte sogar noch wegen der entsetzlichen Tage nach dem Biss der *Redback.* Ich weinte im Gefühl, für alles verantwortlich, an allem schuld zu sein.

Frau Gruber tröstete mich etwas unbeholfen, *ja, wein dir nur alles von der Seele, das hilft. Weinen ist die beste Medizin.*

Ich entschuldigte mich bei ihr für mein abschiedsloses Verschwinden aus der Attikawohnung. Ich sagte, *ich musste einfach weg. Es war die einzige Möglichkeit. Ich musste gehen, sofort. Ohne Abschied. Nur so konnte ich überhaupt gehen.* Ich war sicher, sie verstand es. Wer, wenn nicht sie?

Ja, das verstehe ich schon, sagte sie. *Ich verstehe, dass du es nicht mehr ausgehalten hast. Aber dass du deine Mutter später nie besucht hast, kein einziges Mal ... das ging mir schon zu Herzen. Du bist einfach nicht mehr aufgetaucht. Ich wusste nicht einmal, wo du jetzt wohnst. Das hat mich schon beschäftigt, das muss ich sagen. Aber jetzt habe ich es gesagt, und jetzt wollen wir nicht mehr davon sprechen.*

Ich erfuhr von Frau Gruber, dass meine Mutter drei Wochen, *nachdem du verschwunden bist,* einen erneuten

Schlaganfall erlitt, die Ärzte versetzten sie in ein künstliches Koma. Es war bestimmt nicht Frau Grubers Absicht, eine ursächliche Verknüpfung zwischen meinem Verschwinden und dem Schlaganfall meiner Mutter herzustellen. *Nachdem du verschwunden bist* war wohl nur als Zeitangabe gemeint, nicht als Vorwurf. Falls man den Schlaganfall überhaupt jemandem anlasten konnte, dann doch wohl meinem Vater. *Drei Wochen, nachdem du verschwunden bist* bedeutete ja vor allem: drei Wochen, nachdem mein Vater meine Kopie der *Winterlichen Landschaft* verkauft und meine Mutter damit zum zweiten Mal um das Bild gebracht hatte, das sie so liebte, und das zu ihrem Lebensinhalt geworden war.

Sie wollte einfach nicht mehr, sagte Frau Gruber.

Ich erfuhr: Die letzten Monate ihres Lebens lag meine Mutter auf der Intensivstation und führte dasselbe mechanische Dasein wie die Apparate, die Nährlösungen in sie pumpten und Luft in ihre Lungen. Mein Vater habe, so Frau Gruber, jeden Tag *übertriebene* Blumensträuße ins Krankenhaus geschickt, obwohl Blumen auf der Intensivstation verboten seien. Das habe sie ihm zehnmal gesagt, *hören Sie auf, Blumen zu schicken, die werden nur weggeworfen!* Er habe aber stur weiter Blumen geschickt, *anstatt sie auch nur ein einziges Mal zu besuchen.*

Wie ich auch nicht –

Und ich hatte das Bild nicht noch einmal gemalt. *Du hättest doch das Bild noch einmal malen können! Wer weiß, vielleicht würde deine Mutter dann noch leben!*

Das sagte Frau Gruber nicht. Aber möglicherweise dachte sie es. Sie dachte, warum hat er es denn nicht noch einmal gemalt, anstatt abzuhauen? Ja, warum nicht? Weil ich keine Zeit dafür gehabt hatte. Der Zug nach London wartete. Karin wartete. Mein Leben wartete. Ich wollte an der Carnaby Street Plateauschuhe kaufen, die eigentlich schon aus der Mode waren. Irgendwann geht es darum, auf unmodisch gewordene Schuhe nicht zu verzichten, obwohl die Mutter auf einer blauen Plastikplane Schleim erbricht und sich in ihrer Halsarterie ein Blutklumpen bildet. Irgendwann muss der bescheidene Wunsch nach einem eigenen Leben zentral werden. Das ist grausam für die, die man hinter sich lässt. Aber man muss Menschen hinter sich lassen, um vorwärtszukommen.

Die Beerdigung ist morgen um 11.00, sagte Frau Gruber. *Hast du etwas Schwarzes?*

Danach wieder Karin. Nach meinem Telefonat mit Frau Gruber ihre Frage: *Wo warst du?* Ich war ihr eine Antwort schuldig, sie hatte ein Recht darauf, jetzt war der Moment gekommen. Aber bevor ich sagen konnte *bei Ruth Heller,* sagte sie, *warst du in Italien? Bist du deswegen so braun? Warst du in Italien mit einer anderen Frau? Wart ihr in Rom? Du wolltest doch schon immer nach Rom fahren im Winter. Und? Hast du jetzt eine gefunden, die es nicht stört, wenn du schon nachmittags besoffen bist?*

Das Wort erschütterte mich: *besoffen.* Dieses Wort passte nicht zu Karin, ich hatte es sie noch nie sagen gehört, und ich dachte, *so beginnt es.* Sie wurde bösartig durch mich, zum ersten Mal bösartig, ich brachte sie dazu, und ich wusste: Wäre ich bei ihr geblieben, hätten wir uns gegenseitig durch kleine Bemerkungen verletzt, jeden Tag ein bisschen ungehemmter. Wir hätten uns mit der Zeit an die Bösartigkeiten gewöhnt, und am Schluss

171

hätte sie *du Schlappschwanz!* geschrien, und ich hätte auf Zettelchen *du Schwein!* geschrieben.

Also, wo warst du!, sagte sie. *Oder bist du zu feige, um es mir zu sagen?*

Ich weiß nicht. Ja, mag sein, ich war zu feige. Keine Ahnung. Es war mir egal. Ich wollte einfach nur weg. Und jetzt konnte ich es: Ich konnte weggehen. Ich musste es mir nicht mehr anhören. Musste nicht mehr unter die Bettdecke kriechen. Mir die Ohren zuhalten. Das war vorbei. Ich konnte einfach aufstehen und gehen. Und das tat ich. Ich stand, ohne ein weiteres Wort, vom Stuhl auf, schulterte meinen Rucksack, der neben der Tür stand, als hätte er's schon gewusst. Ich trat durch die Tür, aber es war nicht einfach nur eine Tür, es war ein *Portal.* Und dahinter lag etwas Verheißungsvolles.

Es tut mir leid!, rief Karin mir nach, ihre Stimme hallte durchs Treppenhaus. Ich beschleunigte meinen Schritt. Sie rief mich, für alle Nachbarn hörbar, zurück. *Hörst du, es tut mir leid!* Jetzt schrie sie es, verzweifelt, es war schon ein Schluchzen, es konnte niemandem im Haus entgehen. Jetzt wollte ich umso schneller weg, denn ich kannte die Öffentlichwerdung des Unglücks zur Genüge, mich jagte eine durch Karins *mir Nachschreien* hervorgerufene Erinnerung aus dem Treppenhaus ins Freie. Die Erinnerung, wie mein Vater in den Ferien in Italien zum Abendessen im Hotel zuerst nicht erschien. Meine Mutter und ich aßen an dem weiß gedeckten Tisch im vollbesetzten Saal die Vorspeise allein. Dann erschien er doch noch. Er schwankte in einem beigen Anzug aber barfuß in den Speisesaal, das Hemd bis zum Nabel offen, und er rief, *buonasera tutti!,* sodass nun auch die wenigen Hotelgäste, die seines Anblicks wegen noch nicht aufgehört hatten zu essen und nicht mitten im Gespräch verstummt waren, auf ihn aufmerksam wurden. Sie schauten ihn an, dann meine Mutter und mich, dann nur noch mich, da ich ein kleiner zehnjähriger Junge war, der vor Scham glühte. Ihr Mitleid mit mir berührte mich physisch, ich spürte es wie feuchte Hände in meinem heißen Gesicht. Sie alle kannten jetzt unser Geheimnis, und am nächsten Tag sagte das gleichaltrige Mädchen aus Köln, in das ich verliebt war, zu mir, als wir auf ihrem Zimmer Mickey-Mouse-Hefte lasen, *trinkt dein Vater heute Abend wieder so viel?*

Ich verließ Karin also, ohne mich noch einmal umzudrehen. In der Straßenbahn fuhr ich zu Ruth und erinnerte mich, wie Karin und ich den Schneehügel hinunterrollten, einander festhaltend, an jenem Winterabend auf der Eisbahn, als wir verzweifelt waren, weil sie nach Zürich zog, um Tiermedizin zu studieren. Ich erinnerte mich an mein Gefühl, dass jetzt einzig das Festhalten zählte, egal, wohin wir rollten: Wenn wir uns nicht losließen, konnte uns nichts trennen.

Nun zeigte sich: So einfach war es nicht. Aber die Erinnerung bedeutete mir trotzdem viel, und ich nahm sie mit.

Hundsfott

Am nächsten Morgen sehr früh stieg ich aus Ruths Bett und leise, um sie nicht zu wecken, verließ ich ihre Wohnung.

Es war ein eisiger Morgen, ich erinnere mich, es schneite unnatürlich: *Industrieschnee.* Eine Inversionslage verhinderte die Durchlüftung der Stadt, und der Feinstaub kristallisierte zu weißen Fetzchen, denen man nicht entkommen konnte, sosehr man es auch wollte.

Ich fuhr mit dem Zug ins Städtchen, dort war es noch kälter, aber immerhin war der Schnee hier noch gesund, es fielen *richtige* Flocken. Auf dem Friedhof blies ein scharfer, kalter Wind, der mir die Tränen in die Augen trieb.

Über den Schneehauch des Kiesweges ging ich zur Kapelle, in der der Trauergottesdienst stattfand, da stand schon das Häufchen der Trauergemeinde. Ich erkannte aus der Entfernung die Schwestern meiner Mutter, deren Männer Carlo und Giovanni und Frau Gruber sowie zwei frühere Freundinnen meiner Mutter, Erika hieß die eine, der Name der anderen fiel mir nicht mehr ein. Meinen Vater sah ich nicht, darüber war ich gleichermaßen empört wie erleichtert.

Als ich mich dem Grüppchen näherte, empfand ich zunehmenden Widerwillen, diesen Leuten begegnen zu müssen. Ich wäre lieber mit meiner Mutter allein gewesen. Ich war hier, um mich von ihr zu verabschieden, nicht um Leute zu begrüßen, die ich, mit Ausnahme von Frau Gruber, seit Jahren nicht mehr gesehen hatte. Aber auf einem Begräbnis standen nun mal die Lebenden im Mittelpunkt, damit musste man sich abfinden.

Das Wiedersehen mit Frau Gruber machte mir Freude. Ihre kräftige Umarmung, als müsse sie mich hochheben und wegtragen. Sie roch nach Winter und Kälte, bei der Begrüßung küsste ich sie auf die Wange, es machte sie verlegen. Mit dem Fingerknöchel rieb sie sich eine Träne weg. Es war schwer zu beurteilen, ob es eine Kälteträne wegen des Windes war oder eine aus warmem Herzen. Aber ein warmes Herz für einen Patienten? Frau Gruber hatte sich um meine Mutter beruflich gekümmert, zu einem Zeitpunkt, da man ihr menschlich nicht mehr nahekommen konnte, es sei denn aus einem universalen Mitgefühl heraus. Reichte ein universales Mitgefühl, um den Verlust eines Menschen zu beweinen? Frau Gruber hatte viele ihrer Patienten sterben sehen: gewöhnte man sich denn nicht daran? Andererseits: Sie war oft länger bei meiner Mutter geblieben, als es die Arbeit erforderte, was heißt dann *beruflich?* Nein, ich glaube, sie weinte wirklich, denn sie hatte am Schicksal meiner Mutter Anteil genommen.

Dann die beiden Schwestern, aus dem Tessin angereist. *Dio mio, sei diventato grande!* Ihre Bemerkung, ich sei groß geworden, war auch ein Eingeständnis, dass sie sich um meine Mutter seit ihrem Unfall herzlich wenig gekümmert hatten – ich konnte mich an jeden einzelnen ihrer Besuche erinnern, der Seltenheit wegen. Dennoch ging ihnen der Verlust nahe. Man merkte es daran, dass sie versuchten, ihre Trauer für sich zu behalten. Sie trauerten hinter diesem fast munter klingenden *dio mio, sei diventato grande!* Sie bemühten sich um Gefasstheit, aber wenn sie sich unbeobachtet fühlten, erstarrten ihre Gesichter, und ihr Blick wurde ängstlich und sehr ernst.

Es war also auch ein Familientreffen. Aus traurigem Anlass begegneten sich die Lebenden endlich wieder einmal. Auf das *wie groß du geworden bist!* folgten pelzige Umarmungen, während derer meine Nase zuerst im

Fuchs steckte, dann im Nerz. Im Fuchs von Tante Stella roch ich das Parfüm, das meine Mutter früher benutzt hatte. Es war eine unerwartete Begegnung mit einem Geruch meiner Kindheit. Wie süße Milch. Der Geruch weckte in mir das Gefühl von Sattheit und Wärme. Ich sah meine Mutter an ihrem Schminktisch sitzen, hörte das Zischen des Haarsprays, mit dem sie ihre *Turmfrisur* in weiten, großzügigen Bewegungen besprühte wie der Bauer seine Obstbäume gegen Schädlinge. Danach setzte sie die Wimpernzange an, und sehr vorsichtig wurden die Wimpern damit gewölbt. Sie schloss das eine Auge, und mit dem anderen beobachtete sie sich selbst, während sie die Zange zudrückte, in stiller Konzentration, als zähle sie bis drei.

Aber nicht nur roch meine Tante Stella wie meine Mutter, sie glich ihr auch. Da war das runde Gesicht mit dem hohen Haaransatz, für den sich meine Mutter geschämt hatte, wenn der Wind ihr die Haare aus der Stirn blies, *lach nicht!*

Ich hatte nicht gelacht.

Doch, du hast gelacht. Weil ich aussehe wie ein Clown!

Und nun bei Tante Stella derselbe *abessinische* hohe Haaransatz, wie meine Mutter es manchmal nannte, *wie eine Negerfrau.* Tante Stella: dieselbe Größe, nämlich klein, dieselbe Statur, nämlich *mit den Pfunden kämpfend.* Und im selben Tonfall wie meine Mutter sagte sie, *porca miseria, was für ein Wetter habt ihr hier!* Im Tessin lag selten Schnee, und bald schon würden Glyzinien und Flieder blühen und ihre Düfte verströmen, die meine Mutter, wie ich mich jetzt erinnerte, einmal zu Tränen rührten bei einem Besuch in ihrer Heimat, als sie an einem Fliederbusch roch. Auch das also brachten meine Tanten mit zur Beerdigung: Die Sehnsucht meiner Mutter nach Sonne und Wärme und ihr *Fremdeln* im kalten Norden, ihr Frösteln, wenn andere es gar nicht so kalt fanden, ihr völliges Unverständnis für Nebel, der sich nicht, wie am *Lago di Lugano,* in den Morgenstunden lichtete, sondern den ganzen Tag, ja ganze Wochen lang nicht wich. Dieser sture Nebel, den sie persönlich nahm, trieb sie hinauf in die Berge, wo sie ihre Sonne fand und mit gerötetem Gesicht, eine Wolldecke über den Beinen, Weißwein trank, dieser Nebel trieb sie letztlich in den Tod, so konnte man es auch sehen.

Porca miseria, was für ein Wetter habt ihr hier!

Bei Tante Stella entdeckte ich auch den Mund meiner Mutter. Dieselben straffen Lippen, die beim Sprechen die Zähne sehen ließen. Schöne, gleichmäßige Zahnreihen. Tante Antonia hielt sich mit den Händen meiner Mutter den Kragen ihres Pelzmantels zu.

Die beiden behaupteten, meine Mutter hätte bestimmt im Tessin begraben werden wollen und nicht hier *in diesem Nebelloch,* wo sie sich nie heimisch gefühlt habe. Sie blickten in den grauen Himmel, mit diesem ängstlichen, ernsten Blick.

Die Form von Tante Antonias Fingernägeln heimelte mich an: es waren die Fingernägel meiner Mutter und meine eigenen. Mir fielen bei beiden Tanten die nach innen gebogenen Zeigefinger auf, wiederum *meine* Zeigefinger und die meiner Mutter. Nicht aber die meines Vaters. Ich erinnerte mich, wie meine Mutter und ich früher manchmal unsere krummen Zeigefinger aneinanderlegten, wir amüsierten uns über die auffällige Gabelung. Mein Vater legte dann jeweils seine aneinander und sagte, *die sind gerade wie Kirchtürme*. Ja, aber unsere waren eben anders.

Zum Gottesdienst in der Kapelle erschien mein Vater nicht. Er tauchte aber bei der Grablegung auf, als meine Mutter in einer *Lindentruhe* mit Messingbeschlägen neben dem rechteckigen Erdloch aufgebahrt wurde. Der Pfarrer sprach bei heftigem Schneefall die *letzten Worte* über sie, und die Schneeflocken fielen zur Erde, jedoch fielen einige noch tiefer, in den Schlund. Sie verschwanden in der Graböffnung – zusammen mit diesen Flocken würde meine Mutter begraben werden.

Als ich mich einmal kurz umdrehte, sicher nicht zufällig, sondern wahrscheinlich, weil ich seine Anwesenheit spürte, sah ich ihn. In einem schwarzen Pelzmantel stand er breitbeinig, einen Steinwurf von uns entfernt, vom Schnee verwischt zwischen den Grabsteinen fremder Leute. Augenblickliche Gewissheit: Er ist betrunken. Sofortiges Erkennen seiner Betrunkenheit dank langjähriger Übung. Aber immerhin, er war gekommen. Wenn auch nur als Gast, als einer, dessen Finger anders gewachsen waren. Aber immerhin: Es war zumindest anständig von ihm.

An Gurten wurde meine Mutter nun von zwei Friedhofsdienern ins Grab hinuntergelassen. Der Sarg war zweifellos schwer. Dennoch störte es mich, den Friedhofsdienern die Anstrengung ansehen zu müssen. Konnten sie sich nicht zusammenreißen? Meine Mutter war ihnen nur Gewicht, das sah man ganz deutlich, sie befürch-

teten, ins Schwitzen zu geraten und sich dann zu ver-
kühlen. Mir wäre lieber gewesen, eine Maschine hätte
es verrichtet. Einer Maschine sieht man nicht an, wie
ungern sie arbeitet, die Friedhofsdiener aber versuchten gar nicht erst, es zu verbergen. Und dann war der
eine auch noch unzufrieden mit der Arbeit des anderen
und knurrte ihn leise an. Es war der letzte Moment der
leiblichen Anwesenheit meiner Mutter, und sie ruinier-
ten ihn. Sie und mein Vater, den ich in meinem Rücken
wusste.

Auch er nahm mir diesen Moment, durch seine bloße
Anwesenheit. Unweigerlich drehte ich mich öfter als mir
lieb war nach ihm um. Ich blickte hin und her zwischen
meiner Mutter, die in den Schlund hinabgelassen wurde,
und ihm, der da zwischen schneebedeckten Grabsteinen
das Gleichgewicht zu wahren versuchte. Ich wusste nicht,
worüber ich mehr trauern sollte: über den endgültigen
Abschied von meiner Mutter oder über ihn – oder über
mich, dem das Leben einen Vater zugeteilt hatte, der besoffen zur Beerdigung seiner Frau erschien. Aber besoffen
war noch nicht schlimm genug. Jetzt sah ich: Er trug unter seinem schwarzen Pelzmantel eine blau-weiß gestreifte
Hose. Eine Pyjamahose! Er trug unter dem Mantel seinen
Pyjama. Er war im Pyjama aus dem Bett gestiegen, hatte
den Mantel angezogen, sich ins Auto gesetzt und war zum
Friedhof mäandert, in Pantoffeln. Er trug, auch das sah
ich jetzt, seine Lederpantoffeln. Hätte er den Mantel ausgezogen, hätte er im Pyjama und in Pantoffeln zwischen
den Grabsteinen auf dem Friedhof gestanden bei der Beerdigung seiner Frau.

Tante Stella berührte mich am Arm und zeigte auf das Schäufelchen. Sie musste mich daran erinnern, mit dem Schäufelchen Erde auf den Sarg meiner Mutter zu werfen, ich hätte es vergessen, weil mich mein Vater ablenkte, der da hinten im Pyjama und in Lederpantoffeln mit den verstörten Gleichgewichtsbläschen seines Innenohrs kämpfte. Wie sollte ich mich auf den Abschied von meiner Mutter konzentrieren unter diesen Bedingungen! Ich dachte in diesem Moment nicht an sie, er besetzte meine Gedanken. Ich begriff endlich, wie sehr ich mich in ihm in einer Hinsicht bisher getäuscht hatte: Er führte keineswegs, wie es den Anschein machte, ein *konzeptloses* Leben. Ganz im Gegenteil. Er verfolgte, und jetzt wurde mir das erst klar, mit sturer Konsequenz das Konzept, es habe sich gefälligst alles um ihn zu drehen. Und er war, um dieses Ziel zu erreichen, zum Äußersten bereit. Er war bereit, in einem Pyjama zur Beerdigung seiner Frau zu erscheinen oder mit eins Komma neun Promille bei Rot über Kreuzungen zu rasen, es machte keinen Unterschied, es diente alles diesem einen Ziel. Er war bereit, nicht mehr zu arbeiten, die unbezahlten Rechnungen auflaufen zu lassen, tage-, wochenlang in seinem Bett zu verfaulen, er war, in gewissem Sinn, ein *Herostrat,* wenn man die unbedingte Sehnsucht nach Ruhm als das nimmt, was sie ist: die Unfähigkeit, etwas anderes als sich selbst als wichtig zu erkennen. Die Welt als ständige Beleidigung, weil sie partout sich nicht umstandslos um einen drehen will. Das einzige Lebensziel: zum Zentrum des Lebens der anderen werden.

Und es funktionierte. Ich warf mit dem Schäufelchen Erde auf die *Lindentruhe.* Aber in Gedanken war ich, wie gesagt, bei ihm. Ich konnte es kaum erwarten, bis meine Mutter unter die Erde kam, nur um ihm dann die Meinung zu sagen.

Man kann sich einem Herostrat nicht entziehen, zum zweiten Mal erwähne ich hier seinen Namen, dies ist Beweis genug. Solche Menschen sind Meister darin, die Aufmerksamkeit auf sich zu ziehen. Ihr entscheidender Vorteil ist der Mangel an Selbstachtung. Sie kriechen grunzend über den Teppich, und es findet sich immer jemand, dem sie dann leidtun und der ihnen einen Arm anbietet. Dann kotzen sie und weinen, und man wischt es weg und will sie *da rausholen.* Man will ihnen helfen, denn Helfen ist lustvoll, jeder hilft gern, es ist schön, zu helfen. Jedoch merkt man irgendwann: Ihm ist nicht zu helfen. Er will gar nicht da rauskommen. Er kriecht grunzend über den Teppich, damit man nicht ins Kino geht, wie man es vorgehabt hat, sondern bei ihm bleibt und ihm auf die Beine hilft. Er kotzt, damit man es wegwischt und wiederum nicht tun kann, was man eigentlich vorhatte. Er weint, damit man, wenn man es wagt, auch einmal wieder die eigenen Wünsche ins Zentrum zu stellen und nun eben doch ins Kino zu gehen, mit schlechtem Gewissen hingeht, weil man weiß: Jetzt hockt er zu Hause und weint und trinkt, weil ihn niemand davon abhält. Irgendwann erkennt man: Er ist nicht so schwach, wie es scheint. Er ist nicht krank. Oder doch: Er ist krank. Ein krankhafter Egozentriker. Mag sein, man beginnt ihn zu verachten, dann zu hassen. Aber selbst den Hass der anderen verschmähen diese Leute nicht, ganz im Gegenteil. Wenn sie es erst einmal geschafft haben, gehasst zu werden, haben sie ihr Ziel erreicht. Nun werden die anderen tagsüber an sie denken und nachts von ihnen träumen, und in der Mitte ihrer Herzen werden sie brennen, und da wird kein Platz mehr sein für etwas anderes als sie.

Dies aber nur nebenbei gesagt.

Mein Vater also auf der Beerdigung, die er durch sein jämmerliches, ja groteskes Auftreten usurpiert. Und nun sehe ich: er heult. Er steht in seinen Lederpantoffeln im Schnee, sein Gesicht eine Schmerzmaske, eine *Tragödienmaske,* wie man sie über den Portalen von Theatern sieht. Er ist, muss man sagen, der Einzige, der weint, jedenfalls so hemmungslos. Uns allen stehen die Tränen in den Augen, aber ihm tropfen sie vom Kinn. Mag sein, er weint echt. Ja, bestimmt weint er echt. Ich finde es dennoch perfid. Es nimmt mir den Wind aus den Segeln. Wie soll ich ihn jetzt noch zur Rede stellen, wie ich's vorhatte, weil er betrunken zur Beerdigung erschienen ist? Ihm jetzt Vorwürfe zu machen, da er so heult: wie unbarmherzig! Ja sicher, er ist betrunken. Aber schaut euch an, wie er trauert, wie er weint! Der arme Kerl!

Er hat sie doch wohl mehr geliebt, als ich dachte, sagte denn auch Tante Antonia zu mir, als sie ihn entdeckte. Dann kniff sie die Augen zusammen und sagte, *aber ... diese Hose, die er trägt – ist das ein Pyjama?*

Als ich zwischen den Grabsteinen auf ihn zuging, lief er schief, wie gegen einen starken Wind kämpfend, vor mir davon. Stapfte davon wie ein verwundetes Tier, unbeholfen, leider mitleiderweckend.

Dann besann er sich anders. Er drehte sich um, im Schwung des Umdrehens sein Gleichgewicht verlierend, den Arm ausstreckend wie ein Seiltänzer bei Balanceverlust. In dieser Haltung, kurz vor dem Absturz, erwartete er mich.

Es kam zur Begegnung. Er schaute mich nicht an. Mit gesenktem Blick stand er da.

Sein Gesicht: geradezu verwüstet von Trauer. Von einer besoffenen Trauer, das natürlich auch, aber es gab dennoch keinen Zweifel. Man ist dann doch in einem solchen Moment, wenn man sieht, er leidet wirklich, wider Willen bereit, ganz entgegen dem Vorsatz, den man gefasst hat, ihm zu vergeben. Ich hatte ihn zur Rede stellen wollen: aber ich schwieg.

Die Schneeflocken wehten zwischen uns durch.

Ich brachte kein Wort hervor.

Und dann hob er seinen Blick. Er schaute mir direkt in die Augen. Das war sonst nicht seine Art. Er hatte mir kaum jemals in die Augen gesehen, war meinem Blick immer ausgewichen, wie ich auch dem seinen. Aber jetzt dieser persönliche Blick. Es war ein Blick, den ich nie vergessen werde: vernichtend. Ich schauderte ob der Kälte und der schwarzen Leere –

Aber es blieb nicht bei dem Blick, mein Vater sagte auch etwas zu mir. Er rollte die Lippen, und mit störrischer Zunge sagte er, *bist du jetzt zufrieden? Jetzt, wo sie tot ist? Bist du jetzt endlich zufrieden? Jetzt hast du es doch endlich geschafft, nicht wahr? Jetzt, wo sie unter der Erde ist! Du Hundsfott!*

III | LIEBE UND FURCHT

In den folgenden Jahren dachte ich nur selten an meinen Vater, vor allem: Ich dachte nicht über ihn nach. Allenfalls kam er mir manchmal in den Sinn, etwa wenn ich auf der Straße einem Betrunkenen begegnete und er mich anwiderte. Oder wenn ich in der Zeitung las, ein Familienvater habe seine Frau und seine zwei Kinder erschossen und danach sich selbst. Ich las es im Gefühl, Glück gehabt zu haben.

Manchmal machte sich sein Blick auf dem Friedhof wieder bemerkbar, wie eine alte Narbe bei einem Wetterumschwung. Einen solchen Blick konnte man nun mal nicht vergessen, so wie einem eben auch eine Narbe ein Leben lang blieb. Was hätte ich tun sollen? Mich jeden Tag fragen, warum er mich so angesehen hatte? Ich wollte es, jedenfalls damals, gar nicht wissen, ich wollte damit leben, ohne täglich daran zu denken – und das gelang mir ja auch. Ich dachte fast nie daran und wenn, dann mit zunehmender Erleichterung darüber, dass nicht *ich* so geblickt hatte. Ich hoffte, nie in meinem Leben selbst jemanden so anzublicken. Wie *vernichtet* musste man sein, um einen solchen Blick hervorzubringen!

Hin und wieder kam mir das sonderbare Wort wieder in den Sinn, *Hundsfott.* Im Lexikon wurde es als *altes deutsches Schimpfwort* bezeichnet, der *Duden* beschrieb es als Synonym für *Schurke, Unhold, Halunke,* Plural *Hundsfötter.* Ich war aber fast sicher, mein Vater verstand unter *Hundsfott* etwas anderes als der Duden. Er wollte mich nicht Halunke oder Schurke nennen, sondern: *Bastard.* Er bezichtigte mich nicht eines schlechten Charakters, sondern er verstieß mich: *Du bist nicht mein Sohn.* Nun gut, das Unbehagen, miteinander verwandt zu sein, beruhte auf Gegenseitigkeit.

In seltenen Momenten, wenn es mir nicht gut ging und ich geschwächt und anfällig für üble Erinnerungen war, fragte ich mich, wie er auf den Gedanken kam, ich hätte mir den Tod meiner Mutter herbeigewünscht, nein schlimmer noch: ihn herbeigeführt. Genau das hatte er mir ja auf dem Friedhof unterstellt. *Hast du es jetzt endlich erreicht?* Wie kam er darauf? Es gab mehrere mögliche Erklärungen. Die eine war: Er meinte mit *Hundsfott* gar nicht mich, sondern sich selbst. Er fühlte sich schuld am Tod meiner Mutter, denn der Zusammenhang war ja eklatant: Er verkaufte meine Kopie, und aus Kummer darüber starb meine Mutter. Sie hatte dieses Bild *gebraucht,* zum Leben gebraucht. Insofern ist Kummer das falsche Wort: Sie war gestorben, weil er ihr etwas für sie Lebenswichtiges nahm. Etwas, das *Nahrung und Trank* gleichkam. Wie diese Schuld ertragen? Nun, am besten war es, sie eben nicht zu ertragen, sondern sie mir zu übertragen. Diese Vorgehensweise hätte jedenfalls zu ihm gepasst: Schwache Menschen wie er waren notgedrungen leidenschaftliche Schuldzuweiser.

Eine andere Erklärung war: Gehirnschwund. Frau Gruber hatte vor meiner Flucht aus der Attikawohnung einmal die Befürchtung geäußert, es könnte bei meinem Vater *schon so weit* sein. Sie glaubte, erste Symptome der *Hirnatrophie* bei ihm zu erkennen, und erklärte mir, langjähriger Alkoholmissbrauch *gehe aufs Gehirn.* Es war also möglich, dass mein Vater auf dem Friedhof einfach mit verminderter Hirnleistung daherredete. Ihm waren für die vernünftige Beurteilung von Situationen zuständige Hirnareale eventuell bereits abhandengekommen, oder wenn nicht verloren, dann schon so weit verkümmert, dass sie urtümliche Wörter wie *Hundsfott* produzierten, obwohl das Wort auf nichts zutraf, das im Augenblick der Rede von Bedeutung war. Er sprach ein Wort nur deshalb aus, weil es das einzige Wort war, das ihm gerade einfiel, ungeachtet des Bezugs zur Wirklichkeit. Er bezichtigte mich, über den Tod meiner Mutter froh zu sein, weil dieser Gedanke vielleicht kurz bei ihm aufgetaucht war, er aber nicht in der Lage gewesen war, den Gedanken als Spekulation einzustufen. Der Gedanke setzte sich in seinem Gehirn, das zu Reflexion nur noch eingeschränkt fähig war, fest und wurde zur Überzeugung. Auch ich hatte ja am Begräbnis meiner Mutter den beiden Friedhofsdienern unvernünftigerweise ihre mangelnde Trauer übel genommen. Aber ich hatte natürlich nie die Unsinnigkeit meines Gefühls aus den Augen verloren. Ich hatte es ihnen zwar *wirklich* übel genommen, aber ich wäre nicht auf die Idee gekommen, ihnen ins Gesicht zu sagen, *euch kann es wohl nicht schnell genug gehen, bis meine Mutter unter der Erde ist, ihr Hundsfötter.*

Was auch immer meinen Vater dazu angetrieben haben

mochte, mich so anzublicken und mir diese Dinge zu sagen, ob Gehirnschwund, Schuldübertragung oder sonst etwas: Es beschäftigte mich weniger, als es jetzt vielleicht den Anschein hat. Wie gesagt, ich dachte nur gelegentlich daran.

Das Problem als Lebender

1982 oder 83, ich weiß es nicht mehr genau, Abschluss der Kunstschule. Man bekam ein Diplom. Einige aus meiner Klasse, die, deren Väter durch unmusische Arbeit zu Wohlstand gekommen waren, bastelten bei der Abschlussfeier aus der Diplomurkunde Papierflieger, sie ließen sie aus dem Fenster im zweiten Stock des Schulgebäudes in die Nacht hinaus segeln. Sie nannten es eine *Aktion*. Natürlich suchten sie sie später im Vorgarten wieder, aber ihre Demonstration, wie schnuppe ihnen das Diplom war, zeigte mir meine Lage: Ich konnte mir künstlerische Aktionen mit dem Diplom nicht leisten. Es durch Faltungen zu versehren und dann in die Blumenbeete zu schießen, stand mir nicht frei. Ich musste das Diplom später in makellosem Zustand Arbeitgebern vorlegen, während es für die meisten anderen nur ein Wisch war, da sie Künstler werden wollten oder besser: Sie glaubten, es schon zu sein, und brachen auf in Richtung Beuys und Baselitz. Ich verlor sie nach und nach aus den Augen, von keinem hörte ich je wieder. Ich ging ihnen, was die *harte Wirklichkeit* betraf, wohl nur voran, indem ich mich ohne den leidvollen Umweg über gescheiterte Hoffnungen als Künstler bei Werbeagenturen als Grafiker bewarb.

Ein halbes Jahr dauerte die Suche. Dann endlich fand ich in Genf eine Anstellung in einem Versandhaus. Monatlich war ein umfangreicher Prospekt mit Versandprodukten zu überarbeiten und um neue Produkte zu ergänzen. Die einzelnen Produkte wurden zwar fotografisch beworben, aber das grafische Konzept verlangte – und deswegen war ich angestellt worden – zeichnerische *Einschübe,* um die Themenbereiche voneinander optisch abzugrenzen. Es war also meine Aufgabe, im Katalog beispielsweise die Aufschlagseite Haushaltsgeräte zu gestalten. Der Kunde sollte auf der Aufschlagseite auf einen Blick über Neuheiten im Sortiment informiert werden, auf *dynamische* Weise, wie mein Chef es nannte. Dynamisch hieß: Der Kunde sollte mit den neuen Produkten auf optisch ansprechende Weise vertraut gemacht werden, also mit einer gewissen Freiheit der Ausführung, sofern die Freiheit dem Verkauf diente. Ich zeichnete Küchengeräte in allen möglichen Verwirbelungen. Ich ordnete sie etwa spiralförmig an, aus dem Innern der Aufschlagseite auf den Betrachter zukommend, in der ihrer von den Marketingleuten festgelegten Bedeutung entsprechenden Größe. Im innersten Innern der Spirale war folglich recht klein aber dennoch deutlich erkennbar der Toaster zu sehen, den die Kunden schon von vielen früheren Katalogen her kannten – hohe Verkaufskontinuität, ein Bestseller. Der Toaster musste vorkommen, aber nicht prominent, also klein. Anhand der Position der einzelnen Haushaltsgeräte in der aufsteigenden Spirale hätte ein aufmerksamer Kunde herausfinden können, was wir bereits gut verkauften und was in Zukunft gut verkauft werden sollte. Aber mein Chef hielt es für ausgeschlossen, dass auch nur ein ein-

ziger unserer Kunden zu einem solchen Gedankengang
fähig war.

An mir schätzte er meine *Bodenständigkeit,* wie er es
nannte, *endlich mal ein Grafiker, der sich nicht einbildet,
van Gogh zu sein.* Ich nahm es als Kompliment. Er äußerte sich oft abfällig über seine früheren Grafiker, die al-
lesamt gescheiterte Künstler gewesen seien, jedoch ohne
Einsicht in ihr Scheitern, im Gegenteil hätten sie damit
geprahlt, vor allem bei den Weihnachtsessen, unter dem
Einfluss von *Sauternes,* man werde eines Tages noch von
ihnen hören! Bei mir aber spüre er keinerlei Allüre, *wir
beide sind Realisten, Herr Maiwald, Sie und ich.* Ich war
aber nicht in seinem Sinne Realist, sondern mir fehlte
ganz einfach jede künstlerische Ambition. Ich vermisste
nichts, wenn ich Staubsauger zeichnete, Handmixer oder
sogenannte *Massagestäbe,* eigentlich Dildos. Meine Stärke
war, wie gesagt, das Abzeichnen, und hier ging es radikal
ums Abzeichnen, was wollte ich mehr?

In Genf lebte ich allein in einer Zweizimmerwohnung,
ich dachte daran, mir einen kleinen Hund zu kaufen. Es
war die Zeit, in der ich abends oft vor einer Weinflasche
am Tisch saß und Briefe an Ruth schrieb, die ich nie ab-
schickte. Ihr entsetztes Gesicht, als ich ihr erzählte, ich
habe in Genf eine Anstellung gefunden, als Grafiker, bei
einem Versandhaus, der Lohn sei besser als gut. Sie verstand nicht, wie ich ihr das antun konnte. Ich begründete
es überflüssigerweise damit, ich müsse Geld verdienen,
und es sei schwierig, einen Job zu finden, und Genf sei ja
nur drei Zugstunden entfernt – aber alle Begründungen
kamen als Ausreden bei ihr an. Was immer ich auch sagte,

sobald es meinen Mund verließ, nahm es in ihren Ohren die immer gleiche Bedeutung an: *Du willst mich verlassen.* Von dieser Überzeugung war sie nicht abzubringen, einmal schrie sie, *du bist die größte Enttäuschung meines Lebens!* Ich schlug ihr vor, mit mir nach Genf zu ziehen. Aber ich schlug es ihr zu spät vor. Ein Fehler, ein Fehler der Vorgehensweise, ich hätte ihr nicht zuerst vom Job erzählen dürfen, von Genf hätte ich sprechen müssen gleich am Anfang, *komm, wir ziehen nach Genf.*

Nach Genf? Warum denn?

Weil ich dort einen Job gefunden habe. Aber ohne dich gehe ich nicht.

So hätte ich es machen müssen, diplomatisch, also verlogen, denn ich war pleite und *musste* nach Genf, mit Ruth oder ohne sie – dennoch wäre es besser gewesen, zu tun, als sei dies nicht so. Nun war es aber, wie gesagt, zu spät. Mein Vorschlag, sie solle doch mitkommen, erfolgte erst nach ihrem Zusammenbruch: Sie setzte sich eines Tages nach einem Streit aufs Fensterbrett und drohte, zu springen. Da erst schlug ich es ihr vor, nun hielt sie es aber natürlich für einen Vorschlag aus Angst um ihr Leben.

Mag sein, Ruth liebte mich mehr als ich sie –

Ich packte sie und zog sie ins Zimmer zurück. Es war ein furchtbarer Tag, an dem wir beide voreinander zerfielen.

Acht Monate nach der Trennung dann ein Anruf von Ruth, sie sei in Lausanne, wegen einer Ausstellung. Ihr Vorschlag eines Treffens, *auf ein Bier.* Am Telefon ihre sachliche, kühle Stimme, sie sagte, sie wolle mir etwas mitteilen. Deswegen das Treffen.

Ich fuhr hin, ich weiß nicht, in welcher Hoffnung. Wir trafen uns in einem Café in Bahnhofsnähe, sie war nicht allein gekommen, sondern mit einem Mann im Alter ihres Vaters. Er musterte mich, dabei spöttisch lächelnd. Ruths Haare jetzt blond. Sie hatte außerdem zugenommen. Ich wollte eigentlich wieder gehen, denn die Mitteilung war ja bereits erfolgt, indem sie in Begleitung dieses Mannes erschienen war. Doch ich blieb, wohl aus einer letzten Hoffnung heraus, es sei vielleicht nur der Galerist, sie hatte ja von einer Ausstellung ihrer Bilder gesprochen. Tatsächlich war es der Galerist, aber das eine schloss das andere nicht aus, wie sich zeigte, als sie die Hand in die seine legte.

Und? Bist du glücklich in Genf?, fragte sie. Ihr rachsüchtiger Blick.

Da ich kaum sprach und Ruth gleichfalls immer weniger, hielt der Galerist einen Monolog. Ich erinnere mich nicht mehr, worüber, nur an sein Monologisieren. Nach einer Stunde ließ er uns allein, sichtlich ungern, jedoch musste er und verschwand hinter der Toilettentür.

Wir saßen da und schauten uns an. Es begann zu donnern, ein Sturzregen ging nieder, um uns herum Unruhe wegen des Unwetters, die Leute kommentierten die Blitze. Aber Ruth und ich schauten uns weiter schweigend an, wir hätten es auch getan, wenn nebenan ein Haus in Brand geraten wäre. Es war *unser* Unwetter, und wir waren das Zentrum.

Komm mit mir, sagte ich, ich erinnere mich: mit trockenem Mund und fast ohne Stimme.

Es ist zu spät, sagte sie.

Das war unsere letzte Begegnung. Ich arbeitete acht Jahre lang in Genf, fand keinen Anschluss, mein Französisch blieb miserabel, und die Genfer waren empfindlich, was das betraf. Einen Hund kaufte ich nicht, aber ich dachte dauernd daran.

Im fünften Jahr stellte mein Chef eine Buchhalterin aus der Deutschschweiz an, Monika. Wir teilten eine Weile lang unsere Einsamkeit miteinander, spazierten sonntags am *Lac Leman,* meistens schweigend, danach Abendessen irgendwo, wo es nicht zu teuer war. Viel Wein, dennoch schwiegen wir. Nie habe ich mit einem Menschen so viel geschwiegen wie mit Monika, seither weiß ich: Man gewöhnt sich daran. Es ist sogar auf eine Weise befreiend. Es ist einem plötzlich egal, nichts zu sagen. Früher fand man es peinlich, jetzt nicht mehr. Man schweigt eben, so wie andere reden. Man versteht bald nicht mehr, was am einen besser sein soll als am anderen. Wenn wir miteinander schliefen, setzte sich das Schweigen gewissermaßen fort. Hier zeigte sich dann allerdings: ohne Gespräch keine Leidenschaft. Oder besser: nur kalte Leidenschaft.

Gleichfalls im fünften Jahr schaffte sich mein Chef zwei Computer der Marke *Atari* an. Sie ersetzten die *Kugelkopfschreibmaschinen.* Ich sah zum ersten Mal eine Textzeile auf einem Bildschirm, nicht mehr auf Papier, aber es beeindruckte mich nicht. Wie sich später herausstellte, wurde ich damals Zeuge einer *technischen Revolution.* Aber auch im Nachhinein beeindruckt es mich nicht.

Es kamen neue Computer, der *Macintosh* und so weiter, und vor allem: es kamen *Grafikprogramme.* Bezeichnenderweise erinnere ich mich nicht mehr, was man mit

ihnen schon machen konnte und was noch nicht. Es ließ
mich kalt. Ich gestaltete weiterhin die Aufschlagseiten für
den Versandhauskatalog auf Papier, ich zeichnete etwa für
den Produktebereich *Bad* einen Reigen von Brauseköpfen
und Antirutschmatten, im Zentrum wogte auf Bitte der
Einkäufer der Duschvorhang *Sandra,* den sie in zu hoher
Stückzahl eingekauft hatten, seine Scheußlichkeit nicht
bedenkend: *bitte prominent platzieren.* Die Grafikprogramme auf dem *Apple Macintosh* waren noch nicht viel
mehr als Spielerei, und, wie gesagt, sie ließen mich kalt.
Das heißt nicht, dass ich in ihnen nicht bereits eine Gefahr heraufziehen sah. Es war ja eine Zeit der atemlosen
Entwicklung. Man konnte im noch Unzulänglichen dieser Programme schon den Willen zum Vollkommenen
erkennen und neben diesem Vollkommenheitsanspruch
auch gewissermaßen den auf Alleinherrschaft. Das überraschend schnelle und vor allem totale Verschwinden der
Kugelkopfschreibmaschine war mir eine Warnung und
spielte später eine Nebenrolle bei meinem Entschluss,
nach Berlin zu ziehen.

Die Hauptrolle spielte Nora –

In meinem achten Genfer Jahr las ich in einer deutschen
Zeitschrift Ruth Hellers Namen, im Feuilleton. Ein Kri-
tiker besprach ihre Ausstellung in einer Berliner Galerie auf geradezu feindselige Weise, er nannte ihre Bilder *eine künstlerische Niederlage,* es handle sich bei ihnen
um *Kunstimitate ohne reflexive Ironie.* Er richtete Ruth
als Künstlerin hin. Ich las die Kritik mehrmals, sie war
nur kurz, wirkte auf der Zeitungsseite nebensächlich, das
machte es umso schlimmer.

Die Kritik erschien kurz vor meinem Sommerurlaub, ich hatte noch keinerlei Plan, wie ich die vielen, mir schon im Voraus endlos erscheinenden Tage verbringen sollte. Monika hatte vor einiger Zeit während einer unserer schweigsamen Seespaziergänge den leisen Vorschlag gemacht, wir könnten doch vielleicht für eine Woche gemeinsam nach Mallorca fahren. Mir wurde bei der Vorstellung sofort unwohl, und ich sagte, das sei eine gute Idee. Jedoch sagte ich danach nichts mehr. Es blieb bei dieser Bemerkung, und sie kam auf ihren Vorschlag nicht mehr zurück.

Nach Ferienbeginn fuhr ich mit dem Nachtzug nach Berlin, das war im Jahr 1990. Ich besichtigte die Lücken in der Mauer und danach Ruths Bilder in der Galerie. Ich weiß nicht, was ich mir davon erhoffte. Dass ich sie dort antraf?

Ich traf überhaupt niemanden an, nur den Galeristen, ich war der einzige Besucher. Ich fragte ihn, ob die Künstlerin in Berlin lebe. Er verneinte es, sie lebe in Zürich, *in Ihrer Heimat, nehme ich an, Sie sind doch Schweizer?* Ob die Bilder gut oder schlecht waren, konnte ich nicht beurteilen, mir schien nur, Ruth müsse einsam sein. Konnte man solche Bilder malen, wenn man es nicht war? Fuhr man in den Sommerferien allein nach Berlin, um sie sich anzusehen, wenn man es nicht war?

Ich erinnere mich, als ich die Galerie verließ war da auf der anderen Straßenseite ein lärmender Kinderspielplatz, ein Gewusel aus kleinen Leibern, große Köpfe auf kleinen Körpern, die hinunterrutschten oder hin und her schaukelten oder im Sand standen, während die Mütter auf Bänken in der Sonne saßen und sich in Geduld übten. Die Kinder spielten an unsichtbaren Fäden, jedes war mit einer Mutter verbunden, keines war hier allein und unbeaufsichtigt, daher ihre Ausgelassenheit. Ihre goldene Sorglosigkeit. Sie vertrauten voll und ganz der Verbindung mit ihren Müttern, die gleich herbeieilten, wenn etwas geschah. Sie konnten sich getrost fallen lassen, sie wurden aufgefangen. Sie waren aufgehoben, wie übrigens auch die Hunde, die auf dem Vorplatz eines Restaurants neben den Tischen die Köpfe auf die Pfoten legten, in sicherer Nähe ihrer Besitzer, die ihnen wegen der Hitze Wasserschalen hingestellt hatten. Keiner dieser Hunde konnte verloren gehen, ohne eine Suche auszulösen, keiner war anonym. Keiner war hier, ohne dass jemand davon wusste.

Ich setzte mich in das Restaurant, die Sonne beschien mich. Sie schien über die Wipfel der Bäume des Spielplatzes hinweg und an einem dahinter aufragenden Kirchturm vorbei mir ins Gesicht, was ich nun verblüffend fand. Sie schien tatsächlich auch für mich, das Gestirn bezog mich mit ein, es schenkte seine Wärme auch mir.

Ich überlegte mir, was geschehen würde, wenn ich jetzt starb. Sie würden meinen Personalausweis finden, immerhin stünde mein Name fest und meine Nationalität. Aber wen nun anrufen? Hat er Frau, hat er Kinder? Hat er Freunde, die sich um die Beerdigung kümmern? Die Leiche hätte einen Namen und wäre Schweizer, aber mehr ließe sich vorläufig über mein Leben nicht eruieren. Sie würden dann herausfinden: Er wohnt in Genf, am *Place*

du Cirque 15. Ein Anruf in der Wohnung bliebe erfolglos. Nach weiteren vergeblichen Anrufen käme man zum
Ergebnis: Er lebt wohl allein. Die Polizei würde die Wohnung aufbrechen, um Näheres zu erfahren. Man fände
meine Lohnabrechnungen in der Schublade. Nun Anruf im Versandhaus. Bestätigung des Chefs: Der Tote hat
hier als Grafiker gearbeitet und war im Übrigen ein be-
scheidener Mensch, endlich einmal ein Grafiker, der sich
nicht einbildet, van Gogh zu sein. Schön und gut, aber
hat er keine Verwandten, keine Freunde, die dem Staat
die Verantwortung für die Leiche abnehmen und ihr ein
ordentliches Begräbnis auf private Kosten ausrichten? Die
Hunde und die Kinder betrachtend, Bier trinkend, von
der Sonne beschienen überlegte ich mir, ob Monika sich
wohl für mein Begräbnis verantwortlich fühlen würde?
Wahrscheinlich ja, sie war ein guter Mensch und vor allem: eine wissende Gefährtin. Sie kannte mein Problem
als Lebender, sie würde folglich auch mein Problem als
Toter erkennen.

Ich ließ mein Bier stehen, und von einer Telefonzelle aus
rief ich Monika an, um ihr, was sie nämlich nicht wusste,
zu erzählen, ich sei in Berlin. Sie war aber nicht da. War
vielleicht allein nach Mallorca gefahren. Ich hinterließ auf
dem Anrufbeantworter die Nachricht, ich sei in Berlin.
Ich lud sie nicht ein, auch zu kommen, darum ging es
nicht. Das hätte nichts geändert.

Am Abend jenes ersten Tages in Berlin war mir nach
Weitertrinken zumute. An der Spree, in der Nähe meines
Hotels, beim *Bode-Museum* saßen die Leute unter Gir-

landen aus farbigen Glühbirnen, und ich setzte mich an den einzigen noch freien Tisch – es war ein Blechtisch mit Klappbeinen – und zählte die Trauergäste, die zu meiner Beerdigung kommen würden. Karin, falls sie davon erfuhr, was unwahrscheinlich war, zählte ich dazu. Denn falls sie Nachricht von meinem Tod erhielte, würde sie kommen, bestimmt. Meine von mir zusammengezählte Trauergemeinde bestand überhaupt aus mehr Leuten, die bestimmt kommen *würden,* wenn sie davon erführen, als aus solchen, die bestimmt von meinem Tod erfuhren. Es war ein lauer Abend, auch das Licht war lau, das Bier lauwarm, so stieg es schnell zu Kopf. Aus Lautsprechern, an den Ästen einer Linde befestigt, Akkordeonmusik, schnaufende Tangoklänge, das Akkordeon als einziges Instrument, das beim Spielen atmet. Es setzten sich, da ich an einem Vierertisch saß, unweigerlich andere Leute zu mir, darunter eine Frau, und wie es so kommt …

In klassischer Manier wurde der Fremde redselig und erzählte der Frau, sie hieß Nora, sein Leben. Und zwar erstaunlich unverblümt, da betrunken, aber auch, weil er zu der Frau sofort Vertrauen fasste. Er sprach von seinem Vater, einem unglücklichen Menschen, doppelt gescheitert, einmal als Richard Burton und dann auch als er selbst. Gescheitert, weil er in sich nichts Verlässliches fand, ein Mann ohne inneren Halt, eigentlich ein Kind, darauf wartend, dass sich jemand seiner annahm. Natürlich auch ein Egozentriker wie alle dreijährigen Kinder. Ein Mann mit nichts, das er an seinen Sohn hätte weitergeben können, außer die Warnung, nicht so zu werden wie er. Ein Vater als Warnschild: *bleibe mir fern in jeder Hinsicht.* Vor allem aber eben ein Vater, dem das Kind misstraut, von Anfang an. Es spürt: Er führt nicht. Es spürt: Er weiß nicht. Es findet an ihm keinen Halt. Es fühlt sich folglich in der Welt, in die der Vater es an seiner Hand hätte führen sollen, auf sich selbst gestellt. Es muss alles selbst erkunden. Es muss sich selbst beschützen. Es beginnt, sich vor der Welt zu hüten, und zwar sicherheitshalber total, da ihm niemand aufzeigt: Hier besteht keine Gefahr, aber dort musst du aufpassen. Das Kind möchte sich verstecken, aber so einfach ist das nicht. Es gerät in denselben Zwiespalt wie die Spatzenjungen, wenn sie aus dem Nest auf die Straße fallen. Sie möchten sich verstecken, unbedingt, es drängt sie, im Unterschlupf Schutz zu suchen, ihr kleines Herz pocht sie förmlich ins Versteck hinein. Aber andererseits wollen sie auch unbedingt erkennbar bleiben für die Eltern. Sie wollen von ihnen gefunden und gefüttert werden und beschützt. Dieser Zwiespalt lähmt sie, und deswegen werden sie von Katzen gefressen oder von Autos überfahren.

Aber ich bin ja kein Spatz, sagte der Fremde mit Zungenschlag. Er sagte, er habe sich, und das werde ihm in diesem Moment erst bewusst, schon früh ins Versteck zurückgezogen. Seine ganze Kindheit lang habe er sich im Grunde nur versteckt, und draußen sei der Vater herumgeschlichen in seinem blauen Morgenmantel. Der Vater habe es nicht auf ihn abgesehen, sagte der Fremde, *nicht, dass du das falsch verstehst, Nora.* Der Vater habe dem Kind nur eben den Eindruck vermittelt, die Welt bestrafe jeden, der ihr vertraue. Er habe dem in seinem Versteck ausharrenden Kind täglich Grund fürs Verstecken gegeben durch sein *chaotisches* Verhalten. Und nun, gerade jetzt, sagte der Fremde, werde ihm aber auch bewusst, dass er sein Versteck noch immer nicht verlassen habe. Und deswegen verliere er gerade jetzt die Hoffnung, es jemals verlassen zu können. *Und in einem Versteck ist man ja meistens allein.* Er werde wohl immer ein Versteckter bleiben, immer mit der Sehnsucht, *gefunden* zu werden.

Dann sollte ich eigentlich einen großen Bogen um dich machen, sagte Nora.

Nora

Ein halbes Jahr später, da wohnten wir schon zusammen, sah ich sie einmal auf der Straße. Sie sah mich nicht. Sie trug, es war Herbst, ihren hellbraunen Wollmantel. Darunter hautfarbene Strümpfe, dann *Ballerina*-Schuhe. Schwarz. Ihre Haare honigblond, straff, lang, über den Mantel fallend. Eine reif gewordene Mädchenhaftigkeit. Uneitel. Nahbar. Vor dem Überqueren der Straße blickte sie sich um. Jetzt ihr *isländisches* Gesicht, wie ich es für mich nannte. Ein natürliches Gesicht, natürliche Schönheit. Aber vor allem: sie leuchtete. Das war das Besondere an ihr: dieses Leuchten. Ich sah es als aprikosenfarbenen Schimmer, der sie umgab, und anfangs dachte ich, die Liebe lasse mich dieses Leuchten sehen. Ich dachte, ich sei der Einzige, der es sieht oder sich einbildet, es zu sehen. Doch später bestätigte es mir einer, der sie auch sehr gut kannte, ein guter Freund von ihr, früher eine Liebe. Er sagte an dem Abend, als sie uns miteinander bekannt machte, zu mir, *du scheinst ihr gutzutun.* Ich fragte, warum er das glaube. Er sagte, *sie leuchtet ja immer. Aber jetzt besonders stark.*

Sie überquerte die Straße, etwas Schwebendes war in ihrem Gang, sie tippte die Straße nur an mit ihren leichten Schuhen, sie hätte fliegen können. Und alles harmonierte miteinander: Die Farben ihrer Kleidung, ihres Haars, die Leichtigkeit ihrer Bewegungen, ihr *bei sich sein.* Ich war, als ich sie über die Straße gehen sah, glücklich und gleichermaßen verwundert: dass diese Frau auf dem Weg zu mir war!

Ihr Vater starb, als sie elf war. Sie erzählte es mir am zweiten Abend in einer Kneipe in Kreuzberg, wir begegneten uns von Anfang an mit *unseren Leben.* Wir näherten uns einander nicht, wie es sonst in den Anfängen üblich ist, über Unpersönliches an. Wir erforschten nicht zunächst, wie viel wir dem anderen anvertrauen konnten, ohne ihn zu überfordern oder abzuschrecken. Wir ließen keinerlei Vorsicht walten, es war nicht nötig, denn das war ja das Besondere an unserer Begegnung: die Vertrautheit von Beginn an. Ohne Umwege kamen wir zum Wesentlichen, zu den *Schmerzpunkten,* wie sie es nannte, wir offenbarten einander gleich unsere Verwundungen – und sie glichen sich.

Ihre Mutter Ärztin. Sie das einzige Kind. Tod des Vaters, wie gesagt, als sie elf war. Sie mit ihrer Mutter allein am Küchentisch, die Mutter hat Buletten gebraten. Aber sie isst nicht, nur Nora isst. Die Buletten der Mutter werden auf ihrem Teller kalt. Nora isst. Sie schämt sich: Wie kann ich hungrig sein, wenn mein Vater doch tot ist?

Die Mutter drückt aus dem Blister Tabletten in eine chinesische Reisschale. Die Schale ein Mitbringsel ihres Vaters, der ein Jahr vor seinem Tod geschäftlich in China war. Die Mutter schluckt die Pillen mit Rotwein. Später Fernsehen. Irgendeine Samstagabendsendung. Die Mutter neben Nora auf dem Sofa. Plötzlich ein Klirren. Das Weinglas ist der Mutter aus der Hand gerutscht, es zerspringt auf dem Sofatisch in große, halbrunde Scherben. Überall Wein, er fließt über den Rand des Sofatisches, tropft auf den Teppich. Die Mutter merkt es aber nicht. Denn sie schläft. Sie ist im Sitzen eingeschlafen. Im Fernsehen lachen sie und klatschen. Nora sieht das Kinn der Mutter langsam auf die Brust sinken. Und dann kippt die Mutter langsam nach vorn, und es gibt kein Halten mehr. Sie kippt vornüber, dann plötzlich in einer Drehung seitwärts, rutscht sie vom Sofa und ihr Kopf bringt die Scherben auf dem Sofatisch zum Hüpfen, als er aufschlägt. Jetzt überall Wein und Blut. Die Mutter erwacht mit gläsernem Blick und starrt. Eine Scherbe steckt ihr im Kopf.

Das ist der Auftakt zu endloser Wiederholung. Was sich ändert: Die Mutter wird vorsichtiger. Sie schluckt die Pillen nicht mehr vor Nora, sie tut es heimlich. Im Badezimmer. Aber von der chinesischen Reisschale rückt sie nicht ab. Immer klicken die Pillen in der Schale. Nora hört es, denn sie lauscht an der Badezimmertür. Danach beim Abendessen *ein Gläschen Rotwein*. Danach, *ich bin müde, Schätzchen. Es war ein harter Tag.* Die Mutter in ihrem Schlafzimmer, auf dem Bett, dessen eine Hälfte kalt ist. Wo früher der Vater lag. Die Mutter halb ausgezogen auf dem Bett, der Rock hängt ihr an den Knöcheln. Die Bluse aufgeknöpft, zwischen ihren Brüsten das Weinglas. Auf dem Nachttisch die verfluchte chinesische Schale, darin Pillen verschiedener Größe, von unterschiedlicher Farbe. Nora versteckt die Schale mit den Pillen. Sie wagt nicht, die Pillen wegzuwerfen, aber sie versteckt sie im Wohnzimmer hinter dem langen Vorhang. Nein, das ist nicht sicher genug. Sie versteckt die Schale auf dem Dachboden in einer Kartonschachtel mit den Schuhen ihres Vaters, auch um der Mutter, falls sie die Pillen findet, ein Zeichen zu geben. *Papa möchte nicht, dass du das machst.* Aber auch das geht nicht. Sie kann die Pillen nicht bei den Schuhen ihres Vaters verstecken, es tut ihr so weh, dass diese Schuhe noch da sind, aber er nicht mehr. Sie holt die Schale wieder aus der Kiste. Und nun steht sie auf dem Dachboden und weiß nicht, wohin mit den Pillen, sie weiß es einfach nicht.

Als Nora mir dies erzählte, wurde mir, so merkwürdig es klingt, warm ums Herz. Endlich begegnete ich jemandem, der meine Vergangenheit mit mir teilte, und nicht einfach nur von außen als Zuhörer, der sich die Erfahrung eines anderen anhört und sich durchaus einfühlt, mitfühlt, aber immer aus einem Zustand der eigenen Verschontheit heraus, immer unweigerlich denkend, *zum Glück ist mir das nicht passiert.* Nein, Nora *war* es passiert wie mir, und als beim Erzählen der Schmerz über den Tod ihres Vaters und das Verlöschen ihrer Mutter sie mitten in einem Satz verstummen ließ, fand ich die richtigen Worte, da ich sie nicht als Zuhörer sagte, sondern aus eigenem Schmerz.

Nora und ich spazierten später an jenem Abend bei Vollmond am *Landwehrkanal,* noch nicht Hand in Hand, noch jeder für sich.

Ich erzählte Nora: Eines Nachts, ich bin sieben Jahre alt, gerate ich aus dem Schlaf heraus in einen Streit meiner Eltern, der in meinem jetzt hell erleuchteten Zimmer ausgetragen wird, denn zu mir hat sich meine Mutter geflüchtet, aus Angst vor dem arabischen Dolch, der im Gürtel des Morgenmantels meines Vaters steckt. Es ist der Dolch, der sonst im Wohnzimmer unter den Schwertern und Musketen an der Wand hängt. Nun aber hat mein Vater sich damit bewaffnet, dazu grinst er, und ich weiß nicht mehr, wer er ist. Ja sicher, er ist mein Vater, sieht aus wie mein Vater, aber kann er es wirklich noch sein, mit dem Dolch? Ist er mein Vater, und heißt das: Er tut mir nichts? Wozu dann aber der Dolch? Meine Mutter hält mich fest, in einer beschützenden Umarmung, also wird er mir doch gleich etwas tun mit dem Dolch, wozu würde sie mich sonst beschützen? *Du machst ihm Angst!,* schreit meine Mutter ihn an. *Dein eigener Sohn hat Angst vor dir!,* schreit sie. Aber sie soll den Mund halten! Sie soll ihn nicht gegen uns aufbringen! Merkt sie es denn nicht? *Er hat einen Dolch!,* schreie ich, damit sie schweigt, aber sie tut es nicht. Sie zischt ihn an, *du widerlicher Dreckskerl!* Nun schreie ich um Hilfe, in den Worten eines Kindes, ich schreie nicht *Hilfe!,* ich schreie *Ich will weg!* Es soll jemanden herbeirufen, jemanden, der mir hilft. *Ich will weg!* Vielleicht will ich damit ja sogar meinen Vater herbeirufen, das mag sein, ihn *aus sich heraus* rufen, damit er mich erkennt und aufhört, mit dem Dolch dazustehen, aufhört, zu grinsen.

Als ich es Nora erzählte, merkte ich: Ich tat es aus einem bestimmten Grund. Ich wollte endlich etwas aussprechen, das ich mir all die Jahre über nicht eingestanden hatte. Vor mir und erst recht vor anderen hatte ich es verborgen gehalten. Man merkte dem Satz, als ich ihn aussprach, an, dass er *alt* war, meiner Stimme merkte man es an, sie klang alt, als ich sagte, *ich hatte immer Angst vor ihm. Immer.*

Es war ein Geständnis. Es mag sonderbar erscheinen, dass ich es so nenne. Ein Kind und ein solcher Vater: kein Wunder, fürchtete es sich vor ihm. Ja, schon, aber wohin mit der Angst? Als kleines Kind war ich ihr noch hilflos ausgesetzt gewesen, da gab es kein Wegschieben. Ich hätte aber schon damals auf die Frage, ob ich vor meinem Vater Angst habe, gelogen. Von Anfang an war mit der Angst das Verschweigen verbunden. Zunächst verschwieg ich es nur meiner Mutter, allen anderen sowieso, am meisten natürlich meinem Vater. Aber noch nicht mir. Das kam erst später, als ich aus den Kinderschuhen in hölzerne Nietenclogs hineinwuchs. Nun legte ich mir ein heroischeres Selbstverständnis zu. Eins, mit dem man in Würde leben konnte. Angst vor dem *Alten?* Quatsch, ich hatte keine Angst! Der *Alte* war, wie alle Erwachsenen, ein *Papiertiger.* Er noch um vieles papierner als die anderen. Ich deutete meine Angst in Verachtung um. Mein *Alter* ein haltloser Mensch, dauernd besoffen, schau ihn dir an! Jämmerlich. Schau ihn dir an, wie er durch den dunklen Flur in sein Schlafzimmer wankt, in seinem ewigen Morgenmantel. Oder er stürzt die Treppe runter, danach tagelang seine blau geschwollene Nase, die *Säuferkerbe* auf dem Nasenrücken, und er stinkt. Vor *so etwas* Angst haben? Lächerlich! Denn er schlägt ja nicht, er rührt mich nicht an. Er *verzieht* sich meistens, wenn er mich sieht, er schämt sich vor mir. Auf den Gedanken, ich könnte gleichwohl *dauernd* Angst vor ihm haben, komme ich gar nicht mehr, so sehr überwiegt seine Jämmerlichkeit, fast erbarmungswürdig ist er. Darf man ihn in seinem Zimmer verfaulen lassen? Müsste man nicht einen Arzt rufen? Müsste man ihn nicht einmal zur Rede stellen? Ihm den Spiegel vorhalten? Ein schlechtes Gewissen hin und wieder, das ja, aber Angst? Wie gesagt, ich wäre gar nicht auf den Gedanken gekommen, so gut ummantelte ich meine Angst.

Aber jetzt, als ich mich bei Nora in Sicherheit fühlte, ja, so kann man es nennen, in Sicherheit, weil sie durch ihre eigenen Erlebnisse den meinen einen Raum bot, in dem sie sein durften, wie sie wirklich gewesen waren, jetzt endlich sprach ich es aus.

Der Wert dieses Geständnisses ist gar nicht zu überschätzen. Denn nun erst wurde mir die Lage klar, in der ich mich befand seit den Anfängen, seit mein Vater mich zum ersten Mal in den Zustand der Schutzlosigkeit stieß. Der noch flugunfähige Jungvogel stürzt aus dem Nest, hinunter in eine Welt, die er als gefährlich erkennt, von der er aber keine Anschauung hat. Wie gefährlich genau ist sie? Und wo, unter welchen Umständen, ist sie gefährlich, wo aber nicht? Wo ist man in Sicherheit? Da der Jungvogel darüber nichts weiß, ist er, wie gesagt, hin und her gerissen. Er will sich im nächsten Gestrüpp verstecken vor der Welt. Im tiefen Gestrüpp wäre er aber auch für jene unsichtbar, von denen er doch gefunden und gerettet werden will – er muss doch für sie auffindbar bleiben, damit sie kommen und ihn beschützen und füttern. Also versteckt er sich nur halb, er bleibt am Rand des sicheren Gestrüpps und piepst, er ruft nach ihnen und zieht die Aufmerksamkeit der Katzen auf sich. Meine Situation war aber noch elender als die eines auf die Straße gestürzten Nestlings. Ich versteckte mich vor der Welt und wollte gefunden werden, von meinem Vater, von wem sonst – aber gleichzeitig fürchtete ich mich vor ihm. Ich fürchtete mich vor dem, von dem ich gefunden werden wollte. Nicht nur führte mein Vater mich nicht an die Welt heran, nicht nur lebte er mir nicht vor, wie man sich darin am besten verhält, nicht nur zeigte er mir nicht, wo Gefahr lauert und wo nicht, nein, er wurde auch noch selber zur Bedrohung. Ich fühlte mich von *ihm* am meisten bedroht. Er ließ mich in der Welt allein und wurde mir gleichzeitig zur Katze oder zum polternden Lastwagen. Mit anderen Worten: Ich fürchtete mich am meisten vor dem, den ich liebte.

Ich erinnere mich, Nora und ich fuhren mit einem Ausflugsschiff auf der Spree, an einem regnerischen Tag. Wir saßen als Einzige draußen, sie in einem gelben *Friesennerz,* einem Ölanzug, den ihre Mutter einmal auf Sylt gekauft hatte, ich unter einem Schirm, der wenig nützte. Sie wollte mir Berlin aus der Flusssicht zeigen. An einer Stelle sagte sie, *hier ist Ingo Krüger ertrunken.* Er wollte, erfuhr ich, 1961 zu seiner Verlobten in den Westteil der Stadt, tauchend unter der Spree durch zum anderen Ufer, wo sie auf ihn wartete. Jedoch ertrank er, und seine Verlobte sah, wie DDR-Zöllner seine Leiche aus dem Wasser hoben. *Aber er hat seine Angst überwunden, aus Liebe,* sagte Nora. Ihre Mutter lernte später die ehemalige Verlobte Krügers kennen, war eine Zeit lang mit ihr befreundet, deswegen ging es Nora persönlich nahe.

Mir blieb der Satz, den sie gesagt hatte, und am Abend, wir tranken sauren Weißwein in jener Kneipe in Kreuzberg, brachte ich das Gespräch wieder auf Ingo Krüger. Die Angst zu überwinden aus Liebe sei das eine, sagte ich. Aber was, wenn man mit Liebe Angst verbinde? Wenn man sich vor jemandem fürchte, den man liebt? Was, wenn man gewissermaßen gelernt habe, Liebe mit Furcht zu verbinden, sehr früh schon, als kleines Kind? Was, wenn diese Verbindung, die ja eigentlich eine *Gleichsetzung* sei, einem durch pure Gewöhnung in Fleisch und Blut übergehe, am Ende ohne dass man's überhaupt noch merkt? Am Ende verbinde man möglicherweise die Liebe zu *allem* stets mit Furcht. Alles, was man liebe, jage einem dann möglicherweise Angst ein. Nicht nur die Menschen, die man liebe, sondern auch das, was man tue oder besser: eben nicht tue, weil man es zwar liebt, es einem aber Angst macht. Oder man tut etwas, von dem man denkt, man liebt es nicht besonders – möglicherweise würde man es aber lieben, wäre die Angst nicht.

Liebe und Furcht also. Liebe nie ohne Furcht. Psychologisches Kaffeesatzlesen vielleicht, mag sein. Aber der Gedanke befreite mich. Er bot mir eine Erklärung für manches in meinem Leben, das mir überhaupt erst jetzt unerklärlich wurde. Das war sehr angenehm. Ich hatte den Eindruck, einen Schritt weitergekommen zu sein.

Ich begann, was ich liebte, daraufhin zu überprüfen, wie sehr ich es gleichzeitig fürchtete. Der Gedanke besaß auch gewissermaßen chirurgische Qualitäten, er war geeignet, die Furcht, nachdem sie aufgespürt war, aus der Liebe zu entfernen, wie es ein Orthopäde in jener Zeit mit meiner Dornwarze machte, die mir in der rechten Fußsohle gewachsen war. Er schabte sie mit einem Löffelchen aus dem gesunden Gewebe. Danach blieb nur mein Fuß zurück, der *reine* Fuß, auf dem ich nun wieder ohne Schmerz und Gehinke durch die Welt gehen konnte. Die Warze zwang mir nun nicht mehr eine umständliche Gangart auf, sie bestimmte nicht mehr die Art und Weise, wie ich den Fuß aufsetzte. Sie verbot mir nicht mehr, zu hüpfen, wenn mir nach hüpfen war. Sie schrieb mir nicht mehr vor, welche Schuhe ich tragen durfte und welche nicht. Ich bewegte mich nun wieder frei, auf *meine* Art, wie es *mir* beliebte. Ich zog Parallelen: So frei musste man sich auch fühlen, wenn die Furcht aus der Liebe *exzidiert* war, wie der Orthopäde das genannt hatte.

Black Dog

Nach meinem Berlin-Urlaub, dessen eigentlicher Anlass, nämlich Ruths Ausstellung, mir bei der Abreise unwirklich vorkam, da es mir richtiger schien zu denken, ich sei nach Berlin gefahren, um Nora kennenzulernen, fuhr ich nach Genf zurück – aber nur, um meine Übersiedlung nach Berlin vorzubereiten. Nora arbeitete in einer katholischen Privatschule in Reinickendorf als Lehrerin für Latein. Sie liebte ihren Beruf, sie liebte Berlin, während

ich weder Genf noch das Abzeichnen von Haushaltsgerä-
ten liebte – die Frage, wer zu wem zieht, wurde also von der
Liebe entschieden, der zu einer Stadt, zu einer Tätigkeit
und zu einem Menschen, und hier stand es 3:1 für Nora.

Ich kündigte meinen Job im Versandhaus, kündigte
meine Wohnung, die Fristen betrugen in beiden Fällen
drei Monate. Ich saß die Zeit ab wie eine Gefängnisstrafe,
telefonierte zweimal mit Nora an Werktagen, zehnmal an
den Wochenenden. Noch nie hatte ich mit einem Menschen so viel zu bereden gehabt. Wir redeten am Telefon
stundenlang, es ergab immer ein Wort das andere, da mir
alles, was sie sagte, interessant und belangvoll erschien,
auch wenn sie ganz Alltägliches berichtete, etwa von ihrem Fahrrad, die leidige Sache mit dem Hinterrad, das
dauernd Luft verlor, trotz Auswechselns des Schlauches.
Wir erzählten einander unsere Tage, und eben auch das
Nebensächliche ließen wir nicht aus, die Tage bestanden
ja meist aus Nebensächlichem, aber da das Hauptsächli-
che das Erzählen selbst war, gab es zwischen Kleinigkeit
und Wichtigem keinen Unterschied. Es wurde alles wichtig, *weil* wir es uns erzählten.

Manchmal las sie mir aus den *Amores* von Ovid vor,
im Original. Ich lauschte dann ihrer Stimme, und nichts
verstehend hörte ich in ihrer Stimme nur sie selbst, wenn
sie zitierte:

Quem penes est dominam servandi cura, Bagoa,
dum perago tecum pauca, sed apta, vaca.

Ich hörte ihr *Leuchten,* ihr aprikosenfarbenes Leuchten.

Nach drei Monaten war ich entlassen und fuhr mit gro-
ßem Gepäck im Nachtzug nach Berlin. Die Möbel: alle

verkauft. Die Bücher, meine Gitarre und so weiter, was mir eben am Herzen lag, transportierte ein Unternehmen. Ich hatte gut verdient in den Versandhaus-Jahren und wenig ausgegeben. Ich kam in Berlin mit dickem Portemonnaie an, ohne Sorgen, gleich eine Anstellung finden zu müssen – zu der mir Nora aber zwei Wochen nach meinem Umzug schon verhalf. In ihrer Schule war die Stelle des Kunstlehrers vakant geworden. Auf Noras Fürsprache hin empfing mich Herr Röpke, der Schulleiter, zu einem Bewerbungsgespräch. Mein Diplom der Kunstschule beeindruckte ihn wenig. Er war skeptisch: keine Erfahrung als Lehrer, kein Studium der Kunstgeschichte, wie er es sich gewünscht hätte. Aber da der bisherige Kunstlehrer mitten im Semester verstorben war und schnell ein Ersatz hermusste, und vor allem, weil Nora sich für mich verbürgte, stellte er mich, zunächst zur Probe, bis Semesterende an.

Ich zog bei Nora ein, in ihre Wohnung in Wilmersdorf, eine Altbauwohnung mit so hohen Decken, dass man zum Auswechseln einer Glühbirne auf der Leiter gefährlich hoch hinaufsteigen musste, in die Nähe des möglichen Todes. Vom Schlafzimmer zum Bad: eine kleine Wanderung, vorbei an großzügigen Fenstern mit geschwungenen Griffen aus der Zeit, in der man das Benzin fürs Auto beim Apotheker kaufte. Die Aussicht: baumfrei. Blick auf Gründerzeit-Fassaden. Dazwischen Luft und Sonne, wenn sie schien.

Ich erinnere mich, an meinem ersten Schultag als Lehrer trat ich vor die Klasse und sah nun das Orchester der

Gesichter vor mir. Fünfundzwanzig nach hinten in den Raum gestaffelte Gesichter –

Wie auch immer: Am Semesterende verlängerte Herr Röpke meinen Vertrag, ihm sei *Gutes zu Ohren* gekommen.

Alles lief gut.

An einem Wochenende, Nora war nach Heidelberg gefahren zu einem Fortbildungskurs über *Didaktische Konzepte des Lateinunterrichts,* spürte ich plötzlich Lust, zu malen. Ich meine, *freiwillig* zu malen, nur für mich, eben aus Lust, nicht weil es verlangt wurde.

Es war geradezu ein Bedürfnis.

Ich wollte *unbedingt* malen, und nicht einmal aus Langeweile, weil ich sonst nichts zu tun wusste an dem schalen Wochenende, allein in der Wohnung, und draußen strichen die Regenwolken über die Dächer. Nein, unabhängig von den äußeren Umständen wollte ich malen, und da dies noch nie der Fall gewesen war und ich folglich noch nicht einmal einen Kohlestift und Papier zu Hause hatte, eilte ich bei heftigem Regen zum nächsten Künstlerbedarf und kaufte Leinwand, Farbe, Pinsel.

Wieder zu Hause zündete ich Kerzen an, öffnete eine Flasche Rotwein, stellte die Leinwand mal hier-, mal dorthin, kein Platz schien mir aber der richtige zu sein. Ich trank, rauchte Zigaretten, setzte mich vor die weiße Leinwand, starrte sie an – die Lust zu malen schwand bereits wieder. Denn ich fürchtete mich. Ich fürchtete, nicht zu wissen, was ich malen sollte. Und ich wusste es ja auch nicht. Ich fürchtete mich aber auch, mir könnte schließlich doch noch etwas einfallen, und dann würde ich malen, und dabei käme aber nur etwas Lächerliches heraus.

Die halbe Nacht verging über dem Zögern und Zweifeln. Danach Selbstvorwürfe, weil es mir nicht gelang, die Angst zu überwinden. Danach wieder Freude darüber, überhaupt zum ersten Mal Lust zum Malen gehabt zu haben. Offenbar war mir das Malen also nicht so gleichgültig, wie früher stets angenommen. Oder jedenfalls jetzt nicht mehr gleichgültig. Vielleicht liebte ich es ja sogar? Liebte es, und verknüpfte es aber mit Furcht?

Die beschissene Dornwarze – die *exzidiert* werden muss.

Und was tue ich? Ich öffne eine zweite Flasche Wein. Brauche ein bisschen Brennstoff für den entscheidenden *Aufstieg*. Und dann plötzlich kann ich es. Plötzlich male ich voller Wut über die Fesseln, die sie mir anlegt, die Furcht. Male auf schwarzem Hintergrund das fahle Gesicht eines Mannes, ein vom Suff entstelltes, verrutschtes Gesicht mit kleinen, bösen, stumpfen Augen, und in der Dunkelheit, in der alles auf dem Bild geschieht, fletscht ganz unten am Bildrand etwas die Zähne, es könnte ein kleiner weißer Hund sein.

Mit dem Fletschen war ich aber nicht zufrieden, da es mir zu vordergründig erschien. Ich wischte die noch feuchte Farbe mit der Hand weg und malte nun ein *mögliches* Fletschen. Eigentlich ein neutrales Hundeantlitz, aber es könnte im nächsten Moment sich zu etwas Beängstigendem verändern.

Im Morgengrauen fiel ich aufs Bett, betrunken und um Gewichte erleichtert. Ich konnte, so leicht wie ich jetzt war, trotz meiner Müdigkeit lange nicht einschlafen. Ich lag wach und nahm alles wahr wie zum ersten Mal, alle Dinge waren *unbesprochen.* Und alles war leicht wie ich selbst, alles schwebte mit mir eine Handbreit über dem Boden.

Nora kehrte aus Heidelberg zurück, sie sagte, *hier riecht's nach Benzin.*

Terpentin, sagte ich.

Als ich ihr das Bild zeigte – und sie war die einzige infrage kommende Betrachterin –, schaute sie es sich lange an. Schweigend. Ernst. Ihr Gesicht verdunkelte sich, als falle der Schatten des schwarzen Hintergrunds darauf. Schließlich sagte sie, *genauso war es. Diese Stimmung. Wenn ich mit meiner Mutter allein war und sie sich veränderte …*

Ich sagte, *jetzt müssen wir einen Ort finden für das Bild.*

Ja, das befürchte ich auch, sagte sie.

Wir hängten es im Wohnzimmer auf, an der Wand gegenüber des Esstischs, wo wir es unweigerlich sehen mussten, wenn wir ins Wohnzimmer traten, aber auch, wenn wir am Tisch saßen. Wir hielten es für das Beste, es immer sehen zu müssen.

Ich erinnere mich, kurz nachdem ich es gemalt hatte, waren gute Freunde von Nora zu Besuch, Lisa und Peter. Sie äußerten sich zunächst nicht zu dem Bild. Aber plötzlich, beim Essen, sagte Lisa, *woher habt ihr eigentlich dieses Bild? Es ist schrecklich! So düster! Es macht einem richtig Angst.*

Es macht einem Angst, sagte Peter, auf seinen Teller blickend, *weil es wahr ist. Ich kenne das.*

Was kennst du?, fragte Lisa.

Die Stimmung da auf dem Bild, sagte Peter, und er wischte sich den Mund mit der Papierserviette ab und sagte in nun wieder munterem Ton, *heute habe ich übrigens Bruno Ganz gesehen! Ihr wisst ja, Lisa steht auf ihn. Ja, Lisa, er saß neben mir in der U-Bahn!*

Es lief nicht nur gut, es lief alles immer besser.

Ich malte jetzt oft. Ich malte *meine* Bilder, also gerade das, was ich *nicht* sehen konnte, bis ich es eben gemalt hatte. Von meinem früheren *Abzeichnen* war dies maximal entfernt. Früher hatte ich, wie gesagt, nur zeichnen können, was ich vor mir sah. Der starre Blick auf einen Weiher mit Enten oder ein Gesicht wie das von Karin oder einen Lehrer, der an seinem Pult döst, sollte mir wohl das Unsichtbare vom Leib halten. Abzeichnen! Das kam mir nun vor wie *Wegsehen* – Malen, um wegzusehen. Kein Wunder, hatte es mir damals nichts bedeutet.

In meinem zweiten Jahr in Berlin nahm ich Schlagzeugunterricht. Jetzt, da ich das, was ich konnte, nämlich das Malen, auch liebte, hoffte ich, in der Musik, die ich schon immer liebte, vielleicht mir ein Können anzueignen. Also eventuell mir doch noch ein Rhythmusgefühl anzuüben, meine *Sechzehntel-* wenn nicht *Achteltaubheit* zu überwinden, und zwar gerade durch das Erlernen des für einen Rhythmustauben schwierigsten Instruments, des Schlagzeugs. Ich setzte mir ein Ziel: Den Schlagzeugpart von John Bonham im Zeppelin-Song *Black Dog* eines Tages fehlerfrei nachspielen zu können. Diesen Rhythmus zu erlernen, der mir früher Schauder über den Rücken gejagt hatte, weil ich nicht verstand, wie ein Mensch überhaupt fähig sein konnte, in einem so komplexen Song den Takt zu halten.

Black Dog. Der Song beginnt mit einem diffusen Intro. Danach Robert Plants Stimme, *a cappella.*

Hey, hey, mama, said the way you move
Gonna make you sweat, gonna make you groove.

Danach Aufschlagtakt von Bonham zeitgleich mit dem Riff von Jimmy Page.

Ta tata tatn da da – tatn da da – da da – tatn tata
tata da daa –

Ungefähr so.

Drei Jahre lang trieb ich meinen Schlagzeuglehrer in dessen Übungsraum in Neukölln zur Verzweiflung, für achtzehn Mark die Stunde. Er hieß Norbert. Fünfzehn Jahre jünger als ich, Student der Biologie, jedoch im Herzen Musiker, Drummer in mehreren Bands. *Du erfindest da ganz neue Takte!,* sagte er. *Schlag jetzt mal auf der Pauke ganz langsam: eins – zwei – drei – vier. Eins – zwei – drei – vier.* Ich schlug oder vielmehr trat das Paukenpedal ganz langsam, und er sagte, *nein, nicht eins – zweidrei – vier. Merkst du das? Du wirst zwischen zwei und drei schneller.* Er maß, aus biologischem Interesse, einmal sogar meinen Puls, während ich den Takt schlug, um herauszufinden, ob mein Herzschlag ebenso unregelmäßig war wie mein Spiel. Nach zwei Jahren beherrschte ich das Basismotiv, beginnend mit dem Aufschlag auf der *Snare Drum,* dann mit dem rechten Stick die Schläge auf dem *Ride-Becken: Ta tata tatn da da – tatn da da – da da –*

Ja! Schon viel besser!, sagte Norbert, nach, wie gesagt, zwei Jahren. Aber ich hatte Zeit, ich betrachtete es als Lebensprojekt, und ich liebte das Schlagzeugspielen – *aber jetzt mal ehrlich,* sagte Norbert eines Abends beim Bier, *für dich wurde das Schlagzeug nicht erfunden.* Egal, ich liebte es, das zweifellos nicht für mich erfundene Instrument zu spielen, und im dritten Jahr, als Norbert nach seinem Staatsexamen wieder in seine Heimatstadt Mannheim zog, konnte ich ihm zum Abschied den gesamten Schlagzeugpart von *Black Dog* vordrummen. Er zählte mit Wehmut achtzehn zu kurze Pausen und zig als Achtel geschlagene Viertel. Danach sein Kompliment: *John Bonham hat auch nicht besser gespielt, wenn er besoffen war.*

Ich übte jetzt allein weiter, und alles, wie gesagt, war gut. Ich liebte die Malerei, ich liebte die Musik, ich liebte Nora. Ich freute mich jeden Morgen beim Aufwachen, sie zu sehen. Danach fuhren wir gemeinsam zur Schule, ja, ich liebte auch die Arbeit mit den Schülern, mein Leben war rund und warm. Ich schlief an Noras Seite ein, manchmal mit einem Lächeln.

Es war alles perfekt –

Mir kam der alte Kirschbaum in den Sinn, der damals, in der Zeit der Attikawohnung, im Garten eines Nachbarn gestanden hatte. In einem Frühling blühte er wie noch nie zuvor. Jeder, der an ihm vorbeikam, blieb stehen, denn er blühte zauberhaft, mit einer betörenden Wucht. Im nächsten Jahr war er tot, der Nachbar zerlegte ihn mit einer Kettensäge –

IV | WIEDERKEHR

Es geschieht drei Tage vor Noras achtunddreißigstem Geburtstag, deswegen erinnere ich mich an das genaue Datum: 2. Juli 1997. Mir fehlt noch ein Geschenk für sie, zwei habe ich schon: eine neue Armbanduhr, weil ihre alte nicht mehr zu reparieren ist, und einen portablen CD-Player. Beides hat sie sich gewünscht, nun möchte ich sie aber noch überraschen mit einem Geschenk, von dem sie nichts ahnt. Es ist ein schwüler Tag mit schlierigem Himmel, die Luft klebt auf der Haut, Gerüche machen sich breit. Träge gehe ich durch die westliche Innenstadt, ich denke an eine Handtasche, verwerfe den Gedanken aber wieder, da bisher alle meine diesbezüglichen Geschenke, ein Schal, Ohrringe, einmal eine Bluse, bei Nora auf freundliche Ablehnung stießen. Ich kenne immer noch nicht ihren Geschmack in Mode und *Accessoires,* obwohl ich ja täglich sehe, was sie trägt, was sie mag und was in ihrem Schrank hängt. Sie ist wählerisch, was Kleidung betrifft, vielleicht werden mir ihre Kriterien immer ein Geheimnis bleiben, vielleicht weiß nur sie, was ihr steht. Was mir gefällt: Selbst zu Hause, wenn sie es sich bequem macht, wenn sie barfuß auf dem Sofa liegt und ein Buch liest, könnte sie jederzeit, so, wie sie angezogen ist, zur Tür gehen und

Gäste empfangen, die denken würden, *das steht ihr gut, was sie trägt.*

Ratlos also, mit welchem Geschenk ich sie überraschen könnte, biege ich, ganz zufällig, in die Fasanenstraße ein. Gehe diese Straße lang, vorbei an pertrifiziertem Hundekot am Fuße von Bäumen, durch die schon lange kein Lüftchen mehr geweht ist, darüber eine schmierige Sonne, die diesen bereits genügend erhitzten Tag weiter aufheizt. Zu meiner Linken lauter für meine Zwecke untaugliche Geschäfte. Ich möchte Nora ja kein Gemälde eines modernen russischen Malers kaufen, dessen lärmende Bilder mich, als ich sie im Vorbeigehen hinter dem Schaufenster einer Galerie sehe, kurz neugierig machen auf die Leute, die sich solche Malerei kaufen. Ein paar Schritte weiter erneut eine Galerie, jedoch im Umbau. Hinter der staubigen Scheibe zwei weiße Overalls, aus der offenen Tür dringt der Lärm einer Kreissäge.

Als Nächstes, es überrascht mich nun nicht mehr, natürlich wieder eine Galerie. Im Schaufenster ein Bild in einem wuchtigen, vergoldeten Rahmen. Ein prahlerischer Rahmen, finde ich, ornamental überfrachtet, er erdrückt das kleinformatige Gemälde, das ich, wegen des Rahmens, kaum sehe in der kurzen Zeit, die ich brauche, um am Schaufenster vorbeizugehen. Ich nehme auf den nächsten Schritten die Erinnerung an den Rahmen mit, nicht die an das Bild.

Dann aber plötzlich das Gefühl, das Bild schon einmal gesehen zu haben.

Kann das sein? Ich will es wissen, kehre vors Schaufenster zurück und sehe: Es ist die *Winterliche Landschaft.*

Ich sehe hinter dem Schaufenster gewissermaßen durch *mich* hindurch, da ich mich im Glas spiegle, meine *Winterliche Landschaft*. Ja, meine. Es ist meine Kopie. Ich könnte gar nicht sagen, woran genau ich es erkenne, ich habe ja nirgends gepfuscht damals beim Malen. Es gibt keine bestimmte Stelle, die auf meine Urheberschaft hinweist, wo ich denke, *dieses Ästchen im Reisigbündel, das der Bauer auf seinem Rücken trägt, da hast du zu wenig Farbe aufgetragen.* Oder: *Die Wolke da über der Kate, die hast du zu hell gemalt.* Nichts dergleichen. Ich habe damals nichts zu hell gemalt und nirgends zu viel Farbe aufgetragen, ich habe eine perfekte Kopie gemalt, vom Original nicht zu unterscheiden. Für niemanden, außer eben für mich. Jetzt stehe ich hier und weiß: Das ist meine Kopie. Es ist ein geradezu mütterliches Wissen.

Auf das Erkennen folgt eine Leere. Ich empfinde nichts, denke auch nichts. Das mütterliche Wissen ist nicht mit mütterlichen Gefühlen verbunden: da sind keine Gefühle. Ich merke nur: Meine Knie zittern, merke, in meinem Bauch braut sich eine Übelkeit zusammen. Ich wackle auf meinen Beinen, möchte mich setzen, es ist dringend. Noch einmal schaue ich hin, schaue das Bild an, wie es da im Schaufenster steht, wie es mich anschaut, in einem fremden Rahmen, einem anderen als dem, in dem ich es zuletzt sah vor zwanzig Jahren. Dann sehe ich wieder mein Gesicht im Schaufensterglas, ein merkwürdiges, gleichfalls fremdes Gesicht mit einem, wie mir scheint, etwas stupiden Ausdruck. Wo kann ich mich setzen? Hier jedenfalls nicht, bestimmt nicht werde ich mich auf den Mauervorsprung vor dem Schaufenster der Galerie setzen, mit dem Rücken zum Bild! Ich setze mich in Bewegung, der Boden schwankt ein wenig. Aber da ist ein Café am Ende der Straße, *Außenbestuhlung,* zwei freie Stühle erkenne ich von Weitem. Ich fixiere die Stühle, während ich auf sie zugehe, sie sind das Ziel am Horizont. Als ich sie endlich erreiche, ist es wunderbar, mein Gewicht dem Stuhl zu übergeben, der es nun trägt. Auch im Sitzen zittere ich noch, jetzt aber gelassener, ohne die Angst, es könnte sich ausweiten zu einer Ohnmacht oder irgendeiner anderen Form des Zusammenbruchs.

Auf dem Stuhl erhole ich mich. Der Kellner bringt mir ein Wasser, und ich trinke es in einem Zug leer. Er bringt mir ein Bier, ich trinke es ebenso schnell, dann ein zweites. Erst als der Schock nachlässt merke ich: Ich stehe unter Schock. Deswegen der stupide Gesichtsausdruck vorhin im Schaufensterglas. Deswegen das Zittern, die Übelkeit, die *Leere zwischen den Ohren.* Habe ich tatsächlich mein Bild gesehen? Ja sicher, nur fällt es mir jetzt schwer, es zu glauben. Jedoch hüte ich mich, noch einmal zurückzugehen, um es mir erneut anzusehen. Dazu bin ich noch nicht imstande, ich brauche Zeit, das steht fest.

Ein weiteres Bier, dann Aufbruch. Unbedingt will ich zu Ende bringen, was ich vorhatte: das Geschenk für Nora kaufen. Ich will mir vom Bild nichts vorschreiben lassen, auch das steht fest. Es sollen sich durch sein Wiederauftauchen meine Pläne nicht ändern. Das Bild soll sich nicht wieder in den Vordergrund drängen, das hat es vor zwanzig Jahren schon zur Genüge getan.

Also gehe ich ins *KaDeWe* und kaufe nun doch einen Schal, der Nora vermutlich ebenso wenig gefallen wird wie der, den ich ihr vor zwei Jahren schenkte – aber mir fehlt die Ruhe, um über ein besseres Geschenk nachzudenken: Meine Gedanken drehen sich um das Bild. Wie ist es in diese Galerie gelangt? Weiß der Galerist, dass es sich um eine Kopie handelt? Und was soll ich tun? Es vergessen? Die Fasanenstraße fortan meiden? Das Bild sich selbst überlassen und weiterleben im Wissen, dass es sich ganz in meiner Nähe befindet? Würde mir das gelingen? Wohl kaum, denn es beherrscht ja jetzt schon meine Gedanken, und das wird sich nicht auswachsen, wenn Zeit vergeht, eher wird es mit der Zeit schlimmer werden wie alles Unerledigte.

Den in modisches Geschenkpapier verpackten Schal verstecke ich beim Nachhausekommen zwischen meinen Leinwänden, die sich in der Besenkammer an der Wand stapeln. Fertige Bilder interessierten mich nicht mehr, und die Aufbewahrung in der Besenkammer ist der Kompromiss zwischen Vergessen und Wegwerfen. Außerdem eignen sich die Bilder auf diese Weise immerhin noch dafür, Geschenke zwischen ihnen zu verstecken.

In der Besenkammer bleibe ich länger, als nötig wäre. Die Enge des Raums, die freundliche Dunkelheit, der Geruch der Leinwände und Farben beruhigen mich, es ist ein *Kokon,* hier fühle ich mich sicher. Sicher vor dem Bild, das da draußen jetzt wieder umgeht als Wiedergänger. Es ist aus seinem Grab der zwanzig Jahre hervorgekrochen und sucht mich, wen sonst? Wenn es mir doch nur gelänge, nicht mehr hinzugehen in die Fasanenstraße! Aber ich weiß jetzt schon –

Nora ruft nach mir vom Wohnzimmer aus, und ich folge
ihrer Stimme wie in den Bergen einem im Fels befestigten Seil, an dem sich die Wanderer an prekären Stellen
festhalten. Ich *hangle* mich zu ihr, setze mich neben sie
aufs Sofa, auf dem sie liegt, in einer schwarzen Trainings-
hose, die sie sonst nur beim Joggen trägt. Sie lagert die
Beine auf der Sofalehne hoch: ihre kleinen, nackten Füße
mit dem gewölbten Rist. Auf dem Bauch eine rote Bett-
flasche. Dampf steigt aus der Teetasse auf dem Beistell-
tischchen – dies alles bei 30 Grad, man spricht von einem
Jahrhundertsommer.

Ich küsse, umarme sie, oder vielmehr halte ich mich an
ihr fest. Sie ist das, was jetzt ist, und nur das soll zählen.
Als ich sie umarme, verliert das Bild für einen Moment
seine neu gewonnene Gegenwärtigkeit. Der Geruch von
Noras Haar, die Wärme ihrer Haut verweist es zurück in
die Vergangenheit, *resquiescat in pace!* In diesem Moment
kann ich mir nun doch vorstellen, dass es mir gelingt, die
Fasanenstraße nie mehr zu betreten und das Bild einfach
sich selbst zu überlassen. Es mag aus seinem Grab hervorgekrochen sein, nun gut – dann soll es von nun an eben
lebendig begraben sein, so wie ja auch meine Erinnerungen an die Attikawohnung im Grunde lebendig begraben
sind. Hauptsache begraben! Mehr kann man sich nicht
erhoffen. Und schon gar nicht soll man alles wieder her-
vorzerren oder auch nur *hinschauen,* wenn der Wind oder
ein ungeheuerlicher Zufall das Begrabene plötzlich wieder freilegt. Was der Zufall freigelegt hat, soll der Zufall
wieder zerstreuen, in alle Winde. Und so wird es ja auch
sein. Irgendjemand wird das Bild kaufen, dazu steht es ja
im Schaufenster, und ich werde nie erfahren wer. Eines

Tages wird es einfach weg sein, und andere Bilder werden im Schaufenster der Galerie in der Fasanenstraße stehen – der Spuk wird vorüber sein. Ein zweites Mal wird mir das Bild nicht mehr begegnen, die Wahrscheinlichkeit dafür liegt bei null. Es reicht also, wenn ich die Fasanenstraße ein Jahr lang meide –

Hörst du mir zu, Luis?, fragt Nora.

Ja, sage ich und streiche über ihre heiße Stirn. Sie sprach von ihren Bauchschmerzen, das Wort *Bauchschmerzen* ist mir nicht entgangen, insofern habe ich zugehört.

Ist es schlimm?, frage ich.

Halt das Übliche, sagt sie. Wenn sie früher vom *Üblichen* sprach, meinte sie Menstruationsbeschwerden, jedoch haben sich in den vergangenen Wochen ihre Bauchschmerzen gehäuft, auch außerhalb des Zyklus – das *Übliche* kann inzwischen auch heißen: Bauchschmerzen ohne erkennbare Ursache. Das macht mir Sorgen. Andererseits wirkt sie nicht krank, ihre Augen sind klar, die Haut glänzt, der seidene Schimmer ihres Haars: die Haare einer Gesunden. Sie hat Appetit, kein Gewichtsverlust, nur häufige Müdigkeit kommt zu den Bauchschmerzen als Symptom einer möglichen ernsten Erkrankung hinzu.

Du solltest das abklären lassen, sage ich, wie so oft schon in den letzten Wochen. Ich bin besorgt und doch auch wieder nicht. Ich habe, wie gesagt, nicht den Eindruck, sie ist krank, im Gegenteil: Trotz der häufigen Bauchschmerzen sieht sie *buschper* aus, wie man das in der Schweiz nennt. Sie liegt auf dem Sofa mit einer Wärmflasche, sieht aber aus wie ein Landmädchen, das unter einem Kirschbaum in der Frühlingssonne selber blüht.

Sie habe einen Termin am nächsten Mittwoch, sagt sie, bei ihrer Hausärztin. Stunden später, beim Abendessen, vertilgt sie Käsebrote.

Ich erzähle ihr nichts von dem Bild. Wir essen, und ich erzähle dieses und jenes, bin sogar sehr gesprächig, als könnte ich den Mund nur halten, wenn ich über etwas anderes rede –

Am nächsten Tag arbeite ich in der Schule den Lehrplan ab. Die Schüler, kurz vor den Sommerferien, sind begierig, vor dem Abflug nach Mallorca noch alles über die Renaissance zu erfahren. Die Hitze im Klassenzimmer steigert noch ihr Interesse an Giottos Fresken, sie fächern sich mit den Fotokopien, die ich verteilt habe, und auf denen Giottos Bedeutung als Überwinder des Ikonografischen in der Malerei geschildert wird, Luft zu: Ich sehe vor mir ein wedelndes Klassenzimmer.

Endlich erlöst uns die Stundenglocke, und dieses Mal gehöre ich zu den Ersten, die aus dem Klassenzimmer fliehen.

Mit der U-Bahn, unter Leuten, die der Hitze wegen nur ihre Genitalien noch bedeckt halten, fahre ich in die Fasanenstraße, schon stehe ich wieder vor meinem Bild.

Ich habe dafür keine Erklärung, die mehr wäre als eine Ausrede.

Gestern noch war ich mir sicher: Der Spuk wird verpuffen, wenn ich nur nicht mehr hinschaue. Nun stehe ich aber wieder hier – nicht einmal einen Tag lang bin ich meinen Vorsätzen treu geblieben – und ich schaue hin.

Ich versinke sogar in dem Bild, denn ich schaue es mir als der an, der's gemalt hat: Jeden Pinselstrich kenne ich persönlich. Es ist, als träfe ich nach zwanzig Jahren in einer Kneipe auf eine Runde alter Freunde – sofort wird das Gespräch verbindlich, da man an gemeinsame Erlebnisse anknüpft, *weißt du noch?* Ja, ich weiß noch, und das Bild auch, wir haben beide nichts vergessen, und so gut ich es kenne, so gut kennt es mich.

Und nun rührt es mich, es zu sehen. Die Rührung des Wiedersehens nach so vielen Jahren. *Wie ist es dir ergangen?* Nun möchte man sagen können: *Mir geht es gut.* Aus ehrlichem Herzen möchte man es sagen können – und ich kann es. Mir geht es gut. *Bist du verheiratet?* Nein, aber ich lebe mit einer Frau zusammen, die ich sehr liebe, sie heißt Nora. *Und beruflich?* Kunstlehrer bin ich, an einer Privatschule. *Aha, Kunstlehrer. Nun, du hast ja schon immer gut gezeichnet.* Ja, aber früher hat es mir keinen Spaß gemacht, zu malen. Jetzt schon. Jetzt male ich oft und sehr gern. Nur für mich. Das ist das Wichtige: Nur für mich male ich. *Und dein Vater? Lebt er noch?* Auch diese Frage stellt das Bild natürlich, auch die nach meiner Mutter, ob ich oft an sie denke, ob ich, was sie betrifft, vielleicht etwas bereue, und jetzt merke ich: Diese Fragen sind Bürden, die ich aber tragen kann. Nein, nicht einmal Bürden sind sie, ich spüre keine Last. Das Bild bläst mir nur kühlen Wind ins Gesicht, wenn es um meine Mutter geht, und wenn es Erinnerungen weckt an die Attikawohnung: dem halte ich stand. Ich merke, ich stehe als *Veränderter* vor dem Bild. Dessen war ich mir gestern noch nicht sicher. Gestern empfand ich das Bild als Klaue, die nach mir greift, und die mich hinabziehen will. Aber nun merke ich: Ich kann dem Bild begegnen, ohne mich wehren zu müssen. Es hat mich nicht mehr im Griff, da ich ein anderer geworden bin. Gestern fehlte mir dieses Vertrauen – jetzt aber ist die Rührung, die ich empfinde, doch der beste Beweis für die Überwindung des Beklemmenden. Ich weiß, ich bin jetzt in der Lage, das Bild in meinen Händen zu halten, ohne etwas anderes zu empfinden als Rührung, da es doch Heimat ist und mir so tief vertraut, *was haben wir beide nicht alles zusammen erlebt!* Ich müsste es aber nicht in den Händen halten. Ich könnte mir das Bild auch als Passant durch die Fensterscheibe anschauen und dann weitergehen. Das ist die Freiheit desjenigen, der sich verändert hat: Er kann jetzt wählen zwischen Fliehen und Bleiben. Das *Müssen* fällt gänzlich weg. Er tut jetzt das, was er will.

Und ich will das Bild in meinen Händen halten –

Also betrete ich die *Galerie Sternberg,* wie sie heißt. Ein Dreiklang kündigt mein Erscheinen an, und hinter einem roten Samtvorhang tritt der Galerist hervor. Ein alter Mann, der sich dann aber im Näherkommen um einige Jahre verjüngt, jetzt schätze ich ihn auf sechzig oder etwas drüber.

Sein wässriger Blick –

Wässrig, aber dennoch energisch. Oder letzte Reste einer früheren Energie, jetzt verdünnt durch Alkohol.

Den Alkohol sehe ich ihm sofort an.

Ich habe ja ein Gespür für solche Leute. Ihre Haare verlieren den Glanz, das Alter spielt dabei keine Rolle. Auch graues Haar, wie das des Galeristen, kann sich die Lebendigkeit bewahren. Seins aber ist matt, wie erloschen, und wirkt trotz der sorgfältigen Kämmung struppig. Auch das ist ganz typisch: Alkohol lässt die Haare welken.

Also wässriger Blick und matte, verwelkte Haare: so begegnet mir Sternberg. Dabei ist er ausgezeichnet angezogen. Selbst bei dieser Hitze erlaubt er sich kein *Casual.* Er trägt einen dunkelblauen Anzug, er bewegt sich unter seinen hauptsächlich flämischen Stillleben aus dem Spätbarock wie ihresgleichen, er ist so steif und korrekt gekleidet, wie sie gemalt sind, und während sich die Bilder mit opulenten Rahmen schmücken, tut er es mit rotem, seidenem Einstecktuch.

Jedoch riecht er im Gegensatz zu ihnen nach Cognac. Er ist nicht betrunken, natürlich nicht, das kommt später, abends, dann *dreht er auf.* Im Geschäft wird nur das Nötigste getrunken, ein kleines Fähnlein trägt er vor sich her.

Von oben herab, da er mich um Haupteslänge überragt, fragt er, ob er mir behilflich sein könne. Er sagt es in einem Tonfall, als erwarte er von mir höchstens die Frage nach dem Weg zum Hauptbahnhof.

Mich interessiere, sage ich, das Gemälde im Schaufenster, die *Winterliche Landschaft.* Ob ich mir das Bild aus der Nähe anschauen dürfe?

Gern, sagt er, aber es passt ihm nicht. Er hält mich nicht für einen relevanten Kunden, das lässt er mich spüren, höchstens ein Kunstinteressierter bin ich in seinen Augen, liebt die Kunst, kann sie sich aber nicht leisten. Vergebliche Müh, das Bild aus dem Schaufenster zu heben – er tut's, weil die Höflichkeit es gebietet.

Er hebt das Bild auf eine Staffelei, dabei stellt er sich

ungeschickt an, stößt mit dem Rahmen gegen den Aufbau der Staffelei.

Hoppla!, sage ich, durchaus boshaft. Seine Ungeschicklichkeit ist, wie ich weiß, in Wirklichkeit Gleichgültigkeit. Diese Gleichgültigkeit ist ihnen allen gemeinsam und auch erkennbar, wenn sie halbwegs nüchtern sind. Menschen, Wertgegenstände, die eigene Existenz: Sie gehen mit *allem* fahrlässig um, weil ihnen *nichts* etwas bedeutet.

Von Anfang an ist mir Sternberg zuwider.

Sein Geruch: chemisch. Der spezielle Geruch von Alkohol, der sich im Körper anreichert, über Jahre, und der den eigenen Körpergeruch verdrängt: Sie riechen nicht mehr nach sich selbst. Ich meine nicht den frischen Alkoholgeruch, wenn sie, wie Sternberg, gerade in einer stillen Ecke einen Notschluck getrunken haben. Dieser Geruch kommt aus dem Mund und ist erträglich. Abstoßend hingegen ist jener, den ihre Haut ausdünstet. Ein säuerlicher Geruch, wie gesagt, chemisch. Sie riechen wie das Innere eines leeren Gärbottichs. Chemisch und muffig, metallisch. Und natürlich ist Sternberg mager, isst zu wenig. Man zeige mir einen fetten Trinker: der wäre dann eine Seltenheit. Die Hose seines maßgeschneiderten blauen Anzugs hängt hinten, wurde offenbar vor Jahren geschneidert, als noch Gesäßgewebe vorhanden war. Und natürlich streicht er sich mit dem Handrücken häufig über die Lippen. Ich stehe noch keine fünf Minuten in der Galerie, und schon hat er diese mir bekannte Bewegung dreimal ausgeführt. Die Beschäftigung mit dem eigenen Mund: ein weiteres Merkmal, an dem man sie erkennt. Sei es, dass sie sich mit den Fingern über die Lippen fahren oder mit der Zunge sie häufiger als andere befeuchten; sei es, dass sie, wie Sternberg, den Mund mit dem Handrücken abwischen oder permanent Zigaretten rauchen, was auf dasselbe herauskommt – der Mund ist ihr Zentrum.

Ich sage also *Hoppla!,* und er wirft mir einen kurzen, gehässigen Blick zu, sagt aber nichts. Keine Äderung der Nase, keine tief in den Wangen wurzelnde Rötung – das will aber nichts heißen. Nicht jeder von ihnen bildet Bluthochdruck aus, nicht jedem quillt die Nase zur Knolle. Hingegen die trüben Augen, der verwaschene Blick, die schlaffen unteren Lider und eine Kerbe auf dem Nasenrücken: Diesen Veränderungen entgeht keiner. Auch nicht der Verlangsamung. Man zeige mir einen Trinker, der schnell denkt, schnell spricht, dessen Bewegungen fließend sind und harmonisch und nicht schläfrig und verzögert: auch der wäre eine Ausnahme.

Noch keine fünf Minuten stehe ich hier, und schon empfinde ich es als grotesk, dass dieser Mann, dessen Ausdünstung, dessen Lippenmanie, dessen verzögerte Bewegungen ihn als Säufer entlarven, der Besitzer meines Bildes sein soll!

Grotesk ist die Wiederholung –

Kann das Bild nur Säufern gehören? Ist das das Schicksal meiner *Winterlichen Landschaft?* Natürlich nicht. Ein Zufall hat das Bild von einem Säufer zu einem anderen wandern lassen. Ein Säufer hat es mir und meiner Mutter gestohlen, ein anderer Säufer hat's gekauft: Zufall. Außerdem ist das Bild ja nicht direkt von meinem Vater auf Sternberg übergegangen, es muss zwischenzeitlich einen anderen Besitzer gehabt haben, vielleicht auch mehrere andere, darunter vielleicht *Abstinenzler*. Aber so zufällig das Bild auch von meinem Vater zu Sternberg gelangt sein mag: Ich empfinde es trotzdem als grotesk und ziehe durchaus eine direkte Linie zwischen den beiden Säufern. Sternberg als *Komplize* meines Vaters – so kommt's mir vor.

Ohne Sternberg um Erlaubnis zu bitten, da ich ihn nämlich als Besitzer des Bildes nicht anerkenne, hebe ich es von der Staffelei, auf der er es endlich mit Mühe und Not ohne größere Beschädigungen platziert hat. Ich nehme es in meine Hände, und durch die Berührung geht es nun auch offiziell wieder in meinen Besitz über.

In meinen ausgestreckten Armen halte ich das Bild vor mich hin. Ich sehe, was ich gemalt habe, aber die Bedeutung erlangt das, was ich sehe, durch meine Mutter. Denn was ich jetzt sehe, hat sie gesehen, jeden Tag nach ihrem Unfall, die ganze Zeit lang: diese verschneiten Bauernkaten, diesen Bauern mit seinem Bündel, der auf den Steg zuschreitet, der nirgendwo hinführt. Diese sich im Winterwetter auftürmenden Wolken, die den Blick freigeben auf einzelne lichte Stellen, wo der blaue Himmel sich zeigt. Dieses Versprechen auf Frühling. Aber nicht nur sah sie das alles, sie lebte darin, und indem sie dies tat, wurde das Bild nicht auch zu einer Nachricht von ihr?

Sternberg sagt etwas, aber ich höre nicht hin. Mein

Blick wandert über das Bild, und das heißt: Er wandert auf den Spuren des Blicks meiner Mutter. Auf ihren *Blickpfaden*. Das Bild ist das Vermächtnis ihres Blickes, so empfinde ich es jetzt. Aber ein Vermächtnis ist es erst heute, da ich das Bild wieder in meinen Händen halte. Damals, als meine Mutter in ihm lebte, war es noch kein Vermächtnis, jedoch schon ein Pfad – und sie wollte, dass wir ihm folgen. Jeden Tag betrachtete sie das Bild, und wir betrachteten es doch auch, Frau Gruber und ich. Die ausschließliche Konzentration meiner Mutter auf das Bild: war das am Ende ein Signal? Ihr Versuch, sich mit uns zu verständigen, über die gemeinsame Betrachtung des Bildes? Wie sonst hätte sie noch Gemeinsamkeit herstellen können? Nur über das Bild war es möglich. Ihre Fixiertheit auf die *Winterliche Landschaft* diente vielleicht nur diesem einzigen Zweck: mit uns Gemeinsamkeit herzustellen. *Schaut euch mit mir gemeinsam das Bild an!*

Ich bin jetzt überzeugt: So war es. Dieses Bild ist ein Gespräch meiner Mutter mit mir und Frau Gruber. Ich halte ein Gespräch in den Händen. In gewissem Sinn ist es meine Mutter selbst, die ich hier halte, oder ein Teil von ihr, das, was nach ihrem Unfall von ihrem Geist übrig geblieben ist. Und was blieb übrig? Die Sehnsucht, sich uns mitzuteilen über das gemeinsame Schauen. Endlich verstehe ich, warum der Verlust des Bildes meine Mutter so tief, so existenziell erschütterte: ohne das Bild war sie stumm. Indem mein Vater es ihr wegnahm, beraubte er sie ihrer einzigen Möglichkeit, mit uns in Kontakt zu treten. Das Bild war ihre letzte Verbindung zur Welt, und mein Vater kappte diese Verbindung und verdammte meine

Mutter zur vollständigen Isolation, zu einer Existenz in der *Leere*. Sie entleerte sich ja vor unseren Augen durch ihr stunden-, tagelanges Erbrechen, das doch nichts anderes war als der körperliche Ausdruck jener totalen Einsamkeit, aus der nur das Bild sie befreien konnte.

Ich sehe, es gefällt Ihnen, sagt Sternberg.

Fast lache ich über seine Bemerkung. Er hat nicht die geringste Ahnung! Warum steht er überhaupt noch hier? Was hat er hier zu suchen? Weshalb verschwindet er nicht in eine Bar und tut, wozu es ihn doch sicherlich drängt?

Er sagt, es handle sich um eines der wenigen Landschaftsbilder von Jan van Os, so heiße der Maler; er habe sonst hauptsächlich Stillleben gemalt.

Gerne korrigiere ich ihn.

In seiner Spätzeit jedenfalls, sage ich. Es gebe aber durchaus eine ganze Reihe von Landschaftsbildern von ihm, wenn man die Darstellung von Schiffen auf hoher See dazuzähle. Er habe also keineswegs *nur Stillleben* gemalt.

Das habe ich auch nicht behauptet, sagt er. Er habe nicht gesagt, van Os habe *nur* Stillleben gemalt, sondern er habe *hauptsächlich* Stillleben gemalt. *Item,* sagt er. *Sie können sich das Bild gerne ansehen, so lange Sie wollen. Ich muss aber leider ...* Er deutet über seine Schulter, als stehe hinter ihm die Erklärung, weshalb er mich nun leider allein lassen muss. Ich soll ihn rufen, wenn ich noch Fragen habe. Er trägt braune Sommerschuhe aus geflochtenem Leder, auf ihnen entfernt er sich, verschwindet hinter seinem Vorhang, ohne jede Hoffnung, dass ich mehr bin als ein mittelloser Kunstliebhaber.

Nun bin ich mit dem Bild allein und weiß, was ich tun muss. Es ist keine Frage des Wollens. Ich *muss* das Bild meiner Mutter zurückbringen. Muss es auf ihr Grab legen. Ihr Grab ist unvollständig ohne dieses Bild, in dem sie gelebt hat und das ein Gespräch ist. Zweimal wurde es ihr genommen, und jetzt werde ich es ihr zurückbringen, und dann werden die Enden sich berühren.

Ich erinnere mich, wie ich damals, die Würgegeräusche meiner Mutter im Ohr, mich aus der Attikawohnung stahl, mit meinem Rucksack, weil ich mit Karin nach London fahren wollte – das war, als mein Vater meine Kopie verkauft hatte und meine Mutter auf der blauen Plane lag und sich *entleerte:* und ich floh. Wenn ich geblieben wäre und eine zweite Kopie für meine Mutter gemalt hätte, wer weiß –

Vielleicht, wenn ich die tiefere Bedeutung des Bildes für sie schon damals erkannt, wenn ich gewusst hätte, es ist ihr Versuch eines Gesprächs, es ist ihre einzige Verbindung zur Welt, zu uns – ich hätte vielleicht auf London verzichtet und auf ein eigenes Leben. Damals empfand ich die Reise nach London als Entscheidung über Leben und Tod, was übertrieben war. Aber ich war in einem Alter, in dem man grundsätzlich *alles* übertreibt, ich stand wie alle Jugendlichen unter der Fuchtel der Übertreibung. Ich war überzeugt, ich ersticke, wenn ich bleibe. Ich *konnte* das Bild damals nicht noch einmal malen. Es ist nutzlos, es aus heutiger Sicht falsch zu finden. Man kann nicht etwas rückgängig machen, auch nicht durch Reue, das man zu einem Zeitpunkt getan hat, zu dem man zu einer aus heutiger Sicht richtigen Entscheidung gar nicht fähig war.

Ist es nicht so?

Ich weiß es nicht. Fühle mich aber erfüllt bei der Vorstellung, das Bild meiner Mutter aufs Grab zu bringen.
Die Vorstellung ist Gesetz, und die Erfüllung des Geset-
zes verheißt Erleichterung und Glück. So ist es, als ich das
Bild in meinen Händen halte, während Sternberg hinter
seinem Vorhang wahrscheinlich am *Flachmann* nuckelt.

Ich muss das Bild hier rausholen –

Also rufe ich nach Sternberg. Er hat mich ja ermuntert,
ihn zu rufen, falls ich noch Fragen habe.

Und ich habe eine.

Er schiebt den Vorhang seines Büros oder was es ist zur
Seite, dann zieht er ihn sorgfältig wieder zu.

Was kann ich noch für Sie tun?, sagt er. Jetzt riecht er
nach Pfefferminze. Gibt es das noch? Benutzt man noch
Mundsprays? Warum trinkt er statt Cognac nicht Wodka,
den man nicht riecht? Dafür gibt es einen Grund: Irgendwann entscheiden sie sich alle für ein Lieblingsgetränk.
Man zeige mir den Trinker, der am Dienstag Rotwein
trinkt und am Mittwoch Whiskey: er wäre wiederum eine
Ausnahme. Nein, sie legen sich früh fest und bleiben ihrem Getränk eine Leber lang treu.

Was kann ich noch für Sie tun?, fragt Sternberg also,
und ich erkundige mich nach dem Preis der *Winterlichen
Landschaft,* den er mir herablassend nennt, begleitet von
einer Handbewegung, die sagen soll, *das ist nicht Ihre Welt,
junger Mann.* Hundertachtzigtausend Mark will er haben.

Das ist zu viel für dieses Bild, sage ich und meine es
natürlich vollkommen ernst. Er hält es für einen Scherz

240

oder für blanke Naivität und verzieht den Mund, es soll ein Lächeln werden.

Ich gebe Ihnen dafür zweihundert, sage ich. *Das ist der Materialwert.*

Jetzt lacht er, sagt, er habe nun wirklich Besseres zu tun, als auf *diesem Niveau* zu diskutieren. Wenn ich *etwas Nettes* für mein Wohnzimmer suche, empfehle er mir den Flohmarkt. Er hebt das Bild von der Staffelei und stellt es zurück ins Schaufenster, was ich jetzt unerträglich finde: Er bietet es irgendwelchen Leuten an. Und wer weiß, vielleicht kauft's einer noch heute oder dann morgen oder in einer Woche, in einem Monat, es ist nur eine Frage der Zeit. Wie kann ich es verhindern? Hätte ich hundertachtzigtausend, würde ich das Bild kaufen, dann begutachten lassen von einem Experten, dann – da dieser natürlich feststellen würde, es ist eine Kopie – von Sternberg mein Geld zurückverlangen. Aber ich besitze das Geld nicht, also muss ich's anders machen.

Nur fällt mir nicht ein wie.

Ich wünsche Ihnen einen schönen Tag, sagt Sternberg und will wieder hinter seinem roten Vorhang verschwinden. Ich weiß, ich sollte nichts überstürzen, sollte mir, bevor ich jetzt noch ein weiteres Wort sage, einen Plan ausdenken. Aber das Bild steht schutzlos, so kommt es mir vor, im Schaufenster, irgendeiner wird es mir vielleicht wegkaufen, bevor ich das weitere Vorgehen durchdacht habe, dann ist es zu spät.

Das Bild ist eine Kopie, sage ich nun eben doch überstürzt. *Es ist kein echter Jan van Os.* Eine gute Kopie, betone ich mir zuliebe, aber nicht mehr wert als zweihundert Mark.

Das ist lächerlich, sagt er, ohne mich anzublicken. Er geht zur Tür, öffnet sie und bittet mich, sein Geschäft jetzt zu verlassen. Seine Hand auf dem Türknauf: Jetzt sehe ich, er trägt einen Siegelring – wie mein Vater dereinst. Einen massiven, goldenen Ring mit eingelassenem Familienwappen, und dieses väterliche Attribut weckt einen wilden Trotz in mir: Ich will Sternberg die Stirn bieten, will ihm das Bild entreißen, auf das er kein Anrecht hat, so wenig wie der Großwildjäger damals. Aber ich habe gegen Sternberg nichts in der Hand, bin so machtlos wie damals gegenüber meinem Vater. Das Bild gehört *de jure* ihm, wahrscheinlich hält er's tatsächlich für echt, glaubt, ein Original angekauft zu haben, und wie soll ich ihm das Gegenteil beweisen?

Ich frage ihn, wie er in den Besitz des Bildes gelangt sei. *Darüber bin ich Ihnen keine Auskunft schuldig,* sagt er.

Darf ich dann wenigstens die Expertise sehen?, frage ich. Das ist die rettende Idee: die Expertise! *Sie besitzen doch bestimmt eine Expertise, die die Echtheit des Gemäldes bestätigt?* Ich sage es mit wenig Luft, denn ich atme zu schnell, das lässt meine Stimme dünn klingen.

Das ist bei Gemälden dieser Preisklasse nicht üblich, sagt er.

Woher wollen Sie dann wissen, dass es echt ist?, frage ich.

Er sagt, er sei nicht bereit, mit mir zu diskutieren, nicht in diesem *unverschämten Ton.* Er sei in der glücklichen Lage, sich seine Kunden aussuchen zu können. Er verkaufe seine Bilder nicht *jedem dahergelaufenen Amateur.* Auch er spricht jetzt mit wenig Luft, auch er erhitzt sich, das macht mich ruhiger. Er will, dass ich gehe, aber ich bin oft genug schon gegangen. Diesmal will ich es ausfechten. Ich sage, obwohl er fordernd neben der offenen Tür steht, ich sei an dem Bild wirklich sehr interessiert. *Wir sollten das weitere Vorgehen,* sage ich, *in aller Ruhe besprechen.* Meine Behauptung, das Bild sei eine Kopie, nehme ich in aller Form zurück, *ich bin da möglicherweise übers Ziel hinausgeschossen.* Ich entschuldige mich bei ihm. Aber nun sei es an ihm, meine Zweifel zu zerstreuen. Mir genüge ein Blick auf ein Echtheits-Gutachten, *dann sind wir im Geschäft,* sage ich vollmundig, da ich ja am längeren Hebel sitze. Ich muss nur auf dem Gutachten beharren, dann ist er erledigt. *Falls Sie im Moment über kein Gutachten verfügen, bin ich gerne bereit zu warten, bis eins vorliegt.* Die Gewissheit, dass ein Gutachten das Bild als Kopie entlarven wird, beflügelt mich. Ich versteige mich in die Behauptung, ein mit mir befreundeter Kunstkritiker einer großen Berliner Tageszeitung habe mir *Ihre Galerie empfohlen, die offenbar einen hervorragenden Ruf genießt.* Ich staune über meine Keckheit: Ich erpresse ihn! Mache ihn glauben, ich sei mit einer Instanz im Bunde, die er als Geschäftsmann ernst nehmen muss, falls er nicht in der Zeitung lesen will, er arbeite unseriös.

Sternberg an der offenen Tür: Mit Mühe schluckt er seinen Ärger runter.

Kommen Sie in vier Wochen wieder!, sagt er. So lange braucht er, um ein Gutachten zu beschaffen.

Gut und schön. Aber garantiert er mir, dass er das Bild zwischenzeitlich nicht verkauft?

Meinetwegen!, sagt er. Er verlangt eine Anzahlung, fünfzigtausend. Ich biete ihm zwanzigtausend, so viel kann ich aufbringen, und ich weiß ja: Er wird mir das Bild schließlich für zweihundert Mark verkaufen und mir den Rest der Anzahlung zurückerstatten. Er verlangt meine Visitenkarte, um mir den Vertrag zu schicken. Ich habe keine Visitenkarten, behaupte, ich hätte gerade keine bei mir, und schreibe ihm meine Adresse auf den Zettel, den er auf ein Biedermeiertischchen mehr hinschmeißt als legt. Er verspricht, das Bild aus dem Schaufenster zu nehmen, sobald die Anzahlung auf seinem Konto eingegangen ist.

Ich trete aus der Galerie, in der es kühl war, hinaus in die drückende Hitze dieses späten Nachmittags. Mit einem Blick auf die *Winterliche Landschaft* im Schaufenster verabschiede ich mich von ihr: bis in vier Wochen!

Und *gut gemacht!*, sage ich mir. Ich bin ganz beschwingt, kicke mit dem Fuß ein Steinchen weg, lächle in der U-Bahn auf der Heimfahrt. Sternberg, wie er seinen Ärger runterschluckte! Sein Gesicht wurde schief dabei. Ihm wurde der Hals im Hemdkragen eng. Wie er mich ansah! Mit bösem, trübem Blick, wie aus einem nächtlichen Gebüsch heraus schaute er mich an und durfte mir aber nicht an die Gurgel! Wegen des *Kunstkritikers einer großen Berliner Tageszeitung.* Was für eine großartige Idee, ja, ich muss mich loben. Und dass ich nicht schwach wurde vor ihm, der mich an den *Bärenfell-Mann* erinnerte, an den Großwildjäger in seinem *Miller-Chair,* an seinen Komplizen mit dem Siegelring – dass ich mich nicht einschüchtern ließ … weil ich als Veränderter ihm gegenüberstand.

Gut gemacht! –

Auf dem Fußweg von der U-Bahn-Station zur Wohnung dann die Frage: Wo war das Bild in den letzten zwanzig

Jahren? Wem hat mein Vater es damals verkauft? Auf welchem Weg ist es jetzt zu Sternberg gelangt?

Was ich hingegen zu wissen glaube, ist, weshalb den Käufern und Verkäufern des Bildes zwanzig Jahre lang dessen Unechtheit verborgen blieb. Auch meine Schüler kennen die Antwort. Denn vor zwei Jahren habe ich das Thema *Kunst und Fälschung* in den Lehrplan aufgenommen. Die Aufmerksamkeit der Klasse ist mir in diesen Stunden jeweils sicher, und ich darf mich an hellwachen Blicken erfreuen. Es ist einfach: Zuverlässige Echtheits-Gutachten sind teuer und aufwendig, da dazu Laboruntersuchungen nötig sind, schlimmstenfalls radiologische, dann wird's noch teurer. Nur Gemälde von Bedeutung, etwa aus der Schule von Rubens oder von Frans Hals und so weiter, werden labortechnisch auf ihre Echtheit geprüft – reflektoskopische Untersuchungen der Farbschichten, spektroskopische Altersbestimmung des Holzes, Analyse der Krakelüren, also der natürlichen Risse der oberen Farbschichten, mikroskopische Untersuchung der verwendeten Pigmente ... ein solcher Aufwand lohnt sich nur bei Werken, die auf dem Kunstmarkt einen hohen Preis erzielen. Ein Bild wie die *Winterliche Landschaft* hingegen, als Werk eines doch eher zweitrangigen Malers, wird nicht unter ein Spektroskop geschoben – hier verlässt man sich auf Expertisen per *Augenschein.* Mit anderen Worten: Man geht einfach davon aus, dass es echt ist. Warum auch sollte jemand ein solches Bild fälschen? Ich bin sicher: Sternberg hat es auf einer Auktion ersteigert oder dem Vorbesitzer abgekauft auf Treu und Glauben, da er weiß, dass Fälscher kaum je bereits existierende Gemälde fälschen. Wer wird denn die *Sonnenblumen* von van Gogh kaufen, wenn sich doch leicht nachprüfen lässt, dass das Original im *Japan Museum of Tokio* hängt? Aber auch das Kopieren eines weniger bekannten Gemäldes ist zu riskant, da die Originale in der Regel in Werkkatalogen aufgelistet sind. Nein, Fälscher gehen anders vor. Sie malen *neue* Bilder. Bilder *im Stil* eines berühmten Malers. Und nun versuchen sie, diese Bilder als verschollene Werke des Malers in den Kunsthandel einzuschleusen. Deshalb hat Sternberg, als ihm meine Kopie angeboten wurde, keinen Grund zum Misstrauen gehabt. Niemand, um es noch einmal zu sagen, ist so blöd, ein in allen Werkkatalogen verzeichnetes Bild eines wenn auch nur mäßig bekannten flämischen Malers nachzumalen, da ja leicht zu überprüfen wäre, dass das Bild bereits existiert, wem es zur Zeit gehört und wo es hängt. Und da dies im Falle der *Winterlichen Landschaft* so leicht zu überprüfen gewesen wäre, hat sich weder Sternberg noch sonst irgendjemand in den vergangenen zwanzig Jahren veranlasst gefühlt, es auch tatsächlich zu tun.

Ich werde also der sein, der die Wahrheit über das Bild ans Licht bringt.

Ein O für ein U halten

An diesem Tag erzählte ich Nora von meiner Wiederbegegnung mit dem Bild, aber es war nicht der richtige Zeitpunkt: ihre Bauchschmerzen, auch heute wieder. Sie saß auf dem Sessel im Schlafzimmer am offenen Fenster, ein Bein über die Lehne gelegt, und hörte mir zu mit der vagen Aufmerksamkeit einer Kranken: Ich erzählte, und ihr war schlecht. Sie freute sich mit mir, wechselte aber ständig die Stellung im Sessel, um eine Position zu finden, in der die Schmerzen erträglicher waren. Natürlich war sie neugierig, das Bild endlich einmal zu sehen, nachdem sie schon so viel davon gehört hatte. Aber mein Vorschlag, mit dem Rad zur Galerie zu fahren an diesem wundervollen Abend, begeisterte sie nicht. Sie sagte, sie sei heute im Unterricht fast umgekippt, ein Schwindelanfall. Ich sagte, *die Bewegung wird dir guttun, du wirst sehen.* Unbedingt wollte ich ihr das Bild jetzt gleich zeigen, und ich *spürte,* sie war nicht ernsthaft krank.

Komm, raff dich auf, sagte ich.

Das bezog sich nicht nur auf den Moment. Ich meinte ein grundsätzliches *Aufraffen.*

Es störte mich grundsätzlch, wie sie mit ihren Bauchschmerzen umging. Ich fand, sie gab ihnen zu sehr nach. In letzter Zeit lag sie oft nach der Arbeit den Abend lang auf dem Sofa oder ging, wenn die Amseln noch ziepten und die Sonne auf dem Dachfirst des gegenüberliegenden Hauses noch kräftig blinzelte, schon zu Bett. Ich wollte ihr das Bild zeigen und andererseits aber auch nicht wieder einen *Soloabend* unten im Straßencafé verbringen und den anderen dabei zusehen, wie sie den Sommerabend gemeinsam genossen, während meine Frau hinter zugezogenen Vorhängen sich von diesem Sommer abschottete.

Ich ertrug bei Tag zugezogene Vorhänge nicht. Sie wusste das doch. Ich hatte ihr doch von dem *Verfaulungszimmer* meines Vaters erzählt. Wie er in seinem blauen Morgenmantel am helllichten Tag auf dem Bett lag, in seinem

eigenen Gestank, hinter zugezogenen dunkelroten Samt-
vorhängen: Selbst das Licht in seinem Zimmer wirkte
faulig wie ein Moornebel, in dem die Kräuselungen des
Zigarettenrauchs herumirrten.

Komm, gib mir deine Hand, sagte ich und zog sie aus dem
Sessel hoch.

 Vielleicht hast du recht, sagte sie. *Ja, lass uns hinfahren.*

 Unten im Hof stellte sich heraus: Die Reifen ihres
Fahrrads mussten aufgepumpt werden. So lange war sie
schon nicht mehr Rad gefahren – und das in einem Jahrhundertsommer. Daran sah man es: Sie war in letzter Zeit
schwerfällig geworden. Hatte übrigens zugenommen. Sie
war früher sehr schlank gewesen, grazil – sie war auch
jetzt noch schlank, jedoch nicht mehr grazil. Als sie sich
aufs Rad setzte und sich die *Pölsterchen* wegen der Sitzhal-
tung auf dem Sattel deutlicher als sonst zeigten, kam mir
zum ersten Mal der Gedanke, sie könnte schwanger sein.
Vielleicht weniger wegen der Pölsterchen, sondern weil
mir jetzt, da sie Rad fuhr, die Schwerfälligkeit ihrer Bewegungen besonders auffiel und aber eben auch gleichzeitig
dieses Kerngesunde. Sie wirkte beeinträchtigt und kern-
gesund zugleich. Aber der Gedanke hielt sich nicht lange:
Sie verhütete mit *Spirale.* Wie hätte sie da schwanger werden sollen? Man konnte es praktisch ausschließen.

Wir fuhren in die Fasanenstraße, ich hinter ihr, denn ich
liebte es, sie auf dem Rad zu sehen von hinten, wegen der
schönen, s-förmigen Bewegung, in die ihr Rücken beim
Radfahren geriet – mir schien, die Bewegungen waren
heute nicht so geschmeidig wie in meiner Erinnerung.

Aber das lag wohl daran, dass ich darauf achtete, ob sie sich noch so bewegte wie früher.

Einmal auf der Fahrt drehte sie sich zu mir um und sagte, *das war eine gute Idee. Es geht mir schon viel besser!* Ihr Haar flatterte, und sie streckte den Arm aus, bevor sie abbog. Das rührte mich. Ich dachte, da ich den Gedanken doch nicht ganz loswurde, dass sie sicherlich eine gute Mutter wäre. Sie fuhr ernsthaft und korrekt, jedoch weder ängstlich noch zu langsam, im Gegenteil erstaunlich forsch. Als ein Autofahrer zu dicht an ihr vorbeifuhr, rief sie *He!* und klingelte. Das gefiel mir. Mein Rad besaß keine Klingel, ich hatte sie abgeschraubt, da ich Radfahren als anarchistisches Vergnügen empfand. Mir ging es, wenn ich Rad fuhr, ums Schlängeln, ums Pirschen, um die plötzliche Attacke, darum, die Schwachpunkte des Feindes zu erkennen, Schmalheit gegen Größe auszuspielen, Wendigkeit gegen Schnelligkeit. Es machte mir Spaß, mich um jede Regel zu foutieren, wenn es darum ging, einem Geländewagen eins auszuwischen, indem ich über den Bürgersteig radelnd, notfalls Passanten streifend, die nächste Ampel vor ihm erreichte und mich nun straßenmittig vor ihm positionierte, um ihm bei Grün den schnellen Start zu verunmöglichen. Es war eine spannende, aber doch auch anstrengende Fahrweise, und deswegen gefiel mir das Erholsame an Noras Fahrstil.

Kurz bevor wir die Fasanenstraße erreichten, fuhr ich, weil es für mich gerade bequemer war, gegen die Fahrtrichtung auf dem linken Fahrradstreifen, sie auf dem korrekten, dem rechten, und über die Straße hinweg warf sie mir einen mahnenden Blick zu. Vielleicht, so dachte ich, wären sie und ich gute Eltern: ich auf dem falschen Fahrradstreifen fahrend, sie auf dem richtigen – ein Kind würde von uns beiden lernen.

Die Galerie war schon geschlossen, glücklicherweise: Sternberg brauchte nichts von Nora zu wissen, überhaupt nichts über mich. Wir stellten die Räder ab, und ich führte Nora vor das Schaufenster, vor die *Winterliche Landschaft*. Arm in Arm standen wir vor dem Bild, und vor uns selbst, da wir uns im Glas spiegelten. Es war ein für mich berührender Moment, so als würde ich Nora meiner Mutter vorstellen.

Nora schattete mit der Hand ihr Gesicht ab, um das Bild besser sehen zu können.

Ich sagte, das Bild sei möglicherweise der Versuch meiner Mutter gewesen, mit Frau Gruber und mir in Verbindung zu treten. Ich sagte *möglicherweise*, weil es mir jetzt, da ich es laut aussprach, als Vermutung erschien und nicht mehr, wie zuvor, als Erkenntnis.

Ja, sagte ich, *ich bin sicher: Das Bild ist wie ein Gespräch, verstehst du? Sie wollte, dass wir es uns mit ihr gemeinsam anschauen.* Ich hatte das Gefühl, mich nicht richtig auszudrücken.

Das ist ein schöner Gedanke, sagte Nora. Zum Bild selbst äußerte sie sich nicht, was mich enttäuschte. Überhaupt war der Moment weniger feierlich, als ich ihn mir vorgestellt hatte.

Ich würde jetzt gern wieder nach Hause fahren, sagte sie. Ich sah: Sie hatte Tränen in den Augen. Ich nahm sie in den Arm, fragte nach dem Grund, sie sagte, *wegen meiner Mutter.*

Auch das störte mich in diesem Moment, obwohl ich es verstand.

Der Tod ihrer Mutter lag erst zwei Jahre zurück. Ein Herzversagen. Im Urlaub auf Kreta hatte uns die Nachricht erreicht. Das Meeresrauschen nahm sofort einen anderen, jetzt störenden Klang an. Die Sonne störte, als wir in der Mittagshitze im Mietwagen zum Flughafen fuhren, um den nächstmöglichen Flug zu buchen, die Griechen erschienen uns nicht mehr freundlich, sondern umständlich, alles zog sich durch unnötigen Papierkram in die Länge, die Umbuchung, die Stornierung der zweiten Ferienwoche und so weiter.

Als wir endlich in der Wohnung ihrer Mutter ankamen, lag auf dem Teppich noch das chinesische Schälchen, in dem sie ihre Tabletten aufbewahrt hatte. Auf dem Nachttisch im Schlafzimmer leere Tablettenblister, alle Tabletten herausgedrückt, lauter zerknüllte Blister, leere Tablettenschachteln –

Eine Apothekerrechnung in der Badewanne, aus dem Umschlag gerissen, dann samt dem Umschlag in die Badewanne geworfen, darauf Zahlen, die uns erschütterten. 100 Stück *Mogadon* in einem Monat. Dazu *Valium,* gleichfalls in der Hunderterpackung, *Librium* dito, enorme Mengen, an die ihre Mutter problemlos herankam: als Ärztin schrieb sie sich ihre Rezepte selbst. Wir fanden sogar Lieferscheine für *Toquilone,* sie bestellte es sich aus Österreich, da es in Deutschland unter das Betäubungsmittelgesetz fiel.

In der Küche lagen in der Spüle drei leere Weinflaschen, wir vermuteten: Sie hatte den Wein weggeschüttet in einem letzten Versuch, sich nicht umzubringen.

Auf der Toilettenwand eine schüttere, rote Blutspur: von ihrer Stirn. Sie saß auf der Toilette, als ihr Herz zum letzten Mal schlug, und ihre Stirn schrammte die Wand entlang und schlug aufs Waschbecken auf. Diese letzte Nachricht hinterließ sie Nora: eine dünne Blutspur an der Wand.

Beim Aufräumen der Wohnung sah ich, wie Nora das chinesische Schälchen zu den leeren Blistern und den leeren Schachteln in die Mülltüte steckte, nach einem Moment des Zögerns.

Ich finde es schön, dass du es ihr bringen willst, sagte Nora, als wir wieder zu Hause waren, sie sagte es im Bett liegend, bei zugezogenen Vorhängen, ich stand. Durch die Vorhänge drang unbändig das nicht erlöschen wollende Licht dieses Sommerabends. *Ja, bring ihr das Bild aufs Grab, das hätte sie bestimmt gefreut. – Vielleicht hätte ich die chinesische Schale nicht wegwerfen sollen, was meinst du? Aber es wäre doch zynisch gewesen, sie meiner Mutter aufs Grab zu legen? Die Schale gehörte nicht meiner Mutter, sie gehörte den Tabletten. Oder meinst du, ich hätte das auch tun sollen – ihr die Schale aufs Grab legen?*

Das ist etwas anderes, sagte ich. Ich verstand nicht, warum sie diesen Vergleich zog: Das chinesische Schälchen stand doch für Untergang, mein Bild hingegen für ein Gespräch, für Verbindung. Ich hätte meinem Vater ja auch keine leere Flasche *White Label* aufs Grab gelegt!

Ich werde ihr morgen Blumen aufs Grab bringen, sagte sie. *Ich war schon lange nicht mehr dort.*

Ja, tu das, sagte ich. Ich strich ihr übers Haar, im Stehen, ich bemühte mich, bei ihr zu bleiben – aber mich aufs Bett neben sie setzen: unmöglich. Das Dämmerlicht im Zimmer, die warme, verbrauchte Luft, die nicht muffig roch, das nicht. Aber *optisch* herrschte in unserem Schlafzimmer diese Muffigkeit von früher, die in mir den Wunsch weckte, die Vorhänge aufzuziehen, die Fenster aufzureißen und den Abendgesang der Amseln reinzulassen.

Am nächsten Tag traf ich mich mit Nora in der Mittagspause im *Restaurant Oskar mit K* in der Nähe der Schule, in der es zwar eine Kantine gab, jedoch war das Essen dort kirchlich. Wie gesagt, es war eine katholische Privatschule, und wir fühlten uns dort beide wohl, was die Arbeit betraf, aßen aber lieber Speisen, die etwas deftiger gewürzt waren als eine Hostie. Zum Beispiel Oskars *Berliner Kutschergulasch* und dergleichen. Nora ging es heute gut, keine Bauchschmerzen. Sie erzählte mir, sie lese ihren Schülern jetzt Hygins *Odyssea* vor, *Ulixes cum ab Ilio in patriam Ithacam rediret,* um ihr Sprachgefühl für Latein zu wecken. Ihr Vertrauen in ihre Schüler hatte etwas Betörendes. Ich konnte mir vorstellen, dass die Schüler, die wohl kaum ein Wort von dem Text verstanden, sich dennoch von Noras Vertrauen in sie in die Pflicht genommen fühlten, der Vorlesung ohne demonstratives Gähnen zu folgen.

Nora war guter Laune, ich sah den Moment gekommen, ihr von der Anzahlung zu erzählen, den zwanzigtausend Mark, die ich Sternberg gestern überwiesen hatte. Ich sprach es alles in einem einzigen Satz aus, *er hat übrigens zwanzigtausend Mark verlangt, aber ich werde das Geld zurückkriegen, sobald das Gutachten da ist, er kann mir ja nicht eine Kopie für zwanzigtausend verkaufen, ich werde das Geld zurückfordern, das ist überhaupt kein Problem, aber bezahlen musste ich, sonst verkauft er das Bild möglicherweise einem anderen.*

Zwanzigtausend Mark! Nora zerteilte einen Knödel mit der Gabel, sie hörte trotz großen Staunens nicht auf zu essen, mit vollem Mund fragte sie mich, ob ich sicher sei, das Geld zurückzubekommen?

Absolut sicher, sagte ich.

Na gut, du musst selber wissen, was du tust, sagte sie, keineswegs in vorwurfsvollem Ton. *Es ist ja dein Geld.* Sie verstehe ja, warum mir das Bild so viel bedeute. Sie habe nur den Eindruck, mir sei selber nicht ganz wohl bei der Sache.

Nein, glaub mir, sagte ich, *ich weiß genau, was ich tue.*

Sie bestellte zum Nachtisch eine *Crème brûlée,* obwohl Oskars Portionen magenfüllend waren. Dann ihre Frage nach meinem Vater. Wie das denn eigentlich sei? Mein Vater habe doch damals meine Kopie illegal verkauft. Das sei doch, strafrechtlich gesehen, ein Betrug gewesen. Und jetzt werde ein Gutachten erstellt: *Wenn dieser Galerist jetzt merkt, dass er kein Original, sondern eine Kopie gekauft hat, eigentlich eine Fälschung – ich meine, machst du dir keine Sorgen, dass er dann vielleicht zur Polizei geht? Und dass die dann wissen wollen, woher kommt das Bild? Wer hat es vor zwanzig Jahren gemalt, wer hat es verkauft?*

Ich weiß nicht – ich an deiner Stelle würde mich mal nach den Verjährungsfristen erkundigen, bei Kunstdelikten. Falls dein Vater noch lebt, sagte sie, mit dem Löffel die hartgebrannte Zuckerdecke durchstechend, *wäre das doch keine schlechte Idee. Einfach, damit du weißt, ob er juristisch noch belangt werden kann.*

Bei der *Crème brûlée* brachte sie meinen Vater ins Spiel –

Ich hatte ihn zum letzten Mal bei der Beerdigung meiner Mutter gesehen. Seither kein Kontakt. Ich zog nach der Beerdigung nach Genf, danach nach Berlin: in der ganzen Zeit kein Kontakt. Ich wusste nicht, ob er noch lebte. Wer hätte mich, wäre er gestorben, benachrichtigt? Meine Tanten? Auch zu ihnen kein Kontakt seit der Beerdigung. Außer Weihnachtskarten. Ich schickte ihnen jedes Jahr welche, und sie schickten mir eine zurück. *Tanti auguri! La tua zia Stella.* Einmal erfuhr ich: Bei Tante Antonia war ein Myom diagnostiziert worden, die Operation habe sie aber gut überstanden. In zwei Sätzen auf der Weihnachtskarte wurde es mir mitgeteilt. Hätten meine Tanten vom Tod des Vaters erfahren? Das hielt ich für unwahrscheinlich. Sie hatten ihrerseits zu ihm keinen Kontakt, wer also hätte es ihnen mitteilen sollen? Es gab keine Querverbindungen, niemanden, bei dem die Lebensläufe der Familienmitglieder zusammenliefen. Vom Tod meiner Tanten immerhin wäre ich wohl unterrichtet worden von einem ihrer Söhne, einem meiner Cousins, da ja meine Adresse ihnen bekannt war wegen der Weihnachtskarten.

Meine Cousins. Claudio und Alberto. Nein, Sergio. Claudio und Sergio hießen sie. Ich besaß sogar einige Erinnerungen an sie, denn in meinen Kindertagen waren sie bei uns zu Besuch gewesen. Ich erinnere mich an ein Spiel im Garten, *Räuber und Polizei*. Die beiden sprachen nur Italienisch und nannten es *Ladri e polizia*. Ich verstand Italienisch, es war die Schimpfsprache meiner Mutter, sie schimpfte ausschließlich auf Italienisch mit mir. Sie schimpfte und sie rechnete auf Italienisch. Wenn sie mir bei den Schulaufgaben half, sagte sie, *porca miseria, das ist doch ganz einfach! Quattordici meno sette fa sette.* Mein Italienisch war passiv, sprechen konnte ich es weniger gut, und als es darum ging, wer bei dem Spiel Räuber und wer Polizist sei, sagte ich zu meinen Cousins, *voglio essere la pulizia*. Ich erinnere mich, sie versuchten es mir auszureden. Aber warum nur? Ich verstand nicht, warum sie die *Ladri* sein durften, aber ich nicht die *pulizia*. *No!*, riefen sie. *Tu non capisci niente!* Meine Mutter schlichtete schließlich den Streit, indem sie zu mir sagte, *es heißt Polizia, nicht pulizia, Spätzchen. Außer du willst die Putzfrau sein.*

Vom Tod meiner Tanten hätte ich also vermutlich erfahren, durch Claudio und Sergio: *Familienbande*. Ein Band, das aus einer Adresse bestand, an die man eine Todesanzeige schicken konnte. Zu meinem Vater jedoch bestand nicht einmal diese einzeilige Verbindung – und ich bedauerte es nicht. Ich bedauerte manchmal, es nicht zu bedauern, das schon.

Zwei Tage nach dem Mittagessen mit Nora im *Oskar's* träumte ich von Sternberg. Ich saß auf seinem Schoß, roch sein Rasierwasser, *Aqua di Selva* – der Geruch machte mich misstrauisch. Zwei Knaben stiegen aus ei-

256

nem Auto aus und zeigten mit den Fingern auf mich. Sie lachten mich aus. Ich verstand nicht warum. Dann sah ich: Meine Beine waren genauso lang wie die von Sternberg. Beim Erwachen fand ich den Traum lächerlich. Sternberg gleich Vater: Ich träumte *küchenpsychologisch*. Außerdem war's ein überflüssiger Traum, der mir nichts verriet, was ich nicht schon wusste. Ich war eine ganze Weile lang verstimmt über mein Unterbewusstsein, das mich mit solch trivialen »Erkenntnissen« behelligte.

What it's all about

Ich hatte also Sternberg die Anzahlung überwiesen und den Vertrag an ihn zurückgeschickt, der nur aus ein paar Zeilen bestand, geschrieben mit einer Schreibmaschine, deren *r* aus den Wörtern hüpfte. Im Vertrag garantierte er mir, das Bild nach Erhalt der Anzahlung drei Monate lang nicht an einen Dritten zu verkaufen; sollte in dieser Zeit kein Kaufvertrag zwischen mir und ihm zustande kommen, verfiel die Option. Ob das rechtsgültig war, wusste ich nicht – es wirkte auf mich handgestrickt, aber andererseits stand alles drin, was mir wichtig war. Ich ließ nach der Überweisung ein paar Tage verstreichen, rief ihn dann an und erkundigte mich, ob das Geld bei ihm eingetroffen sei, was er mürrisch bejahte, als habe ich ihm zwanzigtausend Ratten geschickt. Er war überhaupt sehr unhöflich – *mehr gibt es nicht zu besprechen!* – und legte ohne Gruß auf.

Das ließ ich ihm nicht durchgehen –

Ich rief ihn gleich noch mal an und sagte, *die Verbin-*

dung ist offenbar unterbrochen worden. *Ich wollte das Ge-*
spräch nicht beenden, ohne mich zu verabschieden.

Ja!, sagte er. *Tun Sie das!*

Es war der Tag von Noras Arzttermin. Ein Mittwoch,
eine Woche nachdem ich dem Bild wiederbegegnet war.
Die Sommerferien hatten begonnen.

Während Nora beim Arzt war, fuhr ich mit dem Rad
in die Fasanenstraße, um zu kontrollieren, ob Sternberg
sich an die Abmachung hielt. Dies war so. Die *Winter-*
liche Landschaft stand nicht mehr im Schaufenster, stattdessen jetzt ein Stillleben mit aufgeschnittener Zitrone,
Feigen und ein paar Schmetterlingen zu viel. Er bot das
Bild also nicht mehr zum Verkauf an, das erfüllte mich
mit Freude. Noch besaß ich es zwar nicht, aber es war
dem Zugriff Fremder entzogen, ich hatte es zumindest
schon mal in Sicherheit gebracht. Der Versuchung, die
Galerie zu betreten und mich bei Sternberg für die Ein-
haltung der Abmachung persönlich zu bedanken, wi-
derstand ich, obwohl ich ihn gern geärgert hätte. Ich
ließ es hauptsächlich wegen meines *Sternberg gleich Va-*
ter-Traums bleiben, ich gönnte dem Traum das *Wusste*
ich's doch! nicht. Ich wusste es nämlich auch – andernfalls
wäre ich reingegangen.

Dann Noras Anruf. Sie sagte, sie komme gerade vom
Arzt. Sie stehe draußen vor der Praxis. *Ich möchte mit dir*
allein sein. Sie sprach wie nach ein paar Gläsern zu viel,
langsam, mit Verzögerungen mitten im Wort. Ich hörte
ihrer Stimme an: Es war nichts Schlimmes, jedoch etwas
Gewaltiges.

Was ist denn?, fragte ich, wusste es aber eigentlich

258

schon und dann erst recht, als sie mich an der Spree treffen wollte, beim Bode-Museum, wo wir uns kennengelernt hatten.

Wir saßen auf einer Parkbank, im Gestank des Dieselrußes aus den Motoren der Ausflugsschiffe. Sie legte mir ein Ultraschallbild in die Hand. Im selben Augenblick johlten auf einem vorbeifahrenden Ausflugsschiff angeheiterte Touristen, und ich sah eine Art Windschutzscheibe, in die der Scheibenwischer einen unvollendeten Halbkreis gewischt hatte. Nora legte den Finger auf eine Stelle und sagte, *das ist das Herz.* Sie habe es während der Untersuchung klopfen gehört, rasend habe es geklopft, *in mir klopft jetzt ein anderes Herz.* Da wusste ich schon: Sie will es. Sie hatte das andere Herz in sich klopfen gehört. Ich aber sah nur diese wirren Linien hinter dem Scheibenwischer, ich konnte das Herz nicht einmal erkennen: ein dunkler Fleck – sollte das ein Herz sein? Sicherlich war es das, aber ich spürte es nicht. Für mich war es nur ein dunkler Fleck auf einem beschichteten Papier, das sich unangenehm anfühlte zwischen den Fingern, chemisch, man hatte das Gefühl, sich *etwas zu holen* beim Anfassen. Es war unnatürlich glatt und dünn wie Zeitungspapier. So war das für mich: Ich hielt in meinen Händen einen Fetzen Papier – das sollte mein Kind sein? Es wurde von mir verlangt, es zu glauben, und natürlich glaubte ich es, da es sich um ein Dokument aus dem Innern eines Ultraschallgeräts handelte, eines ärztlichen Geräts, aus dessen Druckerschlitz am Ende der Untersuchung ein diagnostischer *Beweis* hervorgestiegen war. Ich glaubte es, da ich der Sonografie vertraute, aber ich spürte es nicht. Ich spürte nur mein Herz klopfen, wenn ich an mein Alter dachte: Ich war einundvierzig. Und für Nora klopfte mein Herz gleich mit: Sie war vor wenigen Tagen achtunddreißig geworden. Wir waren doch bereits im Frühherbst unseres Lebens angelangt! Wären wir Apfelbäume gewesen, hätten die Bauern uns jetzt abgeerntet.

Du freust dich nicht, sagte Nora.
Doch, sagte ich.
Warum nicht?, fragte sie.
Weil – ich Zeit brauche. Ich sagte, wir müssten uns das gut überlegen.

Von einem Kind war nie die Rede gewesen. Und jetzt ein *Fait accompli,* und schon will sie es. Als würde die Tatsache der Schwangerschaft die Wünsche der Vergangenheit ausradieren. Unser Wunsch war es gewesen, *kein* Kind zu bekommen. Deshalb die Spirale, die nun versagt hatte. Weshalb aber sollte ich, nur wegen eines Defekts der Verhütungstechnik, plötzlich das wollen, was ich zuvor zu verhindern versuchte? Hört man auf, Auto zu fahren, weil ein Reifen platzt?

Komm, sagte Nora. Sie stand von der Parkbank auf, hielt mir ihre Hand hin. An der Hand führte sie mich über Gras unter den Schatten einer Buche im *Monbijoupark.* Sie legte sich hin, schob ihre Bluse hoch, und nun sollte ich mein Ohr auf ihren Bauch legen. Sie sagte, sie sei schon im vierten Monat, und nächste Woche müsse die Spirale *gezogen* werden. Es sei möglich, dass es dabei zu

einer Fehlgeburt komme. *Vielleicht hörst du es nie mehr,
wenn du jetzt nicht dein Ohr auf meinen Bauch legst.*

Also tat ich es – mag sein, weil mich der Gedanke an
eine Fehlgeburt erleichterte. Ich legte mein Ohr auf ihre
warme Haut. Es war, als würde ich unter Wasser tauchen,
die Geräusche klangen gedämpft und hohl: Gluckern
und dergleichen. *Leibesgeräusche.* Sie schob meinen Kopf
um weniges höher. *Hier,* sagte sie.

Über mir rauschte der Wind in den Blättern der Buche, Nora war gesprenkelt von Schatten und Sonnenlicht.
Ich hörte Gluckern und Wind.

Halt dir das eine Ohr zu, sagte sie.

Ich hielt es mir zu, horchte in ihren Leib hinein, und
plötzlich hörte ich es. Ein ruhiges, reifes Pumpen, gleich-
mäßig, bei jedem Schlag eine geringe Erschütterung: Zum
ersten Mal hörte ich Noras Herz schlagen. Ich schloss die
Augen, und horchte ihrem Herzschlag, hörte sie sagen,
hörst du es?, und sagte, *ja.* Ich hörte kein rasendes, kleines
Hämmern, nichts von dem Kind. Aber ich hörte dieses
große, ruhige *Wumm – Wumm –*

Und ich wusste: Noras Herzschlag, der mir so gefiel,
ließ sich von dem anderen, den ich nicht hörte, nicht
mehr trennen. Wollte ich Noras Herz nicht verlieren,
musste ich von nun an zwei Herzen hören.

Es schlägt so schnell, sagte sie unter der Buche liegend,
beide Hände auf dem Bauch, in die sonnigen Äste blickend, *ichbinda, ichbinda, ichbinda. So hört es sich an, findest du nicht?*

Ja, sagte ich.

Am Abend wir beide in der Wohnung, aber nicht mehr allein. Drei Herzen jetzt, und das kleinste macht Nora hungrig. Ich belege Brote mit dicken Käsescheiben, *und Mayonnaise,* ruft sie aus dem Wohnzimmer – *und Gurken!* Als ich ihr Wein einschenken will, hält sie die Hand übers Glas. Wir haben bisher abends immer Wein getrunken, und es war mehr als nur trinken: es war das Klirren der Gläser beim Anstoßen, es war das gemeinsame Ausprobieren eines neuen Weins, gemeinsam haben wir uns entspannt dabei und einander die Geschehnisse des Tages berichtet: jetzt trinkt sie Wasser mit Zitronensaft. Sie beißt zuversichtlich in die Käsebrote und lässt mich mit dem Wein allein – übrigens meinerseits wenig Appetit: mir reicht ein Stück Brot mit etwas Butter, danach bin ich schon satt. Ich esse schon nichts mehr, während sie noch zwei Käsebrote vor sich hat. Mir bleibt nur, ihr beim Essen zuzusehen, der Wein schmeckt mir nicht. Sie sitzt mit dem Rücken zum *Dunkelmann,* wie wir mein Bild inzwischen nennen: das fahle, verrutschte Männergesicht in der Dunkelheit, die bösen Augen, die Ahnung eines Zähnefletschens – schon lange habe ich mir das Bild nicht mehr angeschaut, da es im Lauf der Zeit zur Dekoration geworden ist. Seine einstige Bedeutung hat sich durch permanente Anwesenheit abgenutzt. Jetzt aber seh ich's wieder als das, was es war: eine *Bannung* jenes Moments, als ich meinen Vater in der dunklen Toilette schwanken sah, und er mich schweigend anstarrte. Aber jetzt scheint mir, ich habe um den heißen Brei herumgemalt. Ich habe nicht gebannt, ich habe verschleiert. Mir ist das Bild jetzt unangenehm, weil misslungen, und misslungen ist's, weil es ein feiges Bild ist.

Nora tunkt eine Spreewälder Gurke in den Topf mit Mayonnaise. Das hat sie früher auch manchmal getan, nur fand ich es damals nicht klischeehaft. Noch einmal erzählt sie mir jedes Detail ihres Arztbesuchs, wie sie im Wartezimmer eigentlich schon weiß, dass sie schwanger ist, schon seit Wochen weiß sie es eigentlich, aber die Bauchschmerzen! Das ist doch untypisch. Deswegen ihre Angst, es könnte Krebs sein. Sie erzählt mir erneut, was Doktor Radde alles gesagt und getan hat, lobt ihn als *total einfühlsam*. Sie benutzt jetzt Wörter, die ihr früher zu gassensprachlich waren, *total, wahnsinnig, echt gut* und so weiter. Doktor Radde ist ein *echt guter Arzt*. Gestern wollte sie noch kein Kind, jetzt aber redet sie, als hätte es dieses Gestern nie gegeben. Und als gäbe es mich nicht, der noch in diesem Gestern leider feststeckt, der sich von diesem Gestern leider nicht so übergangslos verabschieden kann. Obwohl ich ja unter der Buche, wie gesagt, gemerkt habe: Auch ich muss mich vom Gestern lösen. Ich muss lernen, das rasende Herzklopfen zu hören.

Dann, von einem Moment auf den anderen, weint sie. Sie steht vom Tisch auf, kommt zu mir, setzt sich auf meinen Schoß – unweigerlich erinnert es mich an meinen Sternberg-Traum. Sie umarmt mich, nässt mein Gesicht mit ihren Tränen und steckt mich an: Ich weine jetzt auch. Ich weiß nicht, warum sie weint. Ich tue es, weil etwas zu Ende gegangen ist von gestern auf heute. Es ist ein Kind da, und ich empfinde es als Verlust.

Ich habe solche Angst, das Kind zu verlieren, sagt sie. *Als ich heute das Klopfen seines Herzens hörte: Ich war so glücklich! So erfüllt von dem Gefühl, dass es nur darum geht. Verstehst du? Dass alles andere dagegen kein Gewicht hat. Aber diese Gefühle sind mir irgendwie auch fremd, ich war doch früher nicht so! Und ich merke ja auch, dass du ...* Darum geht es: Sie fühlt sich allein. Zweifelt an mir. Also sage ich, ich wolle das Kind auch. Was nicht gelogen ist, nur unvollständig ausgedrückt: Ich will es auch wollen.

Die Vögel zwitschern noch, und Nora geht zu Bett, erschöpft, sie putzt sich vorher die Zähne nicht, schminkt sich nicht ab.

Alles wird gut, sage ich und küsse sie auf die Stirn, lege mich aber nicht neben sie, obwohl sie sagt, *das würde mir jetzt guttun.*

Gleich, sage ich und weiß: bis dahin wird sie eingeschlafen sein.

Im Wohnzimmer fülle ich mein Glas mit Wein, setze mich aufs Sofa, der Abendhimmel ist regengrau, es zieht ein Gewitter auf. Jetzt Dylan: *Sign on the window,* eins meiner Lieblingslieder von ihm. Eine Stelle vor allem will ich hören, die früher keinen Bezug zu mir hatte. Als Nora vorhin von ihrem Gefühl sprach, *dass es nur darum geht,* kam mir die Liedzeile in den Sinn. Jetzt höre ich sie mir an, und mehr als einmal.

Build me a cabin in Utah
Marry me a wife, catch rainbow trout
Have a bunch of kids who call me »Pa«
That must be what it's all about
That must be what it's all about

Das Versprechen

Es kam der Tag, an dem die Spirale *gezogen* werden musste. Ich fuhr Nora im Auto zur Praxis des Doktor Radde. Nora hatte sich informiert: Die Wahrscheinlichkeit einer Fehlgeburt beim Ziehen betrug eins zu fünf. Während der Fahrt fragte sie, *hoffst du auf die eins oder auf die fünf?* Sie blickte, während sie es fragte, aus dem Fenster.

Ich schwieg, um nicht zu sagen, *wer weiß, vielleicht hoffst du ja auf die eins!*

Im Wartezimmer saßen wir schweigend nebeneinander. Ich nahm ihre Hand, sie zog sie weg, wahrscheinlich, weil ich nicht glückselig geantwortet hatte, *auf die fünf natürlich!*

Vor zwei Tagen ihr Satz, aus dem Blauen heraus, *hast du nicht manchmal den Wunsch, herauszufinden, ob dein Vater noch lebt?* Sie bezog es auf das Kind. Falls es zur Welt komme, sei mein Vater immerhin sein Großvater. Ihre Eltern seien beide tot, und meine Mutter auch: Das Kind hätte dann also nur noch einen Großvater. Vielleicht habe er sich ja verändert? Vielleicht würde er sich ja über ein Enkelkind freuen?

Ja, wer weiß, sagte ich, *und wenn es alt genug ist, wird er dann vielleicht zu ihm sagen* richte itzo deinen Blick dorthin in die Kellerhöhle, *damit es ihm eine neue Flasche Whiskey holt.*

Wenn du das nicht vergessen kannst, sagte sie, *ist das für das Kind genauso schlimm. Ein Großvater, der trinkt, und ein Vater, der nicht verzeihen kann – das kommt doch für ein Kind aufs Selbe raus.*

Jetzt hätte ich also meinem Vater verzeihen müssen, um nicht genauso schlimm zu sein wie er!

Es verschlug mir die Sprache –

Einen Moment lang hoffte ich, mein Vater möge tot sein. Denn wenn nicht, und wenn der Embryo das *Ziehen* überlebte, wenn sie beide lebten, würde Nora auf eine Begegnung drängen, sie machte ja schon jetzt aus diesem Wunsch keinen Hehl. Das Kind und sein einziger Großvater! Sie würde nicht lockerlassen, bis ich meinen Vater gefunden hatte, *dead or alive,* und da ein Gefühl mir sagte, er lebt noch, sah ich mich schon mit dem Kind im Arm in einem dunklen, verrauchten Schlafzimmer stehen, in dem leere Flaschen herumrollten: *Papa, das ist dein Enkelkind.*

Was?

Ich sagte, das ist dein Enkelkind.

Das da? Das ist nicht mein Kind. Ich schwöre bei Gott, das ist nicht mein Kind.

Würde man ihm das Baby in den Arm legen, hätte es im Nu Brandflecken. Das würde Nora dann vielleicht zur Räson bringen. Es würde ihr dann vielleicht die Nutzlosigkeit dieses Großvaters vor Augen führen. Aber es konnte auch schlimmer kommen. Schlimmstenfalls riss er sich zusammen und spielte den netten Großvater, schlimmstenfalls nahm er die Zigarette aus dem Mund, bevor er dem Baby einen besoffenen Kuss ins Gesicht drückte. Schlimmstenfalls ließ er das Baby nicht fallen, wenn er – noch schlimmer – mit der freien

Hand zum Wasserglas griff. *Er ist ja gar nicht betrunken*, würde Nora mir zuflüstern. *Doch!*, würde ich hilflos sagen. *Doch!*

Auf der Heimfahrt würde Nora sagen, *nach allem, was du mir über ihn erzählt hast, habe ich ihn mir viel – unsympathischer vorgestellt. Aber er ist doch eigentlich ganz – nett. Und er hat sich sehr über sein Enkelkind gefreut.*

Und so weiter –

Am Schluss würde er am Heiligabend in unserer Wohnung sitzen, und weil er sich inzwischen *eingenistet* hat, würde er seinen blauen Morgenmantel tragen und seine Lederpantoffeln, und er würde die Lippen zu *Stille Nacht* bewegen, wenn wir vor dem Lichterbaum singen, und während Nora in der Küche die Gans aus dem Backofen holt, würde er mir ins Ohr murmeln, *jetzt bring mir mal was zu trinken. Was Richtiges.*

Als Nora und ich im Wartezimmer saßen, hockte mir das Gefühl, das mir sagte, er lebt noch, wie ein Klumpen im Hals. Ich hoffte, mein Gefühl sei nur ein vegetatives, hoffte, es entstamme einer Art erweitertem Selbsterhaltungstrieb, der einen, ob man es will oder nicht, wünschen lässt, dass auch die nahen Verwandten nicht sterben.

Dann wurde Nora aufgerufen –

Ich blieb im Wartezimmer sitzen.

Nach einer halben Stunde kam Nora bleich aus dem Behandlungsraum zurück, ihr Blick der eines Menschen, der jetzt tapfer sein muss. Nun nahm sie meine Hand an.

Ich muss ins Krankenhaus, sagte sie Es war jetzt von Zahnbürste und Pyjama die Rede, von *Überweisung.*

Doktor Radde, den ich mir älter vorgestellt hatte, der aber im Gegenteil noch sehr jung war, eine *Bohnenstange,* weit über eins neunzig und mit sich ausbildendem Buckel, weil seine Größe ihn zu ständiger Krümmung zwang, hatte die Spirale nicht zu fassen gekriegt. Er sagte, das sei kein Grund zur Beunruhigung. Es beunruhigte mich auch nicht –

Im Krankenhaus wurde die Spirale gezogen, und der Finger des Schicksals tippte blind auf eine Zahl zwischen eins und fünf. *Ihrer Frau geht es gut, Ihrem Kind auch,* wurde mir nach dem Eingriff mitgeteilt.

Mein erneutes Erstaunen über die plötzliche Dualität: Es gab Nora nicht mehr ohne das Kind. Nein, es war sogar eine *Trinität:* Es gab Nora nicht mehr ohne das Kind, und das Kind nicht mehr ohne seinen Großvater. Unbedingt musste ich ihn aus der Trinität herausbrechen. An seine Stelle musste ich treten: Nora, das Kind und ich. Ich musste das Kind endlich annehmen.

Das fiel mir sogar erstaunlich leicht. Als die Krankenschwester mir mitteilte, *meinem* Kind gehe es gut, empfand ich zwar noch keine Freude, aber eine Art Respekt. Das Kind hatte die Spirale überlistet, eine der zuverlässigsten Verhütungsmethoden: Die Wahrscheinlichkeit einer Empfängnis betrug weniger als eins zu tausend. Das musste einem Kind erst einmal gelingen! Und jetzt überlebte es auch noch das *Ziehen,* es schlug der hohen Wahrscheinlichkeit einer Fehlgeburt ein Schnippchen und blieb bei uns. Was für ein unbändiger Lebenswille! Dieses noch namenlose Wesen wollte offenbar unbedingt bei uns auf die Welt kommen, es verfolgte sein Ziel über alle Hindernisse hinweg.

Als ich Nora in ihrem Krankenzimmer besuchte, wo sie einen Tag zur Beobachtung noch bleiben musste, legte ich ihr die Hand auf den Bauch. Noras Bauchdecke hob und senkte sich im Rhythmus ihres Atems, der auch der des Kindes war, das da unter meiner Hand schwebte – und ich dachte, dass sich vielleicht gerade seine Finger ausbildeten, und dass ich dereinst meinen nach innen gekrümmten Zeigefinger an seinen halten würde, der dieselbe Krümmung aufwies, und wir würden uns über die Gabelung amüsieren wie damals meine Mutter und ich. Mag sein, ich war noch immer nicht einverstanden. Aber wollte ich etwa nicht erfahren, wer dieses Kind war und zu wem es werden würde? Wollte ich darauf verzichten, Zeuge der Wunder zu werden, an denen ein Kind verschwenderisch jene teilhaben lässt, die es auf seinem Weg begleiten? Wollte ich auf die Liebe verzichten, die mir hier angeboten wurde? Eine Liebe, die möglicherweise meine Vorstellung überstieg? Wollte ich die Chance ungenutzt lassen, mich zu verändern durch die Liebe zu diesem Kind?

Eins musst du mir versprechen, sagte ich zu Nora. *Versprich mir, dass dieses Kind keine Großeltern hat. Sie sind alle tot. Deine Eltern sind tot, meine auch. Das hier ist etwas Neues, etwas Wunderbares. Bitte zwing mich nicht, nach einem Gespenst zu suchen.*

Aber es wäre doch vielleicht auch für dich eine Chance, sagte sie.

Chance wofür? Chance, zu vergeben, meinte sie. Chance, zu vergessen. Chance, meinen Vater nicht mehr als Gespenst zu empfinden und so weiter. *Wenn meine Mutter noch leben würde,* sagte sie, *ich würde wollen, dass sie ihr Enkelkind kennenlernt. Trotz allem würde ich das wollen. Auch für mich selbst, weil ich …*

Du hättest das Kind, unterbrach ich sie, *keine Sekunde bei deiner Mutter lassen können! Man konnte deiner Mutter kein Kind anvertrauen. Ihr eigenes nicht und auch unseres nicht.* Warum versprach sie es mir nicht einfach! Warum idealisierte sie plötzlich das Schreckliche! *Du hättest dauernd aufpassen müssen, dass das Kind nicht irgendeine Schlaftablette verschluckt. Da lagen doch überall Tabletten! Du hättest deiner Mutter das Kind noch nicht einmal in den Arm legen dürfen – sie hätte es fallen lassen, beduselt wie sie die ganze Zeit war!*

Ich solle, sagte Nora, bitte nicht so über ihre Mutter sprechen, so *respektlos.* Ich verstand nicht, was mit ihr los war. Ihre Mutter hatte sie jahrelang vernachlässigt, schlimmer noch, sie hatte sich für die Tabletten und gegen ihr Kind entschieden, *die Tabletten waren ihr wichtiger als du,* und jetzt war die Wahrheit plötzlich *respektlos.* Was kam als Nächstes? Eigentlich war alles gar nicht so schlimm?

Darum gehe es doch gar nicht, sagte Nora. *Es geht darum, ob wir Gespenster in uns herumtragen, mit denen wir immer noch kämpfen. Dieses Kind wird deinen Vater sowieso kennenlernen, und zwar durch dich.* Wenn er für mich ein Gespenst bleibe, werde das Kind ihn als Gespenst erleben, *auf die eine oder andere Weise.* Sie behauptete, sie selbst erlebe ihn ja manchmal auch so, *durch dich,* gerade

270

in diesem Moment sei er in mir anwesend und schaue sie durch meine Augen an: *Ich sehe ihn immer, wenn du diesen kalten Blick hast.*

Verstand ich sie richtig? Machte sie mich jetzt auch noch verantwortlich für die Jahre in der Attikawohnung? Mag sein, dass es mir nach den Donnernächten und Kriegstagen, die ich dort erlebt hatte, schwerfiel, beim Gedanken an meinen Vater warmherzig in die Welt zu blicken. *Ich habe mit zwölf,* sagte ich, *im Keller übernachtet, und mehr als nur einmal, im Luftschutzkeller, der für den Atomkrieg gebaut worden war. Ich habe bei den Spinnen geschlafen, weil ich bei ihnen wenigstens sicher war vor dem Streit und dem Türknallen.* Einmal huschte mir eine Ratte übers Gesicht, aber ich zog es dem Geschrei meiner Mutter vor, wenn mein Vater mit seinem arabischen Dolch im Gürtel des Morgenmantels hinter ihr herschwankte. *Ich habe verdammt noch mal ein Recht auf einen kalten Blick!*

Und was sagte Nora? Sie sagte, *das Kind hört jetzt deine Stimme. Es hört jetzt schon, was damals geschehen ist und wie sehr dich das noch im Griff hat. Das ist es, was ich meine.*

Das Kind wie eine Schlinge um meinen Hals. Jedoch gab ich nicht dem Kind die Schuld dafür, es war Nora, die die Schlinge legte –

Es vergingen drei Wochen. Ich dachte viel an das Kind. Es schien mir das Beste zu sein, nur noch an das Kind zu denken oder besser: an das Kind und mich. Also an das Kind ohne die *Last,* die Nora ihm schon vor seiner Geburt aufbürdete. Die Last ihrer, vor allem aber meiner Vergangenheit. Sie verknüpfte das Kind mit Bedingun-

gen an mich, und ich wollte umgekehrt aber nicht dasselbe tun. Wenn ich nur an das Kind und mich dachte,
war dies auch nicht nötig: Zwischen mir und dem Kind
gab es nichts zu klären. Es gab keine Weichen zu stellen
und keine Gespenster zu vertreiben. Ich betrachtete das
Kind als etwas vollständig Neues, das ein Anrecht darauf
hatte, gewissermaßen als weißes Blatt geboren zu werden,
auf das die Eltern nicht schon Befürchtungen gekritzelt
hatten. Wenn Nora das anders sah, wenn sie an ihre Mutter denken wollte und an meinen Vater: meinetwegen.
Aber ohne mich.

Die Geburt wurde im Dezember erwartet. Inzwischen
war August, und Sternberg hatte sich noch immer nicht
gemeldet, obwohl die vier Wochen, von denen er im Zusammenhang mit dem Gutachten gesprochen hatte, um
waren. Ich wollte meiner Mutter das Bild aber noch im
Sommer bringen, in *ihrer* Jahreszeit. *Zingara* war sie in
ihrer Kindheit genannt worden, Zigeunerin, wegen ihrer bronzefarbenen Haut, die auch im Winter nicht aus-
bleichte. Im Sommer jedoch nahm ihre Haut eine nahezu
negroide Färbung an, die aber nur eine Begleiterschei-
nung ihrer Sehnsucht nach Wärme war. Sie legte sich
nicht unter die Sonne, um sich zu bräunen – ihr ging's
um Wärme. Wenn nach den langen nebligen Kältemo-
naten im *Fürstenland* die Sonne endlich kräftiger wurde,
ließ sie keinen Strahl ungenutzt. Es wurde kein Quänt-
chen Wärme vergeudet. Wenn an einem Hitzetag alle unter dem Sonnenschirm sich Luft zufächelten, lag meine
Mutter zwei Meter neben dem Schirm in der prallen
Sonne. Auf der Flucht vor dem wandernden Schatten des

Schirms entfernte sie sich mit dem Lauf der Sonne immer weiter von ihm. Am späten Nachmittag, bei flacherer Sonneneinstrahlung, warfen nun auch die Bäume Schatten, die besonnte Fläche wurde knapper, sodass meine Mutter zu komplizierten Ortswechseln gezwungen war. Sie nomadisierte mit ihrem Liegestuhl von einer Sonnenoase zur anderen. Ihr war deshalb die Dachterrasse der Attikawohnung am liebsten, da dort weder Sonnenschirme noch Bäume die Sonne verdunkelten: Hier lag sie den ganzen Tag über wie auf einer Herdplatte.

Vollgesogen mit Wärme wurde sie im Sommer fröhlicher, duldsamer. Sie lachte häufiger – dann blitzten ihre weißen Zähne in dem *abessinischen* Gesicht – und was sie sagte, besaß mehr Tiefe und Konstanz, während sie im Winter manchmal in ein sprunghaftes Plaudern geriet und oft dasselbe zum dritten Mal erzählte. Im Sommer fand sie innere Ruhe. Ihr Blick wurde verbindlicher, ihre Stimme klang weicher. Nachts, nach einem langen Sonnentag, saß sie auf der Dachterrasse unter dem stillen, dennoch überschwänglichen Sternenhimmel und blickte versonnen hinauf. Einmal, als eine Sternschnuppe aufleuchtete, sagte sie, *so viele Leute haben sich jetzt gerade etwas gewünscht. Ist das nicht traurig?*

Am nächsten Tag lag sie wieder auf der Luftmatratze unter dem freien Himmel, sich die Schönwetterwolken wegwünschend – und sie lag nackt da. Sie betrachtete Stoff als eine Art von Schatten. Außerdem war nackt damals *modern,* nackte Mutter und Sohn: Ich fühlte mich verpflichtet, mir nichts dabei zu denken. Sie bedeckte sich nicht, wenn ich zum Wasserschlauch ging, um mich abzukühlen. Sie lag blank und bloß auf der Matratze, und ich drehte ihr, während ich mir den Schlauch über den Kopf hielt, den Rücken zu – jedoch sah ich sie nun in der Spiegelung des Esszimmerfensters nackt daliegen. Man konnte den modernen Zeiten nicht entkommen. Es gefiel mir zwar, dass sie nicht verklemmt war wie die Spießer und Imperialisten – aber ihre Nacktheit zwang mich zu einer angestrengten Unbefangenheit, zu einem gelassenen Hinsehen, in dem der Wunsch pochte, wegzusehen – und manchmal sah ich *alles*. Ich sah, wo ich hergekommen war, es war schrecklich, wie der Anblick einer *Thoraxöffnung,* wenn das zuckende Herz frei liegt. Schließlich ging ich, wenn ich wusste, sie sonnt sich, gar nicht mehr auf die Terrasse, also während Hitzeperioden manchmal wochenlang nicht. Ich badete mit Freunden am See oder saß bei strahlendem Sonnenschein in meinem Zimmer und hörte *Deep Purple.*

There once was a woman
A strange kind of woman
The kind that gets written down in history –

Um meiner Mutter das Bild also noch im Sommer zu bringen, fahre ich in die Fasanenstraße, mit dem Rad, obwohl ich beim Aufschließen des Schlosses im Hof schon sehe: der Himmel hängt. Unterwegs stürzt dann der Regen aus den Wolken. Ich tropfe, als ich die Galerie betrete, ein aufwärtsstrebender Dreiklang kündigt meine Anwesenheit an und ist das Signal für Sternbergs Auftritt. Er kommt hinter seinem roten Vorhang hervor, heute in einem *Tweed-Anzug,* englischer *Landlord.* Ich finde, er ist kostümiert, und ich glaube zu wissen, warum: des Bildes von sich selbst wegen, das sein Leben bestimmt. Ihm soll-

ten seiner Meinung nach Bedienstete den Cognac einschenken, bevor er zur Fuchsjagd aufbricht, er sollte ihn
nicht aus einem Flachmann hinter einem Vorhang trinken müssen. Er sollte, auf einem Vollblut mit schlanken
Fesseln sitzend, jetzt umgeben sein von einer Meute Jagd-
hunde, die an den Leinen zerren, weil der Geruch des
Fuchses sie verrückt macht. Das Schnauben der Pferde.
Ihr sich in der kühlen, nach Erde riechenden Luft ver-
lierender Atemdampf. In der Ferne sollten die Giebel
seines Herrensitzes zu sehen sein – hinterher, nach Ritt
und Schuss, im Kaminzimmer Portwein, während draußen vor der Remise die Jagdhelfer den Fuchs ausweiden –
was heißt einen? Zwölf! Er sollte jedenfalls nicht mich sehen müssen, einen durchnässten Radfahrer, der ihn frech
fragt, *wie steht es mit dem Gutachten, Herr Sternberg?*

Mir klopft das Herz, als ich es sage –

Der stupide Traum, in dem ich auf seinem Schoß sitze,
meldet sich wieder. Ich sehe mich an mir herunterblicken: Meine Beine sind ja gleich lang wie seine! Die beiden Knaben, die mich auslachen –

Ja sicher, natürlich: Er riecht ja sogar wie mein Vater.
Dieser chemische Geruch. Und sein schiefer Blick, dümm-
lich und böse zugleich, das ist mir alles bekannt. Mir ist
schon klar, dass es mir nicht nur darum geht, meiner Mutter das Bild aufs Grab zu bringen, sondern vielleicht mehr
noch darum, Sternberg das Bild abzutrotzen. Es soll kein
Herrenreiter und Großwildjäger meiner Mutter das Bild
noch einmal wegnehmen, diesmal will ich es nicht zu-
lassen.

Das Gutachten, sage ich, *haben Sie es jetzt?*

Sie kommen zu früh, sagt er.

Wieso zu früh?, sage ich. Vier Wochen seien abgemacht gewesen. Mehr als vier Wochen seien vergangen.

Ja, das sei ihm bekannt. Aber die Sommerferien. Es sei schwierig gewesen, jetzt einen Experten zu finden.

Ich sage, *Sie haben also das Gutachten nicht?*

Er sagt, *ich gehe davon aus, dass Sie den Vertrag durchgelesen haben, bevor Sie ihn unterschrieben haben.* Er behauptet, er habe sich lediglich verpflichtet, das Bild nach Erhalt meiner Anzahlung für die Dauer von drei Monaten nicht an einen Dritten zu verkaufen. Von einem Gutachten sei im Vertrag nicht die Rede. Er sei nicht verpflichtet, mir eins vorzulegen. Falls nach Ablauf der Dreimonatsfrist kein Kaufvertrag zustande komme ... und so weiter.

Er hat recht. Ich hätte im Vertrag ein Gutachten zur Bedingung machen müssen – das habe ich aber versäumt. Nein, nicht versäumt: Ich habe es nicht durchdacht. Es geht mir nicht allein nur um das Bild, das rächt sich jetzt, es macht mich kopflos.

Obwohl er *de jure,* sagt er, nicht dazu verpflichtet wäre, habe er aber trotzdem ein Gutachten in Auftrag gegeben, da er ja sehe, dass eine solche Expertise für meine Kaufentscheidung *relevant* sei und er ja auch daran interessiert sei, das Bild an mich *weiterzugeben.* Nur verzögere sich die Angelegenheit. Bedingt durch die Sommerferien, werde ihm das Gutachten, das zweifelsfrei die Echtheit des Gemäldes bestätigen werde, in vier Wochen vorliegen. *Haben Sie also noch etwas Geduld.* Er werde mich anrufen, wenn es da sei.

Vier Wochen sind zu viel!, sage ich. *Zwei Wochen, oder ich schaue mich nach einem anderen Bild um!* Trotz ist es, nichts als Trotz und deshalb dumm: Was kümmert's ihn, wenn ich mir ein anderes Bild suche – darauf spekuliert er ja! Das ist es ja, was er vorhat: Mich hinhalten, bis die Kaufoption verfällt, und das Bild dann jemandem verkaufen, der, geblendet vom Renommee der Galerie, ein Gutachten gar nicht zu sehen wünscht, da er sich nicht vorstellen kann, dass Herr Sternberg ihm etwas anderes als ein Original anbietet.

Zwei Wochen!, wiederhole ich. *Keinen Tag länger! Ich weiß genau, was hier gespielt wird! Gib mir das Bild, du Scheißkerl!*

Einen Moment lang weiß ich nicht: habe ich es ausgesprochen oder nur so heftig, mit so viel Wut gedacht, dass ich es *hören* konnte? Mir scheint, das *du Scheißkerl* hallt noch im Raum nach.

Aber Sternberg sagt nur, *wenn Sie mir nicht vertrauen, ist es vielleicht besser, wir lösen den Vertrag auf. Die Entscheidung darüber überlasse ich Ihnen. Andernfalls, wenn es beim Vertrag bleibt, werden Sie sich noch vier Wochen gedulden müssen.*

Ich muss zustimmen. Mir bleibt nichts anderes übrig. Er hat's in der Hand, nicht ich. Will ich das Bild, muss ich seinen Konditionen zustimmen. Aber dann, wenn das Gutachten vorliegt, will ich sein Gesicht sehen! Sein Gesicht, wenn er gezwungen ist, mir zu sagen, *es handelt sich offenbar doch um eine Kopie, Sie hatten recht. Ich weiß nicht, wie das passieren konnte. Ich möchte Sie bitten, dass das unter uns bleibt.*

Wir sehen uns in vier Wochen!, sage ich.

Einen schönen Tag noch!, ruft er mir nach, als ich gehe.

Ja, gleichfalls!, rufe ich und reiße mein Fahrrad vom Baum weg, an den ich es gelehnt habe. Bei geradezu wütendem Regen fahre ich weg, werde aus Eimern begossen, die Wolken leuchten auf wie im Gefechtsfeuer, es knallt der Donner. Meine Schläfen pulsieren, weil mir das Herz aus dem Kopf springen will vor Wut über meine Machtlosigkeit: Ich brauche dieses gottverdammte Gutachten! Ohne Gutachten wird er einfach weiterhin darauf bestehen: Es ist das Original, für hundertachtzigtausend gehört es Ihnen. Was kann ich tun? Nichts! Nur er kann das Gutachten in Auftrag geben –

Dann kommt mir in den Sinn: Es existiert ja noch das Original irgendwo. Das Original der *Winterlichen Landschaft,* die einst mein Vater wegen der Ölkrise gekauft und dann dem asthmatischen Herrn Glanz weiterverkauft hat. Wenn ich den Besitzer des Originals ausfindig machen könnte –

Plötzlich innerer Jubel! Ja genau: Ich muss doch nur herausfinden, wo das Original zurzeit hängt! *Wie erklären Sie sich, dass es zwei* Winterliche Landschaften *gibt, Herr Sternberg?* Wenn ich das Original finde, kann ich auf das Gutachten pfeifen. Das Original wird Sternberg in die Knie zwingen.

Völlig durchnässt komme ich zu Hause an und unverzüglich, mit heißen Ohren, erzähle ich Nora, was passiert und welche Lösung mir soeben eingefallen ist. Sie liegt auf dem Sofa, neben ihr ein Teller mit den Krümeln eines Käsebrotes, der Geruch des Käses ist noch vorhanden. Ich erzähle, und sie hört mir zwar zu, stellt aber die Musik, *Die vier Jahreszeiten,* nicht leiser, was nun also ich tue.

Verstehst du, sage ich, *wenn ich den Besitzer des Originals ausfindig machen kann, ist Sternberg erledigt. Dann muss er mir das Bild verkaufen.*

Wie das klingt!, sagt sie. *Erledigt!* Mit der Fernbedienung macht sie die Geigen wieder lauter. *Warum willst du ihn denn erledigen?* Sternberg verhalte sich doch völlig korrekt. *Er ist Galerist, er verkauft Bilder,* sagt sie, *und im Grunde ist* er *ja der Betrogene. Er konnte ja nicht wissen, dass er kein Original ankauft, sondern eine wertlose Kopie. Bestimmt hat er eine Menge Geld investiert, das wird er jetzt verlieren.* Sie verstehe ja, warum mir das Bild so viel bedeute. Aber im selben Atemzug wirft sie mir einen *Tunnelblick* vor. Behauptet, mein Wunsch, das Bild zu besitzen, trübe meine Urteilskraft. *Sternberg ist für dich ein Betrüger, und ich bin eine Verräterin, nicht wahr? Weil ich ihn nicht auch für einen Betrüger halte.* Ich solle bitte auch mal an sie denken. Zum Beispiel mache sie sich große Sorgen wegen der zwanzigtausend Mark.

Das ist nur eine Anzahlung!, rufe ich, wegen der Geigen werde ich laut, um die Geigen zu übertönen, muss ich es rufen.

Bitte schrei mich nicht an, sagt sie und liegt auf dem Sofa wie in einem Rettungsboot, das meinetwegen wegtreiben kann. Es soll ruhig ein weiterer Sturm aufkommen –

Im Badezimmer trockne ich meine Haare und sehe: auf der Ablage über dem Waschbecken steht Babyöl. Sie hat Babyöl gekauft, sie kann es offenbar nicht mehr erwarten. Sind auch schon Windeln da? Aber gut, ich sehe im Babyöl eine Möglichkeit zur Versöhnung. Ich spreche Nora darauf an, sage, *ist das nicht ein bisschen voreilig?* Mir gelingt der scherzhafte Ton nicht recht, und sie antwortet sachlich: *Das ist für meinen Bauch.* Sie reibe sich den Bauch mit Öl ein, das entspanne die Haut.

Ich frage sie, ob ich sie einreiben soll. Sie versteht, es ist eine Entschuldigung, und sagt, *ja, das wäre sehr schön.*

Also reibe ich das nach Mandeln riechende und klebrige Öl auf die straffe Haut der Wölbung. Mich trennt, während ich Noras Bauch einreibe, nur eine fingerbreite Schicht Haut und Gewebe vom Kind, das unter meiner Handfläche im Wasser schwebt. Ein Schwall Glück breitet sich von meiner Herzgegend im ganzen Körper aus, und ich sehe einen weißen Strand und ein flaches, glattes Meer und darüber den Dom des blauen Himmels.

Beim Abendessen zählt Nora auf, was wir alles schon brauchen, *bevor* das Kind da ist. Eine Wiege. Einen Wickeltisch. Eine Wärmelampe. Eine Kommode mit mindestens drei Schubladen. Einen Kinderwagen und so weiter. Danach zählt sie auf, was wir brauchen werden, wenn das Kind größer ist. Die Liste ist lang, und sie sagt, *ich hab das mal durchgerechnet.* Sie hat ihr und mein Gehalt zusammengerechnet. Sie spricht von *unserem* Geld. Das ist neu. Bisher war's mein Geld und ihr Geld: Wir teilten uns die Kosten für die Miete, das Auto et cetera, aber es gab kein gemeinsames Budget. Im Urlaub bezahlte ich meinen Teil und sie den ihren. Aßen wir auswärts, luden wir uns abwechselnd ein. Jetzt aber: *unser* Geld. *Unsere* Ersparnisse. Von ihrer Mutter hat sie dreißigtausend geerbt, das erfahre ich erst jetzt, es hat mich auch nie interessiert. *Und du hattest an Ersparnissen zwanzigtausend,* sagt sie. *Fünfundzwanzigtausend,* sage ich.

Also bleiben dir fünftausend, sagt sie und trinkt einen Schluck Tee, während ich einsam Wein trinke. Muss ich es jetzt wirklich wiederholen? Dass ich die Anzahlung zurückkriegen werde?

Wir können uns das jetzt einfach nicht leisten, sagt sie. Sie habe den Vertrag mit Sternberg ja gelesen. Jetzt bereue ich es, ihn ihr gezeigt zu haben. Sie behauptet, von einer Rückzahlung stehe nichts drin, Sternberg verpflichte sich lediglich, das Bild drei Monate lang nicht an einen Dritten zu verkaufen. *Und danach bist du der Käufer,* sagt sie. *Er kann sich darauf berufen, dass du dich verpflichtet hast, das Bild zu kaufen.*

Bist du Juristin?, sage ich. *Woher willst du das wissen?*

Weil's drinsteht, sagt sie.

Wenn's drinsteht, warum fällt dir das dann erst jetzt ein?

Sie gibt zu, sie habe sich damals keine Gedanken darüber gemacht. *Das war* vor *dem Kind,* sagt sie. *Damals wollte ich, dass du das Bild bekommst. Ich dachte, wenn du dein ganzes Geld dafür ausgibst, dann ist es das wert.* Aber jetzt sei doch das Kind wichtiger. Wir könnten es uns jetzt nicht mehr erlauben, so viel Geld zum Fenster rauszuschmeißen. Sie fragt mich, ob mir das Kind denn nicht wichtiger sei als das Bild.

Mir ist aber beides wichtig –

Doch, sage ich, *es ist mir wichtiger.* Ich sage es wie unter der Daumenschraube: damit die Qual aufhört.

Sie bittet mich, gleich morgen einen Anwalt zu fragen, wie ich aus der Sache am besten rauskomme.

Ich denke aber gar nicht daran, das zu tun. Wenn ich jetzt vom Vertrag zurücktrete, ist das Bild verloren. Sternberg wird den Gutachter anrufen und sagen, *ist nicht mehr nötig, fahren Sie in den Urlaub,* und dann wird er das Bild jemandem verkaufen, der es für echt hält. Und das alles wird geschehen, bevor ich das Original gefunden habe.

Versprich es mir, sagt Nora.

Später, Nora ist schon schlafen gegangen, stehe ich im Wohnzimmer am offenen Fenster, blicke in die Abendstimmung. Eine Nebelkrähe flattert vom Hof herauf und lässt sich auf der Dachrinne nieder. Die Krähe neigt ihren Kopf. Kann sein, sie sieht mich. Was gäbe ich dafür, zu wissen, was sie sieht, wenn sie mich sieht. Als was sie mich einstuft. Sie spreizt ihre Flügel, es wirkt wie ein Gähnen.

Das Glück der Tiere: Wahrscheinlich sind sie glücklicher, als wir es uns vorstellen können. Nur Gegenwart, sonst nichts.

Strenges Liegen

Name: Glanz. Und er hatte für eine Basler Galerie gearbeitet. Mehr wusste ich nicht. In einem Internetcafé gab ich in die Suchmaske die Begriffe *Glanz* und *Kunstgalerie Basel* ein – ohne Ergebnis. Einige Galerien, die mit niederländischer und flämischer Kunst des 17. Jahrhunderts handelten, rief ich an, erkundigte mich nach einem Herrn Glanz – gleichfalls ohne Erfolg. Eine Galeristin nannte mir aber den Namen eines Mainzer Kunsthistorikers, Heinz Spengler, der sich auf jene Epoche niederländischer Malerei spezialisiert und eine Abhandlung publiziert hatte, in der, so glaubte die Galeristin sich zu erinnern, auch Jan van Os erwähnt wurde.

Spengler stellte sich als kauzig heraus: Am Telefon gebe er grundsätzlich niemandem Auskunft. Immerhin beantwortete er meine Frage, ob er ein aktuelles Werkverzeichnis von Jan van Os besitze, mit Ja, und so beschloss ich, nach Mainz zu fahren.

Ich muss weg, sagte ich zu Nora. Sie kämmte sich im Badezimmer die Haare, drehte sich zu mir um, den Kopf geneigt, mit der Bürste durch ihr Haar streichend. Ihre Kopfbewegung erinnerte mich an die Krähe: Was sah Nora, wenn sie mich sah? Als was stufte *sie* mich ein?
    Ich werde erst morgen wieder hier sein, sagte ich.
    Wohin fährst du?
    Nach Mainz.
    Wegen des Bildes, sagte sie. Es war eine Feststellung, keine Frage.
    Ich schwieg.
    Dann tu das, sagte sie und wandte sich wieder ihrem Spiegelbild zu.
    Sie war verärgert, tant pis! Aus meiner Sicht waren wir quitt. Sie hatte meine Bitte, ihr etwas zu versprechen, nicht erfüllt, ich die ihre nicht. Meinen Kuss lehnte sie ab.

Spengler empfing mich in seinem Arbeitszimmer, in dem auf einer Säule aus dunkel gebeiztem Holz eine Büste von Mussolini stand. Er sagte, ich solle mich daran nicht stören. Er stamme aus Südtirol, Bozen. Mussolinis

Schwarzhemden hätten 1921 am *Bozner Blutsonntag* seinen Vater, der damals sechs Jahre alt gewesen sei, mit einem Eisenrohr zum Krüppel geschlagen, weil er versucht habe, seine Mutter vor ihnen zu beschützen. Sein Vater habe sein Leben lang abends vor dem Zubettgehen seine Krücken an diese Büste von Mussolini gelehnt.

Man erbe von seinen Eltern eben *alles,* sagte Spengler.

Dann Gespräch über van Os, den er für einen zweitklassigen Maler hielt. Er wunderte sich über mein Interesse. Über die *Winterliche Landschaft,* die er nur von der schwarz-weißen Abbildung im Werkkatalog kannte, den er vor mir aufschlug, war seine Meinung gemacht: Ein typisches Genrebild jener Zeit, gemalt für die Amsterdamer Kaufleute, die ihre Stuben gern mit Gemälden dekorierten, auf denen die Derbheit und Dummheit der Bauern dargestellt wurde. Der Bauer mit dem Reisigbündel, der auf dem Bild ahnungslos auf den Steg zugeht, der nirgendwo hinführt, sei für die reichen Bürger eine Lachnummer gewesen. Aus soziologischer Sicht handle es sich um ein diffamierendes Bild, aus künstlerischer Sicht um reine Dekorationsmalerei. *Darf ich fragen, warum interessieren Sie sich ausgerechnet für dieses Bild?*

Für dieses *Bild,* sagte ich, auf die Abbildung im Katalog deutend, *interessiere ich mich gar nicht.*

Der Besuch bei Spengler war den Aufwand insofern nicht wert, als er mir die dürftige Nachricht, dass sich das Original der *Winterlichen Landschaft* zurzeit *in Privatbesitz* befand – so stand es im Katalog –, auch telefonisch hätte mitteilen können. Ich hätte nicht nach Mainz fahren müssen, um keinen Schritt weiterzukommen. *In Privatbesitz* bedeutete: Der Besitzer wollte anonym bleiben. Das war im Kunstgeschäft nichts Unübliches: Es soll nicht jedermann wissen, welche Schätze man besitzt. Das aber machte den Besitzer des Originals für mich nahezu unauffindbar. Meine Idee, Sternberg mit dem Original zu konfrontieren, war ein Rohrkrepierer. Er hätte sogar behaupten können, *in Privatbesitz* beziehe sich auf ihn: Wie hätte ich ihm das Gegenteil beweisen sollen?

Wenigstens hatte ich in Spengler einen Menschen kennengelernt, dessen Art mir gefiel, und der etwas *auf Lager* hatte. Beim Tee erzählte er mir unter anderem, er lasse seine Studenten jeweils die Größe berühmter Gemälde schätzen. Wie groß ist die *Mona Lisa,* van Goghs *Caféterrasse am Abend,* der *Schrei* von Munch und so weiter. Über die Jahre habe sich herausgestellt: Fast alle halten die Bilder für größer, als sie in Wirklichkeit sind. Sie sind erstaunt zu hören, dass die Mona Lisa ins Gefrierfach eines Kühlschranks passen würde. Wie kommt diese Fehleinschätzung zustande? Einfach dadurch, dass seine Studenten die Originale noch nie gesehen haben. Sie kennen nur Abbildungen davon, und die Vielzahl der Abbildungen eines berühmten Gemäldes verführt sie zur Annahme, es müsse, da bedeutend, auch ein großes Gemälde sein. Spengler sprach von *Charisma als Lupe.* Dieses Prinzip spiele auch in der Liebe eine Rolle: Überschätzung der Abbildung mangels Kenntnis des Originals. Er behauptete, nur in seltenen Fällen, gleich ob in der Liebe oder der Kunst, sei die Begegnung mit dem Original nicht mit Enttäuschung verbunden.

Rückkehr nach Berlin, wo ich gegen Mittag eintraf, ohne Lust, gleich nach Hause zu Nora zu fahren. Mir war nach Trommeln zumute, wenn man so will nach Zuschlagen. Mein Schlagzeug stand in einem Kreuzberger Übungskeller, den ich mir mit einigen zwanzig Jahre jüngeren Talenten teilte. Vor meiner Wiederbegegnung mit dem Bild hatte ich regelmäßig zweimal die Woche geübt, seither nicht mehr. Auch das Malen war eingeschlafen – ich nahm mir vor, auch damit wieder zu beginnen, heute noch, gleich nach dem Trommeln.

Ich saß in dem mit den guten alten Eierkartons isolierten Keller hinter meinem *Apparat* und nahm die Arbeit an Zeppelins *In The Evening* wieder auf. Mit *Black Dog* war ich durch, obwohl von fehlerfrei nicht die Rede sein konnte – egal. Für mich als Takttauben bestand der Fortschritt beim Einüben eines Schlagzeugparts darin, meine Fehler überhaupt erst zu bemerken. Bei *Black Dog* hörte ich inzwischen alle Fehler, und das bedeutete: Ich beherrschte den Song.

Jetzt also *In The Evening*:

Ta tata dada a nta – tack tack tack tack – ta dada da da a nta – tack tack tack tack –

Eine Weile lang trommelte ich seriös, dann schlug ich regellos einfach nur rum, ließ das *Crash-Becken* scheppern, trat den Paukenschlegel ins Fell, verlor den linken Stick, hämmerte mit dem rechten auf die *Snare Drum* ein, und mit der linken Hand verpasste ich dem *Tomtom* Schläge, bis die Finger schmerzten. Denn ich war mit leeren Händen aus Mainz zurückgekehrt. An meiner Lage hatte sich nichts geändert: Sternberg gab den Takt vor. Plötzlich war ich sicher: Er wird kein Gutachten in Auftrag geben, hatte nie vor, das zu tun, er will mich nur hinhalten. Und ohne Gutachten bleibt das Bild ein Original, zu haben für hundertachtzigtausend. Und ich kann nichts tun! Außer mir die Finger auf dem Tomtom blau zu schlagen.

Ich schlage auf die Kante der Trommel: der scharfe Schmerz, wenn die Knochen aufs Metall prallen. Ein Schmerz, der gerade noch erträglich ist. Ein aufreizender Schmerz: Ich will weitermachen. Und der Schmerz wird nicht stärker, er bleibt erträglich, er überschreitet die Grenze nicht, die mich zwingen würde, aufzuhören. Ich schlage weiter mit der flachen Hand auf die Kante des Tomtoms. Es beginnt sogar, mir auf eine Weise gutzutun. Es ist ein entlastender Schmerz. Ein Opfer, verbunden mit einem Versprechen.

Als ich mit pulsierenden Fingern nach Hause zurückkehre, liegt Nora auf dem Sofa. War das je anders? Die Erinnerung an Zeiten, in denen sie nicht auf dem Sofa lag, ist schwach geworden und muss aufgefrischt werden. Früher goss sie, wenn ich heimkam, die Pflanzen auf dem Fensterbrett oder kam mir aus der Küche entgegen mit ihrem leichten, federnden Schritt, die Arme ausgebreitet. Manchmal hörte ich bei der Heimkehr ihre Stimme aus dem Schlafzimmer, und wenn ich die Tür aufstieß, lag sie nackt auf dem Bett und sagte, *sprich Italienisch!* Wir lachten, und ich legte mich zu ihr, sagte, *mi piace molto Napoli* oder *voglio essere la Pulizia* oder dergleichen. Damals waren wir leicht – alles, was wir gemeinsam taten, besaß diese Leichtigkeit, geschah beiläufig, ohne unverbindlich zu sein. Es war verbindlich wie die scheinbar zufällige Richtungsänderung eines Vogelschwarms am Himmel, wenn der Schwarm sich aufbläht und sich dann in eine andere Richtung wieder verdichtet, in einer makellosen Übereinstimmung.

Jetzt aber Schwere. Etwas Lastendes. Sie auf dem Sofa, aus dem ich sie gar nicht mehr wegdenken kann. Ihr merkwürdiger Blick, als sie sagt, *ich hatte eine Blutung. Heute Morgen.* Sie habe Doktor Radde angerufen, der ihr sofort einen Termin im Krankenhaus verschafft habe. Der gesagt habe, *Ihr Mann soll Sie bitte gleich hinfahren.*

Aber mein Mann war nicht da, sagt Nora. *Ich bin mit dem Taxi hingefahren.*

Den Vorwurf überhöre ich.

Sie haben mich untersucht, sagt sie. Sie teilt mir die medizinischen Begriffe mit, die während der Untersuchung aufgetaucht und die nun in der Welt sind, wo sie, wie ich erfahre, bis zur Geburt des Kindes auch bleiben werden. Aufgrund der Diagnose hat Doktor Radde Nora *strenges Liegen* verordnet, wie sie es nennt.

Ihr Liegen auf dem Sofa ist jetzt also *amtlich* geworden –

Sie soll sich möglichst wenig bewegen, bis zur Niederkunft.

Ich weiß noch gar nicht, wie ich das machen soll, sagt sie, jetzt versöhnlicher. *Ich meine, die ganze Zeit liegen.*

Das kriegen wir schon hin, sage ich. *Am besten stehst du einfach nicht auf.* Es sollte scherzhaft klingen, aber da ist ein Knurren in meiner Stimme.

Sie schaut mich an, mit diesem enttäuschten Blick – dem Blick auf das *Original*, denke ich. Oder was Nora für das Original hält. Es ist ja wohl doch etwas komplizierter, als Spengler glaubt. Mag sein, Nora denkt, sie erkenne mich jetzt erst als den, der ich wirklich bin. Aber vielleicht unterliegt sie da einer Täuschung. Vielleicht ist sie es, die sich von der originalen Nora in eine Abbildung dessen zurückentwickelt, was sie früher war – und *das* sieht sie mir an, meine Enttäuschung darüber.

Das Wort *Abglanz* kommt mir in den Sinn –
  Ihr früher aprikosenfarbenes Leuchten –
  Jetzt Pausbäckigkeit und *strenges Liegen* –

Dann die Besuche. Sibylle, Lisa, Peter. Sie kommen mit Blumen, mit Nougat, mit Büchern. Sie trösten Nora, halten ihre Hand, versuchen, sie aufzuheitern – ist das nötig? Nora lacht über Peters Scherze, ich merke, ich habe sie schon lange nicht mehr so unbeschwert lachen gehört. Lisa und Peter, beide Architekten und beruflich sehr eingespannt, bleiben jeweils nur kurz, aber ihre Besuche sind wie kleine Stürme, haben etwas Reinigendes. Auch mir tut es gut, wieder einmal zu lachen. Peter erzählt Witze: *Sagt der Arzt zum Patienten: Sie müssen aufhören zu onanieren. Sagt der Patient: Warum? Sagt der Arzt: Ich kann Sie so nicht untersuchen.* Lisa hat ihr eigenes Kind vor zwei Jahren im siebten Monat verloren: Es darf während der Besuche keine Stille entstehen, deswegen vielleicht der Eindruck des Stürmischen. Dann Sibylle, Noras beste Freundin, Schriftstellerin mit viel *Tagesfreizeit*. Sibylles Besuchsfrequenz steigert sich, als würde jeder vorangegangene Besuch zwei neue gebären. Kam sie anfangs alle drei Tage, so bald schon täglich. Blieb sie anfangs eine Stunde, so neuerdings drei, vier, denn es gibt viel zu tun im Haushalt. Sibylle übernimmt Versorgungsfunktionen, die man mir offenbar nicht überlassen kann. Es fehlt Milch im Kühlschrank, also bringt sie am nächsten Tag eine Packung mit, obwohl ich inzwischen eine gekauft habe. Es ist zwar Waschmittel da, aber kein Flüssigwaschmittel, Sibylle schwört auf flüssig. Also bringt sie Flüssigwaschmittel, Kartoffeln und Butter mit, Putzschwämme, eine neue Klobürste. Die kleinen Dinge, die früher Nora eingekauft hat und die jetzt, da sie liegen muss, ich einzukaufen versäume, und zwar, was die Klobürste betrifft, vorsätzlich, da mir die alte noch gut genug war. Nein, sie war schmutzig, meint Sibylle, ich solle bitte an Noras *Zustand* denken – auch die Toilette selbst genügt Sibylles Ansprüchen nicht: *Nicht, dass sich Nora noch eine Infektion holt.* Mit Scheuermittel putzt Sibylle die Toilettenschüssel, hängt einen Duftstein rein, bittet mich, im Sitzen zu pinkeln, was ich schon seit Jahren tue. *Anscheinend nicht,* sagt sie, denn sie hat Flecken auf dem Sitz entdeckt: meine Bakterien. Sibylle wechselt unsere Bettwäsche. Bepackt mit den Betttüchern geht sie durchs Wohnzimmer ins Bad zur Waschmaschine. Nora sagt vom Sofa aus, *Sibylle, du brauchst das aber nicht zu tun,* und wirft mir einen Blick zu: *Hilf ihr doch wenigstens!*

Sibylle beseitigt auch die Bazillen im Ausguss des Spülbeckens. Nachdem dies getan ist, spielt sie mit Nora Schach oder unterhält sich mit ihr. Wenn ich in Hörweite bin, sprechen die beiden in normaler Lautstärke über Alltägliches. Bin ich jedoch in meinem Arbeitszimmer, das mir als Atelier dient, in dem meine Staffelei steht, die Farbtöpfe, die Blechdosen mit den in Terpentin ruhenden

Pinseln, unterhalten sie sich leise, ich höre ihr Geflüster durch die Tür.

Eines Nachmittags komme ich vom Trommeln nach Hause. Die Wohnungstür steht einen Spalt offen, das Schnappschloss ist defekt, manchmal schließt es nicht, wenn man die Tür hinter sich zuzieht. Ich stoße die Tür auf und höre aus dem Wohnzimmer Noras Weinen. Sie weint, und Sibylle spricht. Die beiden bemerken meine Anwesenheit nicht, da ich mich im Flur still verhalte, ich atme kaum, horche nur. Höre Nora sagen, *aber das kann doch nicht sein. Ich will das Kind doch! Ich liebe es doch jetzt schon.* Ich höre Sibylle sagen, *ja, du liebst es. Und nur das zählt. Daran hat das doch nichts geändert.*

Aber warum wollte ich dann, dass es tot ist?, sagt Nora.

Das wolltest du doch gar nicht. Du bist zu streng mit dir, Nora. Du hast eine schlimme Erfahrung gemacht. Du hattest eine Blutung. Plötzlich kam Blut aus dir raus. So viel Blut. Du hattest Angst, einfach nur Angst. Es zählt nicht, was du in diesem Moment dachtest. Du warst nicht bei dir in diesem Moment. Als Klaus mir damals sagte, dass er … in diesem Moment war ich so erschüttert, dass ich zu lachen begann. Aber ich fand nichts lustig. So wenig wie du dir gewünscht hast, dass du das Kind verlierst.

Schweigen. Dann höre ich: Jemand schnäuzt sich, ich nehme an, Nora.

Ich war erleichtert, sagt sie leise, aber ich höre es gut genug. *Ich hatte keine Angst. Erst später im Krankenhaus hatte ich Angst. Es war eben umgekehrt: Als ich das Blut sah, war ich erleichtert. Das Blut war wie ein Geständnis, verstehst du? Und später, als die Angst kam und ich das Kind wieder*

*wollte – da habe ich mir vielleicht die Wahrheit nur wieder
ausgeredet. Ich traue mir nicht mehr, Sibylle. Ich weiß nicht,
welcher Moment der wahre war: Der, als ich das Kind verlieren wollte, oder der, als ich Angst hatte, es zu verlieren.*

Wieder Schweigen –

Wenn du diese Zweifel hast, höre ich Sibylle sagen, *gelten
die dann dem Kind oder der Situation? Ich glaube, du fühlst
dich allein gelassen mit dem Kind, mit der Schwangerschaft.
Wenn du sagt, du hast dich im ersten Moment erleichtert
gefühlt, dann liegt es vielleicht daran. Du zweifelst möglicherweise nicht an deinem Wunsch, das Kind zu bekommen,
sondern ob du es mit ihm bekommen willst. Was meinst du?*

Ja, was meint Nora dazu? Mir rauschen die Ohren, so
sehr möchte ich es hören. Mich wundert, dass dieses Rauschen und mein Herzschlag mich nicht verraten.

Nora sagt, *vielleicht hast du recht. Aber es liegt nicht nur
an ihm. Sonst könnte ich mir sagen: Ich bin ja auch noch da.
Ich kann für das Kind allein sorgen, wenn ich merke, dass er
aus seiner Sache nicht rauskommt.*

Meine Sache? Was ist das? Aus welcher Sache komme
ich nicht raus? Meint sie meinen Vater? Zimmert sie sich
wieder ihr *Du musst dich versöhnen*-Gebäude, in dem
keine Gespenster spuken dürfen? Ja, offenbar geht es darum, denn nun höre ich sie sagen, auch sie sei ja *vorbelastet.* Meine *Vorbelastung* würde ohne die ihre weniger ins
Gewicht fallen.

Ich höre sie sagen, *ich weiß nicht, was passiert, wenn das
Kind da ist. Was mit mir passiert. Es ist alles möglich. Ich
habe das doch selber erlebt.* Ihre Mutter habe sich erst nach
dem Tod ihres Vaters verändert, *vorher war sie wie ich jetzt.
Sie hat mich geboren, hat sich um mich gekümmert, hat mich*

geliebt. Sie war glücklich mit mir und meinem Vater. Niemand hätte es für möglich gehalten, dass sie zwölf Jahre später eine Packung Valium schluckt und dann aus der Wohnung schwankt und sich im Treppenhaus im vierten Stock aufs Fensterbrett setzt und zu ihrer Tochter sagt, ruf den Leichenwagen. Ich bin gleich beim Papa. *Woher soll ich wissen, dass mir das nicht auch passiert! Niemand konnte es vorhersehen bei ihr. Es ist einfach geschehen. Vielleicht zerrt in zwölf Jahren* meine *Tochter an mir, damit ich nicht aus dem Fenster springe. Kannst du das ausschließen, Sibylle? Nein. Niemand kann das ausschließen. Vielleicht hab ich's in mir.*

Jetzt wäre ich zu ihr hingegangen, hätte sie in den Arm genommen, hätte ihr die Tränen weggeküsst, hätte sie getröstet, wie nur ich es tun kann, da nur ich verstehe, aus welcher Tiefe sie spricht und wie diese Tiefe beschaffen und wie dunkel sie ist – ich hätte es getan, wenn sie es nicht Sibylle anvertraut hätte statt mir, wenn ich es nicht als Horcher hätte erfahren müssen, obwohl es doch um unser Kind geht und die Angst vor dem, was man liebt. Sibylle erzählt sie es, nicht mir, weil sie mich als Beschädigten betrachtet, nicht etwa als Gefährten, der sich in diesen Abgründen auskennt, nein, sie betrachtet mich als vorbelastet, wie ein Junkie den anderen als vorbelastet empfindet und sich von ihm keine andere Hilfe erhofft als die Aufforderung *komm setz dir einen Schuss, dann geht's dir gleich besser.* Sibylle aber kommt von *außen,* sie ist unbelastet, ihr vertraut sich Nora an wie der Junkie dem Sozialarbeiter. Oder schlimmer noch dem Polizisten. So empfinde ich es: Nora *singt.* Und sagt gegen mich aus.

Vielleicht solltest du doch mit ihm darüber sprechen, höre ich Sibylle sagen. Aber sie sagt's halbherzig, und ich warte Noras Antwort nicht ab, ich kann sie mir vorstellen.

Ich gehe, ziehe die Wohnungstür hinter mir zu, aber nicht ganz: ich hinterlasse den Spalt so, wie er war, als ich kam.

Ich trinke in der Kneipe um die Ecke ein Bier, sie heißt sogar *Eckkneipe.* Dann noch ein Bier, ich lasse Zeit verstreichen, höre zwei Männern in staubigen blauen Überkleidern zu, die über Gerüste reden und über polnische Gerüstbauer, denen ein Menschenleben scheißegal ist, wie ich erfahre. Ich beobachte die zwei Männer mit derselben Wehmut wie die Nebelkrähe auf der Dachrinne.

Dann kehre ich, als sei nichts geschehen, in die Wohnung zurück, diesmal mit Lärm, indem ich meine Schuhe abstreife und sie fallen lasse, und die Tür drücke ich zweimal ins Schloss, bis es einschnappt.

Nora liegt auf dem Sofa, lesend.

Wie geht es dir?, frage ich.

Sie sagt, *gut. Und dir?*

Dunkelmann

Nora trug jetzt *Bequemkleider.* Meist einen blauen Trainingsanzug, den ich ihr auf ihre Bitte hin besorgt hatte. Morgens stieg sie aus dem Pyjama in den Trainingsanzug, legte sich vom Bett aufs Sofa. Dort lag sie bis zehn Uhr abends. Danach wieder Pyjama und Liegen im Bett.

Seit Wochen keine Bluse, keinen Rock, keine Jeans –

Früher mochte sie Hausschuhe, Hauskleidung, Trainingsanzüge und dergleichen nicht. Jetzt aber täglich der Trainingsanzug. Früher hatte sie keinen Unterschied gemacht zwischem dem eigenen und fremden Blicken. Sie hatte sich für sich gerne gut angezogen, auch zu Hause. Jetzt machte sie keinen Unterschied mehr zwischen meinem Blick und keinem.

Im Liegen aß sie ihr Frühstück. Danach Mittagessen, gleichfalls im Liegen. Wenn Sibylle mal nicht da war, kochte ich, brachte ich Nora den Teller ans Sofa. Schaute ihr beim Essen zu, unterhielt mich mit ihr über dieses, jenes, bemerkte Flecken auf dem blauen Trainingsanzug, sagte aber nichts: das war inzwischen Sibylles Aufgabe.

Nora und ich aßen nur noch selten gemeinsam, da ich es unbequem fand, auf dem Sessel neben dem Sofa zu essen, und merkwürdig, allein am Esstisch zu sitzen und mich mit ihr während des Essens über das halbe Wohnzimmer hinweg zu unterhalten. Meistens aß ich in der Küche oder auswärts.

Ich kaufte für Nora einen höhenverstellbaren Pflegetisch auf Rollen, damit sie auf dem Sofa bequemer essen konnte. Sie freute sich über den Tisch übermäßig. Sie griff nach meiner Hand, zog mich zu sich hinunter, küsste mich, seit Langem wieder einmal.

Es wird alles gut, sagte ich und meinte es so. *Ich* machte mir keine Sorgen, das Kind könnte von der Vergangenheit *infiziert* werden. Im Gegenteil: Wir waren zwar beide vorbelastet, aber doch auch vorgewarnt. Wir würden doch nicht sehenden Auges ein uns bekanntes Unglück repetieren! Schädlich werden konnte dem Kind höchstens die Angst davor, Noras Angst. *Es wird alles gut* – ja, aber nur, wenn es mir gelang, Nora die Angst zu nehmen. Ich empfand das jetzt als Verpflichtung, als meinen Beitrag zu unserer Familienwerdung.

Auch Sibylle lobte mich bei ihrem nächsten Besuch für den Pflegetisch. *Das war eine gute Idee,* sagte sie, *wirklich.* So als wären mir endlich die Augen aufgegangen! Als hätte ich endlich etwas Einleuchtendes begriffen.

Sibylle war gleichfalls nicht untätig gewesen: Sie brachte Nora einen neuen Trainingsanzug mit, einen roten – und Pantoffeln aus Kaninchenfell. Nora zog sie gleich an und fand sie *wunderbar weich. Kuschlig.* Sie legte den fleckigen alten, den blauen Trainingsanzug ab, da Sibylle ihn gleich in die Trommel stecken wollte. Danach sah ich Nora in ihrem neuen, dem roten Bequemanzug und nun auch noch mit Kaninchen-Pantoffeln an den Füßen auf dem Sofa liegen. Ich wurde Zeuge einer Verwandlung von Eleganz in Trägheit. Ihre schönen, schmalen Füße in den Fellpantoffeln: Sie verwandelte sich von den Füßen her in etwas Pelziges, das auf dem Sofa Winterschlaf hielt.

Fühl mal, sagte sie und hob den Fuß mir entgegen. Ich sollte die Pantoffeln streicheln – das Pelzige hatte sich bereits auf ihr Wesen ausgedehnt. Früher hätten wir über solche Pantoffeln gemeinsam gelacht, jetzt verlangte sie Zustimmung. Auch ich sollte sie kuschlig finden. Was kam als Nächstes, ein Morgenmantel? Wäre nicht ein blauer Morgenmantel als Tagesbekleidung fürs Liegen noch bequemer gewesen? Bei meinem Vater hatte er sich bewährt!

Ja, schön weich, sagte ich, mir sträubte sich bei der Berührung des Pantoffelfells mein eigener Pelz, ich spürte ein Prickeln im Nacken, als erigiere dort jedes Härchen. Diese Pantoffeln waren ein Affront, denn Nora kannte doch meine Abneigung gegen Pantoffeln, Morgenmäntel, Pyjamas, sie wusste doch sehr genau, weshalb diese Dinge mir zuwider waren.

Mir kam Frau Gruber in den Sinn, die eisern darauf geachtet hatte, meine Mutter *anständig* anzuziehen, wie sie es nannte. Sie hatte sich die Mühe gemacht, meine Mutter jeden zweiten Tag neu einzukleiden, mit den Blusen, Röcken, Pullovern aus ihrer Garderobe. Obwohl es aus pflegerischer Sicht bequemer gewesen wäre, steckte sie meine Mutter morgens nicht in irgendeinen abwaschbaren Schlabberanzug, sie schob ihr nicht Pantoffeln an die Füße, als sei sie nicht mehr würdig, richtige Schuhe zu tragen. Nein, sie nahm sich die Zeit, die es kostete, meiner auf dem Bett liegenden Mutter zuerst die Strumpfhose, dann einen wollenen Rock mit *Hahnentrittmuster* über die Beine und vor allem über das Gesäß zu streifen, das dazu angehoben werden musste. Das kostete Kraft. Danach hievte sie meine Mutter in den Rollstuhl, um nun die leblosen, deshalb bleischweren Arme meiner Mutter in die Ärmel einer roten Seidenbluse zu führen. War dies getan, knöpfte Frau Gruber die Knöpfe der Bluse zu bis auf den obersten. Zu guter Letzt suchte sie im Schuhschrank meiner Mutter nach farblich passenden Schuhen.

Frau Grubers Vorbild spornte mich an –

Ich kaufte Nora in einem Spezialgeschäft für Umstandsmode ein hellblaues, baumwollenes Kleid, über dem Knie schräg geschnitten, *das kann Ihre Frau auch sehr gut bei einem Abendanlass tragen,* sagte die Verkäuferin. Sie bettete das Kleid in eine flache Schachtel, mit der ich nach Hause fuhr, in die Wohnung, in der es nach dem Babyöl roch: dieser dumpfe Mandelgeruch. Nora auf dem Sofa, der Pflegetisch über ihrem Bauch, darauf ein Glas Wasser und eine Schale mit Keksen – die Kekse machten mich aus irgendeinem Grund traurig. Sie legte das Buch weg, in dem sie gelesen hatte, ihre müden Augen hinter der Lesebrille.

Ich hab was gekauft, sagte ich, *für dich.* Ich nahm das Kleid aus der Schachtel, hielt es oben fest und ließ es sich entfalten.

Nora nahm die Lesebrille ab.

Das ist schön, sagte sie. *Ehrlich gesagt: hellblau ist nicht meine Farbe. Aber der Schnitt gefällt mir sehr. Ich werd's tragen, wenn ich wieder reinpasse.*

Du passt jetzt schon rein, sagte ich. *Es ist ein – Umstandskleid. Ich kann es auch umtauschen, wenn es dir zu klein ist.*

Nein, es ist ein Abendkleid, sagte Nora. *Wenn ich auf Partys gehen könnte, würde ich es anziehen. Ich werd's tragen, wenn ich wieder ausgehen kann.*

Was spricht denn dagegen, dass du es jetzt anziehst?, sagte ich. *Du kannst doch auch in diesem Kleid herumliegen.*

Sie sagte, sie liege nicht *herum.* Sie liege, *weil wir sonst vielleicht unser Kind verlieren.*

Unser Kind! Ich konnte es nicht mehr hören, nicht, wenn unser Kind als Entschuldigung für diese Plüschigkeit diente, für diese Pantoffeln, für diese *Tagesuntätigkeit.* Ich war sicher, mir blühte schon ein Traum, in dem mein Vater in Kaninchenpantoffeln auf dem Sofa lag, die Hände auf seine Bauchwölbung gelegt. Er winkt mich zu sich heran, drückt meine Hand auf seine Wölbung und sagt, *spürst du es? Es bewegt sich!*

Zieh es bitte ein einziges Mal an, sagte ich. *Nur damit ich sehe, wie schön du darin aussiehst. Bitte!*

Ich flehte –

Wenn ich es anziehe, sagte Nora, *ändert das doch überhaupt nichts an der Situation. Es ist ein Abendkleid. Es würde mich nur traurig machen, wenn ich es anziehe, verstehst du das denn nicht?* Sie müsse nun mal liegen, sie wisse selbst, dass sie jetzt nicht *attraktiv* sei. *Es macht es für mich nicht leichter, wenn du mir das so deutlich zu verstehen gibst.*

Einige Tage, nachdem ich Nora das Kleid gekauft habe, das sie nicht anzieht, bittet sie mich, den *Dunkelmann* wegzuhängen. Sie trägt die Bitte pädagogisch an mich heran.

Setz dich bitte mal neben mich, sagt sie. Sie meint neben sie auf das Sofa, das mir in der Wohnung inzwischen vorkommt wie ein Zookäfig. Etwas, zu dem ich keinen Zugang mehr habe. Nora drin, ich draußen, sie betrachtend. Das Sofa gehört inzwischen nicht nur vollständig Nora, sondern auch vollständig zu ihrer Situation, die nicht die meine ist. Es ist *unser* Kind, aber es gibt zwei Situationen und zwischen ihnen eine hemisphärische Kluft.

Schau's dir bitte mal aus meiner Perspektive an, sagt sie. *Leg dich neben mich.* Also tu ich's, lege mich neben sie, blicke aus meiner Perspektive auf die Wölbung, darin das Kind, dahinter ihre Beine, die in die Kaninchen-Pantoffeln münden. Und hinter den Kaninchen erst mal nichts. Dann der Esstisch mit den sechs verwaisten Stühlen, und an der Wand dahinter das Bild, mit dem ich ja auch nicht mehr zufrieden bin, weil ich es inzwischen, wie gesagt, für ein feiges Bild halte.

Dennoch ist mir das Bild wichtig, als Dokument eines Versuchs. Es hängt hier als Beweis dieses Versuchs. Mag er auch gescheitert sein: Der Versuch war für mich ein bedeutender Schritt. Nein, ich werde das Bild nicht abhängen. Das kommt für mich nicht infrage.

Wenn ich hier liege, sagt nun aber Nora, *muss ich es mir ansehen. Es geht gar nicht anders. Wenn ich nach vorn blicke, von hier aus, wo du jetzt auch liegst, sehe ich dauernd das Bild.*

Sie sagt, das Bild tue ihr nicht gut. Es bedrücke sie. Es sei ein so düsteres Bild. *Wie ein schwarzer Vorhang.* Ich solle sie bitte nicht falsch verstehen: Es sei ein großartiges Bild. Nur jetzt nicht *das Richtige* für sie. Und sicherlich wird es später auch dem Kind Angst machen, behauptet sie.

Ich dachte, du willst, dass es seinen Großvater kennenlernt, sage ich. *Das da ist sein Großvater.*

Nein, eben nicht, sagt sie. *Das da ist dein Gespenst.*

Und es macht dir Angst?, frage ich, da ich den Moment für günstig halte, meiner Verpflichtung nachzukommen.

Nein, es bedrückt mich, sagt sie. *Es raubt mir die Energie.*

Aber was genau bedrückt dich?, frage ich. *Könnte es sein, dass du gar nicht mein Gespenst siehst, sondern deins?*

Das bestreitet sie. In dem Bild gehe es um *meine* Vergangenheit – jedoch störe es sie nicht deswegen.

Und warum genau stört es sie?

Das habe sie doch schon gesagt!

Darf ich dich etwas fragen?, sage ich und lege meinen Arm um sie.

Das tust du ja schon die ganze Zeit, sagt sie. Ich spüre in ihren Schultern Gegenwehr.

Als du die Blutung hattest, sage ich, *wie war das für dich?* Eine unbeholfene Frage, aber mir fällt kein besserer Einstieg ein.

Wie ich denn jetzt darauf komme?, will sie wissen.

Es interessiere mich einfach, sage ich.

Schlimm. Sie sagt es widerwillig. *Es war schlimm.* Sie wendet ihren Blick ab.

Ich frage sie, ob sie Angst gehabt habe, das Kind zu verlieren?

Sie zögert, bevor sie sagt, *natürlich. Ja, ich hatte große Angst, es zu verlieren. Warum fragst du?*

Ich weiß nicht, sage ich. *Es ist nur so ein Gefühl.*

Was für ein Gefühl?

Das Gefühl, dass dich etwas beschäftigt, im Zusammenhang mit der Blutung. Dass da vielleicht etwas war, sage ich, *über das du eigentlich mit mir sprechen möchtest. Aber es fällt dir vielleicht schwer. Vielleicht befürchtest du, dass ich es nicht verstehen würde, oder dass ich es dir übel nehmen würde ...*

Ihre Schultern jetzt wie Stein –

Und was soll das sein?, sagt sie.

Das weiß ich ja eben nicht, sage ich. *Ich frage es dich ja. Aber natürlich habe ich mir Gedanken darüber gemacht.*

Worüber?

Über dich, und über das Kind, sage ich, *darüber habe ich nachgedacht. Vielleicht macht dir das Kind ja manch-*

mal Angst? Ich meine, es wäre verständlich, wenn du Angst davor hättest, dass das Kind eines Tages dasselbe erlebt wie du damals.

Sie schweigt.

Vielleicht warst du ja sogar erleichtert, sage ich, *im ersten Moment jedenfalls, als du die Blutung hattest. Das würde ich verstehen, Nora. Das ist ganz normal. Darüber sollten wir sprechen, finde ich* – und ich rede und rede, weil sie schweigt, ich rede und wiederhole mich, sage wieder, *diese Angst ist ganz normal. Aber es wäre falsch, nicht darüber zu sprechen. Gerade wir beide sollten darüber sprechen, weil wir besser als andere wissen, dass so etwas passieren kann. Es ist ja keine unbegründete Angst. Deine Mutter war vor dem Tod deines Vaters glücklich mit dir und deinem Vater. Niemand hätte es für möglich gehalten, dass sie zwölf Jahre später eine Packung Valium schluckt und dann aus der Wohnung schwankt und sich aufs Fensterbrett setzt im vierten Stock …*

Nach diesem Satz Stille –

Mein Erschrecken darüber, dass es mir rausgerutscht ist: Ich habe gerade wörtlich zitiert, was sie Sibylle erzählt hat an jenem Nachmittag. Um das Zitat zu verwischen, rede ich weiter, sage *aber vielleicht war's ja nicht so. Vielleicht war sie von Anfang an nicht glücklich, ich weiß es nicht, ich dachte nur, nach allem, was du mir über sie erzählt hast –*

Noras geradezu lautes Schweigen, während ich plappere.

Dann sagt sie, *du weißt doch schon alles. Du warst da, nicht wahr? Am Tag, als ich mit Sibylle darüber sprach … du warst da und hast uns belauscht.*

Ich leugne es, um das Gespräch zu retten. Das Gespräch über ihre Angst. Aber es ist nicht mehr zu retten, nachdem mir dieser kindische Fehler unterlaufen ist. *Und jetzt belügst du mich auch noch,* sagt sie. *Aber vielleicht begreifst du jetzt wenigstens, warum ich es Sibylle erzählt habe und nicht dir.*

Nein, das begreife ich eben nicht, sage ich. Warum verbirgt sie ihre Angst ausgerechnet vor mir? Ich kenne doch die Quelle dieser Angst besser als Sibylle, *das weißt du doch!* Uns verbindet doch gerade das Wissen um die *häusliche Dunkelheit,* die über Kinder hereinbrechen kann, darin sind wir doch beide Experten. Ausgerechnet das uns Verbindende teilt sie nicht mit mir. Ich musste mich an sie heranpirschen, um mit ihr über *unser* Thema zu sprechen! Fast lache ich, als mir ausgerechnet jetzt ein Spruch meines Vaters einfällt: *Eher vertraut ein Lamm einem Wolf als ein Zahnarzt einem anderen Zahnarzt.* Ich erzähle Nora den Spruch, aber sie hört nicht. Sie sagt, sie möchte allein sein. Nein, kein weiteres Wort darüber. Sie möchte nicht mehr mit mir sprechen. Und sie möchte den *Dunkelmann* jetzt erst recht nicht mehr sehen, ich solle das Bild bitte weghängen.

Ich hebe es vom Nagel, um mein Horchen zu sühnen. Trage den *Dunkelmann* in die Besenkammer und stelle ihn zu den anderen Bildern. Aber die Verbannung wird nicht von Dauer sein. Ich werde, wenn Gras über das Zitat gewachsen ist, darauf beharren, es wieder aufzuhängen. Und zwar dem Kind zuliebe. Das Kind soll es sehen, damit ich nicht gezwungen bin, ihm über seinen Großvater Lügenmärchen zu erzählen. Es wird eines Tages wissen wollen, wer sein Großvater war. Soll ich ihm dann etwa erzählen, *er war ein tapferer Mann. Ein furchtloser Jäger. Mit seiner Muskete schoss er Bären und Leoparden. Aus dem Fell der Leoparden machte er Pelzmäntel für deine Groß-mutter, und das Bärenfell legte er vor seinen Stuhl, in dem er sich ausruhte, bevor er wieder nach Afrika aufbrach, um für die armen afrikanischen Kinder Brunnen und Schulen zu bauen. Denn er war nicht nur ein Jäger, er war auch ein Freund aller Kinder. Er liebte Kinder und schenkte ihnen Bärenzähne und Bonbons. Er spielte mit ihnen den ganzen Tag, und wenn sie nachts Angst hatten, weißt du, wenn sie nachts Angst hatten, dann —*

Ja, auch darüber wird zu sprechen sein: Was werden wir dem Kind über seine *dunklen* Großeltern erzählen, also über meinen Vater und Noras Mutter? Irgendwann werden Nora und ich uns auf eine Geschichte einigen müssen, um uns nicht in Widersprüche zu verwickeln. Wir werden uns einigen müssen auf das Maß an Wahrheit, das wir dem Kind zumuten wollen. Das wird schwierig werden: Nora begründet ihre plötzliche Abneigung gegen den *Dunkelmann* ja jetzt schon auch mit dem Kind, das sich sicherlich vor dem Bild fürchten werde. Darin zeigt sich doch schon jetzt: sie wird für Vertuschung plädieren. Das Kind soll über seine Vorfahren nur das Gute erfahren, das wir dann allerdings werden erfinden müssen. Denn da gab's nicht viel Gutes, das wird alles her-beigelogen werden müssen. Ich höre Nora schon sagen, *deine Großmutter besaß eine chinesische Zauberschale* — nun, vielleicht werden es nicht gerade so bombastische Lügen sein, die das Kind ja beim Älterwerden als solche

304

erkennen würde. Aber am Lügen wird Nora nicht vorbeikommen. Sie will ja dem Kind in vorauseilender Vertuschung den *Dunkelmann* jetzt schon ersparen, da es noch gar nicht auf der Welt ist. Ich sehe da langwierige Diskussionen auf uns zukommen. Denn *ich* werde, das steht für mich fest, dem Kind nichts vormachen. So wie ich ihm das Fahrradfahren beibringen werde und das Schwimmen, so werde ich ihm seinen Großvater beibringen, nämlich so, dass das Kind nicht umfällt und nicht untergeht.

Jener Morgen

Die Tage vergehen. Über das Vorgefallene sprechen wir nicht mehr. Es ist Nora lieber, aber auch mir, dem Horcher.

Nora verbringt ihre Tage lesend. Ich sehe, es sind neue Bücher, und erfahre: Sie hat Sibylle gebeten, ihr die Bücher zu kaufen. Warum nicht mich?

Bei ihr ist doch gleich um die Ecke eine Buchhandlung, sagt Nora.

Das klingt zunächst einleuchtend. Der Aufwand ist für Sibylle geringer, während ich ein paar Straßen weit fahren müsste in die nächste Buchhandlung. Jedoch ist der Weg auch wieder nicht so weit, dass es mir nicht zuzumuten wäre.

Früher hat Nora mir jeweils von den Büchern erzählt, die sie gerade las. Jetzt fällt mir auf: Sie tut es nicht mehr. Sie lässt die Bücher auch nicht mehr liegen, wenn sie zur Toilette geht oder in die Küche – sie nimmt sie mit. Sie liest nicht heimlich, aber doch, wie mir scheint, auf eine

Weise verdeckt. Sie faltet Taschenbücher beim Lesen mit der Textseite nach außen, damit der Buchtitel verborgen bleibt. Bei gebundenen Büchern entfernt sie den Schutzumschlag – das hat sie früher nie getan. Auf meine Frage, was sie gerade lese, antwortet sie, *über Erziehungsfragen, Vererbung und solche Dinge.*

Sie geht früh zu Bett, liest noch ein bisschen, legt das Buch in die Nachttischschublade, und jetzt bin ich sicher: Sie will nicht, dass ich's sehe.

Als sie schläft, schaue ich nach. Ziehe die Schublade auf, schlage das Buch auf, lese den Titel: *Die Macht der Gene.* Außerdem liegt da noch eine Broschüre, *Alkoholismus und Vererbung.*

Welchen Genen misstraut sie? Meinen oder ihren? Oder unseren? Ich würde gern glauben: unseren. Das könnte ich akzeptieren. Aber *Alkoholismus und Vererbung* deutet ja wohl eher auf mich. Ich blättere darin. Es ist, wie gesagt, eine Broschüre, die wohl kaum in der Buchhandlung zum Verkauf auslag: So was Spezifisches muss man sich in einer Bibliothek besorgen. Diese Mühe macht man sich nur, wenn man es als dringend empfindet. Nora möchte wissen, wie groß das Schadenspotenzial meiner Gene ist für das Kind. Offenbar befürchtet sie, die küchengenetische Weisheit, Alkoholismus überspringe immer eine Generation, könnte zutreffen. Ich als Überträger des mir von meinem Vater vererbten Defekts, den ich nun womöglich unserem Kind eingepflanzt habe. Nota bene dem Kind, das sie im ersten Moment der Blutung zu verlieren hoffte. Sie, die das Kind in jenem Moment – möglicherweise dem wahren Moment, wie sie ja selber sagte – lieber verloren hätte, macht sich jetzt Sorgen, ich könnte es verseuchen.

Am nächsten Morgen, nachdem ich vor Empörung kein Auge zugemacht habe, spreche ich sie darauf an, als wir noch nebeneinander im Bett liegen. Sie rechtfertigt sich: Sie lese die Bücher genauso sehr wegen ihrer Mutter. Sie spricht wieder von *Vorbelastung*. Schränkt aber ein: Sie mache sich nicht wirklich Sorgen, wolle sich nur informieren.

Ich sage, *mit Büchern, die du vor mir versteckst?* Offenbar halte sie meine Vorbelastung für gefährlicher, *sonst würdest du dich doch nicht hinter meinem Rücken darüber informieren!*

Sie bestreitet die Heimlichkeit, behauptet, ich könne mit Zweifeln nicht umgehen. Folglich auch mit ihren nicht. Deshalb habe sie mir nichts von ihren Zweifeln nach der Blutung erzählt, *weil du Zweifel nicht erträgst.* Mir fehle das *Grundvertrauen.* Damit meint sie das Vertrauen ins Leben an und für sich.

Ja hoffentlich fehlt mir das!, sage ich. Das Leben ist ein Kartenhaus. Wer bei Verstand ist, hütet sich, einem Kartenhaus zu trauen. Sicher ist nur: Es wird zusammenfallen. Das einzig Vertrauenswürdige an einem Kartenhaus ist sein Einsturz.

Wer so denke, sagt sie, werde nie ein Kartenhaus bauen. Denn ohne das Vertrauen, dass es während des Baus nicht zusammenfalle, werde es gar nie entstehen.

Ich sage, es falle mir ein bisschen schwer, ausgerechnet mit ihr über Vertrauen zu sprechen, *das du mir ja dauernd verweigerst.* Ihr fehle das Grundvertrauen in mich, deshalb die Bücher, deshalb das heimliche Gespräch mit Sibylle, anstatt mit mir über jenen Moment zu sprechen, *in dem du gehofft hast, das Kind zu verlieren.*

Plötzlich zieht sie mich zu sich, küsst mich, streicht mir ungestüm durchs Haar, sagt, *das muss aufhören. Das muss endlich aufhören.*

Sie berührt mich hastig, ihre Hand ist hier und dort, zieht, streichelt, drückt: *Schlaf mit mir.*

Das kommt unvermutet und im falschen Moment. Mitten in einem prekären Gespräch soll ich mich *umpolen.* Soll etwas tun, das für mich in den vergangenen Wochen zwangsläufig zur Privatangelegenheit wurde, da Doktor Radde uns vom *Verkehr* abgeraten hat, ohne die Gründe zu präzisieren. Ich nehme an wegen der Erschütterungen, die dem Kind nicht guttun könnten, das leuchtet ja ein. Noras strenges Liegen dient ja demselben Zweck: keine Erschütterungen. Es ist eine Schwangerschaft auf des Messers Schneide, oder, da wir gerade darüber gesprochen haben: eine Schwangerschaft wie ein Kartenhaus. Eine Erschütterung zu viel, und das Kind stürzt zu früh aus Noras Leib.

Nein, sagt sie, *hör auf damit. Komm!* Sie zieht mir das T-Shirt aus, sie macht sich von ihrer Pyjamahose frei, und ihre Hand eilt über meinen Bauch und an meinen Schenkeln entlang. Es ist merkwürdig, aber nur schon der Wunsch macht sie schön, so wie sie früher war, ihr Gesicht, das seit der Schwangerschaft voller geworden ist, verjüngt sich, ihre Haare, die mir matt erschienen, glänzen nun wieder: Ihr pfirsichfarbenes Leuchten glimmt in den Laken. Ihre Finger sind trotz der Eile, mit der sie sich bewegen, sanft, ja ich werde Zeuge einer Rückverwandlung. Die Frau, die wochenlang entweder in ihrem blauen oder dem roten Trainingsanzug fortwährend auf dem Sofa lag und die beim Bücherlesen die Zehen in ihren Kaninchenpantoffeln bewegte, erhebt sich aus der Verfaulung – so ungerecht es sein mag: Ich empfand es so, es erinnerte mich an die am helllichten Tag fortschreitende Verfaulung meines Vaters. Aber nun steigt sie auf aus diesen dumpfen, morastigen Tiefen und riecht sogar anders, weil ich nun nicht mehr nur das Babyöl rieche: Jetzt rieche ich wieder den Duft ihres Halses, der eine Sprache ist, ja sie spricht wieder mit mir durch ihre Düfte. Ihr Haar duftet mit Akzent und sehr vornehm. Zwischen ihren Brüsten ist es eine bäurischere Sprache.

Komm!

Es war ich, der sagte, *nicht so schnell.* Daran erinnere ich mich, ich sagte, *nicht so schnell.* Ich versuchte zu drosseln. Da bin ich mir ganz sicher. Ich war der Vorsichtige. Ich stieß mit meinem Bauch ja an die Wölbung, darin das Kind. Es war eine unmittelbare Berührung, die keine Zweifel ließ über deren Auswirkungen. Ich war es, der spürte, wie die Wölbung in Bewegung geriet. Ich behaupte nicht: Ich dachte an das Kind, das nicht. Das Kind war mir ja im Grunde noch unbegreiflich, nicht jedoch seine Verletzlichkeit. Ich erinnerte mich an Doktor Raddes Satz, *das erklärt sich ja von selbst,* womit er den Verzicht auf den Verkehr meinte. Ich stieß gegen die Wölbung und wusste: Man konnte Doktor Raddes Bemerkung Rat nennen, wenn man es nicht Verbot nennen wollte. Und wir wollten es an jenem Morgen nicht

Verbot nennen. Jedoch übertraten wir es in unterschiedlichem Maß. Ich, wie gesagt, tat es mit Vorsicht, Nora aber, die sich wochenlang kaum hatte bewegen dürfen, sprang über die Koppel, so kam's mir vor, und tollte herum. Die Stöße gegen die Wölbung kamen weniger von mir als von ihr, ich war ihr zu vorsichtig, und sie gab es mir zu verstehen.

Was ist denn!, sagte sie. Oder etwas Ähnliches, ich erinnere mich nicht mehr genau. Jedenfalls etwas mit Ausrufungszeichen, um mich anzuspornen.

Es bekam etwas Angestrengtes –

Sie drehte sich auf den Bauch, zeigte mir ihren Rücken, griff mit der Hand nach hinten. Nun *hing* das Kind in der Wölbung bis fast auf das Bettlaken. Es war ein erschreckender Anblick. Ich weiß noch, ich dachte, *das ist nicht gut.* Es konnte nicht gut sein. Es sah aus, als hänge das Kind über einer Schlucht an einem schlaffen Seil. Aber andererseits: Das Kind hing ja auch, wenn Nora aufstand. Also keine Sorge! Vielleicht war ich wirklich zu vorsichtig.

Noras *Pumpen* –

Ihre Stöße gegen meine Hüften –

Ich umklammerte ihren Bauch, um die Erschütterungen zu dämpfen.

Nein, das stimmt nicht. Ich umklammerte ihren Bauch, weil es mir gefiel. Ich begann zu vergessen. Ich vergaß Doktor Raddes Verbot und die Verletzlichkeit des Kindes. Nicht aus Lust vergaß ich es, sondern weil es mir gefiel, es zu vergessen. Ich empfand Lust dabei, mich um nichts mehr zu scheren. Die Gleichgültigkeit erregte mich in der Art, in der es erregend ist, nachts ein Fenster einzuwerfen. Auch ich sprang jetzt über die Koppel, jetzt tobten wir uns beide aus wie Entlassene, und die Farbe unserer Freiheit war ein höllisches Rot. Mir wuchsen Fangzähne und Krallen, und ich liebte es. Ich wusste jetzt genau, was wir vorhatten, und dieses Wissen war noch lustvoller als die Gleichgültigkeit.

Wamm – wamm – wamm – immer schneller und heftiger, ich spürte die Erschütterungen in meinen Handflächen, die ich auf Noras Wölbung presste.

Und jede Erschütterung zielte auf die Wölbung, darin das Kind an seinem seidenen Faden –

Es geschah leise. Nur das Bett verriet uns durch sein Knarren. Das hölzerne Kopfende schabte an der Wand. Wir aber verhielten uns still, zu hören war nur unser Atem, manchmal ein Keuchen vor Anstrengung.

Als wir es zu Ende gebracht hatten, lagen wir schweigend nebeneinander. Ich hörte draußen einen Hund bellen, direkt vor unserem Schlafzimmerfenster. *Hunde spüren so etwas,* dachte ich. Was natürlich Unsinn war. Unsere Wohnung lag im dritten Stock, der Hund bellte nicht vor unserem Fenster, sondern vor dem Haus. Allenfalls *unter* unserem Fenster, aber dazwischen lagen noch zwei andere Schlafzimmerfenster. Mag sein, dort war gerade auch etwas geschehen, das ein Hund zu spüren vermochte. Aber bestimmt reichte sein Gespür nicht bis in den dritten Stock herauf.

Ich stand auf und zog mich an. Als ich mich nach Nora umdrehte, als ich es wagte, zu ihr hinzusehen, sah ich sie mit geschlossenen Augen daliegen.

Ihr Gesicht eingebettet in zerzaustes Haar –

Wortlos gehe ich aus dem Zimmer. Esse in der Küche eine Kleinigkeit, mir fällt ein: Ich habe ja gar nicht geduscht vor dem Anziehen. Also ziehe ich mich im Badezimmer wieder aus. Plötzlich ein Bedürfnis nach Reinigung. Es ist nicht Duschen, es ist eine Waschung. Der Schweiß der *Tat,* der noch an mir klebt, soll von mir abfallen. Ich reibe sogar meine Ohren mit Duschgel ein, denn es ist der ganze Körper befleckt, natürlich auch das Innere. Wie aber reinigt man sein Inneres? Durch Reue, und ich muss mich dazu gar nicht zwingen. Als ich unter der Dusche stehe, bereue ich, aber mir fehlt der Adressat. Mir fehlt die Instanz, die meine Reue auf die Waagschale legt, sie gegen die Sünde aufwiegt und die mir, da die Reue gewichtiger ist, vergibt. Jetzt rächt es sich, dass ich in meinem Leben keinen Gott zulasse. Wenn man kein skrupelloser Mensch ist, ist es töricht, einen Gott auszuschließen.

Geduscht aber nicht erlöst klopfe ich an die Schlafzimmertür. Dann trete ich ein. Nora sitzt auf der Bettkante. Ich frage sie, wie es ihr gehe. Sie verschränkt die Arme hinter ihrem Kopf, streckt sich und sagt, *gut.* Erlösung kann ich nur bei ihr finden. Ich setze mich neben sie, streiche mit Kammfingern durch ihr Haar, und wenn ich auf Knoten stoße, versuche ich, sie zu lösen. Sie legt den Kopf in den Nacken, um meine Finger besser zu spüren. Ich frage sie, ob ich kurz weggehen kann. Oder ob sie möchte, dass ich hierbleibe.

Nein, geh nur, sagt sie. *Aber wenn du mir Marzipankartoffeln mitbringen könntest, das wäre toll.*

Sie klingt so unbeschwert!

Bist du sicher?, frage ich. *Ich meine, vielleicht wäre es besser, wenn ich hierbleiben würde, bis …*

Bis was?, fragt sie. Aber muss ich diese Frage wirklich beantworten? Sie weiß es doch selbst. Sie war doch dabei, vorhin. Und nun benimmt sie sich, als wäre nichts geschehen. Wieder verweigert sie mir ihr Vertrauen, wie schon bei ihrer Blutung, obwohl wir doch Komplizen sind.

Bis wir sicher sind, dass nichts passiert ist, sage ich. Und sie fragt mich, was ich meine.

Du weißt ganz genau, was ich meine, sage ich. Und sie sagt, *nein. Was soll denn passiert sein? Noch schwangerer kann ich ja nicht mehr werden, falls du das meinst.*

Sie lacht!

Sie sagt, *was machst du denn jetzt wieder für ein Gesicht! Es war doch schön, vorhin. Und bitter nötig.*

Wieder lacht sie!

Dass sie's nicht zugeben kann! Es kränkt mich, dabei weiß ich doch, warum sie es nicht kann. Ich kenne doch das elfjährige Mädchen, dessen Vater stirbt, und danach *zerfällt* die Mutter. Dem Mädchen bricht auf einen Schlag aller Halt weg. Die Mutter starrt beim Abendessen auf den leeren Stuhl am Tisch und drückt Tabletten aus dem Blister. *Gegen meine Kopfschmerzen,* sagt sie. Das kleine Mädchen isst mit klammem Magen die *Spaghetti bolognese,* die ihre Mutter ihr gekocht hat, weil es ihre Lieblingsspeise ist. So viel Zuwendung und Aufmerksamkeit gibt es immerhin noch. Aber das Mädchen sieht auf dem leeren Stuhl den Tod sitzen und auf dem anderen ihre Mutter, die *wegdriftet.* Sie sitzt zwar noch da in Fleisch und Blut, aber sie ist nicht mehr wirklich hier. Deshalb isst die Mutter auch nicht mehr mit. Sie häuft zwar Spaghetti auch auf ihren Teller, aber sie erkalten ungegessen. Aber Tabletten isst ihre Mutter. *Ich habe heute wieder solche Kopfschmerzen.* Die Mutter schläft jetzt überall: auf dem Sofa, auf dem Frotteeteppich im Badezimmer, in Kleidern quer auf ihrem Bett liegend, einmal nackt, zusammengekauert in einer Ecke der Küche. *Das ist nicht so schlimm,* sagt sich das Mädchen, *das hört bestimmt wieder auf.* Das Mädchen lernt, sich selbst und andere zu beschwichtigen. *Ist deine Mutter krank?,* fragen die Nachbarn, und das Mädchen sagt, *Neinnein, sie ist nur müde, weil sie so viel arbeitet.* Ich kenne das: Man wird meisterlich darin, es Nachbarn und Freunden zu verheimlichen. Man lügt aus dem Handgelenk heraus. Niemand soll es erfahren, denn man schämt sich. Aber ich war mit dem Unglück immerhin nicht allein: Ich teilte es mit meiner Mutter und später mit Frau Gruber. Ich war ihm nicht so einsam ausgesetzt wie das kleine Mädchen, das mit seiner Mutter allein in der verschatteten Wohnung lebt, in der selbst an Sonnentagen das Licht verschluckt wird vom Unglück – ja, das Auge des unglücklichen Kindes nimmt Licht als Düsternis wahr. Den hellsten Tag empfindet es in seiner Angst und seiner Trauer als grau. Wenn das kleine Mädchen von der Schule in die *Gruft* zurückkehrt, ist da niemand, der ihr hilft, das Erbrochene der Mutter aufzuwischen, und vor allem eben keiner, dem sie es erzählen könnte oder der weiß, was es erlebt.

Nun wiederholt es sich. Sie spricht nicht mit mir über ihre Angst, über ihren heimlichen Wunsch, das Kind zu verlieren, über ihre Gewissensbisse, denn das kleine Mädchen in ihr ist wieder erwacht und tut, was es immer tat: Es leidet für sich und verschweigt.

Es war doch schön vorhin, sagt sie.

Und ich sage, *Nora, es war nicht schön. Es war –*

Aber ich bringe es nicht über die Lippen. Ich will es mich nicht sagen hören.

Ja was? Was war es?, fragt sie unwirsch, es kränkt sie natürlich, dass ich es nicht schön fand, was ja auch nicht stimmt: Ich fand es schön, nur auf eine schreckliche Weise.

Du weißt es doch, sage ich, und der Kreis dieses Gesprächs schließt sich, wir treten auf der Stelle, solange ich es nicht auszusprechen wage.

Ich küsse sie, sage, *jetzt hol ich dir die Marzipankartoffeln, ich bin gegen Mittag zurück.*

Mit dem Fahrrad fahre ich zum *KaDeWe,* nur dort gibt es ihre Lieblingspralinen. Ich bestelle ein Dutzend bei einer Verkäuferin, die vierzehn Stück in die durchsichtige Plastiktüte legt. Neben mir stellen sich zwei blonde Kinder auf die Zehenspitzen, um in eine Bonbonniere zu blicken.

Bei ihrem Anblick spüre ich meine Reue als heißen Klumpen in meinem Hals – gleichzeitig die Angst, Nora könnte das Kind tatsächlich verlieren. Wie konnten wir das nur tun! Ich verstehe es nicht mehr. Plötzlich die Hoffnung: Vielleicht bilde ich's mir nur ein. Vielleicht bilde ich mir ein, Nora habe absichtsvoll mit mir geschlafen. Sie ist vielleicht einfach nur leichtsinnig gewesen, aber ohne mörderische Absicht. Sie leichtsinnig und ich gleichgültig: Eine Absicht habe doch auch ich nicht gehabt. Mir war es während des Verkehrs nur gleichgültig, ob es dem Kind schadet. Zwar habe ich die Gleichgültigkeit genossen, das schon – aber die Absicht fehlte. Es ist etwas anderes, ob man will, dass es zu einer Fehlgeburt kommt, oder ob man's einfach nur in Kauf nimmt, weil es einem in diesem besonderen Moment eben gerade egal ist, nicht wahr?

Erleichtert verließ ich das *KaDeWe* mit einem *Berliner Dutzend* Marzipankartoffeln. Eigentlich hatte ich vorgehabt, noch zu Sternberg in die Galerie zu fahren, um endlich die Sache mit dem Bild zu erledigen. Aber mir war danach, zu Nora zurückzukehren, ich wollte in ihrer Nähe sein, denn meine Erleichterung bezog sich nur auf meine Schuld. Der *Physis* jedoch war es nun auch gleichgültig, ob ich mich für eine Fehlgeburt verantwortlich fühlte oder nicht. Wenn die Physis es wollte, geschah es, und dann wollte ich bei Nora sein.

Das Glas am Zahn

Es geschah nichts. Nora hielt sich wieder ans strenge Liegen. Sibylle war häufig da und las ihr aus ihrem neuen Romanmanuskript vor, in dem es um einen bindungsunfähigen Werbefotografen ging und um eine alleinerziehende Kreuzberger Mutter, also um das Leben schlechthin.

Nach einer Woche atmete ich auf: Das Kind hatte Noras Leichtsinn und meine Gleichgültigkeit überstanden. Es stürzte nicht aus der Wölbung in einem Schwall aus Wasser und Blut, wie ich befürchtet hatte.

Kurz darauf erwachte ich morgens und war augenblicklich in jener Stimmung, in die ich während des Verkehrs geraten war in jenem Moment, in dem mir Fangzähne und Krallen gewachsen waren vor Gleichgültigkeit.

Diese erregende Gleichgültigkeit –

Es gab keinen Anlass für die Wiederkehr dieser Stimmung, nichts war geschehen, das sie mir erklärt hätte. Aber auch das gehörte zu ihr und machte sie umso erregender: Sie brach sich grundlos Bahn. Diese Stimmung war rücksichtslos und so verdammt wahr!

Ich merkte: Ich knirschte mit den Zähnen. Ich hätte Lust gehabt, einen Knochen durchzubeißen. Es störte mich, dass ich nichts im Mund hatte, das ich in Stücke zerbeißen konnte.

Nora schlief noch, das war gut. Diese Stimmung ging sie nichts an. Ich raffte meine Kleider zusammen und verließ leise das Schlafzimmer. Es ärgerte mich, leise sein zu müssen, mir war nach Lärm zumute.

Hatte die Stimmung etwas mit Sternberg zu tun?

Absolut nicht!

Etwas mit Nora und dem Kind?

Keineswegs!

Mit meinem Vater?

Er war mir vollkommen egal!

Ich biss in der Küche in ein Brötchen vom Vortag: Endlich etwas zwischen den Zähnen, das knackte! Es ging ums Zubeißen, im Beißen fand die Stimmung ihre Erfüllung. Aber was Sternberg betraf, so kam mir diese Beißstimmung gerade recht. Ich hatte ihn heute sowieso *besuchen* wollen.

Also trete ich in die Pedale Richtung Galerie. Denn die vertragliche Dreimonatsfrist läuft in einer Woche aus, und noch immer hat sich Sternberg nicht gemeldet wegen des Gutachtens. Ich hätte schon viel eher Druck machen sollen, habe mich zu wenig um das Bild gekümmert in letzter Zeit. Jetzt ist Schluss damit! Heute will ich die Angelegenheit ein für alle Mal erledigen. Ich fahre in der größten Übersetzung, die meine Schaltung hergibt, bei Rot über die Kreuzung, zeige dem Idioten, der hupt, im Wegsausen den Finger – an der nächsten Ampel holt er mich ein und ruft mir durchs offene Seitenfenster zu, nächstes Mal schlage er mir die Fresse ein. *Warum nicht jetzt?*, sage ich, und daran, dass er sich fluchend ins Häuschen zurückzieht, merke ich: Er sieht es meinen Augen an, in welcher Stimmung ich bin, und macht sich aus dem Staub.

Die Zeit ist um, sage ich zu Sternberg, der heute einen blauen *Blazer* trägt mit goldfarbenen Knöpfen, dazu eine weiße Hose. Es ist so altmodisch, es rührt mich fast. Er lacht, sagt, die Zeit sei nur für den um, der keine habe. Ich sage, das treffe auf ihn zu. Wenn er die *Winterliche Landschaft* verkaufen wolle, solle er mir jetzt das Gutachten endlich zeigen. Er habe doch jetzt bestimmt eins, Zeit genug habe er jetzt gehabt, um sich eins zu beschaffen.

Außer uns befinden sich noch zwei Damen im Geschäft, die sich eins seiner Stillleben anschauen, Engländerinnen vermutlich, jedenfalls sprechen sie Englisch mit *einer Pflaume im Mund.* Mag sein, sie verstehen kein Deutsch, aber ihnen entgeht die Spannung zwischen mir und Sternberg nicht.

Wir sollten das ein andermal besprechen, sagt er, in Hinblick auf die Kundinnen. Ich sage, *da gibt's nichts zu besprechen, Herr Sternberg.* Ich sei hier, um mir das Gutachten anzusehen, *wie oft muss ich's noch sagen?*

In diesem Ton lieber gar nicht mehr, sagt er. Aber es ist mir wunderbar gleichgültig, was er von meinem Ton hält. Ich kann sogar noch einen anderen Ton anschlagen, ganz wie er will! Und die beiden Damen informiere ich gleich mit, indem ich in vernehmlichem Englisch zu ihm sage, *you don't want to be considered as a fraudster, do you?* Entweder, er zeige mir jetzt das Gutachten, wiederhole ich auf Englisch, oder ich müsse davon ausgehen, dass er gefälschte Bilder verkaufe. Die Damen starren mich an.

Sternberg wendet sich ihnen zu, *don't worry.* Er lässt mich stehen, geht zu ihnen, ich höre ihn das Wort *drunkard* sagen, *Trinker,* und dass er die Polizei rufen werde.

Er nennt mich einen Trinker! –

Nun gut, wie er will! Ich stelle mich den Damen namentlich vor, ich sei Kunstlehrer und seit Langem an einem Gemälde des niederländischen Landschaftsmalers Jan van Os interessiert, das *Mister Sternberg* anbiete. Allerdings handle es sich bei dem Bild meiner Meinung nach um eine Kopie, und Mister Sternberg weigere sich, es von einem Experten begutachten zu lassen. Ich könne nun nicht mehr ausschließen, dass er versuche, eine Kopie zum Preis des Originals zu verkaufen.

Oh, sagt eine der Damen. Die andere hat sich schon, während ich noch redete, zur Tür begeben, hat sie geöffnet und sagt nun, *Kate, I think we shouldn't be testing George's patience too much* – und wieder sagt Kate, *oh!,* und entschuldigt sich, George, ihr Mann, warte.

Sternberg versucht, sie aufzuhalten, nennt mich nun einen *Lunatic,* jedoch entfliegen sie ihm förmlich, weitere Entschuldigungen zwitschernd.

Er dreht sich zu mir um, und nun sehe ich: Ihm ist eine Zornesader auf der Stirn gewachsen. Sein Gesicht jetzt ledern und karg, darin die wütenden Augen.

Plötzlich verlässt mich meine Kühnheit, meine Stimmung, mein Beißwunsch, alles zerfällt.

Plötzlich nur noch meine Angst: Er ersticht mich! Er zieht unter seinem Jackett einen Dolch hervor und treibt ihn mir in den Bauch!

Mir bricht der Schweiß aus, mir flattert das Herz. Es hilft nichts, dass ich weiß, es ist eine uralte Angst, die nichts mit Sternberg zu tun hat, es ist die Angst eines Kindes, dessen Vater mit einem Dolch im Gürtel des Morgenmantels nachts im Zimmer auftaucht. Diese Angst ist immun gegen das Wissen um ihre Herkunft, sie schert sich nicht um in späteren Jahren gewonnene Erkenntnisse über sie, sie ist ewig und unabänderlich und so furchtbar, so zermalmend wie im ersten Moment, als sie in die Welt kam.

Sternberg sagt, *Sie können sich Ihr Gutachten in den Arsch stecken.* Er sagt, *und was die Anzahlung betrifft: Ich werde Ihnen das Geld überweisen. Abzüglich zweitausend Mark für den Schaden, der mir durch Sie entstanden ist.* Und jetzt soll ich verschwinden.

Wie gerne würd ich es tun! Aber wenn ich verschwinde, nehme ich die Angst mit, genauso gut kann ich hierbleiben.

Und wenn nicht?, frage ich mit brüchiger Stimme. *Was, wenn ich nicht verschwinde?*

Es kostet mich allen Mut, dies zu sagen, ja, ich empfinde meine Renitenz fast als selbstmörderisch.

Er spricht ein Hausverbot gegen mich aus –

Wenn ich in *einer Minute* noch hier sei, rufe er die Polizei.

Das ist das erlösende Wort: *Polizei.* Ordnung. Gewissheit, was geschehen wird. Eine Instanz, die kommt und regelt. Die einschreitet und verhindert. Die hilft. Das alles schmiere ich mir auf die Angst wie eine Brandsalbe. Es geht mir wieder gut genug, um mit festerer Stimme zu fragen, *in einer Minute? Warum so lange warten? Rufen Sie sie jetzt!* Ich könne dann auch gleich zu Protokoll geben, weshalb ich sein Hausverbot missachte. Nämlich wegen des Verdachts des Handels mit gefälschten Bildern.

Er streicht sich mit dem Handrücken über den Mund. Überlegt, wie er meine Drohung parieren soll. Meine Stimmung, von der Angst vorübergehend erstickt, kehrt mächtiger zurück als sie zuvor war. Sein *Mundreiben* stachelt mich an, diese Säufergeste, ich sage, *trinken Sie ruhig einen Schluck Cognac, während Sie drüber nachdenken, wie's jetzt weitergehen soll. Oder was trinken Sie da hinter Ihrem Vorhang? Es ist doch Cognac? Oder täusche ich mich? Whiskey kann's nicht sein. Nein, ich glaube, Sie trinken Cognac.*

Er sagt, er wisse nicht, was genau mein Problem sei. *Aber ganz offensichtlich haben Sie eins.* Er spricht davon, ich hätte mich auf ihn *eingeschossen,* er benutzt das Wort *Wahn.* Von Anfang an habe er gemerkt, dass mit mir etwas nicht stimme. Dass es mir gar nicht um das Bild gehe, sondern um etwas anderes, *weiß Gott, was. Ich hätte mich gar nicht auf Sie einlassen dürfen.* Das sei ein Fehler gewesen, wie immer in *solchen Fällen.* Er könne nur wiederholen: Er werde mir die Anzahlung zurückerstatten. Zu mehr sei er nicht verpflichtet, und über das Bild werde er mit mir nicht mehr diskutieren. *Schlagen Sie es sich aus dem Kopf!* Er bittet mich, ihn jetzt endlich in Ruhe zu lassen und das Hausverbot ernst zu nehmen. Andernfalls Polizei und so weiter.

Ich gehe. Aber nur zum Schein ziehe ich mich zurück. Er soll merken: Er wird mich nicht los. Ich gehe nur, um wiederzukommen. Ich fahre mit dem Rad eine Stunde lang in der Gegend herum. Ich lasse sogar noch eine weitere Stunde verstreichen, um ihn in der falschen Hoffnung zu wiegen, sein Hausverbot habe mich eingeschüchtert und werde mich von ihm fernhalten.

Gegen Mittag biege ich wieder in die Fasanenstraße ein.

Ich sehe, er verlässt gerade die Galerie, schließt sie ab und überquert die Straße. Mittagspause – umso besser. Setzt er sich in ein Lokal, um etwas zu essen, ist er mir ausgeliefert, wie vorhin in Anwesenheit der zwei Damen, die ich ihm abspenstig gemacht habe. Wenn ich ihn vor Zeugen beschuldige, wird ihn das unter Druck setzen und ihm zeigen: Ich lasse nicht locker. Es kann mir nur recht sein, wenn er sich in ein Restaurant setzt – und tatsächlich geht er unter dem schmiedeeisernen Portalkranz eines Gartenrestaurants durch.

Ich lehne mein Fahrrad an die Ziegelsteinmauer, gebe ihm ein paar Meter Vorsprung. Sehe ihn auf dem gekiesten Weg an dem Zierbrunnen vorbeigehen auf die rechteckigen weißen Sonnenschirme zu, unter denen an kleinen Tischen ein gehobenes Publikum sitzt. Und noch besser: Er trifft sich mit einer Frau. Ich sehe schon von Weitem, sie ist schön, blondhaarig, jünger als er. Er küsst sie auf die Wange, setzt sich neben sie, ist ganz in sie vertieft, bemerkt nicht, dass ich bereits den Zierbrunnen erreicht habe und mich nur noch zehn Meter von ihm trennen. Noch gehe ich nicht hin, es gefällt mir, von ihm nicht bemerkt zu werden.

Er bestellt. Zwischen ihm und der Kellnerin geht ein Lächeln hin und her, man kennt ihn hier. Der Säufer und seine Kellner: Es ist immer eine Partnerschaft. Es reichen zwei Worte: *das Übliche* – und schon bringt sie auf einem Tablett ein Glas Weißwein für die Frau – und für ihn: Orangensaft. Bestimmt ist es doch aber ein *Cocktail*, Orangensaft mit Wodka. Aber nein, die Kellnerin stellt die Flasche mit dem Orangensaft nach dem Eingießen neben das Glas. Das ist bei Cocktails nicht üblich. Er will wohl der Frau den *Trockenen* vorspielen. Er hat's nicht nötig, in ihrer Gegenwart zu trinken, er hat *die Lampe* schon *gefüllt,* vormittags hinter seinem Vorhang. Er will ihr sein jämmerliches Leiden verheimlichen, trinkt, wenn er sich mit ihr trifft, Orangensaft – sie kennen sich also noch nicht lange. Sie ist noch nicht dahintergekommen.

Es stört mich unbändig, dass er Orangensaft trinkt.

Jetzt gehe ich über den Kies auf seinen Tisch zu, auf dem seine Hand auf der ihren liegt. Er bemerkt mich erst, als ich zu sprechen beginne, deklamatorisch, damit's alle hören.

Herr Sternberg, ich möchte Sie noch einmal darauf hin-

weisen, dass die Winterliche Landschaft des Jan van Os, die Sie in Ihrer Galerie als Original zu verkaufen versuchen, eine wertlose Kopie ist. Niemand weiß das besser als ich, höre ich mich sagen, *denn ich habe die Kopie gemalt. Es ist mein Bild, und ich fordere Sie auf, es mir zu dem von mir genannten Preis zu verkaufen. Alles andere wäre Betrug.*

Stille.

Selbst der Zierbrunnen plätschert nicht mehr.

Spatzen, die unter den Tischen nach Krümeln suchen, fliegen in ihre Büsche zurück. Ihr Flattern knattert, so still ist es.

Sternberg bleich. Wie vom Donner gerührt. Er steht auf, schwankt. Die Frau sagt, *Roland.* Legt die Hand auf seinen Arm. Blickt mich an, aus ihrer Welt gerissen. Schaut wieder ihn an, der etwas sagen will. Aber bevor er's tun kann, greife ich nach seinem Glas, darin der betrügerische Orangensaft, ja betrügerisch! Ich will ihm seinen Betrug nur ins Gesicht schütten, damit er merkt: Ich lasse es mir nicht länger gefallen!

Doch dann gerät es mir zum Schlag.

Meine Hand mit dem Glas stößt vor, aber ich verkenne die Distanz zwischen dem Glas und seinem Gesicht. Das Glas, das ein dünnwandiges, hochstieliges ist, zerbricht an seinen Zähnen, und die Lippen verströmen sofort ihr Blut, noch bevor die erste Scherbe auf den Tisch fällt.

Was ich sehe, ist das Blut, nur das Blut. Es ist überall, mir scheint, *alles* blutet. Wohin ich blicke: Blut. Es verbreitet sich. Auch auf meiner Hand ist es, auf dem zersplitterten Glas, das ich in der Hand halte: Es tropft von den gläsernen Zacken.

Ich muss das Glas von hier wegbringen.

Also bringe ich es weg.

Plötzlich sitze ich auf meinem Rad –

Ich kann mich nicht erinnern, auf den Sattel gestiegen zu sein. Und wer hat die Kette aufgeschlossen? Ich erinnere mich, das Rad, bevor ich es an die Ziegelsteinmauer lehnte, abgeschlossen zu haben, wie ich es immer tue. Wo war ich, als ich es aufgeschlossen habe? Dazu brauchte ich beide Hände: Wo habe ich beim Aufschließen das kaputte Glas hingelegt? Und warum halte ich es jetzt in der linken Hand, während ich über den Kurfürstendamm fahre, in die Uhlandstraße einbiegend, wie ein Hund, der den Heimweg auch ohne Überlegung findet?

Es ist ein Fortschritt, als ich das Glas in ein Gebüsch am Fahrradweg werfe. Bald bin ich zu Hause bei Nora, und dort hat das Glas nichts zu suchen. So wenig wie das Blut auf meiner Hand. Es ist nicht mein Blut: es ist Sternbergs. In einer Pizzeria, zwei Straßen von der Wohnung weg, wasche ich es mir auf der Toilette ab. Ein wässriges rotes Rinnsal schlängelt sich zum Abfluss des Waschbeckens und verschwindet darin wie in einem Versteck.

Mein Verstand klart auf. Als würden in stockdunkler Nacht die Wolken sich verziehen, und der Vollmond tritt hervor und entlarvt die dunklen Formen, denen man zuvor zutraute, tollwütige Hunde zu sein als Haselbüsche.

Jetzt kehrt auch die Erinnerung zurück oder entsteht überhaupt erst. Jetzt weiß ich: Da war zwar Blut, aber nicht alles blutete – nur Sternberg. Und auch nur sein Mund, und auch der nicht so fatal, wie's mir im Schock vorkam. Er wird sich die Lippen nähen müssen, das schon. Aber dann ist es auch gut.

Es war ein Unfall. Da bin ich mir ganz sicher. Ich wollte ihm nur den Orangensaft ins Gesicht schütten – das hat er verdient. Das andere tut mir leid. Aber es war, wie gesagt, ein Unfall.

Aus einer Sehnsucht nach Normalität heraus fahre ich ins *KaDeWe* und kaufe Marzipankartoffeln.

Danach Nora.

Ihre vom vielen Lesen *ausgeleierten* Augen –

Sie legt ihr Buch weg und sagt, *wo warst du?*

Einkaufen, sage ich.

Wir essen die Marzipankartoffeln, und ich erzähle ihr die Geschichte von der Verkäuferin, die mir letztes Mal vierzehn Stück als ein Dutzend verkauft hat. Wir sprechen über aussterbende Maßeinheiten, *Dutzend, Klafter, Ster.* Ich wundere mich über meine Gelassenheit. Betrachte meine sauberen Hände. Ein Bluträndchen noch unter dem Fingernagel, sonst nichts mehr. Das ist meine Stärke: Ich komme über solche Ereignisse schnell hinweg. Vor einer Stunde habe ich Sternberg ein Glas in die Zähne gerammt, und jetzt bin ich aber schon wieder auf Ruhepuls. Warum? Weil ich dem Leben jederzeit alles zutraue, den Menschen sowieso, auch mir. Ich bin ein Vorgewarnter: Es kann jederzeit alles geschehen, und wenn es geschieht, bin ich gewappnet. Du schläfst in deinem Bettchen und träumst, in einem Schokoladenhaus zu wohnen, in dem selbst deine Bettdecke schokoladen ist. Du knabberst gerade die Bettdecke an, und im nächsten Moment reißt dich die Mutter aus dem Schlaf, sie schreit etwas und weint. Und wieder nur einen Moment später siehst du deinen Vater mit blutverschmiertem Hinterkopf daliegen. Du hörst sein Stöhnen, und gleichzeitig siehst du draußen vor dem Fenster in der Dunkelheit zum ersten Mal die betörenden Lichter der Nacht –

Was da vorhin im Gartenrestaurant geschah, ist für mich kein erstes Mal. Ich könnte solche Ereignisse an zwei Händen nicht abzählen, ich bräuchte mindestens drei. Zwar hab ich es vorhin zum ersten Mal selber verursacht: Aber was kümmert's das gebrannte Kind in mir!

Nein, es geht mir, wie gesagt, erstaunlich gut. Ich esse die Marzipankartoffeln mit Vergnügen und ärgere Nora zum Spaß, indem ich ihr die Kaninchenpantoffeln von den Füßen klaue. Um noch eins draufzusetzen, zitiere ich den von ihr geliebten Ovid: *Militat omnis amans.* Jeder Liebende befindet sich im Krieg –

Warum erzählte ich ihr nichts? Nun, ich hatte nicht das Bedürfnis. Mir ging es an jenem Tag trotz allem verdammt gut, aber sie hätte zweifellos nicht verstanden, warum. Ich bedauerte den Unfall, aber nicht die Tat. Jener simple Traum, als ich auf Sternbergs Schoß saß: Ja, meinetwegen, dann war es eben so! Für mich spielte es aber keine Rolle, ob ich meinem Vater oder Sternberg den Orangensaft ins Gesicht schüttete, das war ja das Großartige daran. Natürlich war Sternberg ein Stellvertreter. Aber nicht, weil ich jemanden brauchte, dem ich etwas anzutun wagte, das ich mich bei meinem Vater nie getraut hätte. Sternberg war nur einfach da, und mein Vater nicht. Es hätte mich aber nicht mehr Überwindung und Mut gekostet, meinem Vater den verlogenen Saft ins Gesicht zu schütten, im Gegenteil: Es wäre mir leichter gefallen. Es brauchte sogar mehr Mut, es Sternberg heimzuzahlen. Die Frage, ob Sternberg es im selben Maß verdient hatte wie mein Vater, interessierte mich nicht. Für mich zählte nur die Gewissheit: Hätte mein Vater im Gartenrestaurant vor mir gestanden, hätte ich es erst recht getan.

Wie auch immer, ich erzählte es Nora nicht –

Mag sein, auch deshalb nicht, um ihr keinen Anlass zu geben, die Enkelkind-Sache wieder auf die Traktandenliste zu setzen. Das Kind, das doch eines Tages wissen möchte, ob sein Großvater noch lebt, da doch seine anderen Großeltern alle tot sind. *Darüber denke ich oft nach,* hatte sie kürzlich wieder gesagt, *ich fürchte, ich werde dir da keine Ruhe lassen. Bis du wenigstens herausgefunden hast, ob er noch lebt.*

Sibylle hat ihre Handschuhe hier vergessen, hatte ich geantwortet.

Feststecken

Drei Tage nach dem Vorfall im Gartenrestaurant klingelte es an der Tür. Nora erwartete einen Besuch von Sibylle, ich öffnete: Es waren zwei Polizisten. Einer war viel größer als der andere, was kurios wirkte.

Sie fragen mich nach meinem Namen.

Ich schloss die Zwischentür, damit Nora nichts hörte.

Es liege eine Anzeige wegen schwerer Körperverletzung gegen mich vor. Sie sagten's laut. Ich bat sie, leiser zu sprechen, wegen der Nachbarn.

Das hätten Sie sich vorher überlegen müssen, sagte der Kleine.

Ich sagte, es gelte doch wohl die Unschuldsvermutung. Es sei übrigens ein Unfall gewesen – das interessierte sie aber nicht. Sie seien nur hier, um mich ins Präsidium zu begleiten.

Ich bat um fünf Minuten, sie nickten.

Ich muss kurz weg, sagte ich zu Nora.
Wer hat geklingelt?, fragte sie.
Wahrscheinlich der Postbote, sagte ich.

Auf dem Präsidium erkennungsdienstliche Behandlung. Ich sehe zum ersten Mal in meinem Leben meine Fingerabdrücke. Auch das Abbild meiner Handflächen muss ich hinterlassen. Tierspuren. Wie Jäger machen sie sich mit den charakteristischen Spuren vertraut, die das betreffende Lebewesen hinterlässt. Entdecken sie später meine Spuren an einem zerbrochenen Glas oder auf dem Tisch in einem Gartenrestaurant, wissen sie, welches Lebewesen sich hier aufgehalten hat: *Homo sapiens sapiens, männlich, 1,75 groß, einundvierzig Jahre alt* –

Danach die Personalien. Ein Beamter mit sorgfältig gestutztem Kinnbart benötigt fürs Formular auch den Namen meiner Mutter und den meines Vaters, den ich noch nie ausgesprochen habe. Ich nannte ihn *Däddy,* wenn ich ihn ansprach, oder *Vater,* wenn ich an ihn dachte. Aber nie zuvor habe ich seinen offiziellen Namen, Vorname, Familienname, ausgesprochen. Als ich es jetzt tue, kommt es mir vor, als werde ihm etwas zuteil, das er nicht verdient hat.

Danach *Tathergang.* Der Beamte stellt mir Fragen, die
ich wahrheitsgemäß beantworte. Aber ich beharre darauf:
Es war ein Unfall. Der Beamte notiert's, spricht aber konsequent von Tat, und jedes Mal korrigiere ich: keine Tat,
ein Unfall. Bei nächster Gelegenheit nennt er es wieder
Tat. Er stützt sich dabei auf die Zeugenaussagen. Die Zahl
der Zeugen ist beträchtlich: er spricht von acht, die den
Tathergang beobachtet haben. Vier andere haben die Tat
nicht direkt gesehen, bezeugen jedoch gleichfalls, ich sei
geflüchtet. Von den acht Hauptzeugen behaupten zwei, ich
habe das Glas mit dem Orangensaft *zuerst* auf der Tisch-
kante zerbrochen und es dann dem *Opfer* in der eindeu-
tigen Absicht ins Gesicht gerammt, ihm Verletzungen zuzufügen, wenn nicht gar in *Tötungsabsicht.* Der Beamte
klärt mich auf: Sollte das Gericht diesen Zeugen Glauben
schenken, lautet die Anklage *versuchter Totschlag,* eventuell auch *versuchter Mord.* Die Aussage dieser zwei Zeugen
decke sich übrigens mit der des Opfers. Ich erfahre: Auch
Sternberg behauptet, ich hätte das Glas zuerst an der Tisch-
kante zerschlagen – womit es zur *Waffe* wurde – und dann
damit zugestoßen. Jedoch sei die Aussage des Opfers er-
fahrungsgemäß *mit Vorsicht zu genießen,* sagt der Beamte,
während er auf einer völlig verdreckten Computertastatur
das Protokoll tippt. Er tröstet mich: Seiner Meinung nach
werde es zu keiner Anklage wegen versuchten Totschlags
kommen, sondern »nur« wegen Körperverletzung, da ja
die anderen Zeugen, immerhin sechs von acht, eine die
Straftat vorbereitende Handlung nicht beobachtet hätten,
sondern im Wesentlichen meine Aussage bestätigten, wonach das Glas noch unbeschädigt gewesen sei, als ich dem
Opfer den Orangensaft ins Gesicht geschüttet habe.

Dann entlässt mich der Beamte. Er ermahnt mich zwar, die Stadt nicht zu verlassen, und behält meinen Pass in Verwahrung. Aber ich kann gehen.

Ich frage ihn, was denn nun weiter geschehe.

Er sagt, *Sie werden von uns hören.*

Als ich zögere, zu gehen, fragt er mich, ob ich einen Anwalt habe. Von einem Pflichtverteidiger rät er mir ab. Ich frage ihn, wie es Sternberg gehe. Er blättert in der Akte. *Zum Teil schwere Schnittverletzungen im Mundbereich,* liest er mir vor. Er liege noch im Krankenhaus. *Aber so schlimm kann es nicht sein,* sagt der Beamte, *reden kann er jedenfalls noch ganz gut.* Er meint Sternbergs Aussage, die zwei maschinenschriftliche Seiten umfasst. Der Beamte hält die Seiten hoch, um mir zu zeigen: so viel hat er gequatscht. Bevor ich gehe, schüttle ich ihm die Hand, denn offensichtlich scheint er persönlich aus irgendeinem Grund eher mir gewogen zu sein als dem *Opfer.*

Wieder zu Hause möchte ich es Nora erzählen, möchte, da ich erschüttert bin, mich in ihre Arme begeben, meinen Kopf in ihren Haaren verbergen, bei ihr Zuflucht finden.

Sie sagt, *du bist ja ganz bleich. Was ist denn?*

Aber mein Mund will nicht.

Nichts, bringe ich gerade noch hervor. Ich lege mich neben sie aufs Sofa, vielleicht finde ich Zuflucht auch ohne die Wahrheit.

Es ist doch etwas, sagt sie.

Ich bitte sie, mir übers Haar zu streichen, und sie tut's, zuerst zögernd, dann zärtlicher – jedoch beruhigt es mich nicht, es macht mich nur traurig.

Nach einer Weile fragt sie mich, *was ist eigentlich mit*

dem Bild? Ausgerechnet jetzt fragt sie es mich. Seit Wochen haben wir nicht mehr darüber gesprochen.

Nichts, sage ich, vielleicht unwirsch. *Nichts ist damit.*

Ich frage ja nur, sagt sie und spricht dann vom Kinderzimmer. Ob ich nicht nächste Woche ins Möbelhaus fahren und die Wiege und die Kommode kaufen könne, und ein paar andere Dinge, die sie im Katalog ausgesucht habe. Sie würde ja gerne mitkommen – muss ja aber liegen: also ist es meine Aufgabe. Es wird aber einiges kosten, sie nennt die Zahl. Ich verstehe: Sie will wissen, ob ich die zwanzigtausend zurückgefordert habe. Es gibt also keine Zuflucht ohne die Wahrheit. Sie streicht mir zwar noch übers Haar, aber halbherzig, und selbst wenn's anders wäre: ohne ein Geständnis wird mich ihre Zärtlichkeit nicht trösten können. Man findet keinen Trost, wenn der andere nicht weiß, weswegen er tröstet.

Wir teilen uns die Kosten, sage ich und meine die Summe für die Einrichtung des Kinderzimmers. Ich werde meine Hälfte irgendwie zusammenkratzen müssen.

Er hat dir das Geld also nicht zurückbezahlt, sagt sie mit dem Unterton *ich wusste es ja.*

Das wird er aber tun!, sage ich und stehe vom Sofa auf, um sie von ihrem halbherzigen Streicheln zu erlösen. Woher auch sollte sie die Zärtlichkeit nehmen? Was hat sie denn an mir? Was bin ich ihr für ein Mann? Die Polizei verhört mich, und ich sag es ihr nicht, bringe es nicht über die Lippen, weil ich nicht meinen Vater ins Spiel bringen will – dessen Stellvertreter ich doch aber vor wenigen Tagen erst den Mund blutig geschnitten habe. Was ist das für eine Logik? Die eines Mannes mit *erheblicher Vorbelas-*

tung. Auch die Sache mit dem Bild: Nora hat doch völlig recht. Es ging mir nie um das Bild, es ging immer nur um den *Dunkelmann* und um meine Mutter: Hätte ich doch damals das Bild noch einmal für sie gemalt! Mir wäre dann die *Ablasszahlung* erspart geblieben, die zwanzigtausend Mark: *Wenn das Geld im Kasten klingt, die Seele aus dem Feuer springt.* Ein Kind ist unterwegs und braucht ein Bettchen und eine Kommode und tausend andere Dinge, und der Vater steckt sein Vermögen in den Ablasskasten, aus dem er es nicht mehr rauskriegen wird. Denn Sternbergs Versprechen, mir die Anzahlung abzüglich zweitausend Mark Schadenersatz zurückzuerstatten, ist doch jetzt keinen Pfifferling mehr wert! Das war, *bevor* ich ihm das Glas ins Gesicht rammte.

Das ist der Mann, mit dem Nora leben muss: Einer, der weiß, dass er feststeckt. Er ist sich über seine Lage völlig im Klaren. Es gibt da keine *unerforschten Seelengründe.* Er weiß genau, warum er feststeckt: Die Seelengründe sind kartografiert mit der Genauigkeit einer Straßenkarte Manhattans. An Erklärungen mangelt's ihm überhaupt nicht, sie kommen ihm zu den Ohren raus. Er kann *alles* erklären. Es ist alles *klar wie Kloßbrühe.* Sehenden Auges und Vorträge darüber haltend steckt er unabänderlich fest.

Die Alben

Die Tage vergingen –

Von der Polizei hörte ich nichts mehr, aber ich machte mir keine Illusionen.

Fuhr ins Möbelhaus mit Noras EC-Karte. Kaufte alles, was auf der Liste stand, die sie mir mitgegeben hatte. Tippte an der Kasse ihren Code ein.

Ich bezahl's dir zurück, sobald ich …

Schon gut, sagte sie. Die Kommode für die Kinderkleider, die sie in Weiß hatte haben wollen, war nur noch in Rot bestellbar gewesen – ich war mir da ganz sicher. Hatte mich bei zwei Verkäuferinnen erkundigt: Ist sie in Weiß wirklich nicht mehr lieferbar? Nora fand Rot aber zu knallig, ich ja auch. Sie rief von ihrem Sofa aus im Möbelhaus an, *das bringt nichts,* sagte ich. Sie telefonierte bis rauf zum Chefeinkäufer der Filiale, der ihr nichts versprechen konnte, dessen Ehrgeiz es nun aber war, ihr die Kommode in Weiß zu beschaffen.

Sie kriegte sie in Weiß.

Zwei Türken lieferten die Möbel. *Erstes Kind?,* fragte der eine. *Ja,* sagten Nora und ich aus einem Mund. Wir lachten, sie nahm meine Hand. Der Türke fragte, ob's ein Mädchen oder ein Junge sei, seine Teilnahme rührte uns. *Was? Ihr wisst nicht?* Aber der Arzt könne das doch sehen! *Auf Echoschall.* Wir sollten den Arzt doch mal fragen. Also er habe das immer gleich wissen wollen. Er habe drei Kinder, zwei Söhne, ein Mädchen. Er zeigte uns Fotos und hinterließ, als er ging, in uns ein Gefühl des Glücks und der Wärme. Wir wollten die mit Plastikriemen verschnürten Kartons, in denen die Möbel geliefert waren, jetzt nicht in dem leeren, kleinen Zimmer stehen lassen wie Gerümpel. Nein, wir wollten das Zimmer – vormals mein Arbeits- und Malzimmer – gleich jetzt für das Kind behaglich machen. Beim Aufreißen eines Kartons schnitt ich mir an einer scharfen Papierkante den Finger auf, Blut tropfte auf eins der weiß lackierten Kommodenbretter – davon erholte ich mich an diesem Tag nicht mehr. Denn der Anblick des Bluts auf dem weißen Lack vergiftete meine nach dem Gespräch mit dem Türken innige Vorfreude auf das Kind. Das Blut, die *Beschmutzung,* kennzeichnete doch meine Lage! Ich baute hier die Kommode für die Kleidchen meines Kindes zusammen, von dessen Geburt ich möglicherweise im Gefängnis erfahren würde! Das war durchaus keine übertriebene Befürchtung. Ich hatte mich kundig gemacht: Falls die laut Protokoll *zum Teil schweren Verletzungen im Mundbereich,* die ich Sternberg zugefügt hatte, zu einer *bleibenden Entstellung* führten, drohte mir eine Freiheitsstrafe von mindestens drei Jahren wegen schwerer Körperverletzung. Selbst wenn man mir die Absicht nicht nachweisen konnte, betrug das Strafmaß ein Jahr. Ob ich mit *bedingt* davonkam, hing vom Talent meines Pflichtverteidigers ab, einen Anwalt konnte ich mir ja nicht leisten. Mein Kind kommt auf die Welt, und ich bin im Gefängnis: Das drohte mir.

Es ist nur ein kleiner Schnitt, mein Held, sagte Nora, da sie natürlich meine Bestürzung, als ich die roten Tropfen auf dem Kommodenlack anstarrte, für Wehleidigkeit hielt. Ich musste es ihr sagen, noch bevor das Kind auf die Welt kam. Ich musste es ihr *jetzt* sagen. Aber ich brachte es nicht heraus. Die Wahrheit war zu monströs, zu groß für eines Menschen Mund. Ich konnte doch nicht jetzt, da ich die Möbel für das Kind zusammenbaute und Nora auf einem Stuhl saß und voller Freude, ja buchstäblich *in guter Hoffnung* zuschaute, diese Hoffnung zerschmettern. Die Wahrheit hätte sie in Stücke gehauen. *Ich habe Sternberg verletzt und muss wahrscheinlich ins Gefängnis, für ein halbes Jahr oder länger. Ich bin vielleicht bei der Geburt des Kindes im Gefängnis* – wahrscheinlich hätte aber nicht die drohende Gefängnisstrafe Nora am meisten verstört, sondern die Ursache: meine Gewalttätigkeit. Und obwohl es ein Unfall gewesen war, steckte eben doch Gewalt dahinter, das ließ sich nicht schönreden. Wie hätte sie denn mit dieser Wahrheit umgehen sollen?

Mein Vater ein Säufer, und ich im Gefängnis –

Mag sein, auch deshalb war mir der Mund zugenäht. Weil ich auf Noras Frage nach dem *Warum* doch eigentlich hätte antworten müssen, *wegen ihm*. Wegen dem verschollenen Großvater, den ich von meinem Kind hatte fernhalten wollen, der aber schon die ganze Zeit über am Werk gewesen war, seit ich meine *Winterliche Landschaft* in Sternbergs Schaufenster gesehen hatte. Und während ich Bollwerke gegen ihn errichtete, damit er sich nicht via Noras Wunsch, das Kind möge seinen Großvater kennenlernen, wieder in mein Leben schlich, benutzte er mich als *trojanisches Pferd*. So war es doch! In mir gelangte der, den ich fernhalten wollte, ins Gartenrestaurant, und als Sternberg sein betrügerisches Saftglas hob, um mit seiner Dame anzustoßen, sprang der *Dunkelmann* aus mir heraus wie Odysseus aus dem hölzernen Pferdebauch und verschmolz mit Sternberg. Der Herr Doktor war jetzt nicht mehr innen, er war hervorgetreten, ich fühlte seine Anwesenheit jetzt auch hier im Zimmer meines noch ungeborenen Kindes, und mit dem Blut, das aus meiner Fingerwunde auf den weißen Lack tropfte, war schon gesagt, was er vorhatte: Er war hier, um mir wieder Verletzungen zuzufügen. Um mein Leben wieder zu verbiegen, seinen

Konturen entlang. Das hatte er früher schon getan, aber jetzt tat er's erfolgreicher denn je: Er lenkte mein Leben auf die *schiefe Bahn*. Ich sollte noch tiefer sinken als er, denn immerhin: Im Gefängnis hat man ihn nie gesehen. Mich aber brachte er jetzt ins Loch, seinetwegen würde ich dort schmoren – noch wölfischer hätte er über mein Leben nicht herfallen, noch totaler hätte seine Herrschaft über mich nicht sein können.

Ich schlief keine Nacht mehr, ohne mit rasendem Herzschlag aus stummen, bildlosen Träumen zu erwachen. Ich starrte in die Dunkelheit, versuchte, mir mein Leben wieder anzueignen, indem ich mir mantrisch einredete: Es ist *meine* Schuld. Es liegt alles in meiner Verantwortung. Ich habe getan, was *ich* für richtig hielt. Ich zwang mich, die zwei Fotoalben, die nach dem Tod meiner Mutter auf mich übergegangen waren, zu exhumieren. Ich suchte in einer schlaflosen Nacht im Kellergerümpel nach ihnen, wo sie begraben waren – nur einmal, vor ein paar Jahren, hatte ich eins hervorgeholt, auf Noras Bitte hin: Sie wollte wenigstens einmal ein Foto meiner Eltern sehen. (Ihr Satz: *Du siehst ihm überhaupt nicht ähnlich. Ihr sehr. Aber ihm überhaupt nicht.*)

Jetzt schaute ich mir in einer sternenklaren Nacht *alle* Fotos an, auf denen mein Vater zu sehen war. Es half mir, ihn aufs rechte Maß zu stutzen.

Auf einem der Fotos saß er am Steuer seines *Dodge Dart* und blickte durchs offene Fahrerfenster um Verwegenheit bemüht in die Kamera. Unter seiner verwegenen Miene führte aber sein Lebensverdruss geradezu Tänze auf. Das war er: Nur ein Mann, der sich als Held maskiert durch den Tag zu mogeln versuchte, weil er nicht gern lebte. Nur ein Mann, für den das Leben ein Topf fader Haferbrei war, den man schlucken musste, wenn man nicht sterben wollte. Ein Mann, den man nie froh erlebte, aber auch nie bedrückt, nie heiter, aber auch nie traurig: Er war eine flache Linie. Er hatte keine Vorlieben, keine Abneigungen, keine Leidenschaften, keine besonderen Interessen: Es war unglaublich schwierig, ihm zu Weihnachten oder an Geburtstagen etwas zu schenken, das mehr war als ein Verlegenheitsgeschenk. Mag sein, er fand ein bisschen Freude an seinen Autos. Die Freude war ihm aber nie anzumerken und blieb für andere eine Vermutung.

Meine Tante Stella erzählte mir einmal, kurz nach der Hochzeit habe meine Mutter zu ihr gesagt, *weißt du Stella, mit ihm kann man einfach nicht streiten.* Schon früh also, und aber auch wieder zu spät, fiel ihr seine *Leblosigkeit* auf. Später, als es mit dem Streiten dann doch klappte, hörte ich sie einmal schreien: *Du bist ein Toter! Ich bin mit einem Toten verheiratet!*

Ein einziges Mal sah ich ihn weinen: Auf der Beerdigung meiner Mutter.

Dann sein *du Hundsfott!*

Letztlich war er schon immer ein Gespenst gewesen, früher außen, dann in mir, jetzt wieder außen und gleichzeitig in mir, er ging durch Wände. Wenn ich dachte, er ist weg, tauchte er wieder auf, er kroch unter den Türritzen durch. Man konnte Barrikaden auftürmen: Das hält ein Gespenst nicht fern. Solange die Erinnerung lebendig ist, ist das Gespenst lebendig. Es gab keinen Ort, an dem ich vor ihm sicher war. Auch spielte es für mich keine

Rolle, ob er noch lebte oder nicht. Die Nachricht von seinem Tod hätte den Spuk nicht beendet. Da er schon immer ein Gespenst war, blieb er's ungeachtet der äußeren Umstände, bis meine Erinnerung an ihn erlosch. Wahrscheinlich aber sogar noch darüber hinaus. Falls ich eines Tages dement werde, schütte ich im Pflegeheim Mitpatienten Orangensaft ins Gesicht, aus Gründen, die allen, und mir erst recht, rätselhaft bleiben: Niemand weiß, warum ich's tue, und erst mein Tod wird es beenden.

Die Betrachtung der Fotos brachte immerhin eine gewisse Linderung. Eine Zeit lang blätterte ich die Alben jede Nacht durch. Indem ich meinen Vater auf den verblichenen Fotos vor mir sah, verbannte ich das Gespenst an einen Ort und in eine bestimmte Zeit, ich fokussierte seine Existenz auf sich selbst. Das befreite mich ein wenig und ließ meiner eigenen Verantwortung mehr Raum: *Ich* war schuld, wenn ich ins Gefängnis musste, niemand sonst.

In einer jener Nächte schrieb ich einen Brief an Sternberg. Ich entschuldigte mich bei ihm für die Tat, die ich zwar konsequent Unfall nannte, nur sei ich an diesem, schrieb ich, nicht schuldlos. Deshalb tue es mir aufrichtig leid. Seine Vermutung, ich hätte ein Problem, sei nicht ganz falsch gewesen. Er möge mir verzeihen, wenn ich ihm das nicht genauer erklären wolle, es handle sich um etwas sehr Persönliches. Nur so viel: *Ich habe in Ihnen jemanden gesehen, der Sie nicht sind.* Der ganze Vorfall habe nichts mit ihm zu tun gehabt, *umso mehr bedaure ich, was geschehen ist.* Ich schrieb, ich hoffe, er sei inzwischen wieder vollständig genesen, und versicherte ihm, es gehe mir nicht darum, ihn angesichts der bevorstehenden Gerichtsverhandlung milde zu stimmen. Ich wolle ihm nur mein aufrichtiges Bedauern mitteilen. *Und vielleicht, eines Tages, wenn Zeit verstrichen ist, werde ich Ihnen, wenn Sie es wollen und falls ich es dann kann, erzählen, warum genau es dazu kam.*

Der Brief war wie ein Schritt aus dem Schatten. Als ich ihn anderntags in den Briefkasten warf, kam es mir vor, als schicke ich eine Last weg.

Verwechslung

In den folgenden Tagen fühlte Nora sich oft unwohl, sie befürchtete, etwas stimme nicht. Ich fand auch, sie war nicht bleich, sie war *wächsern.* Auch fiel mir auf: Sie roch sonderbar. Ich war sehr einverstanden, dass sie eine Routineuntersuchung bei Doktor Radde, die erst in fünf Tagen stattfinden sollte, telefonisch vorverlegte, ich hörte sie sagen, *nein bitte, es ist dringend.* Wenn wir über ihre Beschwerden und über das Kind sprachen, brach mir der kalte Schweiß aus beim Gedanken an meine drohende Inhaftierung. Nora merkte mir die Angst an und tröstete mich, *wahrscheinlich ist es nichts. Mach dir keine Sorgen. Ich bin ja jetzt auch schon in der achtundzwanzigsten Woche. Also selbst wenn etwas wäre –*

Sie nahm natürlich an, meine Angst habe mit dem Kind zu tun.

Aber jetzt, da vielleicht *etwas nicht stimmte,* konnte ich es ihr erst recht nicht sagen. Wenn ich zitterte, drückte sie meine Hand. Wenn ich tief einatmete, weil mir die Last der Lüge die Brust verengte, strich sie mir übers Haar. Meinen kalten Schweiß tupfte sie mit einem *Kleenex* weg. Ich machte mir natürlich *auch* wegen des Kindes Sorgen, aber die wogen nur ein Gran gegen meine Furcht, dass Nora alles erfuhr, wenn sie mich abholten. Einmal weinte ich, weil ich's nicht mehr aushielt, die Tränen schossen mir aus den Augen, es war weniger ein Weinen als eine *Entladung*. Und sie tröstete mich! Sie fand es schön, dass es mir so naheging, dass mir das Kind jetzt so wichtig war. Sie drückte meinen Kopf an ihre Brust –

Es war ein entsetzlicher Moment, entsetzlicher als die Wahrheit, und also wollte ich es ihr jetzt sagen. Aber es ging *körperlich* nicht. Ich sagte, *Nora* – und danach schnürte mir mein Schluchzen den Hals zu.

Und so blieb es auch an jenem Tag ungesagt.

Die Untersuchung ergab: Alles in Ordnung. Doktor Radde ermahnte Nora, weiterhin ihr strenges Liegen einzuhalten.

Ich bin nicht sicher, ob alles in Ordnung ist, sagte Nora nach der Untersuchung, *es fühlt sich für mich nicht so an …*

Jeden Morgen fuhr ich zur Schule, unterrichtete eine neue Klasse, die schwierig war: Die Mehrheit fand Kunst scheiße. Ich versuchte es mit Warhol. Baselitz. Als *Ultima Ratio* mit Beuys, der meiner Meinung nach Kunst auch Scheiße fand. Aber Beuys langweilte sie noch mehr als Warhol. Diese Klasse war wie Teig: Ich knetete, und sie blieb Teig, und wenn die Pausenglocke uns erlöste, klebte mir der Teig noch an den Händen.

Dann die Vorladung, von der Nora nichts erfuhr, da ich den Briefkasten jeweils leerte. Ich sollte mich am kommenden Freitag, 10.30 Uhr, im Landeskriminalamt melden bei einem Hauptkommissar Foryta, *Abteilung Kunstdelikte*. Bei Nichterscheinen wurde mir Vorführung durch Polizeibeamte angedroht.

An jenem Freitagmorgen fühlt sich Nora *merkwürdig*, wie sie sagt. *Kannst du heute nicht hierbleiben?*, fragt sie. *Bitte, es wäre mir lieber.* Aber ich kann nicht, mir droht ja polizeiliche Abholung. *Heute ist Klassenarbeit*, behaupte ich, *die kann ich nicht verschieben.* Ich frage sie nach ihren Beschwerden, sie kann's nicht recht sagen. Sie fühle sich einfach nicht gut und wolle nicht allein sein. Möchte, dass ich da bin, falls es schlimmer wird. Ich setze mich neben sie aufs Bett und streiche ihr übers Haar, das sich warm und feucht anfühlt. *Ich komme in der Mittagspause vorbei*, verspreche ich, *und schaue nach dir.* Eine Klassenarbeit hätte ich sofort abgesagt, ich merke ja, sie hat Angst, dass in ihrem Körper etwas vor sich geht. Aber die Vorladung ist zwingend, ich bin nicht mehr frei, darf nicht mehr bei meiner Frau bleiben, wenn sie mich braucht, nicht mehr ich bestimme über mein Leben.

Ich muss jetzt gehen, sage ich und ziehe meine Hand aus der ihren.

Mit zehn Minuten Verspätung, trotz waghalsiger Autofahrt, melde ich mich beim Portier des Landeskriminalamts, schlage den Weg durch die Korridore ein, den er mir weist, suche die genannte Büronummer. Als ich sie endlich finde, hat sich die Verspätung verdoppelt.

Ich klopfe.

Ein junger Beamter, Mitte dreißig, schätze ich. Aber noch hat er keine Zeit für mich. Er sitzt hinter einem überladenen Schreibtisch, mich wundert die Unordnung. Er telefoniert und gräbt währenddessen in Blättern. Es ist ein trostloses Büro mit Dachschräge und farblosem, rissigem Verputz. Schlechte Luft. Auf dem Fensterbrett in einem hübschen Porzellantopf wird die Orchidee, die dort steht, nicht lange überleben, da kaum Licht ins Büro fällt. Auf eine Handbewegung hin setze ich mich auf den einen von zwei Stühlen. Auf dem anderen stapeln sich Akten. Nein, er ist älter als dreißig, denke ich, als ich seine Hände sehe. Seine Frisur jedoch ist noch jugendlich, es ist *Schwung* darin. Seine Kleidung: sorgfältig. Blaues Hemd, darüber ein schwarzes Sakko.

Gut, sagt er und legt unvermittelt den Hörer auf.

Er stellt sich mir vor: Foryta. Ohne Vornamen und Händedruck. Ich habe den Eindruck, er hat es eilig, will die Sache schnell hinter sich bringen, das kommt mir sehr entgegen.

Ich entschuldige mich für die Verspätung, meine Frau sei schwanger, und es gehe ihr gerade nicht gut. Ich erwähne es mit Bedacht.

Dann wollen wir keine Zeit verlieren, sagt er, wie ich's gehofft habe. Aus einer Schublade holt er mehrere Aktenmäppchen hervor, legt eins nach dem anderen zur Seite, bis er meins findet, ein dünnes. Seine Kollegen von der Abteilung Delikte am Menschen, sagt er, hätten ihn, als Leiter der Abteilung Kunstdelikte, gebeten, mich zu einigen meiner Aussagen im Zusammenhang mit dem Gemälde *Winterliche Landschaft* des Jan van Os zu befragen.

Es gehe hier also nicht um den Vorwurf der Körperverletzung. Er wolle mit mir ausschließlich über das erwähnte Gemälde sprechen.

Ich erfahre: Er hat die *Provenienz* des Gemäldes, *von dem Sie behaupten, es sei eine Fälschung,* überprüft, sie sei lückenlos und glaubwürdig. Er hat außerdem eine farbanalytische Untersuchung des Bildes veranlasst, das Ergebnis schiebt er mir über den Tisch. Es sind zwei dicht beschriebene Seiten. Mir fehlt die Ruhe, sie zu lesen, und Foryta fehlt die Geduld, er fasst zusammen: Das Gemälde stammt aus dem 18. Jahrhundert, die Analyse der verwendeten Farben lässt daran keinen Zweifel. Es ist keine Kopie, es ist das Original. Es ist nicht mein Bild, es ist der echte van Os.

Ich glaube es sofort. Ich glaube es weniger der Farbanalyse wegen, sondern weil ich weiß: Ich *wollte* im Schaufenster von Sternbergs Galerie mein Bild sehen. Ich war alles andere als unvoreingenommen. Ich sah nicht das Bild, ich sah mich, und ich blickte in die Tiefen, in denen alte Sünden moderten. Und dann Sternberg: seine *Säuferphysiognomie.* Von da an verschleierte das Gespenst meinen Blick auf das Bild, es *musste* meine Kopie sein. Nun ist mein *Tunnelblick,* wie Nora es nannte, sogar wissenschaftlich bewiesen.

Dann habe ich mich offenbar geirrt, sage ich zu Foryta.

Richtig, sagt er und wirft einen Blick auf seine Uhr. *Aber das Interessante ist: Es existiert tatsächlich eine Kopie des Bildes.*

Ich erfahre: Foryta kennt einen Sammler aus Wien, der sich auf Fälschungen und Duplikate spezialisiert hat, *ein*

Maniac. Der Mann kenne sich mit Fälschungen aus wie kein Zweiter, *abgesehen von mir.*

Er lächelt –

Foryta hat ihn angerufen, *nur aus Neugier.* Er habe Leyser, so heiße der Sammler, gefragt, ob ihm eventuell einmal eine Kopie der *Winterlichen Landschaft* unter die Augen gekommen sei? Der Anruf sei ein *Treffer* gewesen. Leyser habe nämlich im Jahr 1981 einem Stuttgarter Kunsthändler eine *Winterliche Landschaft* abgekauft für ein paar Hundert Mark. Das Bild sei dem Kunsthändler von einer Schweizerin damals als Original angeboten worden, und der Händler habe auch die entsprechende Summe hingeblättert. Später habe sich herausgestellt: Das Bild war eine Fälschung. Der Händler habe Anzeige erstattet, die Verkäuferin, ganz offensichtlich eine Betrügerin, sei aber nie gefunden worden.

Vielleicht kennen Sie sie ja?, fragt mich Foryta. Er frage es mich nur aus Neugier – aus *strafrechtlicher Sicht* sei alles längst verjährt.

Ich schweige, da ich nicht weiß: stimmt es? Ist es verjährt? Oder stellt er mir gerade eine Falle? Soll ich jetzt auch noch für den Betrug meines Vaters den Kopf hinhalten? Ein Jahr wegen Körperverletzung, und vielleicht noch eins wegen Beihilfe zum Betrug?

Ich frage nur, sagt er, *weil ich auf der Liste der Vorbesitzer des Originals auf Ihren Vater gestoßen bin.*

Er nennt den Namen meines Vaters.

Das ist doch Ihr Vater?

Ich nicke, der Name steht ja in meinen Personalien.

Mein Vater habe, liest Foryta von einem Aktenblatt ab,

das Original 1973 gekauft und ein Jahr später schon wieder verkauft, an die *Galerie Sarasin* in Basel. Foryta nennt den Namen des Städtchens im *Fürstenland.* Sogar die Adresse der Attikawohnung kennt er. Er sagt, er habe sich erlaubt, die Schweizer Kollegen um Auskunft zu bitten. Er erzählt mir, mein Vater sei in finanzielle Schwierigkeiten geraten. Seiner Meinung nach habe er deswegen das Gemälde schon ein Jahr nach dem Erwerb wieder verkauft. *Mit Verlust.*

Ich wundere mich nicht, dass er's weiß. Das Städtchen war damals klein und ist es heute noch. Die meisten Bewohner, einschließlich der Polizisten: Klatschtanten. Mein Vater war der örtlichen Polizei persönlich und amtlich bekannt, zweimal Führerscheinentzug wegen Fahrens in betrunkenem Zustand und dergleichen mehr. Es existierten bestimmt noch Akten und *Klatschmauls Erinnerungen –*

Das ist kein Verhör, sagt Foryta. Er wiederholt, die Sache sei längst schon verjährt. *Mich würde es nur, rein privat, interessieren, ob ich recht habe.*

Womit?

Mit meiner Vermutung, sagt er, *dass Sie das Bild damals kopiert haben.* Mein Vater habe Geld gebraucht. Nach dem Verkauf des Originals sei er auf die Idee mit der Kopie gekommen. Und es habe ja auch geklappt: zweimal viel Geld für ein und dasselbe Bild.

Ich schweige. Verbeiße mich in mein Schweigen. Er blickt mich an, gar nicht unfreundlich, vielleicht sogar mitleidig.

Aber ich will Sie jetzt nicht länger aufhalten, sagt er. *Ihre Frau wartet bestimmt schon auf Sie.*

Sein erneuter Blick auf die Uhr – er ist wirklich in Eile, er wird mich gleich entlassen: Ich entspanne mich ein wenig im Schraubstock.

Ich mache Ihnen einen Vorschlag, sagt er und zieht eine Schublade auf, sucht etwas darin: Eine Visitenkarte, die er mir über den Tisch reicht. *Johann Leyser,* lese ich, darunter Adresse und Telefonnummer. *Rufen Sie ihn doch mal an,* sagt Foryta. *Wenn Sie irgendetwas über die Kopie der* Winterlichen Landschaft *wissen: Er ist der, der sich am meisten dafür interessiert. Sie müssen wissen, er sammelt die Fälschungen nicht wegen der Bilder. Die Bilder selbst interessieren ihn gar nicht so sehr. Ihn interessieren die Geschichten, die dahinterstecken. Wer hat sie gemalt und warum. Also, falls Sie einmal jemandem die Geschichte erzählen möchten: Rufen Sie ihn an. Ich weiß, er würde sich sehr darüber freuen.*

Die Berührung

Auf der Rückfahrt ein Gefühl der Unwirklichkeit. Ich musste mich mehrmals durch einen Blick zum Himmel vergewissern, dass die Düsternis keine äußere Ursache hatte. Das Licht dieses spätherbstlichen Mittags schien meine Augen nicht zu erreichen, ich fuhr durch eine Dämmerung. An einer Kreuzung übersah ich eine Radfahrerin: Es ging knapp gut.

Um halb zwölf schon, früher als versprochen, kehrte ich nach Hause zurück. Als ich die Wohnungstür aufschloss, trat Frau Bonnet, unsere Nachbarin, aus ihrer Tür. Es schien, als habe sie auf das Schlüsselgeräusch gewartet: Unverzüglich sagte sie, *Ihre Frau ist im Krankenhaus! Vor einer halben Stunde war der Krankenwagen da! Sie müssen sofort ins Krankenhaus! Es geht ihr gar nicht gut!*

Ich fuhr bei Rot über Kreuzungen, hupend, mit eingeschalteten Warnblinkern. Ich ging vom Schlimmsten aus, weil ich es verdient hatte: Das Kind *musste* tot sein, es konnte gar nicht anders sein, da ich Nora alleingelassen hatte. Ich hatte meine Mutter alleingelassen, und sie war gestorben – wie hätte es jetzt anders sein können! Der Tod des Kindes schien mir unausweichlich zu sein, da ich Nora aus demselben Grund alleingelassen hatte wie damals meine Mutter. Der *Dunkelmann* hatte mich doch damals vertrieben, seinetwegen hatte ich es in der Attikawohnung nicht mehr ausgehalten. Und seinetwegen raste ich jetzt meinem toten Kind hinterher, weil er mir die *Vorladung* aufgehalst hatte. Mein Leben war ein Rückwärtsfahren aus einer Sackgasse, und dann wieder ein Vorwärts in die nächste. Und das Kind, das mir eine neue Richtung hätte zeigen können, die Richtung hinauf, das Entkommen ins *Vertikale,* lag jetzt vielleicht schon tot in einer Nierenschale.

Aus einem Gefühl der Aussichtslosigkeit heraus begann ich während der Fahrt zu beten. Seit Urzeiten hatte ich nicht mehr gebetet und noch nie wirklich, mit dieser inständigen Bitte um Erfüllung. Ich zwängte mich zwischen einem Lieferwagen und einem Motorrad durch, hupend und betend. Ich betete zur *Heiligen Jungfrau Maria,* zur *Schwarzen Madonna* von Einsiedeln, in deren Kirche ich als Kind die Krücken der Gelähm-

348

ten gesehen hatte, die an der Wand hingen als Zeugen eines Wunders. Und ich *glaubte.* Ich glaubte, dass die *Heilige Mutter Gottes* durch mein Gebet erweckt wurde, da ich aus tiefster Seele sprach, ein aufrichtiges Herz sprach, ein Kinderherz. Und ich fühlte, da war etwas, das durch meine Worte erreicht wurde, etwas in mir, das lauschte –

Im Krankenhaus *glaubte* ich an die Stationsschwester, eine Hünin mit strohblonden Augenbrauen und knorpligen Fingern. Sie schaute auf mich hinunter und sagte, *jetzt machen Sie sich mal nicht in die Hose.* Beim Lächeln wurde ihr Gesicht so breit, wie es lang war. Sie hieß Maria. Es stand auf dem Schild auf ihrem Kittel: Maria und irgendein Nachname, der mich nicht interessierte. Ich sah nur dieses *Maria.* Und Maria sagte mir, *es ist ein Frühchen, aber das wird schon.* Sie nannte mir ein Gewicht in Gramm. Sie sprach das Gewicht anerkennend aus. *In der neunundzwanzigsten Schwangerschaftswoche sind sie schon ganz schön fit. Das kriegen wir hin.* Auch meiner Frau gehe es gut. Aber sie sei noch im *Kreißsaal.*

Ein *Frühchen* –

Ein Mädchen.

Ich solle, sagte Maria, mal noch ein Bierchen trinken in der Kantine.

Schwester Maria war das Leben selbst. Wenn sie einatmete, wurde der Raum um sie herum kleiner. Wenn sie ausatmete, wurde er wieder größer. Ihre Füße steckten in riesigen weißen Sandalen.

Dann Nora. Sie liegt in einem hellblauen Krankenhaushemd in diesem hohen Bett, sie glüht vor Glück, und ich lasse die Blumen fallen, um die Hände frei zu haben für sie, und in der Umarmung sagt sie, *es ist da! Unser Kind. Es ist da! Es ist ein Mädchen!* Und ich weiß, sie vergibt mir. Ich habe sie alleingelassen, aber sie verzeiht es mir, weil unser Kind mit dem Schwamm über die Tafel streicht, und was herunterfließt, sind unsere Tränen des Glücks über diese *Begnadigung*. Sibylle streckt den Kopf durch die Tür, lächelt, als sie uns sieht, und schließt die Tür leise wieder, ohne einzutreten. Sie lässt uns mit dieser köstlichen Schwäche allein, die wir beide spüren, jetzt in diesem Moment, in dem wir uns festhalten und durchlässig werden füreinander, und in der Berührung spüren wir das Kind, das Mädchen: es *ist* die Berührung. Wir werden uns von nun an immer berühren durch das Kind, was auch immer geschehen mag.

Und was war, soll vergessen sein –

Gleich jetzt wollen wir dem Kind einen Namen geben, als Bestätigung seiner Anwesenheit auf der Welt – der Name aber auch als Magie, der diese Anwesenheit unwiderruflich machen soll. Denn noch besteht Gefahr: Infektionen, Atemnot, Netzhautschäden, Hirnblutungen – Nora wollte es wissen, also hat man es ihr nicht verheimlicht. Sie schlägt Livia vor, und mir gefällt der Klang: Livia.

Ich darf sie sehen –

Muss mir zuvor einen Mundschutz umbinden. Eine verchromte Tür öffnet sich. Dann dieser doppeldeutige Raum: Technik und Plüschtiere. Plüschtiere, die viel zu groß sind für die winzigen Leiber, die in durchsichtigen *Inkubatoren* liegen. Schläuche, die leise fauchen, das Piepsen der Monitore. Ein Vater wie ich steht an einem der Inkubatoren, die Hände in eine Art Sicherheitsschleuse gesteckt – mit dem Finger streichelt er über die winzigen Rippen des Kindes, das noch keins ist, es ist erst ein Versprechen oder eine Behauptung, die durch ein Beatmungsgerät am Leben erhalten wird. Sein Kind in dem blauen Wärmetuch: Wie etwas, das übrig geblieben ist nach einem schrecklichen Ereignis.

Und dann *mein* Inkubator.

Dies ist mein Kind. Ich weiß das, aber es ist nicht leicht, es auch so zu empfinden. Dazu ist es zu bedroht. Ich sehe den Aufwand, der nötig ist, um es am Leben zu erhalten, die Apparate, die piepsen und fauchen müssen, die Nährlösungen, die in den Kanülen gluckern. Die Schwester, die mich begleitet, es ist nicht Maria, ermuntert mich, es zu streicheln, mit ihm zu sprechen. *Haben Sie ihm schon einen Namen gegeben?* Aber gerade der Name ist es, der jetzt den Schrecken erzeugt: Wir haben ihm verfrüht einen Namen gegeben, denn es mag geboren worden sein, aber es ist in Wirklichkeit noch nicht auf der Welt.

Sein Gesichtchen mit dem offenen Mund und den von einer Haut verklebten Augen –

Der ausgemergelte Leib in der viel zu großen Windel –

Die schwarzen Härchen –

Der orangefarbene Schlauch, der mit einem Klebestreifen oben am Kopf befestigt ist.

Keine Angst, sagt die Schwester. *Streicheln Sie es. Am besten am Bauch, das mögen sie am liebsten.*

Jetzt sehe ich: Es hat meine Kopfform. An der Kopfform erkenne ich es als mein Kind. Mir war diese Kopfform gar nicht mehr bewusst. Es ist nämlich meine Kopfform von früher, als ich Kind war. Inzwischen hat sie sich verändert. Aber jetzt, als ich sie bei dem Kind sehe, ist sie mir sofort wieder auf urtümliche Weise vertraut.

Dieses stille, uferlose Glücksgefühl –

Glück, weil ich nun nicht mehr das Prekäre, schlimmstenfalls nur Vorläufige der Existenz meines Kindes sehe, sondern jetzt sehe ich zwischen den Apparaturen und Schläuchen *mein* Kind. So vage sein Leben auch sein mag: Es ist ein Leben, das meines fortsetzt und das meiner Mutter, die als Kind dieselbe Kopfform hatte, wie ich von alten Fotos weiß. Und sie wiederum hat die Kopfform von ihrer Großmutter geerbt, sodass dieses Kind, mag es auch noch nicht wirklich auf der Welt sein, dennoch schon tief verwurzelt ist in der *Familie.* Selbst die Großmutter meiner Mutter hätte, hier vor dem Inkubator stehend, die Kopfform des noch werdenden Kindes als ihre eigene erkannt. Und sie hätte ihm, überwältigt vom selben urtümlichen Gefühl der Vertrautheit, das ich jetzt empfinde, ihre Hand aufs Bäuchlein gelegt.

Das Bäuchlein, das in meiner Hand nicht einmal die ganze Fläche einnimmt.

Livias eigene Hand, nach oben gedreht, die Finger einwärts gekrümmt –

Ich lege meinen Zeigefinger in ihre Hand – und ihre Finger schließen sich. Sie hält meinen Finger fest, sie hält sich an mir fest. Mein Finger in ihrem *Klämmerchen,* in dem ich ihren Herzschlag spüre. Sie hält nur die Spitze meines Zeigefingers fest, aber die Wärme der Berührung verbreitet sich in meinem ganzen Körper.

Ich hebe vorsichtig meinen Finger, und ihr Ärmchen folgt der Bewegung: das erste gemeinsame Spiel. Ich ziehe meinen Finger aus ihrer Hand, dann lege ich ihn wieder rein, und sie drückt wieder zu. Etwas so Stilles und Wahres habe ich nie zuvor erlebt. Ich weiß, das werde ich mein Leben lang nie vergessen.

Die Schwester muss mich mehrmals an das Ende der Besuchszeit erinnern. Aber Livia und ich sind gerade beim kleinen Finger. Meinen kleinen Finger kann sie vollständiger umklammern. Der kleine Finger ist ihr lieber: Das hat sie mir gezeigt. Sie hat es mir mitgeteilt durch Berührungen. Ich verlasse sie auf erneute Mahnung der Schwester mit dem Wissen um eine *Vorliebe* von ihr.

Noch Stunden danach spürte ich den Druck ihrer Finger an den meinen. Ich spürte es als kleines Kribbeln, vor allem an den Knöcheln. Als ich es Nora erzählte, sagte sie, *jetzt hast du einen schönen Blick.*

V | ERBSTÜCK

Nora fieberte – buchstäblich – dem Tag entgegen, an dem sie mit Livia nach Hause kommen durfte: Sie wurde krank, durfte Livia tagelang nicht sehen wegen der Ansteckungsgefahr. Man stellte einen erhöhten *Leukozytenwert* fest, höher als nach einer Schwangerschaft üblich, die Stationsschwester sagte, man müsse es beobachten. Nora war aber trotz ihres hohen Fiebers unbesorgt, *nur eine Grippe, nichts Ernstes.* Als ich sie an einem Sonntag besuchte, aß sie sogar zwei der Marzipankartoffeln, die ich ihr mitgebracht hatte. Wir sprachen über Livia, die im Inkubator täglich an Gewicht gewann, *die Kleine macht uns Freude,* sagte mir ein Arzt. Sie entwickle sich gut, alles in Ordnung. Nora bat mich, ihr beim nächsten Besuch *Krieg und Frieden* mitzubringen, ihr sei nach etwas *Langatmigem* zumute. Während sie sogar noch eine dritte Marzipankartoffel aß, betrachtete ich durchs Fenster des Krankenzimmers die kahle Rotbuche: Es war der einzige Baum, der von hier aus zu sehen war, und mir schien, er müsse die ganze Last dieses Schneeregentags allein tragen.

Und plötzlich öffnete sich mir der Mund, und ich sagte es Nora. Mit Blick auf die Rotbuche, deren Schicksal ich nicht teilen wollte, gestand ich ihr mehr, als ich dem Richter zu gestehen bereit war, dereinst am Tag des Prozesses. Ich gestand ihr, Sternberg möglicherweise eben doch absichtlich verletzt zu haben, ich sei mir nicht sicher. Ich erzählte ihr *alles* und bat sie um Verzeihung, es ihr so lange verheimlicht zu haben. Tastend blickte ich ihr in die Augen, sah das Entsetzen darin, wandte meinen Blick wieder ab, tastete mich erneut vor und erkannte: Es war nicht Entsetzen, es war Mitleid. Entsetztes Mitleid. Sie schwieg, sie sagte, *gib mir einen Moment. Lass mich einen Moment allein.*

Ich lief draußen im Korridor hin und her, wich dem professionellen Lächeln der Krankenschwestern aus, die an mir vorbeieilten, blieb vor einer farbenfrohen Lithografie stehen. Es war gut gemeinte *Krankenhauskunst,* die aber den Kranken ihre Lage verdeutlichte: *du musst getröstet werden.* Ich dachte darüber nach, warum ich es Nora zuvor nicht hatte gestehen können, jetzt aber schon. Ich kam zum Schluss: Wegen des Kindes, dessen Existenz jetzt verbindlich war, nicht mehr nur eine Hoffnung. Es genas von der frühen Geburt, wurde täglich kräftiger, es war *da,* und ich liebte es und Nora auch. Ich hatte es ihr jetzt gestanden, weil ich mich des Kindes wegen sicher fühlte, von ihr nicht verstoßen zu werden.

Das Kind brauchte doch seinen Vater.

Es war also eigentlich ein feiges Geständnis –

Aber andererseits besser als keins. So wie ein Vater, der ein, zwei Jahre im Gefängnis verschwand, besser war als keiner. Was nicht hieß, dass ein Vater immer besser war als keiner. Für mich wäre *keiner* zweifellos besser gewesen –

Als ich in Noras Zimmer zurückkehrte, sagte sie, *komm her*. Sie schloss mich in ihre Arme, drückte ihre fieberheiße Wange an die meine, und lange verharrten wir in der Umarmung, keineswegs schweigend: Wir sprachen nur nicht. Es war ein stilles gegenseitiges Verstehen.

Danach übernahm Nora das Ruder. Sie rief vom *Krankentelefon* aus Sibylle an, schilderte ihr in knappen Worten die Situation, was mir peinlich war, da es Sibylles Vorbehalten gegen mich noch einen gewichtigen hinzufügte. Von Klaus war nun die Rede, Klaus, Sibylles Bruder, von dem ich wusste: er war Anwalt. *Ja, aber nicht irgendeiner.* Offenbar war er sehr erfolgreich, das war mir neu, vermutlich hatte ich es, wenn davon die Rede gewesen war, überhört wie so vieles, was Sibylle betraf: Die Vorbehalte waren ja gegenseitig. *Du weißt doch, er ist ein Crack,* sagte Nora. Nein, wie gesagt, ich wusste es nicht und verstand unter *Crack* auch etwas, mit dem man sich bei Richtern eher unbeliebt machte.

Eine halbe Stunde später rief Sibylle zurück. Klaus sei bereit, meinen Fall zu übernehmen, er betrachte es als *Freundschaftsdienst* – womit die Honorarfrage geklärt war.

Klaus erwarte mich, sagte Sibylle, gleich morgen zu einem Gespräch.

Jetzt ist mir wohler, sagte Nora. *Du gehst mir nicht ins Gefängnis. Livia und ich brauchen dich jetzt.*

Am nächsten Tag schüttelte mir Klaus in seinem gläsernen Büro an der Friedrichstraße die Hand, und vom ersten Moment an wusste ich: Ich war gerettet. Klaus war einer dieser Männer, denen andere Männer ins Gefecht folgen, weil sie wissen, er wird siegen. Er war klein, noch dazu schmächtig, aber er füllte den Raum mit seiner Präsenz, von der man damals schon spürte – er wurde zehn Jahre später Justizminister –, dass sie weit über diesen Raum hinausreichte.

Klaus hatte bereits meine Akte auf dem Tisch liegen, und während er die einzelnen Punkte mit mir durchging, knackte der Apfel, den er aß.

Und tun Sie mir einen Gefallen, sagte er bei der Verabschiedung, *denken Sie nicht mehr dran. Ich hole Sie da raus.*

Zwei Wochen später fuhr ich zum Krankenhaus, um Nora und Livia abzuholen. Es schneite, auf den Straßen lag knöchelhoch der Schneematsch, die Blaulichter der Schneepflüge –

Ich drehte die Wagenheizung auf: ein warmes Nest sollte entstehen für Livia. Auf dem Parkplatz ließ ich den Motor an, damit der Wagen nicht auskühlte. Zwei Männer schaufelten den Weg zum Portal frei, aber sie waren nachlässig, wie ich feststellte, kratzten die Eiskruste nicht auf, auf der wir später mit Livia im Arm zum Auto gehen mussten: was, wenn wir ausrutschten? Ich bat die Männer, den Weg zu salzen, einer sagte, *nu' übertreiben Sie mal nicht.*

Nora wartete im Krankenzimmer auf mich. Sie saß, in ihren Parka gehüllt und mit einem roten Wollschal um den Hals, auf dem Bett und hielt Livia in den Armen, ein weißes Bündel mit weißem Mützchen auf dem Kopf, nur ihre Hände lagen frei. Ich steckte meinen Finger in ihre Handfläche, und sie griff zu und schaute mich an, mit ihren schönen aber trüben Augen, als blicke sie mich unter Wasser an. Die Ärzte sprachen von *Retinopathie,* einer Schädigung der Netzhaut, man müsse es *beobachten.* Es heile in den meisten Fällen *spontan* aus. Es blieb jedoch ein *Aber* zurück.

Livia war jetzt zwei Monate alt, faktisch aber eine Neugeborene. Zwei Monate lang hatte sie nur die gezähmte Luft der *Perinatalstation* geatmet, und jetzt traten wir hinaus in die Eiseskälte. Livias erste Begegnung mit der Welt – und dann dieser Frost! Sie begann zu weinen vor Schreck: plötzlich diese Kälte in ihren unerfahrenen Lungen! Nora drückte sie an sich, schirmte ihr Köpfchen vor dem Schnee ab, der in trockenen Flocken fiel, so groß wie Pfennigstücke. Auf dem schlecht geschaufelten Weg, den bereits wieder Schneeflaum bedeckte, fasste ich Noras Arm so fest, dass sie sagte, *wenn du mich so hältst, hab ich nur die Wahl zwischen Erdrücktwerden und Erfrieren.*

Wir lachten kurz, bevor wir uns wieder auf den Weg konzentrierten, jeden Schritt bedenkend, als sei Livia gläsern.

Im Auto war es inzwischen unerträglich warm geworden, ich musste die Scheibe runterkurbeln. Dann das Problem mit dem Anschnallen: Wir hatten beide nicht an einen *Babysitz* gedacht. Bei diesem Wetter ohne Babysitz –

Wenn wir ins Schleudern gerieten –

Wie sollten wir das denn jetzt machen?

Nach einer Fahrt im Schritttempo kamen wir erschöpft zu Hause an. Wir legten Livia, die schon zu Beginn der Fahrt eingeschlafen war und auch jetzt noch schlief – wahrscheinlich ein *Fluchtschlaf,* um der Nervosität ihrer Eltern zu entrinnen –, in die Wiege.

Danach warteten wir, bis sie erwachte. Nora pumpte Milch ab, ich stellte die Flasche in den Wärmer.

Als die Kleine endlich erwachte, gab Nora ihr zu trinken, und danach trug ich sie in der Wohnung herum.

Sie schielte ein wenig –

Gegen Abend schlief Livia wieder ein, und Nora und ich saßen nebeneinander auf dem Sofa, warteten, hörten leise die *Bluetones,* die nicht mein Fall waren, aber Nora mochte die Band, vor allem den Song *The last of the great navigators.*

One at a time
the old crimes are forgotten
Buried in lime and left there to go rotten –

Wir sprachen über den Babysitz, der noch besorgt werden musste, aßen Marzipankartoffeln.

Wir waren auf eine erdenschwere Weise glücklich.

Zwei Zahnärzte

Im April Anruf von Klaus: Die Verhandlung sei auf den 29. Juli angesetzt worden, 9.30 Uhr. Tant pis! Ich bin sicher: Unter Klaus' *Mantel* kann mir nichts geschehen.

Nach dem Anruf hebe ich Livchen, wie wir sie jetzt nennen, aus ihrem *Hochsitz* hoch und trage sie ins Schlafzimmer, wo ihre Wiege steht, für das Kinderbett ist sie noch zu klein. Ich ziehe den Faden der Spieluhr, die über der Wiege hängt: die kristallenen Klänge von *Frère Jacques.* Und Livchens Verzauberung – jedes Mal aufs Neue. Andächtig schaut sie nach oben, wo die Klänge herkommen. Sie kennt sie, hat sie schon oft gehört, aber lässt sich durch die Wiederholung den Zauber nicht nehmen. Wenn ich sie anspreche, während sie den Klängen lauscht, und sie dann zu mir hinsieht, schielt sie einen Moment lang nicht.

Kurz darauf ein Streit zwischen Nora und mir. Ich weiß nicht mehr worüber, irgendeine Kleinigkeit. Wir sind beide müde, schlecht gelaunt. Jedenfalls schaukelt es sich hoch. Ich habe den Eindruck: Nora schreit. Oder spricht jedenfalls zu laut. Sie könnte Livia wecken.

Schrei bitte nicht, sage ich leise, um sie durch den Kontrast von meiner und ihrer Lautstärke zur Besinnung zu bringen. *Es macht Livia Angst, wenn du schreist.*

Sie behauptet, sie schreie doch gar nicht.

Ja, sage ich leise. *Aber lass uns bitte in der Küche weiterreden.* Nora sagt etwas, aber ich höre nicht was, höre nur, wie laut sie es sagt, und mir scheint eben, zu laut. Ich höre nur noch den Lärm, den sie macht, und von dem ich weiß, wie sehr er Livia verängstigt, die in ihrer Wiege im Schlafzimmer alles *abbekommt.* Livia, die unter der verstummten Spieluhr nun nicht mehr die Feenklänge von *Frère Jacques* hört, sondern das Geschrei ihrer Mutter, das ihr Angst macht, weil sie eine vertraute Stimme hört, die nun aber ganz anders klingt, entstellt, eine Stimme wie eine Fratze.

Und jetzt hör ich's: Livia weint. Ich höre es durch die Tür.

Da hast du's, jetzt weint sie!, sage ich zu Nora, jetzt vielleicht auch lauter als gewollt. *Weil du geschrien hast. Ich*

363

bitte dich, nicht mehr zu schreien! In mir bricht plötzlich eine Schwärze auf, die mich bis in die Fingerspitzen durchströmt, die mich steif und kalt werden lässt. Denn würde ich nicht steif und kalt werden, würde diese Schwärze mich verschlingen: Es ist *absolute* Trauer. Ich kann die Schwärze förmlich aus mir herausrinnen sehen – es ist genug davon da, ich könnte die ganze Welt damit verseuchen – es ist *unendliche* Trauer. Ich höre Livias Weinen und weiß: so begann es. So kommt die Schwärze ins Herz: Wenn das Vertraute, das Geliebte sich verändert, und man weiß nicht, was ist geschehen? Warum ist es so?

Du machst ihr Angst, sage ich leise zu Nora, jetzt nicht mehr leise aus Berechnung, sondern weil mir die Trauer keine Stimme mehr lässt. *Verstehst du das denn nicht? Sie liebt dich, und jetzt hört sie dich schreien. Sie kann nicht unterscheiden, ob du sie oder mich anschreist. Sie denkt, dass du sie anschreist. Dass du sie nicht mehr liebst.*

Nora sagt, *hör auf damit! Hör auf, sie mit dir zu verwechseln. Sie ist nicht du!*

Meinetwegen! Aber kann sie nicht endlich leiser sprechen!

Um Liva zu trösten, gehe ich ins Schlafzimmer, ich will ihr ihr Weinen nehmen. Und sehe: Sie schläft. Mit offenem Mund und Engelsarmen liegt sie in der Wiege. Ihre Augen rollen hinter den Lidern. Ich beuge mich hinab und küsse sie auf die Stirn. Decke sie zu, küsse sie noch einmal. Setze mich hin und streichle durch die Holzstäbe der Wiege ihre Wange. Ihre Augen hinter den Lidern werden ruhiger, und ihr Mund schließt sich.

Ihr leises Atmen durch die Nase –

Nora tritt hinter mich, berührt mich an der Schulter, dann an der Wange, und sagt, *siehst du, sie hat nicht geweint.*

Doch, sage ich, aber ohne Überzeugung.

Ein andermal bemerkte ich: Nora wechselte Livchens Windeln, ohne die Wärmelampe über dem Wickeltisch einzuschalten, obwohl es im Zimmer kühl war. Ich riet ihr, die Lampe einzuschalten, Livchen friere bestimmt. *Quatsch,* sagte sie. Außerdem müssten Kinder auch lernen, *ein bisschen was* auszuhalten.

Ach ja?, sagte ich. *So wie du es lernen musstest?*

Solche Zwistigkeiten häuften sich. Sie warf mir vor, nicht in der *Gegenwart* zu leben, und ich fand, ihr entging, wie sehr *sie* von der Vergangenheit bestimmt wurde. Wenn ich zum Beispiel ein Aspirin liegen ließ, räumte sie die Tablette sofort weg. *Lass doch,* sagte ich, *die wollte ich grad schlucken.* Sie schaute mich verständnislos an, fragte mich, was ich meine. Sie hatte die Tablette *automatisch* weggeräumt, ohne sich dessen bewusst zu sein. Sie konnte nichts Tablettenförmiges rumliegen lassen, später, als Livchen größer war, nicht einmal *Smarties* und *M&M's.* Kleine, runde Gegenstände machten sie kribblig. Sie verstaute meine Magnesiumtabletten im obersten Regal des Apothekerschranks. Einmal warf sie sie sogar weg, *selbst schuld, wenn du sie immer rumliegen lässt!*

Warum traut ein Zahnarzt dem anderen nicht? Weil er, während der andere ihn behandelt, weiß, was alles schiefgehen kann.

Einmal, als Nora Livchen in den Schlaf sang, beobachtete ich sie durch den Türspalt: Eine Frau, die mit elf Jahren ihren Vater verloren und danach jahrelang allein mit ihrer tablettensüchtigen Mutter gelebt hatte – konnte eine solche Frau wirklich *gesund* sein? Ich wusste ja von mir selbst, dass ich in gewisser Hinsicht einen Knall hatte. Wie hätte es bei Nora anders sein können? Die Frage war jetzt: Welche Auswirkungen würde ihr Knall noch haben, über die Phobie vor Pillen und die Überzeugung hinaus, ein Kind müsse lernen, *etwas auszuhalten?* Dies waren die wahrnehmbaren Auswirkungen: aber gab es möglicherweise auch solche, die unter der Oberfläche Verwüstungen anrichteten, von Nora und mir unbemerkt? Manchmal, wenn wir uns stritten, hatte ich den Eindruck: es ging um nichts. War dies das an die Oberfläche tretende *Brodeln?*

Heimholung

Nach einer dieser Auseinandersetzungen packte ich ein paar Kleider in den Koffer, *ich glaube, es tut uns gut, wenn wir uns für ein paar Tage nicht sehen.*

Ich hatte ohnehin vorgehabt, nach Wien zu fahren.

Den Sammler Johann Leyser traf ich im *Café Eiles* an der Josefstädter Straße. Er erschien in Begleitung seiner Tochter, einer *Lady,* die den Kellner anwies, die Krümel von den Sitzen zu wischen. Sie trug ein cremefarbenes Kleid und konnte sich unmöglich hier setzen, bevor nicht alles rein war. Ein anderer Kellner rückte Leyser den Stuhl zurecht und half ihm beim Hinsetzen, brachte ihm einen

Schemel, damit er das eine Bein hochlagern konnte. *Knochenkrebs*, erklärte mir Leyser. Seine Tochter sagte jedoch, *da ist Professor Nowotny aber anderer Meinung. Du bist völlig gesund, Papa.*

Jedenfalls hatte Foryta recht gehabt: Leyser war weniger an den Fälschungen, die er sammelte, leidenschaftlich interessiert als vielmehr an der Geschichte der Bilder. Als ich zu erzählen begann, schaltete er ein Kassettengerät ein, das er, zunehmend fasziniert von meiner Geschichte, immer näher an mich heranschob, damit im Umgebungslärm nichts verloren ging. Seine Tochter, deren Armreife jedes Mal klirrten, wenn sie einen Schluck Grauburgunder trank, fand meinen Wunsch, das Bild meiner Mutter aufs Grab zu bringen, *reizend, ganz reizend.*

Ich erzählte Leyser die Geschichte anfänglich nur in groben Zügen, aber durch geschicktes Nachfragen brachte er mich dazu, manches noch einmal zu erzählen und diesmal detaillierter. Meine Erzählung wurde auf diese Weise immer kleinteiliger. Was als Information begann, wurde nach und nach zur Lebensbeichte, bei der ich ihm so viel erzählte, wie ich wusste. Auch das sehr Persönliche ließ ich nicht aus, im Gegenteil drängte es mich, ihm gerade das zu erzählen, und er hörte es sich an mit dem Interesse eines am Schicksal des Beichtenden teilnehmenden Beichtvaters. Mir bot sich die Gelegenheit, endlich jemandem *alles* zu erzählen, ohne das Risiko einzugehen, den Mitwisser später nicht mehr loszuwerden. Am Schluss, nach zwei Stunden, war ich erschöpft, aber um Gewichte erleichtert.

Leyser verlangte für das Bild nur eins: Ich solle ihm ein Foto schicken von dem Bild, wie es auf dem Grab meiner Mutter liegt. Seine Tochter, die während meiner Erzählung in Zeitschriften geblättert hatte, beugte sich über den Tisch und sagte – es war nur für meine Ohren bestimmt –, *das Geschäftliche regeln Sie bitte mit mir.* Leyser, mochte er auch achtundsiebzig sein, hörte die Worte *das Geschäftliche* dennoch, da er sein Leben lang und sehr erfolgreich ein Familienunternehmen geleitet hatte.

Du musst leiser sprechen, Susanne, sagte er, *ich bin noch nicht tot.*

Er versprach mir per Handschlag, ich könne das Bild nach der Dernière der Ausstellung abholen. Es gehöre mir. Nur auf dem Foto beharrte er –

Mit dem Bild, das in braunes Packpapier eingeschlagen war und mit einer Schnur umkreuzt, fuhr ich von Wien nach Zürich und von dort ins Städtchen auf den Friedhof. Jedoch fand ich das Grab meiner Mutter nicht. Auf der Friedhofsverwaltung machte man mich auf die gesetzliche *Ruhefrist* von zwanzig Jahren aufmerksam, die im Fall meiner Mutter vor einem Jahr abgelaufen sei. Es habe sich um ein *Reihengrab* gehandelt. Anders als bei einem *Wahlgrab* sei nach Ablauf des *Grabnutzungsrechtes* bei Reihengräbern eine Verlängerung nicht möglich, *selbst wenn ein Gesuch um Verlängerung erfolgt wäre,* was aber nicht der Fall gewesen sei. Die Amtssprache, in der man mir mitteilte, dass von meiner Mutter nichts übrig geblieben war, betäubte ein wenig meinen Schmerz. Es hatte alles seine Ordnung. Es war alles im Einklang mit den Regeln geschehen, der Regeln wegen gab es nun keine Stätte mehr, die an sie erinnerte, keinen Stein mehr mit ihrem Namen, ihrem Geburtsdatum, kein eingemeißeltes *von bis.* Sie war vor mehr als zwanzig Jahren gestorben und nun *verschwunden.* Es gab nichts mehr, das ich Livchen von ihrer Großmutter hätte zeigen können – außer das Bild, das nun eine neue Bedeutung bekam: Es war jetzt ein Erbstück.

Ich trug das Bild über den Friedhof, über die gekiesten Wege, vorbei an Gräbern, in denen noch ruheberechtigte Tote lagen, die noch einen Namen besaßen, der ihre einstige Anwesenheit in der Welt bezeugte. Ich trug das Bild vorbei an *Anna Hugentobler, Beat Rechsteiner, Markus Zgraggen, Hannelore Fehr* – die Namen flogen an mir vorbei. Jahreszahlen leuchteten auf und erloschen, als ich an ihnen vorbeieilte mit dem Bild, in dem jetzt alles bewahrt war, was ich von meiner Mutter an Livchen weitergeben konnte. Sobald sie alt genug war, würde ich ihr die Geschichte des Bildes erzählen, und von da an würde sie beim Anblick des Gemäldes an ihre Großmutter denken, die sie zwar nie kennengelernt hatte, von deren Leben aber dieses Bild zeugte. Und auch von meinem Leben.

Aber ich werde ihr nicht die *ganze* Geschichte erzählen –

Ich werde von meinem Vater vieles weglassen, vielleicht ihn ganz weglassen, und ihr auch von mir nicht alles erzählen. Es soll für Livia ein helles Bild sein. Dennoch ein *wahres.* So wahr wie nötig, so hell wie möglich. Es soll *ihr* Bild werden. Es sollen nicht die Schatten von vergangenen Ereignissen darauf fallen, die nichts mit ihr zu tun haben. Sie soll die *Winterliche Landschaft* eines Tages ihren Kindern zeigen und ihnen erzählen, dass ihre kranke Großmutter dieses Bild liebte, und ihr Vater es, als es gestohlen wurde, für *eure Urgroßmutter* kopiert hat, damit sie es sich wieder anschauen konnte. Doch dann wurde es erneut gestohlen von Einbrechern, und ihr Vater hätte es wahrscheinlich nie wiedergefunden, wenn er nicht in Berlin *eure Großmutter Nora* kennengelernt hätte. Ihretwegen blieb er in Berlin, und deswegen entdeckte er das Bild eines Tages im Schaufenster einer Kunsthandlung –

So stellte ich mir das vor.

Dann Rückreise nach Berlin. Vor der Versöhnung mit Nora verstaute ich das Bild in unserem Kellerabteil – Nora hätte es bestimmt nicht in der Wohnung haben wollen, schon gar nicht so kurz vor der Gerichtsverhandlung, die in der darauffolgenden Woche stattfand.

Der Richter, ich schwöre es, schlief während der Verlesung der Zeugenaussagen ein, jedoch spielte dies keine Rolle, da die meisten Zeugen für mich sprachen und Klaus zum Freispruch praktisch *durchmarschierte.* Keine vorsätzliche Körperverletzung. Ein Unfall. Auch Sternbergs Nebenklagen, Nötigung und so weiter, blieben erfolglos, da Klaus sie abschmetterte.

Nach der Verhandlung trat Sternberg, der jetzt einen Schnurrbart trug, auf mich zu und schüttelte mir die Hand. *Ich möchte mich für Ihren Brief bedanken,* sagte er. *Es hat mir sehr geholfen zu wissen, dass es Ihnen leidtut. Es klingt vielleicht etwas merkwürdig, aber ich möchte es Ihnen trotzdem sagen: Ich vergebe Ihnen.*

Ich brachte kein Wort heraus, nahm noch mal seine Hand und drückte sie.

Dann ging er. Ich schaute ihm nach: selbst sein Gang glich dem meines Vaters.

An einem sonnigen Tag holte ich das Bild aus dem Keller und legte es auf dem Friedhof *Stubenrauchstraße* auf ein Grab, das ich wegen der frischen Blumen wählte: Johann Leyser sollte ein schönes Foto zu sehen bekommen. Den Bildausschnitt wählte ich so, dass der Name auf dem Grabstein nicht zu sehen war. Ich schickte ihm das Foto mit herzlichen Grüßen und nochmaligem Dank. Danach brachte ich das Bild in sein *Verlies* zurück, widerwillig: Ich nahm es Nora jetzt übel, dass sie es nicht sehen wollte, selbst jetzt nicht, nachdem ich ihr von der Versöhnung mit Sternberg berichtet hatte. Das Bild hätte neben Livchens Wiege hängen müssen.

Zeit verging.

Livchen machte ihre ersten Schritte.

Zwischen Nora und mir wurde es immer schwieriger –

Warum ist denn alles so schwierig? Weil sie, finde ich, zu grob umgeht mit Livchen, zu *handfest, manchmal geradezu lieblos,* sage ich und denke: Woher soll sie denn wissen, wie man mit einem Kind umgeht? Seit sie elf war, hat ihre Mutter sie vernachlässigt, sie kennt doch gar nichts anderes als Vernachlässigung! Kein Wunder, lässt sie Livchen oft einfach weinen, streicht sich in der Küche ein Butterbrot, während das Kind in seiner Wiege weint. Mir wirft sie vor, ich versuche an Livchen *etwas wiedergutzumachen.* Es schade dem Kind überhaupt nicht, wenn es mal weine – was ihm aber schade, sei, dass ich es mit mei-

371

nen schlechten Erfahrungen *befrachte*. Sie behauptet, es nütze Livchen nichts, wenn ich immer sofort zu ihr hinspringe, wenn sie weint. *Für sie wäre es viel besser, wenn du endlich aufhören würdest, in ihr dich zu sehen!*

Es zieht sich über Monate hin: die immer gleichen Vorwürfe, ein um sich selbst kreisender Streit, bei dem wir beide immer dümmer werden, ja, wir werden dumm im Streit. Und böse. Was wir sagen, dient bald nur noch der Verletzung des anderen und der Verteidigung der eigenen Stellung, die aber nur noch aus morschen Palisaden besteht, aus spitzen, aber faulen Argumenten. Ein Grabenkrieg, der uns stumpf macht. Mit blödem Blick lauern wir auf eine Schwäche des anderen, als ob es noch darauf ankäme: Wir sind beide besiegt. Uns hängen die dreckigen Verbandsfetzen von der Stirn.

Und zwischen uns Livia, die es immer öfter *mitbekommt*. Das macht mich krank, ich ertrage es nicht, wenn ich weiß, sie hört unsere bösen Stimmen. Wir streiten uns zwar meistens im Badezimmer, auch Nora will Livia ja nicht erschrecken – aber oft können wir es uns nicht aussuchen, oft bricht es beim gemeinsamen Essen los, wenn Livia mit dem Lätzchen um den Hals uns ausgeliefert ist: ihr Gesichtchen zuckt, wenn das erste harte Wort fällt.

Versuchen wir denn nicht, unsere Probleme, deren Ursache wir ja kennen, im Gespräch zu lösen? Setzen wir uns nicht erschöpft von den uns aushöhlenden sinnlosen Gefechten an den *Verhandlungstisch?* Doch! Natürlich! Wenn wir nicht streiten, sprechen wir darüber, warum wir es nicht in den Griff kriegen. Immer wieder sprechen wir darüber, benennen auch die Ursachen, nehmen uns vor, es von jetzt an besser zu machen. Wir umarmen und küssen uns, weinen, gehen wieder einmal zusammen ins Kino, trinken in einer Kneipe bei Kerzenlicht ein Glas Wein. Wir sind sicher: Wir schaffen es, wenn wir uns nur Mühe geben und uns noch bewusster werden, woran wir arbeiten müssen. Und zwei Tage später verwenden wir die Bekenntnisse, die wir uns beim Wein bei Kerzenlicht anvertraut haben, in einem neuen Gefecht als Argumente für die Unfähigkeit des anderen, sich zu ändern: *Du hast ja vorgestern selbst gesagt, dass du –*

Es scheitert nicht, weil wir zu wenig übereinander wissen: nein, wir wissen *zu viel*. Ein Zahnarzt wird dem anderen auch dann nicht trauen, wenn er über die Gründe seines Misstrauens mit dem anderen spricht. Er wird dennoch, wenn der andere ihm den Zahnhals aufbohrt, wissen: *Gleich macht er denselben Fehler wie ich in solchen Fällen.* Es gibt Fehler, die von Vorbelasteten unvermeidlich gemacht werden, und was Nora und mich auseinanderbringt, ist, dass wir es immer schon im Voraus wissen.

Eines Tages legt sie nach einem Streit ihre Hand auf meine. *Erinnerst du dich,* sagt sie, *du hast mir einmal von einem Heiler erzählt. Als die Spinne dich gebissen hat, in Australien. Du sagtest, der Heiler habe dir gesagt, eines Tages müsstest du deinen Teufel auf einen Berg tragen und dein Wasser mit ihm teilen. Vielleicht es es jetzt so weit. Wir haben doch beide einen solchen Teufel. Wir sollten aufhören, nur den Teufel des anderen zu sehen. Ich finde, wir sollten versuchen, unsere Teu-*

fel gemeinsam auf den Berg zu tragen. Du und ich, wir tragen sie da rauf. Und wir teilen unser Wasser mit ihnen. Wir müssen es gemeinsam tun, dann schaffen wir es vielleicht.

In einer verfahrenen Situation genügt manchmal ein kleiner Windstoß, der einen dazu bringt, die Blickrichtung zu ändern, und schon erkennt man, durch den veränderten Blick, einen Ausweg. Es war das Wort *gemeinsam,* das mich den Ausweg sehen ließ.

Von nun an verstanden wir unsere Schwierigkeiten als gemeinsame, und Seite an Seite machten wir uns auf den Weg.

Gemeinsam holten wir die *Winterliche Landschaft* aus dem Keller und hängten sie in Livchens Kinderzimmer an die Wand über dem Bett. Das Bild sollte uns an das erinnern, was unvermeidlich zu uns gehörte, sosehr wir uns dagegen auch gewehrt hatten, und sosehr es uns missfiel: Es gehörte auch zu Livchen. Und ebenso sollte das Bild uns mahnen, unsere gemeinsame Aufgabe nicht zu vergessen.

Jene Nacht

Nachdem wir das Bild aufgehängt hatten, machte ich Livchen damit bekannt. Ich erzählte ihr, der Bauer mit dem Reisigbündel heiße Jakob. Er habe Holz gesammelt für seinen Ofen, denn es sei ein kalter Winter, *wie der, in dem du auf die Welt gekommen bist.* Jakobs Hütte sei die *da hinten, die hinter dem Schiff, siehst du?* Und er freue sich schon darauf, das Holz in den Ofen zu legen, denn er habe so lange gefroren. Er habe jahrelang gefroren, fast sein ganzes Leben lang. Und dann, wenn das Holz im Ofen knistere, werde er einen Topf auf den Ofen setzen und darin *Schoggi* schmelzen. *Schoggi! Schoggi!,* sagte Livchen, der ich ein paar Brocken Schweizerdeutsch beigebracht hatte, beginnend bei *Schoggi,* um ihr die Sprache schmackhaft zu machen.

Nora las Livchen abends vor dem Einschlafen jeweils aus einem Buch vor. Wenn ich sie zu Bett brachte, erzählte ich ihr eine weitere Geschichte von Jakob, der einst ein Seemann gewesen war. Mit dem Schiff auf dem Bild war er nach Amerika gesegelt und hatte dort einen Bären gejagt. Ich zeigte Livchen in einem Bilderbuch, wie ein Bär aussah. Aber Jakobs Bär sei noch viel größer gewesen als dieser hier. *Er war so groß, dass er Jakob einfach runterschluckte.* Hundert Jahre lang lebte Jakob im Magen des Bären. Er freundete sich mit den Tieren an, die der Bär gleichfalls verschluckt hatte, mit Jonathan, dem Hasen, mit Sibylle, der Füchsin, und *mit deinem Großvater. Auch deinen Großvater hat der Bär nämlich runtergeschluckt. Er hieß Josef.*

Das Bild erwies sich als unendlich –

Es gab so viel zu erzählen, so viele Geschichten wuchsen daraus hervor, wucherten, verästelten sich bald unüberschaubar. Als Livchen älter wurde und Ansprüche an Logik zu stellen begann, musste ich mir Notizen machen, um nicht den Überblick über das bereits Erzählte und die Konsequenzen daraus zu verlieren. Inzwischen war Josef, ihr Großvater, der Held der Geschichten. Livchen hatte ihn dazu gemacht. Sie wollte, dass ihr Großvater den Bären schließlich tötet, nicht Jakob, der aber das Bild gemalt hatte, wie ich Livchen erzählte. Josef mochte meinetwegen den Bären getötet haben, *aber davon wüssten wir gar nichts, wenn Jakob nicht das Bild gemalt hätte, nachdem er aus Amerika zurückkam.* Jakob hat sich selbst auf dem Bild gemalt, *und in dem Kirchturm da ganz hinten auf dem Bild, siehst du?, da leben jetzt die sieben Hasen, die herausgefunden haben, wie man aus dem Bären rauskommt.* Die sieben Hasen spielten eine entscheidende Rolle – ohne sie hätte Josef den Bären gar nicht töten können. Aber Livchen, sie war jetzt fünf Jahre alt, fand die sieben Hasen langweilig. Ihre Freundinnen im Kindergarten erzählten von ihren Großvätern, nur sie hatte keinen. Wenigstens in den Geschichten wollte sie ihn haben. Früher hatte sie mir nur zugehört, jetzt stellte sie Weichen. Sie regte an, Josef könnte doch auf dem Fell des Bären, den er getötet hat, zu ihr fliegen.

Zu dir?

Ja. Dann könnte er mir Geschichten erzählen beim Einschlafen.

Und was würde ich dann tun? Dann könnte ich dir ja keine mehr erzählen.

Aber ich möchte, dass er sie mir erzählt!

Kurz nachdem Livchen sich gewünscht hat, ihr Großvater möge auf seinem Bärenfell herbeifliegen, reist Nora zu einem Fortbildungskurs für einige Tage nach Hamburg. In diese Zeit fällt aber die Hochzeitsfeier eines Kollegen aus der Schule. Er hat mich und alle anderen Lehrer eingeladen, er will wohl den Saal füllen. Ich konnte die Einladung nicht ausschlagen und habe also Ida, die fünfzehnjährige Tochter meiner Nachbarn, gebeten, Livchen zu babysitten. Livchen kennt und mag Ida, und Ida kann beim Fernsehen ihr Taschengeld aufbessern: beide freuen sich. Ich weiß, Livchen ist bei ihr in guten Händen.

An der Hochzeitsfeier, die *lustig* werden soll – der Mann mit dem dicksten Bauch muss der Frau mit den kürzesten Haaren etwas vorsingen und so weiter –, trinke ich mehr als üblich, weil ich mich zwischen meinen Lehrerkollegen und den Verwandten des Brautpaars eingeklemmt fühle in einem *Sandwich der Langeweile.* Die Spiele – jetzt sollen alle Männer mit Glatze nach vorn kommen – wecken in mir den Wunsch, ein Wahnsinniger möge mit dem Kuchenmesser auf den Bräutigam einstechen.

Ich schütte alles, was der *Catering-Service* in mein Glas füllt, unverzüglich in mich hinein.

Um zwei Uhr fahre ich mit dem Taxi nach Hause, betrunken wie seit Jahren nicht mehr. Ich erzähle dem Taxifahrer sogar von der Feier, *die sind in fünf Jahren geschieden, darauf wette ich. Die passen nicht zusammen. Die haben sich ausgesucht, weil sie nicht zusammenpassen.*

Das kenne ich, sagt der Taxifahrer.

Tatsächlich stochere ich mit dem Schlüssel im Türschloss. Wie eine Witzfigur kriege ich den Schlüssel nicht rein. Klingeln darf ich ja nicht, die Kleine schläft. Erst nach einer Weile schaffe ich's. Reiße mich zusammen. Sage zu Ida, die noch so jung ist, die überhaupt nicht merkt, was mit mir los ist, irgendwas. Drücke ihr Geld in die Hand. *Aber das ist zu viel,* sagt sie. *Ist schon recht,* sage ich, Hauptsache, sie verschwindet jetzt. *Livia ist gleich eingeschlafen, nachdem Sie gegangen sind,* sagt sie.

Schön, sage ich, kann sie nicht sehen, dass ich jetzt dringend pissen muss?

Tschüs dann!, sage ich laut, und meine Lautstärke treibt sie endlich aus der Wohnung.

In der Toilette finde ich den Lichtschalter nicht gleich. Egal, lass ich eben die Tür offen, das bisschen Licht vom Wohnzimmer reicht doch. Die Schüssel kann ich halbwegs erkennen, aber ich stoße gegen das Waschbecken, und das Zahnputzglas scheppert, es ist bruchsicheres Glas. Es zerspringt nicht, aber es macht Lärm im Waschbecken. Ich will's wieder in den Halter stellen, *der Ordnung halber.* Es stört mich einfach, wenn's im Waschbecken liegt. Da rutscht es mir aus, und jetzt fällt es auf den Boden.

Meinetwegen! Dann soll es eben da auf dem Boden liegen! Ich kann auch ohne das verdammte Glas pissen.

Mache den Hosenstall auf und höre hinter mir ein Quietschen. Drehe mich um und sehe Livia. In ihrem hellblauen Pyjama mit den Eulen drauf steht sie unter der Tür ihres Zimmers. Im Arm hält sie ihren Plüschdelfin, den sie streichelt, um ihn zu beruhigen. Sie schaut zu mir hinüber, sie ist nicht sicher, ob da jemand ist. Aber sie traut sich nicht, zu fragen. Sie steht nur da und sucht mit ihrem Blick. Und dann erkennt sie mich im Dunkeln. Aber sie weiß nicht, ob wirklich ich es bin. Denn ich bewege mich merkwürdig. Ich schwanke. Sie sieht mich schwanken und weiß nicht, bin ich krank? Träumt sie vielleicht nur? Oder ist es ein anderer Mann? Und ich stehe da, in der Dunkelheit, stütze mich aufs Waschbecken, um nicht mehr zu schwanken, starre sie an und schweige. Bringe kein Wort über die Lippen. Denn die Schwärze bricht wieder auf, und wieder rinnt sie mir durch die Adern und macht mich steif und kalt.

Plötzlich schlüpft Livia durch den Türspalt in ihr Zimmer zurück. Sie stößt die Tür zu, es knallt. Ich höre: Sie versucht, den Schlüssel zu drehen. Und dann, das weiß ich, wird sie sich mit klopfendem Herz in ihrem Bett verstecken, unter der Decke, jedoch in der Gewissheit, dass die Decke sie nicht schützen wird.

Und weil ich es weiß, gehe ich zu ihr. Ich spüre meine Füße nicht, die Schwärze macht sie taub. Es ist auch kein Gefühl in meinen Fingern, als ich leise die Türklinke drücke.

Ich sehe im Halbdunkel ihren Haarschopf zwischen Kissen und Decke. Setze mich an ihr Bett und streiche ihr übers Haar. Sie zieht die Schultern hoch, presst den Delfin an sich.

Du musst keine Angst haben, flüstere ich. *Ich bin jetzt da. Es ist alles gut.*

Sie entspannt sich, ihr Rücken wird weicher, die Schulter verliert das Wehrhafte. Ich spüre ihren Atem auf meiner Hand, ihren kleinen, warmen Kinderatem: Er ist das Mittel gegen die Schwärze. Auch ich entspanne mich, fast meine ich, ich löse mich auf, so sehr öffnet sich alles in mir. Meine Trauer und meine Betrunkenheit, meine Angst, meine Scham: alles verliert sich in der Weite ihres Kinderatems.

Es ist alles gut.

Sie nickt.

Und dann, weil alles gut ist, aber noch nicht alles getan, hebe ich sie aus dem Bett und trage sie in die Küche. Und wir essen *Schoggi.* Auch der Delfin bekommt welche.

Ich breche die Schokolade in kleine Stücke und füttere die beiden.

Mama mag Schoggi auch, sagt sie, und ich breche auch ein Stück für Nora ab, und während ich es tue, wallt eine Wärme durch mich, eine Zuneigung, die fast schmerzhaft ist.

Heute ist eine besondere Nacht, sage ich leise, *deswegen essen wir Schoggi.*

Was ist denn heute?, flüstert Livia.

Heute zeige ich dir die Sterne, sage ich.

Wir stehen im dunklen Wohnzimmer am Fenster und blicken in den Sternenhimmel. Der Vollmond hängt über dem Kamin des Nachbarhauses.

Fällt er rein?, fragt Livia.

Nein, er tanzt über den Kamin.

Und dann, im anderen Fenster, dem meines Schlafzimmers, zeige ich ihr die Lichter der Autos, die durch die Nacht fahren, die warmen, ruhigen Lichter –

Und dann, als dies getan ist, lege ich sie wieder in ihr Bett, das nun ein sicherer Ort ist von jetzt an für immer.

Ich singe sie in den Schlaf.

Ich singe an ihrem Bett Bob Dylans *Shelter From The Storm.* Es ist ein Kinderlied, wenn man es sehr langsam und leise singt.

T'was in another lifetime
one of toil and blood
when blackness was a virtue
the road was full of mud

I came in from the wilderness
a creature void of form
»Come in«, she said, »I'll give you shelter from the
storm.«

Inhalt

I | FÜRSTENLAND	7
Tot und nicht tot	29
Der van Os I	48
Krokusblüte	57
Der van Os II – Karins Idee	72
Der van Os II – Höhungen	80
Die Flucht	98
II | NANGKARI	117
Das fünfte Glas	129
Zitate	146
Die Redback	148
Trennung und Tod	161
Hundsfott	173
III | LIEBE UND FURCHT	185
Das Problem als Lebender	190
Nora	202
Black Dog	211
IV | WIEDERKEHR	221
Ein O für ein U halten	246
What it's all about	257

Das Versprechen	265
Strenges Liegen	282
Dunkelmann	294
Jener Morgen	305
Das Glas am Zahn	316
Feststecken	328
Die Alben	333
Verwechslung	340
Die Berührung	347
V | ERBSTÜCK	355
Zwei Zahnärzte	362
Heimholung	366
Jene Nacht	374

Wir haben uns leider vergeblich bemüht, den Inhaber der Rechte für das Covermotiv ausfindig zu machen. Bitte melden Sie sich ggf. beim Verlag.